나는 너를 본다

나는 너를 본다

I
SEE
YOU

클레어 맥킨토시 지음
공민희 옮김

나무의철학

내게 많은 것을 가르쳐주신 부모님께

당신은 매일 판에 박힌 듯 살아.
항상 정해진 길로만 다니지.
그걸 당신만 알고 있을까.

1

뒤에 바짝 붙어 선 남자의 입김이 목 뒤를 축축이 적셨다. 나는 회색 오버코트를 입고 눅눅한 개 냄새를 풍기는 남자 뒤로 약간 다가섰다. 11월 초부터 거의 매일 비가 내렸고 전동차 안에서 부대끼는 사람들의 뜨거운 몸 위로 허옇게 김이 피어올랐다. 누군가의 서류 가방이 내 허벅지를 찔렀다. 열차가 쇳소리를 내면서 곡선 구간을 지나자 인파에 떠밀리며 온몸에 힘이 들어갔고 넘어지지 않으려고 나도 모르게 회색 오버코트를 붙잡았다. 열차는 타워 힐 역에서 열두 명쯤 되는 통근자를 뱉어내고 주말을 맞아 집으로 돌아가는 사람을 두 배 더 집어삼켰다.

"입구가 혼잡하니 안으로 들어가주시기 바랍니다!"

안내방송이 나왔으나 아무도 움직이지 않았다.

회색 오버코트가 내리자 나는 얼른 그 자리를 파고들었다. 손잡이를 잡을 수 있고 모르는 사람의 DNA가 목에 닿지도 않아 좋았다. 나는 몸 뒤쪽으로 흔들리는 핸드백을 앞으로 끌어당겼다. 일본인 관광객 두 명이 커다란 배낭을 둘러메고 두 사람은 족히 더 설 수 있는 공간을 차지하고 있었다. 전동차 맞은편에 앉은 여성이 내가 그들을 쳐다보고 있다는 사실을 알아챘다. 나와 눈이 마주치자 그녀는 동감한다는 듯 얼굴을 찡그렸다. 나는 얼른 눈길을 받아들이고는 발 아래로 시선을 돌렸다. 주위로 다양한 신발이 보였다. 핀스트라이프 정장 바지 아래 크고 윤나는 남성용 구두와 들어가기 어려워 보이는 지점까지 발을 밀어넣은 여성들의 다채로운 하이힐, 매끈한 스타킹을 신은 다리가 눈에 들어왔다. 불투명한 검은 스타킹에 어울리지 않게 새하얀 운동화 차림이었다. 얼굴은 보이지 않았지만 굽 높은 구두를 사무실 서랍이나 큰 가방에 넣은 뒤 운동화로 갈아 신고 퇴근한 20대 여성이라 짐작했다.

나는 평일에 하이힐을 신어본 적이 없다. 저스틴을 임신했을 때부터 줄곧 클락스 단화만 신었다. 테스코 계산대에서 일하거나 시내 중심가에서 아이를 달랠 때 구두를 신을 수는 없었다. 또 지금은 알 건 알 만큼 충분히 나이를 먹었다. 출근하는 데 지하철로 한 시간, 퇴근하는 데 또 한 시간이 걸린다. 고장 난 에스컬레이터를 걸어오르고 달려오는 카트와 자전거를 민첩하게 피해야 한다. 게다가 뭐하러? 여덟 시간 동안 책상 앞에 앉아 있는데. 하이힐은 특별한 날이나 휴가를 위해 아껴 둔다. 검은 정장 바지에 다릴 필요가 없는 신축성 좋은 상의 여러 개를 나만의 유니폼으로 정해 오피스 룩 기준을 충족할 정도로만 갖춰 입고, 사무실 문이 계속 열리며 찬바람과 함께 잠재 고객이 밀려드는 날에 대비해 책상 맨 아래 서랍에 카디건을 한 벌 챙겨둘 뿐이다.

열차가 멈추자 나는 문 앞으로 향했다. 혼잡하기는 마찬가지지만 지상철을 타는 이곳부터는 좀 낫다. 지하에 있으면 속이 불편하다. 착각일지 몰라도 숨을 쉴 수가 없다. 걸어서 출퇴근할 수 있는 직장을 바랐지만 그 꿈이 이뤄진 적은 없었다. 괜찮은 직장은 1존에 있고 대출금을 감당할 수 있는 집들은 4존에 있기 때문이다.

환승 열차를 기다리며 무인 발매기 선반에 놓인 〈런던 가제트〉 한 부를 집어들었다. 머리기사는 오늘 날짜에 걸맞게 암울했다. 11월 13일 금요일. 경찰 당국이 또 다른 테러 계획을 막았다. 첫 세 장은 런던 북부의 한 아파트에서 압수한 폭발물 사진으로 도배되다시피 했다. 나는 턱수염을 기른 남성들의 사진을 훑어보다가 열차 문이 열리는 플랫폼 표시 아래 콘크리트가 갈라진 곳에 가 섰다. 그 자리에 있으면 사람들이 모두 승차하기 전에 내가 제일 좋아하는 맨 끝 좌석에 앉아 유리로 된 부스에 기댈 수 있었다. 가운데 객차는 사람들로 빠르게 채워졌고 나는 서 있는 사람들 가운데 노인이나 임산부가 없는 것을 확인하고 조심스레 안도했다. 종일 파일 캐비닛 앞에 서 있었던 탓에 단화를 신었는데도 발이 욱신거렸다. 파일 정리는 원래 내 일이 아니다. 부동산 자료를 복사하고 파일을 정리하는 여자아이가 2주간 마요르카에 가 있는 바람에 몇 주째 정리가 되지 않았다. 거주용과 상업용, 매매용과 임대용 부동산이 뒤죽박죽 섞인 모습을 보고 상사에게 알린 것이 실수였다.

"조, 그럼 당신이 좀 정리해줘요."

그레이엄이 말했다. 덕분에 나는 매물을 보러 가는 대신 그레이엄의 사무실 바깥, 외풍이 심한 복도에 서서 입을 잘못 놀린 대가를 치렀다. 할로 앤드 리드가 열악한 직장은 아니다. 나는 일주일에 하루만 회계를 봐주다가 이곳 직원이 출산 휴가를 내는 바람에 그레이엄에게 그 자리를 제안받았다. 개인 비서 일은 하지 않았지만 당시 보수가 적고 고객이 좀 줄었던 터라 제안을 받아들였다. 그렇게 3년이 흐른 지금까지 이곳에서 일하고 있다.

캐나다 워터 역에 도착할 무렵 인파가 빠져나가 열차는 한산해졌고 자신이 원해서가 아니라면 서 있는 사람은 없었다. 옆에 앉은 남성이 다리를 너무 많이 벌려서 내 다리를 반대쪽으로 접으려다 맞은편을 보니 다른 두 남성도 자세가 똑같았다. 의도한 것일까? 아니면 자기도 모르게 본능적으로 자신이 다른 사람보다 더 크다고 과시하는 것일까? 다리를 움직이다가 바로 앞에 서 있던 여성의 쇼핑백을 치고 말았다. 그러자 안에 들어 있던 와인 병이 부딪히며 소리를 냈다. 사이먼이 냉장고에 와인 한 병을 넣어두면 얼마나 좋을까? 한 주가 너무 길었다. 지금 내가 바라는 것은 그저 소파에 누워 텔레비전을 보는 일뿐이다.

〈런던 가제트〉에는 〈X 팩터〉 결승 진출자 일부가 '유명세로 인한 고충'을 토로한 기사가 실렸고 그에 따라 사생활 관련 법안에 대한 논쟁이 지면 대부분을 채웠다. 내용을 대충 훑었다. 머리기사를 보고 사진을 살피며 세상 돌아가는 일에 무지하지 않을 정도로만. 신문을 정독하거나 뉴스를 처음부터 끝까지 한자리에서 시청한 때가 언제인지 기억나지 않는다. 아침을 먹으면서 스카이 뉴스를 대강 보거나 출근길에 누군가의 어깨너머로 신문 머리기사를 보는 것이 전부다.

열차는 시드넘과 크리스털 팰리스 역 사이에서 멈췄다. 멀리서 짜증 섞인 한숨이 들렸다. 창문을 흘끔 쳐다보니 비로 얼룩지고 밖이 어두워져 내 얼굴이 반사되었다. 실제보다 창백하고 일그러져 보였다. 나는 안경을 벗고 코에 난 자국을 어루만졌다. 지지직 하는 소리를 내며 방송이 나왔지만 소리가 약하고 억양이 강해서 무슨 내용인지 전혀 알아들을 수 없었다. 신호가 고장 났거나 철로에 시체가 있다는 이야기일 것이었다.

인명 사고가 아니기를 바랐다. 와인을 한 잔 하고 소파에 누워 사이먼에게 발을 마사지 받는 상상을 하다가 불현듯 자살한 영혼을 안타깝게 여기기보다 내 편의를 우선한 것 같아 죄책감이 들었다. 자살은 아니겠지. 그런 일은 월요일 아침에나 일어나지 다시 출근하기까지 사흘이나 남은 금요일 저녁에는 생기지 않는다.

끽 하고 소리가 나더니 잠잠해졌다. 무엇 때문에 지연되는지는 모르겠지만 시간이 좀 걸릴 것 같았다.

"좋은 징조는 아니군요."

옆에 앉은 남자가 말했다.

"음."

나는 애매모호하게 대꾸하고는 계속해서 신문을 넘겼다. 스포츠에는 관심이 없었고 남은 건 광고와 극 평론뿐이었다. 이 속도라면 7시가 넘어 집에 도착하겠지. 계획한 오븐 닭구이는 해보지도 못하고 차를 곁들일 간단한 요리밖에 준비하지 못할 것이다. 주중에는 사이먼이 요리를 하고 금요일 저녁과 주말 식사는 내가 맡는다. 사이먼에게 말하면 모두 해주겠지만 그러고 싶지 않다. 내 아이들을 위해 매일 밤 그가 요리하게 만들 수는 없으므로. 차라리 음식을 사서 포장해가는 쪽이 낫다.

비즈니스란을 건너뛰고 낱말 퍼즐로 넘어갔지만 펜이 없었다. 하는 수 없이 구인광고를 읽으며 케이티가 일할 만한 곳이 있는지 찾아보았다. 아니면 나라도. 하지만 할로 앤드 리드를 결코 떠나지 못할 것을 잘 알고 있다. 급여가 많고 일도 손에 익었다. 상사만 제외하면 완벽한 직장이다. 손님도 대체로 상냥하다. 막 회사를 차리고 사무실을 찾거나 사업이 잘되어 업무 공간을 확장 이전하려는 사람이 대부분이다. 거주용 부동산은 주로 취급하지 않지만 집을 처음 사거나 가게 규모를 줄이려는 사람들에게 상가 위 아파트를 소개하기도 한다. 이혼한 지 얼마 안 된 사람도 꽤 많이 만났다. 이따금 기분이 내킬 때면 그들에게 나도 그 심정을 잘 안다고 이야기하고는 한다.

"결국엔 괜찮아지나요?"

여성들은 항상 이렇게 묻는다.

"제 평생 가장 잘한 일이었어요."

그럴 때마다 자신감 넘치는 목소리로 답한다. 그것이 그들이 듣고 싶어 하는 대답이므로.

배우가 되려는 열아홉 살짜리를 위한 일자리는 찾지 못했지만 한쪽 귀퉁이에서 지점장을 뽑는 광고를 보았다. 이제 세상이 어떻게 돌아가는지 안다고 해서 상처받지는 않는다. 그레이엄 할로의 사무실로 들어가 사직서를 내밀며 나를 발톱의 때만큼 하찮게 대하는 사람과 더는 일할 수 없다고 말하는 장면을 잠시 상상했다. 뒤이어 지점장 구인란에 적힌 연봉을 보고는 먹고살 만큼 돈을 벌기까지 얼마나 시간이 오래 걸렸는지 떠올렸다. 구관이 명관이라고 말해주려고 구인광고를 한 것일까?

〈런던 가제트〉 마지막 장에는 보상 청구와 금융 관련 광고가 모여 있었다. 보기만 해도 혈압이 오를 정도로 무시무시한 이율을 자랑하는 대부 광고를 지나쳐 대화 상대를 찾는 전화 광고가 있는 아래쪽으로 눈길을 돌렸다.

진지하고 편안한 만남을 원하는 기혼 여성

사진을 보고 싶다면 69998로 '앤젤'이라고 전송

서비스 요금보다 건당 문자 이용료가 더 높았다. 나는 코웃음을 쳤다. 내가 남 일에 이러쿵저러쿵할 처지일까? 어젯밤 축구 경기 결과를 보려고 신문을 넘기다가 '앤젤' 아래 실린 광고를 보았다.

순간 눈이 피로해서 잘못 보았다고 생각했다. 하지만 눈을 세게 깜박여보아도 전혀 달라지지 않았다.

광고에 너무 집중해서 열차가 다시 움직이기 시작하는지 알아차리지 못했다. 열차가 갑자기 출발하자 몸이 한쪽으로 쏠렸고 반사적으로 손을 짚다가 그만 옆에 앉은 남성의 허벅지를 건드리고 말았다.

"죄송해요!"

"괜찮아요. 신경 쓰지 말아요."

남성이 미소를 지어 보였다. 나는 몸을 일으켜세우고 쿵쾅거리는 가슴으로 다시 광고를 보았다. 다른 박스 광고와 서비스 이용료가 같았고 맨 뒤에 숫자 0809와 웹 주소 www.findtheone.com이 적혀 있었다. 하지만 내가 쳐다보고 있는 것은 광고 속 여성의 사진이었다. 확대된 얼굴 주변으로 금발과 검은 어깨끈이 약간 보였다. 다른 여성들보다 좀 나이 들어 보였지만 흐린 흑백사진이라 나이를 정확하게 가늠하기 어려웠다.

하지만 나는 그녀가 몇 살인지 알고 있다. 마흔.

광고 속 여성은 바로 나였다.

2

켈리 스위프트는 센트럴 라인 열차 한가운데 서 있었다. 전동차가 곡선 구간을 지나자 그녀는 균형을 잡으려고 무게중심을 한쪽으로 옮겼다. 본드 스트리트 역에서 열네댓 살쯤으로 보이는 아이들 한 무리가 누가 더 많이 욕하는지 경쟁하듯 중산층 억양으로 떠들며 객차 안으로 들어섰다. 밖은 이미 어두웠고 방과 후 수업에 가기에는 너무 늦은 시간이었다. 켈리는 아이들이 집으로 가는 길이기를 바랐다. 저녁에 돌아다니기에는 너무 어린 나이 아닌가.

"빌어먹을 정신머리!"

소년이 고개를 들다가 앞에 서 있는 켈리를 보고는 자신이 한 말을 의식했다. 켈리는 어머니가 그런 표현을 자주 썼던 것이 떠올랐다. 아이는 부끄러운 듯 얼굴을 붉히며 입을 다물더니 반대쪽 문으로 걸어갔다. 켈리는 자신이 어머니만큼 나이가 들었다고 생각하니 서글퍼져 서른부터 거꾸로 세어 열네 살 때의 모습을 그려보았다. 동창 여럿은 이미 아이가 있다. 페이스북에 가족사진이 자랑스럽게 올라오는 것을 자주 보았고 친구의 자녀에게서 친구 요청을 받은 적도 한두 번 있었다. 요즘은 그런 일로 나이가 들었다고 느낀다.

켈리는 열차 맞은편의 빨간 코트를 입은 여성과 눈이 마주쳤다. 여성은 켈리가 아이들에게 미친 영향이 바람직하다는 듯 인사를 건넸다.

"오늘 하루 어떠셨나요?"

"이제 좀 살 것 같네요."

켈리는 미소로 답했다.

"주말이잖아요."

빨간 코트가 말했다.

"전 근무했거든요. 화요일이 되어야 쉴 수 있답니다."

고작 하루를 쉬고 다시 엿새 동안 일해야 한다고 생각하니 탄식이 흘러나왔다. 빨간 코트가 경악한 표정을 짓자 켈리는 대수롭지 않다는 듯 어깨를 으쓱했다.

"누군가는 해야 하는 일이니까요."

"그렇군요."

옥스퍼드 서커스 역으로 진입하면서 열차는 속도를 줄였고 빨간 코트는 문 앞으로 걸음을 옮겼다.

"주말 무사히 보내시길 바라요."

그것이 징크스라고 켈리는 생각했다. 그녀는 손목시계를 흘끗 쳐다보았다. 스트랫퍼드 역까지 아홉 정거장이 남았다. 일을 처리하고 다시 돌아가야 한다. 집에 도착하면 8시나 8시 반이 되겠지. 그리고 아침 7시면 다시 집을 나서야 한다. 켈리는 크게 하품하면서 집에 먹을 것이 있는지 생각했다. 그녀는 엘리펀트 앤드 캐슬 역 근처에서 세 사람과 한집에 살고 있다. 그들의 이름은 월세 고지서가 꽂힌 복도 게시판에서 처음 확인했다. 집주인이 최대한 수익을 내려고 거실까지 침실로 개조해 세를 놓아 공용 공간은 의자 두 개를 간신히 놓을 정도로 협소한 주방이 유일했다. 또 하우스메이트들은 교대 근무에 업무 시간이 불규칙해 얼굴도 못 보는 날이 많았다. 간호사인 던은 가장 큰 침실에 살았다. 켈리보다 어리지만 훨씬 가정적이라 이따금 음식을 만들어 전자레인지 옆에 두고 분홍색 포스트잇에 '많이 먹어!'라고 써서 붙여놓았다. 음식을 떠올리니 위장이 요동쳐 켈리는 다시 시계를 들여다보았다. 오늘 오후는 생각보다 많이 바빴다. 다음 주에는 야근을 좀 해야한다. 그러지 않으면 일을 절대 끝낼 수 없을 것이다.

홀본 역에서 넥타이를 맨 사람 한 무리가 올라탔다. 켈리는 능숙하게 그들을 살폈다. 짧은 머리, 어두운 정장에 서류 가방을 든 모습이라 전부 똑같이 보였다. 악마에게는 미묘한 차이가 있다고 그녀는 생각했다. 연한 핀스트라이프 정장을 한 남성이 눈에 들어왔다. 가방에 무심하게 꽂힌 책 한 권, 한쪽 팔에 걸친 뿔테 안경, 흰 와이셔츠 소매 아래로 보이는 갈색 가죽 손목시계. 쌍둥이처럼 보이는 사람들 사이에서 그의 특징이라고 할 만한 것이었다. 켈리는 아무 생각 없이 그들을 쳐다보았다. 그냥 보는 것뿐이라고 스스로에게 말했다. 그들 중 한 사람이 그녀의 시선을 알아차리고 얼굴을 들었지만 그녀는 개의치 않았다. 켈리는 그가 고개를 돌릴 것이라고 생각했으나 남성은 켈리에게 윙크하고는 자신에 찬 미소를 지어 보였다. 켈리의 눈동자가 남성의 왼손으로 향했다. 기혼이었다. 몸이 좋고 키가 183센티미터쯤으로 보이는 백인 남성은 몇 시간 전까지 말끔했을 턱에 수염이 거뭇거뭇하게 올라와 있었다. 오버코트 안쪽으로 미처 떼지 않은 세탁소 라벨이 살짝 보였다. 자세가 아주 곧아 전직 군인이라고 해도 믿

을 듯했다. 외모에 별다른 특징이 없지만 그를 다시 본다면 알아볼
수 있을 것이었다.

충분히 눈요기한 뒤 켈리는 뱅크 역에서 들이닥친 승객 한 무리가
몇 되지 않는 빈자리를 찾아 움직이는 모습을 지켜보았다. 대부분 손
에 휴대전화를 들고 있었다. 게임을 하거나 음악을 듣거나, 어쩌면 손
이 허전해서 들고 있는지도 몰랐다. 객차 맞은편에서 누군가 눈앞으로
전화기를 들어 보이자 켈리는 본능적으로 몸을 돌렸다. 관광객이 런던
지하철 풍경을 카메라에 담아가려는 것이겠지만 누군가의 휴일 사진
속 배경이 된다고 생각하니 몹시 싫었다.

마블 아치 역으로 발걸음을 재촉했다. 에스컬레이터를 빠르게 걸어
내려가 벽에 바짝 붙어 모퉁이를 돌았다. 어깨가 욱신거렸다. 아슬아
슬하게 열차를 놓치고 팔 윗부분에 희미하게 멍이 올라오는 것을 보니
짜증이 솟구쳤다. 다음에는 더 빨리 와야 할 듯했다.

리버풀 스트리트행 열차가 들어왔다. 플랫폼 앞에 서 있는 인파는
전동차 문이 열리기만을 기다렸다.

그때 켈리의 맥박이 빨라졌다. 헐렁한 청바지와 후드 티셔츠에 야
구 모자를 쓴 칼이 통근자 무리 정중앙에 반쯤 가려져 있었다. 곧바로
그를 알아본 그녀는 퇴근길이지만 지나칠 수 없었다. 칼은 사람들 속
으로 섞여 들어갔다. 켈리보다 먼저 그녀를 알아보고 그녀와 마주치지
않으려는 것이 분명했다. 그보다 더 빨리 움직여야 했다.

켈리는 문이 닫히는 객차에서 겨우 빠져나왔다. 칼을 놓쳤다고 생각
했는데 9미터쯤 떨어진 곳에서 야구 모자가 보였다. 그는 플랫폼을 나
서는 수많은 승객 사이로 빠르게 움직이고 있었다.

10년 동안 지하철역에서 일하며 깨달은 점이 있다면 이곳에서는 예
의를 찾아보아야 아무 소용이 없다는 것이었다.

"가방 좀 치워주세요!"

켈리는 여행 가방을 천천히 끌고 가는 나이 지긋한 여행자 두 명 사이로 고함을 지르며 비집고 들어갔다.

"좀 지나갈게요!"

아침에도 칼을 놓치고 어깨에 멍이 들었다. 다시는 그가 도망치도록 내버려두고 싶지 않았다. 집에 가서 저녁을 먹을 생각도 잠시 해보았지만 적어도 두 시간은 더 지체될 것이었다. 하지만 끼니는 꼭 챙겨야 한다. 그녀는 집으로 가는 길이면 항상 케밥을 사 먹었다.

칼은 에스컬레이터를 오르고 있었다. 아마추어 같은 실수다. 켈리는 계단을 택했다. 덜컹거리며 불안하게 움직이는 에스컬레이터 대신 계단을 선택하는 관광객은 거의 없다. 방해하는 사람이 없는데도 칼과 같은 속도로 그를 따라잡으려니 근육이 쑤셨다. 꼭대기가 가까워지자 칼은 왼쪽 어깨 너머로 재빨리 켈리를 쳐다보고는 오른쪽으로 방향을 틀었다. '제기랄, 칼.' 그녀는 생각했다. 근무 시간까지 일했다고 보고하고 퇴근해야 할 시간인데.

켈리는 마지막으로 속도를 내 개찰구 안으로 들어가려는 칼의 재킷을 왼손으로 붙잡고 오른손으로는 그의 팔을 뒤로 꺾었다. 칼이 팔을 빼려고 반항하는 바람에 그녀는 균형을 잃었고 모자가 바닥으로 떨어졌다. 켈리는 제발 누군가 그것을 가져가지 않기를 바랐다. 이미 지난주 진압 과정에서 경찰봉을 잃어버려 본부의 미움을 샀기에 같은 잘못을 반복할 수는 없었다.

"네게 구속 영장이 발부됐어."

켈리는 방탄조끼를 입은 채 숨을 거칠게 내쉬며 말했다. 켈리는 벨트 쪽에서 수갑을 꺼내 칼의 손목에 단단히 채웠다.

"널 체포한다."

나는 당신을 볼 수 있어. 하지만 당신은 날 보지 않아. 그저 책만 읽고 있어. 빨간 원피스를 입은 소녀가 그려진 책을. 제목은 보이지 않지만 상관없어. 결국 다 똑같으니까. 남녀의 사랑 이야기 아니면 남자가 여자를 스토킹하거나 죽이는 이야기겠지.

참 아이러니해.

다음 정거장이면 나는 밀려드는 사람들 틈에 섞여 당신에게 더 가까이 다가갈 거야. 당신은 객차 한가운데서 손잡이를 잡은 채 책을 읽고 있어. 엄지손가락으로 능숙하게 책장을 넘기면서. 이제 우리는 아주 가까워졌어. 당신 외투가 내 몸에 닿았고 당신의 바닐라 향수 냄새를 맡았어. 당신이 퇴근할 때쯤이면 거의 다 날아가 희미해지는 그 향기. 어떤 여자들은 점심때 화장실로 사라져. 화장을 고치고 향수를 더 뿌리지. 하지만 당신은 그렇지 않아. 퇴근 뒤의 당신을 보면 눈두덩의 어두운 회색 화장이 눈 아래까지 번져 있어. 입술에 바른 틴트도 수없이 커피를 마시는 사이 지워졌겠지.

긴 하루를 보냈지만 당신은 여전히 아름다워. 그게 중요해. 미모를 이야기하는 것이 아니야. 이국적인 외모나 큰 가슴, 긴 다리가 눈에 들어올 때도 있어. 남색 정장 바지에 굽 높은 구두를 신어 우아하고 고상해 보일 때도 있고 가끔은 직업여성처럼 야하고 천박하게 보이기도 해. 다양한 모습을 보여주는 것이 중요해. 아무리 좋은 스테이크라도 매일 먹으면 감흥이 없으니까.

당신은 약간 큰 핸드백을 가지고 다녀. 항상 어깨에 둘러메고 있지만 통근 시간에는 언제나 그렇듯 열차가 붐벼서 가방을 양발 사이에 내려놓지. 약간 벌어진 가방 안을 들여다보니 갈색 소가죽에 반짝이는 걸쇠가 달린 지갑, 금발이 엉킨 브러시, 공 모양으로 잘 말아둔 장바구니, 가죽 장갑, 입구가 벌어진 갈색 서류 봉투 한두 개, 아침을 먹고 현관 매트 위에서 집어와 첫차를 기다리며 플랫폼에서 뜯어본 듯한 우편물이 들어 있어. 난 맨 위 봉투에 쓰인 내용을 보려고 목을 길게 뺐어.

이제 당신 이름을 알아.

물론 그건 중요하지 않아. 당신과 나는 이름이 필요한 관계가 되지 않을 테니까.

휴대전화를 꺼내 카메라를 켜고 엄지와 검지로 당신 얼굴이 화면 가득 차도록 당겼어. 누군가 내 모습을 본다면 지하철 안에서 인스타그램이나 트위터에 올릴 사진을 찍고 있다고 생각할 거야. '#셀카'라고 해시태그를 달아서.

조용히 촬영 버튼을 누르니 당신은 내 것이 되었어.

열차가 곡선 구간을 달리자 당신은 손잡이를 놓고 핸드백을 집으려 고개를 숙이면서도 책에서 눈을 떼지 않아. 내가 당신을 잘 몰랐다면 당신이 내 시선을 알아차리고 눈길이 닿지 않는 곳으로 가방을 치우려는 거라고 생각했을 테지만 나는 당신을 알아. 당신이 몸을 구부렸다는 것은 내릴 정거장이 가까워졌다는 뜻이지.

당신은 그 이야기를 즐기고 있어. 평소라면 책을 더 빨리 덮었을 거야. 한 장의 끝에 도달하면 책갈피로 쓰는 엽서를 책장 사이에 끼워두는데 오늘은 내릴 정거장에 들어서는 순간에도 책을 놓지 않아. 어깨를 움츠리고 문 쪽으로 가며 "잠시만요" "좀 지나갈게요"라고 수십 번씩 말하면서도. 출구를 향하면서도 계속 책을 읽으며 다른 사람과 부딪치지 않으려고 이따금 눈을 위로 치켜들어.

당신은 아직도 책을 읽고 있지.

나는 여전히 당신을 지켜보고 있어.

3

나는 마지막 정거장인 크리스털 팰리스 역에서 내린다. 종점이 아니었다면 계속 자리에 앉아 광고를 보며 어떻게 된 일인지 파악하려고 했을 것이다. 여느 때처럼 나는 마지막으로 객차에서 내렸다.

퍼붓던 비는 약해졌지만 손에 쥔 신문이 젖어 손가락에 잉크가 묻어날 때까지 지하철역에 서 있었다. 밤거리는 가로등 불빛과 애널리 로드의 수많은 테이크아웃 음식점, 휴대전화 대리점 네온사인으로 환하게 빛났다. B급 연예인들의 주말 출연을 알리는 현란한 광고가 가로등 기둥마다 붙어 있었지만 전혀 감흥이 없었다. 크리스마스가 온다고 생각하기에는 너무 일렀다.

집으로 걸어오면서 신문을 뚫어지게 쳐다보느라 분명히 앞머리가 비에 젖어 이마에 찰싹 붙어버렸을 것이다. 어쩌면 도플갱어가 있는지도 모른다. 나는 프리미엄급 비용을 자랑하는 채팅 광고 모델로 결코 적합하지 않다. 세상에는 어리고 매력적인 여성이 넘쳐난다. 나처럼 다 자란 자식이 있고 뱃살이 두둑한 중년 여성보다. 하마터면 큰 소리로 웃을 뻔했다. 취향별로 구색을 갖추려는 의도라면 내 사진은 틈새시장을 공략하기 위한 것일까?

멜리사의 카페는 폴란드 슈퍼마켓과 열쇠 수리점 사이에 있다. 정확히 말하자면 멜리사의 카페 가운데 한 곳이다. 다른 지점은 코벤트 가든 길가에 있는데, 그곳에서는 단골들이 줄을 서지 않으려고 점심시간 전에 미리 샌드위치를 주문하고 관광객들은 문 앞을 서성이며 줄 서서 기다려 먹을 만큼 파니니가 맛있을지 고민하는 광경을 볼 수 있다. 코벤트 가든에 있다면 돈을 쓸어 모을 것 같지만 유지 비용이 많이 들어서 문을 연 지 5년째인 지금까지 흑자를 내려고 애쓰고 있다. 페인트칠이 지저분하고 주변 상권도 별로지만 이 카페는 분명히 금맥이다. 멜리사가 인수해 자기 이름을 달기 전부터 수년째 그 자리에서 돈을 많이 벌어들여왔다. 이따금 런던 안내 책자에 등장한 것이 수익의 비결이다. 카페 문 앞에는 '사우스 런던 최고의 아침 식사'라는 제목의 기사 복사본이 셀로판테이프로 붙어 있다.

나는 잠시 맞은편 길가에 서서 가게를 살폈다. 창문 안쪽 가장자리에 열기가 차올라 1980년대 연초점 사진을 보는 것 같았다. 중앙 계산대 뒤로 한 남성이 퍼스펙스로 된 디스플레이 창을 닦고 있었다. 그는 검은 티셔츠에 페르시아 웨이터처럼 허리에 묶는 앞치마를 두르고 막 잠에서 깬 것처럼 부스스한 검은 머리를 하고 있어 카페에서 일하는 사람치고는 좀 성의 없어 보였다. 잘생겼냐고? 객관적인 판단이라 말할 수는 없지만 그런 것 같다.

자전거에 부딪히지 않으려고 주의하며 길을 건너는데 한 버스 기사가 내게 건너가라고 손짓했다. 카페 문이 열리며 벨이 울리자 저스틴이 고개를 들었다.

"이제 오세요, 엄마?"

"안녕, 아들."

나는 멜리사를 찾아 두리번거렸다.

"너 말고 아무도 없니?"

"멜리사 아주머니는 코벤트 가든 지점에 갔어요. 그곳 점장이 아파서 휴가를 내는 바람에 제게 여기를 부탁했어요."

아들이 아무렇지 않게 말해서 나도 그렇게 받아들이려고 노력했지만 어쩔 수 없이 자부심을 느꼈다. 저스틴은 말 잘 듣는 착한 아이다. 그저 잠시 시간을 주면 된다.

"5분만 기다리세요."

아들이 뒤쪽 스테인리스 개수대에서 행주를 빨며 말했다.

"집에 같이 들어가요."

"차에 곁들일 먹을거리를 사 가려고 해. 치킨집은 문을 닫았겠지?"

"전 방금 마감했어요. 감자튀김 정도는 금세 만들어요. 유통 기한이 오늘까지인 소시지도 좀 있고요. 그걸 집에 가져간다고 해서 멜리사 아주머니가 뭐라고 하지는 않을 거예요."

"내가 계산할게."

저스틴이 임시로 맡은 일을 책임지게 하고 싶지 않았다.

"아주머니는 신경 쓰지 않을 거예요."

"돈을 낸다니까."

나는 단호하게 말하고 지갑을 꺼내 메뉴판에 적힌 소시지 네 개와 감자튀김 값을 치렀다. 멜리사가 자리에 있었다면 그냥 주었을 테지만 그녀가 없으니 돈을 내는 것이 맞았다.

지하철역에서 멀어질수록 상점이 점차 줄어들고 테라스가 달린 집이 줄지어 나타났다. 압류당해 회색 셔터가 내려진 집도 여러 곳 보였다. 그런 집 현관에는 빨간색과 주황색 그라피티가 어지럽게 그려져 있다. 내가 사는 거리도 다르지 않다. 길에 들어서 세 번째로 보이는 집은 타일이 떨어지고 창문에 두꺼운 합판이 못 박혀 있으며 세를 주고 관리하지 않아 홈통이 막히고 벽돌에 때가 탄 집도 띈다. 길 끝에 다다르면 개인 소유 주택 두 채가 있다. 멜리사와 닐의 집, 그리고 그 오른쪽에 있는 우리 집이다.

저스틴이 가방에서 열쇠를 찾는 동안 나는 잠시 정원이라고 부르는 곳을 두른 울타리 앞에 서 있었다. 젖은 자갈 위로 잡초가 삐죽삐죽 올라와 있고, 장식이라고는 구식 랜턴 모양에 어두침침하게 노란 불빛을 내는 태양열 전지 램프뿐이다. 멜리사의 정원에도 잔디가 깔려 있다. 그곳에서는 잡초를 찾아볼 수 없으며 현관 양옆으로 완벽히 나선형으로 다듬은 나무가 서 있다. 거실 창문 아래 벽은 다른 면보다 색이 약간 밝은데, 사우스 런던에 사는 누군가가 외국인과 결혼하는 데 반대한다고 낙서해놓은 것을 닐이 지우다가 바랜 것이다.

우리 집 거실은 아무도 커튼을 칠 생각을 하지 않아 케이티가 식탁 앞에 앉아 매니큐어를 칠하는 모습이 그대로 보였다. 한때 나는 가족이 모두 한자리에 둘러앉아 식사해야 한다고 생각했다. 그 자리에서 아이들 학교 일을 들으면 즐거웠다. 처음 이사했을 때 하루에 한 번 그런 자리를 마련하면서 매트 없이도 잘 지낸다고 느꼈다. 그때는 저녁 6시면 세 가족이 식탁 앞에 모여 함께 식사했다.

사람들이 오가며 생긴 그을음이 묻은 창문 너머로 케이티가 네일 박스를 놓으려고 잡지와 쌓인 청구서, 식탁 위가 지정석이 되어버린 빨래 바구니를 치우는 모습을 지켜보았다. 이따금 짐을 정리하고 일요일이면 점심을 같이 먹기도 했지만 이내 밀려드는 서류와 버려진 쇼핑백이 식탁을 차지해 결국 텔레비전 앞에서 무릎에 접시를 올려놓고 식사하기 일쑤였다.

저스틴이 문을 열었다. 아이들이 어릴 때 달려나와 나를 반기던 모습이 떠올랐다. 테스코에서 여덟 시간씩 재고를 정리하고 돌아오면 아이들은 나를 몇 달 동안 못 본 사람처럼 맞아주었다. 학년이 올라가면서 방과 후면 나는 아이들을 돌봐주는 멜리사네 집으로 가는 일이 늘어났다. 물론 아이들은 돌보미가 필요 없을 만큼 컸다고 말했지만 멜리사가 보살펴주는 것을 좋아하는 눈치였다.

"다녀왔어요."

내가 큰 소리로 인사했다. 사이먼이 주방에서 와인 한 잔을 들고 나왔다. 그는 내게 와인을 건네고 입을 맞춘 뒤 허리를 당겨 끌어안았다. 그에게 멜리사의 카페에서 산 음식 봉투를 건넸다.

"두 분 못 봐주겠어요."

케이티가 손을 쫙 펴고 팔을 벌리며 거실에서 나왔다.

"차와 같이 먹을 게 뭐예요?"

사이먼이 나를 봐주고는 봉투를 들고 주방으로 들어갔다.

"소시지와 감자튀김이야."

나는 케이티가 코를 찡긋거리며 칼로리가 어떻다고 투덜거리기 전에 선수를 쳤다.

"냉장고 안에 양상추 있어. 너는 샐러드랑 먹으면 돼."

"그런다고 해서 굵은 발목이 가늘어지지는 않아."

저스틴이 케이티를 놀렸다. 케이티가 저스틴 팔을 때리자 저스틴은 뒤로 피하더니 계단을 두 칸씩 올라 위층으로 갔다.

"둘 다 철 좀 들어."

열아홉 살인 케이티는 현재 55사이즈로 몇 년 전의 통통한 모습이 전혀 남아 있지 않다. 발목도 굵지 않다. 딸아이를 껴안으려고 다가갔다가 매니큐어를 바르는 중이라는 사실을 떠올리고 대신 뺨에 입을 맞췄다.

"미안하구나, 케이티. 엄마가 너무 피곤해서 그래. 포장 음식은 전혀 해롭지 않을 거야, 적당히만 먹으면. 안 그러니?"

"오늘 일은 어땠어, 자기?"

사이먼이 물었다. 그는 나를 따라 거실로 왔다. 나는 소파에 편안하게 몸을 파묻은 채 잠시 눈을 감고 한숨을 내쉬었다.

"괜찮았어요. 그레이엄이 파일 정리를 시킨 일만 빼면."

"그건 엄마 일이 아니잖아요."

케이티가 말했다.

"화장실 청소도 내 일은 아니지. 이제는 뭘 시켰는지 아니?"

"웩! 그 사람은 정말 밥맛없어요."

"그런 대우를 참으면 안 돼."

사이먼이 내 옆에 앉았다.

"부당하다고 말해야지."

"누구한테요? 그레이엄이 사장인데."

그레이엄 할로는 주위 사람들을 하찮게 만들며 자존감을 세우는 부류다. 그 점을 알고 있기에 웬만한 일에는 개의치 않는다.

화제를 돌리려고 커피 테이블에 던져둔 〈런던 가제트〉를 집어들었다. 여전히 축축하고 글씨 일부가 흐리지만 채팅 광고가 보이도록 신문을 반으로 접었다.

"엄마, 왜 그런 광고를 보고 있어요?"

케이티가 웃으며 말했다. 딸아이는 손톱에 탑코트를 바르고는 식탁에 올려둔 자외선램프 안에 손을 집어넣었다.

"아저씨 대신 새로운 남자를 만나려는지도 모르지."

저스틴이 거실로 걸어나오며 말했다. 아들은 회색 트레이닝 바지와 스웨트셔츠로 갈아입고 한 손에는 휴대전화, 다른 손에는 소시지와 감자튀김 접시를 들고 있었다.

"하나도 재미없어."

사이먼이 말했다. 그는 내게서 신문을 가져갔다.

"그런데 정말로, 왜 이런 광고를 보고 있는 거야?"

사이먼이 눈썹을 찡그리자 그의 얼굴에 그림자가 드리웠다. 나는 저스틴을 쳐다보았다. 사이먼은 나보다 열네 살이 많은데 가끔 거울을 보면 나도 그 또래로 보일 때가 있다. 서른 살 때는 전혀 없던 눈주름이 생겼고 목도 자글거리기 시작했다. 나는 우리 둘의 나이 차이를 전혀 신경 쓰지 않았지만 사이먼은 내게 자주 그 점이 걱정된다고 말하고는 했다. 저스틴은 그 사실을 알아채고 기회가 될 때마다 부각시켰다. 사이먼을 화나게 하려는지 내게 대들려는지는 모르겠지만.

"이 사진 나랑 닮지 않았어요?"

나는 앤젤의 '성숙한' 서비스 아래 박스 광고를 가리켰다. 저스틴이 사이먼의 어깨너머로 몸을 기울였고 케이티도 자외선램프에서 손을 빼고 신문을 들여다보았다. 잠시 모두 아무 말 없이 광고를 응시했다.

"그렇네요."

저스틴에 이어 케이티도 덧붙였다.

"좀 그런 편이에요."

"엄마는 안경을 쓰잖아요."

"항상 쓰지는 않아."

내가 말했다.

"가끔 콘택트렌즈를 껴."

마지막으로 착용한 것이 언제인지는 기억나지 않았다. 안경은 불편하지 않았다. 지금 사용하는 검은 뿔테 안경이 마음에 들었고 안경을 쓰면 학창 시절보다 지적으로 보여서 좋았다.

"누군가 장난치는 걸지도 몰라."

사이먼이 말했다.

"findtheone.com이라. 누군가 장난으로 데이트 업체에 당신 사진을 올린 걸까?"

"누가 그런 짓을 했을까요?"

혹시나 하고 아이들을 쳐다보았지만 케이티는 나처럼 모르겠다는 얼굴이었고 저스틴은 감자튀김을 먹느라 바빴다.

"그 번호로 전화해봤어?"

사이먼이 물었다.

"분당 1.5파운드나 하는데 어떻게요? 농담이죠?"

"엄마가 등록한 거 아니에요?"

케이티가 짓궂게 말했다.

"용돈 벌려고? 말해봐요. 우리한테 털어놔도 돼요."

광고를 처음 보았을 때의 불편한 마음이 풀리면서 웃음이 났다.

"누가 날 위해서 분당 1.5파운드나 쓸지 모르겠구나, 케이티. 나랑 정말 닮았지, 안 그래? 너무 놀랐어."

사이먼이 주머니에서 전화기를 꺼내며 어깨를 가볍게 으쓱했다.

"당신 생일을 기념해서 누군가 장난친 걸 거야."

그는 스피커폰으로 전환하고는 번호를 눌렀다. 너무 우스웠다. 온 가족이 〈런던 가제트〉 앞에 모여 앉아 성인 광고 전화를 걸다니.

"지금 거신 번호는 없는 국번입니다."

나도 모르게 참았던 숨을 내뱉었다.

"이제 됐어."

사이먼이 이렇게 말하고는 내게 신문을 건넸다.

"그런데 내 사진이 왜 실렸을까요?"

생일을 챙기지 않은 지 오래되었을 뿐더러 나를 데이트 서비스에 등록한다고 해서 재미있어할 사람도 딱히 떠오르지 않았다. 사이먼을 좋아하지 않는 누군가가 있을지도 몰랐다. 우리 둘 사이에 문제가 생기기를 바라는 사람. 매트일까? 하지만 이내 그 생각을 지웠다.

사이먼은 광고에 마음을 쓰는 것 같지 않았지만 나는 본능적으로 그의 어깨를 꼭 붙잡았다.

"엄마, 이 사진 속 여자는 엄마와 전혀 달라요. 이 여자는 늙은 새 같은걸요."

저스틴이 말했다.

그 말 어딘가에 칭찬이 깃들었을 거라고 생각했다.

"오빠 말이 맞아요, 엄마."

케이티가 다시 광고를 보았다.

"많은 사람이 자기 아닌 누군가를 닮았잖아요. 제가 일하는 곳에도 아델을 닮은 여자애가 있어요."

"그렇구나."

나는 마지막으로 광고를 한 번 더 보았다. 사진 속 여성은 카메라를 바로 보고 있지 않았다. 이렇게 해상도가 떨어지는 이미지를 광고에 썼다는 사실이 놀라울 정도였다. 나는 신문을 케이티에게 건넸다.

"재활용 쓰레기로 버려줄래? 설거지하러 갈 때 말이야."

"내 손톱은 어쩌고요!"

케이티가 소리쳤다.

"엄마 발은 어쩌고."

내가 대꾸했다.

"제가 할게요."

저스틴이 커피 테이블에 자기 접시를 내려놓더니 일어났다. 사이먼과 내가 놀란 눈빛을 주고받자 저스틴이 어이가 없다는 듯 눈을 굴렸다.

"왜요? 제가 집에서는 손 하나 까딱 안 한다면서요."

사이먼이 가볍게 웃음을 터뜨렸다.

"그래서 네가 하고 싶은 말이 뭐니?"

"아, 아저씨는 빠져요. 차나 마저 드세요."

"둘 다 그만해요."

내가 화냈다.

"세상에, 누가 자식이고 누가 부모인지 원."

"내 말이 그 말이에요. 아저씨는 아니잖아요……"

저스틴이 내 표정을 보고는 얼른 말을 멈췄다. 조용히 음식을 먹으면서 리모컨으로 채널을 이리저리 돌리다가 사이먼과 눈이 마주쳤다. 그러자 그가 내게 윙크했다. 다 큰 자식들과 사는 힘든 생활 속에서 잠시나마 가진 둘만의 순간이었다.

모두 기름기만 남기고 접시를 깨끗이 비웠을 때 케이티가 일어나 외투를 입었다.

"지금 나가는 거 아니지?"

내가 말했다.

"9시가 훌쩍 넘었어."

딸이 어리둥절한 표정으로 쳐다보았다.

"금요일 밤이잖아요, 엄마."

"어디 가는데?"

"시내요."

케이티가 내 얼굴을 쳐다보았다.

"소피아랑 택시를 탈 거예요. 야간에 교대 근무하고 집에 올 때와 다를 게 없어요."

나는 다르다고 말하고 싶었다. 케이티가 웨이트리스로 일할 때 입는 검은 치마와 흰색 상의는 지금 입고 있는 몸에 꼭 붙는 드레스처럼 도발적이지 않다. 일할 때는 머리를 하나로 묶어서 어리고 순수해 보이지만 오늘 밤은 흐트러지고 관능적인 모습이다. 화장이 과하고 구두 굽이 너무 높으며 빨간 매니큐어도 너무 진하다고 말하고 싶었다.

물론 입 밖으로 꺼내지는 않았다. 나도 한때 열아홉 살이었고 이제 생각을 말로 드러내지 않아야 하는 때 정도는 안다.

"재미있게 놀다 오렴."

하지만 좀더 가고 말았다.

"조심하고. 친구들과 떨어지지 말고. 항상 마실 것 주의하고."

케이티는 내 이마에 입 맞춘 뒤 사이먼에게 몸을 돌렸다.

"할 말씀 더 있어요?"

딸은 미소를 지으며 내게 윙크하더니 현관 쪽으로 걸었다.

"다녀올게요."

케이티가 말했다.

"두 분 점잖게 계세요. 그러지 못할 거면 들키지 마시구요!"

"어쩔 수 없나봐요."

딸이 나간 뒤 내가 말했다.

"저 애가 걱정돼요."

"그 마음 알지만 케이티는 이미 다 컸어."

사이먼이 내 무릎을 꼭 쥐었다.

"자기 엄마를 닮을 거야."

그는 소파에 누워 전화기를 코앞에 대고 있는 저스틴을 쳐다보았다.

"넌 안 나가니?"

"돈이 없어요."

스마트폰에서 눈을 떼지 않은 채 저스틴이 말했다. 내가 앉은 자리에서는 그 파랗고 하얀 대화창이 너무 작아서 읽을 수 없었다.

저스틴은 트레이닝 바지 위에 빨간 반바지를 덧입고 실내인데도 후드를 뒤집어쓰고 있었다.

"멜리사가 금요일마다 주급을 주지 않니?"

"주말 뒤에 준다고 했어요."

저스틴은 여름부터 카페에서 일했다. 나는 그 아이가 다른 직업을 가질 수 있을 거라는 희망을 거의 접었다. 면접을 몇 번 보았다. 한 곳은 레코드 가게였고 다른 곳은 드럭스토어였는데 이내 아들이 절도 전과가 있다는 사실을 알아차려서 잘되지 못했다.

"당신이 이해해야 해."

사이먼이 말했다.

"공금에 손댈지도 모르는 사람을 채용하려는 곳은 없겠지."

"그때 저스틴은 겨우 열네 살이었어요."

나는 그만 방어적으로 굴고 말았다.

"부모가 막 이혼하고 전학까지 하게 된 상황이었어요. 상습 절도범이 아니라고요."

"그렇다고 해도."

나는 말을 멈췄다. 사이먼과 말싸움을 벌이고 싶지 않았다. 저스틴은 직장을 얻을 수 없는 조건이지만 그 아이를 안다면…… 나는 멜리사에게 사정했다.

"배달은 어떨까? 전단지 나눠주는 일도 괜찮아. 뭐든 시켜만 줘."

저스틴은 정규 교육을 마치지 못했다. 계산대를 보는 다른 아이들처럼 책을 많이 읽지도 않았다. 여덟 살 때까지 알파벳도 몰랐다. 커갈수록 학교를 보내기가 힘들어졌다. 그 아이에게는 철도 아래 도롯가와 쇼핑몰이 교실보다 더 흥미로운 곳이었다. 저스틴은 컴퓨터 과학 중등 검정고시를 치는 날 학교에 가지 않았고 철도로 경고를 받았다. 그제야 교사들은 저스틴이 난독증이라고 결론을 내렸지만 손쓰기에는 너무 늦었다.

멜리사는 생각에 잠긴 얼굴로 나를 보았다. 친구 사이의 선을 넘어 그녀를 불편하게 만들지는 않았는지 염려되었다.

"매장에서 일하면 돼."

그 말에 뭐라고 답해야 할지 몰랐다. 고맙다는 말로는 부족했다.

"최저 시급으로."

멜리사가 활기찬 목소리로 말했다.

"수습 기간도 거치고. 월요일부터 금요일까지 오전과 오후에 교대로 근무하고 가끔 주말에도 와야 해."

"큰 신세를 졌어."

그녀는 내 감사에 손사래를 쳤다.

"친구 좋다는 게 뭐겠어."

"이제 직장이 있으니 엄마에게 생활비를 내야 하지 않을까?"

사이먼이 말했다. 나는 그를 날카롭게 쳐다보았다. 사이먼은 한 번도 부모 노릇을 한 적이 없었다. 이건 우리가 나눌 필요가 없는 대화였다. 처음 사이먼을 만났을 때 두 아이는 각각 열여덟 살과 열네 살이었다. 비록 그렇게 행동하지는 않았지만 이미 성인과 같은 권리를 가지고 있었다. 아이들에게는 새 아빠가 필요하지 않았고 고맙게도 사이먼

역시 그렇게 되려고 한 적이 없었다.

"케이티에게는 생활비를 내라고 한 적 없잖아요."

"그 애는 너보다 어리잖니. 넌 스물둘이야, 저스틴. 자립하기에 충분한 나이가 됐어."

저스틴이 꼰 다리를 풀더니 곧바로 자리에서 일어났다.

"정말 웃기지도 않네요. 저한테 생활비를 내라고 하기 전에 본인이 먼저 그래보시죠?"

나는 이 상황이 싫었다. 내가 사랑하는 두 사람이 서로 물어뜯는 모습을 지켜보는 것이.

"저스틴, 사이먼에게 그런 식으로 말하지 마."

한쪽 편을 드는 것은 이성적인 행동이 아니었다. 저스틴의 눈을 처다보니 아이는 내게 배신감을 느끼는 것 같았다.

"사이먼은 자기 생각을 제안한 거야. 난 생활비를 달라고 하지 않을 거야."

앞으로도 그러지 않을 것이다. 사람들이 내가 무르다고 생각해도 상관없다. 나는 생각을 바꾸지 않을 것이다. 저스틴에게 숙식하는 대가로 생활비를 내라고 하면 남는 돈이 거의 없을 것이다. 미래를 생각하지 않고 어떻게 인생을 살아갈 수 있을까? 나는 케이티보다 어린 나이에 임신해 부모님의 실망을 한 몸에 받으며 여행 가방에 옷 몇 벌만 챙겨 집을 나왔다. 내 아이들에게는 그보다 좋은 대우를 해주고 싶다.

하지만 사이먼은 그냥 넘어가지 않았다.

"일자리는 찾아보고 있는 거야? 카페도 좋지만 차를 사고 보금자리를 얻으려면 멜리사가 주는 것보다 더 많이 벌어야 해."

저 남자가 대체 왜 저러는지 도무지 모르겠다. 우리는 부자가 아니라도 잘 살고 있다. 아이들에게서 돈을 받을 필요가 없다.

"제가 면허를 따면 아빠가 차 살 돈을 빌려준다고 했어요."

옆에 앉은 사이먼이 발끈하는 것을 느꼈다. 매트 이야기가 나오면 그는 항상 그렇게 반응했다. 그것이 짜증 나는 순간도 있지만 마음 따뜻해지는 경우가 더 많았다. 매트는 다른 누군가가 나를 매력적으로 여길 리 없을 거라고 생각했을 것이다. 그가 질투할 만큼 사이먼이 내게 잘해주는 것이 좋았다.

"네 아빠가 참 자상하구나."

내가 재빨리 말했다. 저스틴에게 마음이 쓰여 무슨 말이라도 해주고 싶었다.

"언제 기회를 봐서 시험을 쳐보렴."

"평생 택시나 운전하면서 살고 싶지는 않아요, 엄마."

저스틴이 어릴 때 나는 그 애와 상당히 가까웠지만 아이는 내가 매트를 떠난 일을 결코 용서하지 않았다. 모든 상황을 알면 나를 이해하겠지만 아이들이 아빠를 나쁘게 생각하도록 만들고 싶지 않았다. 나처럼 상처받는 꼴을 보고 싶지 않았다.

매트가 외도한 여자는 정확히 케이티와 내 나이의 절반이었다. 그런 사소한 점을 생각하다니 우습다. 그녀를 본 적 없지만 그녀가 어떻게 생겼을지 상상하며 스스로를 고문하고는 했다. 수술 자국 하나 없는 매끈한 스물셋의 몸을 더듬은 남편의 손을 상상했다.

"찬밥 더운밥 가릴 처지가 아니잖아."

사이먼이 말했다.

"택시 운전도 훌륭한 일이야."

나는 놀란 표정으로 그를 쳐다보았다. 전에는 매트에게 야망이 없다고 헐뜯더니 그 자신이 '미래가 없는 직업'이라고 비아냥거리던 일을 내 아들에게 해보라는 것 같아 불쾌했다. 매트는 공대에 다녔다. 하지만 내 생리가 늦어지고 그 이유가 하나뿐이라는 사실을 알게 되자 사정이 완전히 달라졌다. 매트는 대학을 그만두고 그날 바로 직장을 구했다. 동네 건설 현장에서 막노동해 보수를 두둑하게 받았다. 결혼한 뒤 그는 우리 처지를 인식했고 그의 부모님에게서 결혼 선물로 첫 택시를 살 돈을 받았다.

"지금은 카페에서 일하는 걸로 됐어."

내가 말했다.

"네게 꼭 맞는 일이 나타날 거야. 확신해."

저스틴은 소심하게 투덜거리더니 거실을 나서 위층으로 올라갔다. 곧 침대가 삐걱거리는 소리가 났다. 여느 때처럼 노트북 화면이 보일 정도로만 고개를 받치고 누워 있을 것이다.

"저 애는 서른이 돼서도 저 모습 그대로 이 집에 있을 거야."

"저스틴이 행복하기만 하면 돼요. 더 바랄 건 없어요."

"저 애는 행복해."

사이먼이 말했다.

"행복해서 당신에게 붙어살고 있는 거야."

하고 싶은 말이 있었지만 참았다. 이건 불공평하다. 나는 사이먼에게도 집세를 내지 말라고 했다. 이 때문에 언쟁을 벌이기도 했지만 앞으로는 그렇게 하도록 놓아두지 않을 것이다. 우리는 식비와 공과금을 나누었고, 그는 나와 아이들을 외식시키고 여행에 데려갔다. 그는 결점에 너그러웠다. 우리는 공동 계좌를 쓰며 누가 어디에 얼마나 지출했는지 한 번도 걱정하지 않았다.

하지만 집은 내 명의로 되어 있다.

매트와 살 때는 돈이 많이 부족했다. 그는 밤에 일했고 나는 저스틴이 학교에 입학하기 전에 오전 8시부터 오후 4시까지 테스코에서 일했다. 케이티가 태어날 무렵 사정은 한결 나아졌다. 매트는 자신이 감당할 수 있는 수준보다 더 많이 일했고 우리는 점차 호사를 누리기 시작했다. 외식도 하고 여름휴가도 갔다.

매트와 헤어지고 나는 원점으로 돌아왔다. 우리 중 누구도 집을 소유할 형편이 되지 않았고, 나는 이곳에 입주할 보증금을 마련하기까지 몇 년이 걸렸다. 다시는 남자와 생사고락을 함께하지 않겠다고 다짐했다.

다시는 사랑에 빠지지 않겠다고 마음먹었는데, 지금 내 모습은 어떤가.

사이먼이 키스하며 한 손으로 내 턱을 감싸고 다른 손으로는 머리 뒤쪽을 쓰다듬었다. 긴 하루의 끝에 마주한 그에게서 산뜻한 냄새가 풍겼다. 면도 거품과 스킨 향이었다. 그가 손으로 내 머리를 가볍게 잡아당기고 턱을 들어 올려 목에 키스하려 하자 몸속에서 익숙한 열기가 솟아올랐다.

"일찍 잘까?"

그가 속삭였다.

"바로 올게요."

나는 〈런던 가제트〉를 챙기고 접시를 식기세척기에 넣었다. 광고 속 여자가 나를 올려다보는 상태로 신문을 분리수거함에 던져넣었다. 주방 불을 끄고는 내 어리석음에 고개를 저었다. 나일 리 없다. 내 사진을 신문에 내서 무슨 쓸모가 있다고?

4

켈리는 손목에 차고 있던 머리끈을 잡고 머리를 묶으려고 했다. 묶기에는 너무 짧았다. 지난 8월, 2주째 이어지는 더운 날씨에 학생 때부터 길러 허리까지 내려오는 무거운 머리를 잘라버린 결과다. 머리카락 두 가닥이 금세 앞으로 흘러내렸다. 절도 한두 건으로 지명수배 중이었던 칼 베일리스의 조서에 그가 법정에 출두하지 않은 명목까지 합쳐서 작성하는 데 두 시간이 걸렸다. 배고픈 정도를 넘어섰지만 그녀는 혹시나 하는 마음으로 주방에 가보았다. 아무것도 없었다. 케밥이라도 사왔어야 했다. 켈리는 토스트를 몇 장 구워 1층에 있는 자신의 방으로 가져갔다. 큰 사각형에 천장이 높은 공간이다. 흰 페인트가 칠해진 벽에는 액자를 거는 레일이 달렸다. 켈리는 그 아래쪽을 연회색으로 칠하고 경매에서 구입한 커다란 러그 두 장으로 낡은 카펫을 가렸다. 침대와 책상 그리고 그녀가 앉아 있는 붉은 암체어는 모두 이케아에서 구입한 것으로 침대가 놓인 쪽으로 난 중세시대의 베이 창과는 어울리지 않게 현대적이었다.

그녀는 집으로 오는 길에 가져온 〈메트로〉를 대충 넘겨보았다. 켈리의 동료 상당수가 지역 신문을 절대 보지 않는다. 그들은 범죄자라면 직장에서 보는 것으로 충분하다고 여겼지만 켈리는 그런 부분에 채워지지 않는 갈증 같은 것이 있었다. 아이폰으로 실시간 뉴스를 확인하는 것으로 모자라, 은퇴하고 런던에서 켄트로 이사한 부모님 집에 갈 때면 신문에서 지역 위원회 회원들 소식이나 쓰레기와 개 배설물 처리에 관한 크고 작은 뉴스를 즐겨 읽었다.

켈리는 5면에서 원하는 기사를 찾았다. '지하철 범죄 급증'이라는 머리기사 관련 내용이 두 쪽에 걸쳐 실려 있었다.

'성추행, 폭력, 절도에 관한 신고가 늘어나면서 시 경찰청에서 대중교통 범죄 수사팀을 출범했다.'

기사는 무시무시한 범죄 통계를 소개하면서 시작했다. 그 내용만으로도 지하철을 타고 싶지 않을 정도라고 켈리는 생각했다. 통계는 자연스럽게 사례 몇 가지로 이어졌고 런던의 바쁜 교통계에서 가장 빈번하게 일어나는 범죄 유형이 기술되었다. 폭력에 관한 내용으로 눈길을 돌리니 머리 옆 문신이 두드러지는 젊은 청년의 사진이 보였다. 오른쪽 눈에 검게 멍이 들고 얼굴이 보랏빛으로 부풀어올라 한층 비정상적으로 보였다.

표제는 '카일 매튜는 아무 이유 없이 폭행당했다'였다. 켈리는 그 말이 사실이 아닐 수도 있다고 생각했다. 카일을 알지 못하지만 그의 머리에 새겨진 문신에 대해서는 잘 알고 있었다. '이유 없다'는 표현은 그런 문신을 하고 다니는 사람에게는 어울리지 않는 말이었다. 켈리는 여전히 좀더 의심해보아야 한다고 생각했다.

성추행에 관한 내용에 실린 사진은 어두워 여성의 옆모습 정도만 식별할 수 있었다. 그 아래에 '참고 사진'이며 가명을 썼다는 설명이 달려 있었다.

갑자기 켈리의 머릿속에 다른 신문 기사가 떠올랐다. 다른 도시에 사는 여성이었지만 머리기사가 같았다.

그녀는 침을 삼켰다. 마지막 사례로 넘어가니 미소를 짓고 있는 여성의 사진이 보였다.

"〈데일리 메일〉 특유의 슬픈 표정을 지으라고 시킬 건 아니죠?"

캐시 태닝이 사진가에게 물었다.

"절대 아닙니다."

그가 쾌활하게 말했다.

"〈메트로〉용 슬픈 얼굴을 하게 만들 거예요. 분노할 기미가 보이는 그런 얼굴이요. 우선 핸드백을 무릎에 올려놓으세요. 자, 이제 집에 와 보니 남편이 창문 닦는 여성과 당신 침대에 누워 있는 모습을 발견했다고 상상해보세요."

영국 교통경찰의 홍보 담당자가 참석하지 못하는 바람에 켈리가 자진해서 인터뷰에 동행하겠다고 했을 때 캐시는 흔쾌히 동의했다.

"도와주셔서 감사해요."

캐시가 말했다.

"저라면 그러지 못했을 거예요."

"당신 열쇠를 훔친 놈을 잡으면 그때 칭찬해주세요."

켈리는 이렇게 말하면서도 그럴 가능성은 희박하다고 생각했다. 그녀는 한 달간 임시로 소매치기 전담팀에 파견되자마자 캐시 태닝 사건을 맡았다.

"제 잘못이에요."

처음 캐시를 만났을 때 그녀는 이렇게 말했다.

"장시간 일하는 데다 출퇴근하는 데도 시간이 오래 걸려서 그만 잠들고 말았어요. 그동안은 이런 상황을 이용한 사람이 한 명도 없었거든요."

켈리는 캐시 태닝이 가벼운 범죄에 연루되었다고 생각했다. 범죄자는 그녀가 전동차 벽에 기대 조는 동안 가방을 뒤졌고 지갑과 휴대전화를 찾지 못한 대신 열쇠를 훔쳤다고.

"당신 잘못이 아니에요."

켈리가 다시금 캐시를 안심시켰다.

"집으로 돌아가는 길에 잠깐 눈 붙일 권리는 누구나 있잖아요."

켈리는 범죄 경위서를 작성하고 CCTV를 살폈다. 그날 저녁 경찰청 홍보 사무실로부터 전화를 받았을 때 캐시가 지하철 범죄 관련 포스터에 등장할 인물로 적격이라고 생각했다. 켈리는 기사에서 자신의 말이 실린 부분을 살피다 직함이 순경이 아닌 경장으로 되어 있다는 사실을 알아차렸다. 동료 몇몇은 그 기사를 보고 화를 낼 것이었다.

'캐시는 매년 가방이나 외투 주머니를 털리는 수많은 통근자와 관광객 중 한 사람이다. 승객들은 각별히 주의를 기울이고 수상한 점을 발견하면 즉시 영국 교통경찰에게 알리는 것이 좋다.'

켈리는 캐시를 위해 기사를 조심스럽게 오려두고는 그녀에게 도와줘서 고맙다고 문자메시지를 보냈다. 일할 때는 휴대전화 전원을 끄고 사물함에 넣어두지만 캐시에게 도움이 필요한 경우에 대비해 개인 전화번호를 적어주었다.

켈리는 정복을 다 벗지 않은 상태였다. 타이와 견장을 풀고 흰 셔츠

위에 평상복을 걸친 뒤 전투화 끈을 풀려고 몸을 구부렸다. 동창들이 술 마시는 자리에 켈리를 불렀지만 그녀는 새벽 5시에 일어나야 해서 술을 마실 수 없었다. 금요일 밤에 혼자 술에 취하지 않고 멀쩡하게 앉아 있는 일이 즐겁지는 않았지만 토스트, 넷플릭스, 차와 침대면 된다고 생각했다. 그거면 족하다고.

그때 전화벨이 울렸다. 화면에 여동생 이름이 뜨자 켈리는 환하게 웃었다.

"안녕! 잘 지냈어? 꽤 오랜만이네."

"미안해. 일로 바쁜 거 알잖아. 있지, 엄마에게 꼭 어울리는 크리스마스 선물을 찾았는데 우리 예산보다는 조금 비싸. 같이 가서 볼래?"

"좋아. 뭔데?"

켈리는 전투화 한쪽을 벗고 다른 쪽도 마저 벗으며 쌍둥이 동생이 공예 박람회에서 보았다는 꽃병 이야기를 들었다. 11월이 절반을 훌쩍 넘어 몇 주 뒤면 크리스마스였다. 켈리는 자신이 쇼핑에 소질이 없다고 생각했다. 언제나 달아오른 쇼핑 열기를 속으로만 즐기다 크리스마스이브가 되어서야 막바지에 비싼 향수와 속옷을 사는 남성들의 행렬에 동참하는 편이었다.

"아이들은 잘 있어?"

렉시가 다른 가족들 선물에 대해 이야기할 때쯤 켈리가 끼어들었다.

"다들 잘 있어. 짜증 날 때도 있지만 괜찮아. 알피는 학교에 잘 다니고 있고, 퍼거스는 하원하고 집에 들어오는 옷 상태를 보면 어린이집 다니는 걸 재미있어하는 것 같아."

그 말에 켈리가 웃음을 터뜨렸다.

"다들 보고 싶어."

렉시와 남편 스튜어트는 런던에서 가까운 세인트 앨번스에 살지만 켈리는 그들을 자주 만나지 못했다.

"그럼 놀러와!"

"그래, 시간 나는 대로 가야지. 일정 좀 보고 문자로 날짜 알려줄게. 어쩌면 일요일 점심쯤 가능할지도 몰라."

렉시가 만든 선데이 로스트는 수준급이었다.

"12월 초에 며칠 쉴 수 있을 것 같아. 너희 집 소파에 널브러져 있어도 괜찮다면 말야."

"좋아. 언니가 자고 가면 아이들이 좋아할 거야. 그런데 12월 3일은 안 돼. 동창회에 가야 하거든."

렉시는 주저 없이 편안한 목소리로 켈리에게 어떤 동창회며 어디에서 열리는지 말해주었다.

"더럼 대학교 동창회?"

수화기 반대쪽이 잠시 조용했다. 켈리는 동생이 고개를 끄덕이며 말싸움할 때 버릇처럼 턱을 쭉 내밀고 있는 모습을 떠올렸다.

"2005년 신입생 모임이야."

렉시가 밝은 목소리로 말했다.

"그중 절반이나 알아볼 수 있을지 모르겠어. 그래도 애비랑 댄과는 여전히 연락하고 모시도 가끔 만나. 벌써 10년이나 흘렀다는 게 믿기지 않아, 그저 10분 정도 지난 것 같은데. 그냥 알아두라고,"

"렉시!"

렉시가 말을 멈췄다. 켈리는 적절한 단어를 찾으려고 고심했다.

"동창회에 꼭 가고 싶어? 좀 그렇지 않을까……."

켈리는 눈을 이리저리 굴리며 렉시가 스피커폰으로 대화하고 있지 않기를 바랐다.

"모든 일을 들춰내는 게?"

켈리는 의자 가장자리에 걸터앉아 동생이 말하기를 기다렸다. 그리고 목걸이에 달린 반쪽짜리 하트 메달을 만지작거리며 렉시도 여전히 이 목걸이를 하고 있을지 궁금해했다. 그해 가을 대학에 들어가기 직전 두 사람이 함께 산 목걸이다. 켈리는 브라이튼으로, 렉시는 더럼으로 갔다. 태어난 뒤로 하루 이틀을 제외하고 그렇게 오랫동안 떨어지는 일은 처음이었다.

마침내 렉시가 대답했을 때 목소리에는 변함이 없었다.

"들춰낼 건 아무것도 없어. 과거는 과거일 뿐이야. 내가 바꿀 수 없는 거고 그게 날 판단하는 기준이 될 필요도 없어."

렉시는 항상 침착하고 사리분별이 확실했다. 두 사람은 외모가 같지만 둘을 구별하기 어려워하는 사람은 아무도 없었다. 똑같이 턱이 다부지고 코가 좁고 눈동자가 어두운 갈색이었지만 렉시는 편안하고 느긋한 반면 켈리는 쉽게 스트레스받고 화낼 것처럼 보였다. 어릴 때 서로 수없이 역할을 바꾸어도 둘을 아는 사람은 누구도 거기에 속지 않았다.

"난 왜 대학 시절을 재미있게 보내지 못했을까?"

렉시가 말했다.

"친구들과 캠퍼스를 누비며 놀고, 강의를 듣고, 서로 주고받았던 바보 같은 농담을 추억할 수 없을까?"

"하지만,"

"아니 언니, 그 사건 이후로 학교를 그만두고 엄마와 언니가 바란 대로 다른 대학에 갔다면 그놈이 이겼을 거야. 또 그 기억에 무서워 동창회에 가지 않는다면 다시 그놈이 이기는 꼴이 돼."

켈리는 떨고 있었다. 그녀는 몸을 앞으로 굽히고 팔을 무릎에 올린 채 가만히 있었다.

"넌 제정신이 아닌 것 같아. 나라면 그 근처에도 안 갈 거야."

"언니는 내가 아니잖아?"

렉시가 날카롭게 숨을 내쉬며 분노를 고스란히 표출했다.

"누가 들으면 그 일을 겪은 사람이 내가 아니라 언니인 줄 알겠어."

켈리는 아무 말도 하지 않았다. 렉시에게 자신도 그녀만큼 트라우마를 겪고 있다고 어떻게 말할 수 있을까? 경찰대학에 다닐 때 보건 당국에서 나온 누군가가 해준 강의가 떠올랐다. M25에서 일어난 대형 교통사고 사례 연구에 관한 내용이었다. 수십 명이 부상당하고 여섯 명이 목숨을 잃은 참사에서 누가 외상 후 스트레스 장애를 겪었을까? 강사는 우리에게 답을 듣고 싶어 했다. 처음 그 장면을 목격한 고속도로 순찰대? 두 아이가 죽은 것을 알고 오열하는 어머니를 위로한 교통경찰? 아니면 주의력이 부족해 그 사달을 일으킨 탱크로리 기사?

아무도 아니었다.

답은 마침 비번이었던 고속도로 가교 순찰 담당 경찰이었다. 그는 사건을 목격하고 개입해 통제실에 필요한 정보를 제공했지만 결국 자신 앞에 벌어진 비극을 멈추지 못해 무기력해졌다. 그리고 외상 후 스트레스 장애를 얻었다. 더 잘하지 못한 자신을 원망했다. 그는 결국 건강상 이유로 은퇴했고 은둔자가 되었다. 그 상황을 지켜보았을 뿐 아무것도 하지 못한 자신을 용서하지 못했다.

"미안해."

켈리는 대신 이렇게 말했다. 그러자 렉시가 한숨을 내쉬었다.

"괜찮아."

둘 다 괜찮지 않다는 것을 알지만 어느 쪽도 사이가 틀어지기를 원하지 않았다. 다음에 이야기를 나눌 때 렉시는 크리스마스 계획에 대해 말할 것이고 켈리는 좋은 생각이라고 칭찬할 것이며 그렇게 아무 일도 없다는 듯 행동할 것이다.

지난 10년간 그래온 것처럼.

"일은 어때?"

켈리의 마음을 읽은 듯 렉시가 물었다.

"괜찮아. 늘 똑같지 뭐."

쾌활하게 들리도록 노력했지만 렉시는 속지 않았다.

"언니에게는 새로운 도전이 필요해. 특별팀에 다시 지원해보는 건 어때? 언니를 평생 거부하지는 못할 거 아냐."

켈리는 확신할 수 없었다. 그녀는 4년 전 영국 교통경찰 성범죄팀에서 일을 시작했고 정신없이 돌아가는 근무를 불편해했다. 9개월 동안 병가를 내고 새로운 마음으로 복직했지만 징계성 배치를 받았다. 하지만 이내 교대 근무에 몰두했고 지구 치안팀에서 가장 존경받는 경찰이 되었다. 그녀는 제대로 수사하게 되는 날만을 기다리며 아무렇지 않은 척 하루하루를 넘겼다.

"소매치기 전담팀에서 언니가 얼마나 일에 몰두했는지를 참고로 삼을 수 있을 거야."

렉시가 말을 이었다.

"확실히 지금 상관들은 알겠지. 언니가 더 이상 그런 모습을,"

렉시는 말을 어떻게 마무리해야 할지 몰라 하며 갑자기 멈췄다. 켈리가 병가로 쉴 때 땀을 흘리지 않고는 집 밖에 나가지 못할 정도로 상태가 나빴다고 말하지 않으려고.

"지금 있는 곳에 만족해."

켈리가 짤막하게 말했다.

"그만 끊어야겠어. 현관에 누가 왔나봐."

"조만간 우리 보러 올 거지?"

"그래, 약속할게. 사랑해."

"나도 사랑해."

켈리는 전화를 끊고 한숨을 내쉬었다. 런던 지하철에서 일어나는 수많은 소매치기를 소탕하기 위한 전담팀에서의 석 달은 정말 즐거웠다. 4년 동안 정복을 입었기에 사복을 입게 되었다는 변화도 좋았지만 실제로 세상을 더 낫게 만드는 데 일조한다는 보람이 더 컸다. 도시에 사는 많은 사람에게 영향을 끼치는 범죄율을 낮추는 일이기 때문이었다. 켈리가 팀에 합류하고 나서 전문팀이 더 많이 생겼다. 중범죄는 모두 경찰 분대로 집결되고 지구 치안팀은 법률 위반이나 반사회적 행동과 같은 사안을 주로 맡게 되었다. 다시 정복을 입은 지 일주일이 지났지만 칼 베일리스 건을 제외하고 켈리가 하는 일이란 신발을 신은 채 좌석에 앉은 청소년과 금요일 밤 지하 차단막을 뚫고 들어온 취객을 상대하는 것 말고는 없었다. 특별팀으로 돌아갈 준비가 됐을까? 켈리는 그렇다고 생각했지만 그 이야기를 꺼냈을 때 감독관의 반응은 단순명료했다.

"경찰은 기억력이 좋은 편이야, 켈리. 자네를 쓰기에는 부담해야 하는 위험이 너무 커."

그는 켈리를 달래려고 소매치기 전담팀으로 파견했다. 교대 근무에서 한 단계 나아가 감정이 끼어들 위험이 별로 없는 일을 주었다. 그렇게 그녀를 만족시키려는 시도가 있었지만 결국 켈리는 자신에게 부족한 부분이 무엇인지 스스로 깨달았다.

렉시가 옳았다. 이제 앞으로 나아가야 했다.

5

케이티가 한낮이 되기 전에 일어나다니 이상했다. 레스토랑은 점심보다 저녁때 팁을 많이 받아 이른 저녁에 일을 마무리한 적이 한 번도 없었다. 하지만 어제 그 애는 10시가 되기 전에 침실로 올라왔고 방으로 가는 길에 살짝 보니(난 이 버릇이 평생 고쳐지지 않는다) 잠들어 있었다. 침대에 누워 우중충한 월요일 아침을 극복하려고 기운을 내는데 전동 샤워기가 삐걱하더니 덜커덕거렸다. 이런 일은 주말에나 일어났으면 좋았을 텐데.

"고장 난 거야."

사이먼이 동조하듯 말하더니 이불 위로 팔을 뻗어 나를 가까이 끌어당겼다. 나는 꼼지락거리며 몸을 뺐다.

"이러다 늦겠어요. 샤워기 봐줄 사람을 부를게요. 정말 곤란한데."

"돈이 많이 들 거야. 배관공들이 어떤지 알잖아. 문 앞에 도착하기도 전에 100파운드를 달라고 할걸?"

"내가 직접 고칠 수는 없어요. 그리고……"

나는 사이먼을 노려보며 말끝을 흐렸다.

"이봐, 내가 그 정도로 나쁘지는 않아!"

사이먼이 내 옆구리를 찔러 나는 꺄악 하고 비명을 질렀다. 사이먼은 물건을 손보는 실력이 나처럼 형편없었다. 매트와 나는 살림에 여유가 없어 압류된 집을 구입해 직접 고쳐서 살려고 계획했다. 수도관에 두 번이나 구멍을 낸 뒤에야 나는 공구를 쓰지 않기로 약속했고 수리는 택시를 정비하거나 쓰레기를 버리는 일과 같이 남성들 몫이 되었다. 나와 아이들만 남은 뒤 일 대부분을 능숙하게 해내는 데 몇 년이 걸렸다. 그동안 화장실 선반은 세 번이나 떨어졌고 케이티 방의 조립식 옷장은 여전히 비뚤어져 있다. 사이먼의 수리 실력이 나와 비슷하다는 사실을 알았을 때 속으로 상당히 충격을 받았다.

"샤워기를 고칠 수 있는 방법이 있을까? 화장실 전체를 다 수리해야 할 텐데."

사이먼이 말했다.

"빨리 처리하기는 어려울 것 같아요."

나는 크리스마스 선물은 신용카드로 사야겠다고 생각하며 답했다.

"샤워기부터 고치고 나머지는 일단 참는 수밖에 없어요."

이불 속에서 몸을 웅크린 채 사이먼이 나를 따뜻하게 감싸는 것을 느끼며 한쪽 눈으로 시계를 보았다.

"그건 돈 낭비야."

사이먼이 갑자기 이불을 들춰 멀리 치우자 차가운 공기가 밀려들었다. 나는 몸을 일으켜 그를 쳐다보았다.

"당신이 언제부터 돈을 걱정했어요?"

우리가 얼마나 지출하는지 계속 살피는 사람은 나였다. 그것이 습관처럼 몸에 배었다. 반대로 사이먼은 돈이 부족해본 적 없는 사람처럼 편하게 썼다.

"미안해."

그가 부끄럽다는 듯 어깨를 움츠렸다.

"기분이 나빠서. 손이 많이 가는 일을 대충 마무리하기는 싫거든. 완전히 다 고치는 데 얼마나 들지 견적을 의뢰해보면 어떨까?"

나는 꿈의 욕실을 그려보았다. 사이먼과 내가 만난 지 1주년 되는 때 파리에서 머문 호텔 욕실처럼 크롬 도금에 흰 타일로 된 공간.

"우린 그럴 형편이 아니에요, 사이먼. 꼭 크리스마스가 다가와서 쪼들리는 건 아니지만,"

"내가 낼게."

그가 말했다. 사이먼의 눈동자에 경솔하게 발언해 후회하는 기색이 비쳤지만 그는 번복하지 않았다.

"대출금 갚는 것도 도와주지 못하게 하니 내가 새 욕실을 마련할 수 있게 해줘."

지난밤 저스틴이 한 말 때문일까? 거절하려는데 그가 내 손을 잡았다.

"부탁이야. 괜찮은 업체를 찾아볼게. 그런 곳이 있다면 말이지! 자, 이제 그만 대답해줘. 늦겠어. 당신도 마찬가지고."

그가 몸을 일으키자 나도 다리를 옆으로 돌려 폭신한 슬리퍼를 신었다. 맨살에 닿는 잠옷의 감촉이 차가웠다. 나는 몸을 떨며 아래층으로 내려가 불에 주전자를 올리고는 다리 사이에 비스킷 통을 끼운 채 사이먼의 그릇에 음식을 담았다.

샤워기에서 끼익 하는 소음이 멈추고 욕실 문이 열렸다. 발소리와 함께 케이티와 사이먼이 말을 주고받는 소리가 들렸다. 다시 삐걱거리는 소리가 나기 시작했다. 케이티는 오늘 서두른 편이었다. 보통 외출을 준비할 때면 몇 시간씩 욕실에 있었으니까. 그래도 사이먼은 한 번도 불평하지 않았다. 그는 다른 사람을 재촉하는 대신 자신이 샤워하지 않고 나가는 쪽을 택했다.

"10대들이란."

내가 케이티에게 욕실에서 그만 좀 나오라고 하자 그가 어깨를 움츠리며 말했다.

"내가 머리 감는 데 걸리는 시간과는 다를 거야."

그가 손으로 성긴 백발을 쓸어넘기며 유감스럽다는 듯 웃었다.

"당신은 참 이해심이 많아요."

내가 그에게 말했다. 성급한 매트와 달리 인내심이 강한 사람과 살게 되어 정말 다행이다. 나는 사이먼이 이성을 잃는 모습을 본 적이 없다. 이웃들이 수차례 찾아와 저스틴이 틀어놓은 음악 소리가 자기 아이가 지르는 소리보다 크다고 항의했을 때도 그는 침착했다. 사이먼에게는 화내는 유전자가 없었다.

사이먼이 나를 만나기 전에 10년 동안 혼자 살았다고 하니 멜리사는 미간을 찌푸렸다.

"무슨 문제라도 있는 것 아냐?"

"아무 문제도 없어! 그냥 제대로 된 상대를 못 만났을 뿐이야. 그는 완벽하게 가정적이야. 요리도, 청소도, 다림질도 잘하거든."

"네가 그 사람과 헤어지면 내 남편과 바꿔볼까? 닐은 컴퓨터 조립은 잘하지만 진공청소기를 돌리는 건 일부러 피하는 것 같아."

나는 웃었다. 내게도 감이란 것이 있어서 사귄 지 얼마 되지 않았을 때부터 사이먼을 어디로도 보내지 않을 것을 알았다. 처음 그가 내게 키스했을 때의 전율, 첫 데이트를 마칠 무렵 했던 빠르고 엉성한 섹스가 주던 스릴을 기억한다. 모두 내 성격에서 벗어나는 일이었기에 더 신났다. 사이먼의 그런 점이 제일 좋다. 그는 내가 다른 삶을 살 수 있게 해준다. 아이들 엄마나 매트의 여자 친구 혹은 아내가 아닌 조 워커일 수 있게 해준다. 부모님과 살다가 곧이어 매트와 함께 지냈고 서른 살에 혼자가 된 뒤 아이들에게만 신경 쓰느라 내가 누구인지는 중요하지 않았다. 하지만 사이먼을 만나면서 바뀌었다.

쟁반에 차 네 잔을 담아 위층으로 올라갔다. 저스틴의 방문을 노크한 뒤 바닥에 널린 쓰레기를 피해 조심스럽게 발을 딛고 김이 모락모락 나는 컵을 아이 머리맡에 내려놓았다.

"저스틴, 따뜻한 차 마셔."

아들은 꿈쩍도 하지 않았다. 나는 어제 두고 간, 손도 대지 않고 차갑게 식어버린 찻잔을 집어들었다. 그리고 사흘 만에 턱이 움푹 들어가 온화한 모습이 사라진 아들의 얼굴을 내려다보았다. 머리가 자라 얼굴을 덮었고 팔 한쪽은 헤드보드 쪽으로 삐져나와 있었다.

"얘, 7시가 다 됐어."

저스틴이 투덜거렸다. 협탁에 열린 채 놓여 있는 노트북에서 뮤직 포럼 같은 창이 보였다. 검은 바탕에 흰 글씨라 계속 쳐다보면 두통이 생길 것 같았다. 왼쪽으로 저스틴이 온라인에서 쓰는 사진이 보였다. 손으로 카메라를 가려 얼굴은 거의 보이지 않고 손바닥에는 검은색으로 사용자 이름이 적혀 있었다. Game8oy_94.

스물두 살짜리가 열두 살 아이처럼 굴고 있다니. 케이티는 항상 빨리 어른이 되고 싶어 했고 바비 인형과 마이 리틀 포니에서 벗어나려 안달이었는데 남자는 소년인 상태에 오랫동안 머물고 싶어 하는 것 같다.

지난밤 사이먼이 했던 말을 생각해보았다. 정말 저스틴이 서른이 되어도 이 집에 살고 있을까? 전에는 아이들이 절대 집을 떠나지 않았으면 좋겠다고 생각했다. 이 집에서 우리 세 사람이 함께 저녁을 먹는 것이 좋지만 어찌 보면 단지 공동생활일 뿐이다. 케이티와는 가끔 함께 외출하지만 저스틴은 내가 차를 끓일 때면 주방으로 와서 감자 칩을 접시에 꺼내기도 전에 몰래 가져가 도통 이해할 수 없는 GTA 게임을 하며 먹었다. 가족들이 마치 플랫메이트 같다고 스스로에게 농담도 했다. 마침 그때 내 삶에 사이먼이 나타났고 누군가와 인생을 공유하고 싶은 마음이 얼마나 컸는지 깨달았다.

저스틴이 이불을 머리끝까지 뒤집어썼다.

"지각하겠어."

내가 말했다. 여기서 더 지체한다면 나도 그렇겠지.

"몸이 안 좋아요."

낮은 목소리가 들렸다. 나는 이불을 세게 잡아당겼다.

"멜리사가 널 믿고 내준 자리야, 저스틴. 넌 아픈 게 아니야. 내 말 듣고 있니?"

다급한 목소리가 마침내 아들에게 전해졌다. 저스틴은 멜리사가 아니었다면 일자리를 구하지 못했을 거라는 사실을 알고 있다. 내가 그녀에게 부탁하지 않았다면 말이다.

"알았어요. 그만하세요."

나는 저스틴이 침대에 팬티 차림으로 앉아 머리를 비비는 모습을 보고 일어났다.

열린 욕실 문틈으로 후끈한 공기가 새어나왔다. 케이티의 방문을 두드리니 아이가 내게 들어오라고 말했다. 케이티는 화장대로 쓰는 책상 앞에 앉아 수건으로 머리를 말고 깔끔하게 화장한 얼굴에 진하게 눈썹을 그리고 있었다.

"언제 이런 걸 준비했어요? 머리 말리면서 마실게요. 7시 30분에 나 갈 거예요?"

"토스트 좀 구워줄까?"

"그럼 배가 너무 부를 것 같아요. 나중에 챙겨 먹을게요."

케이티는 내게 입을 맞춘 뒤 '진정하고 타우이를 보라'고 적힌 머그 잔을 받았다. 타월로 된 가운 차림이지만 딸아이는 아름다웠다. 다리 도 팔꿈치까지 올라올 만큼 길다. 그 유전자가 어디서 왔는지는 하느 님만 아시겠지. 매트도 나보다는 크지만 키가 아담하고 체격이 다부진 편이었다.

"먹고 찌고."

매트는 두툼한 뱃살을 비비며 웃고는 했다. 사이먼은 그와 정반대로 키가 크고 팔다리가 길어 정장을 입으면 근사하다. 반바지 차림은 정 말 우스꽝스럽지만.

"험한 일이라고는 한 번도 해본 적 없을 거야."

케이티를 집에 데려다주다 사이먼과 문 앞에서 어색하게 마주쳤을 때 매트가 경멸하는 어조로 말했다.

"평생 그럴 필요 없을지도 모르지."

나는 이내 그 말을 입 밖으로 꺼낸 것을 후회했다. 매트는 영리하다. 사이먼처럼 지식이 많지는 않지만 머리가 나쁘지는 않다. 내가 아니었 다면 대학도 마쳤을 것이다.

사이먼에게 차를 건넸다. 그는 이미 옷을 차려입었다. 연푸른 셔츠 와 진청색 정장 바지에 재킷은 아직 옷장에 걸려 있었다. 그는 〈텔레그 래프〉에 소개된 편안한 드레스 코드처럼 넥타이를 매지 않고 면바지 를 입고 다니는 부류는 아니다. 나는 시간을 확인하고 화장실로 들어 가 식구들이 온수를 다 써버리지 않았기를 바랐다. 하지만 바람은 이루어지지 않았고 하는 수 없이 샤워 시간을 줄이기로 했다.

몸을 닦고 있는데 누가 문을 두드렸다.

"거의 다 끝났어요!"

"나야. 이제 나가보려고."

"아!"

나는 축축한 몸에 수건을 두르고 문을 열었다.

"난 우리가 같이 나갈 줄 알았어요."

사이먼이 내게 키스했다.

"오늘 좀 일찍 간다고 말했잖아."

"10분이면 돼요."

"미안해, 정말 가봐야 해. 나중에 전화할게."

사이먼이 아래층으로 내려간 뒤 나는 몸을 말리며 그가 우리와 같이 지하철역까지 걸어가고 싶어 하지 않는다는 점에 실망한 나 때문에 언짢았다. 축구부 남자아이에게 반한 10대 소녀가 자기 마음을 부정하는 것처럼.

사이먼은 뉴스실에서 이른 아침이나 저녁 늦게 교대 근무를 하고 주말 당직도 선다. 몇 달 전인 8월 초에 일정이 바뀌면서 그는 월요일부터 금요일까지 고정적으로 일하게 되었다. 나는 그가 기뻐할 거라고 생각했지만 그는 저녁 시간을 함께 즐기려고 하기보다는 불만에 차 우울해하며 들어오는 날이 많았다.

"난 바뀌는 게 싫어."

그가 설명했다.

"그럼 전처럼 다시 교대 근무하게 해달라고 말해요."

"그런 식으로 진행되지는 않아."

사이먼은 좌절한 듯 내게 인내심을 보이지 않았다.

"당신은 이해 못 해."

그가 옳았다. 나는 이해할 수 없었다. 지금 케이티와 내가 준비를 마치는 10분을 기다려줄 수 없는 이유를 이해할 수 없는 것처럼.

"행운을 빌게!"

사이먼이 아래층으로 내려가며 케이티에게 소리쳤다.

"모두의 코를 납작하게 만들어주고 와!"

"불안하니?"

역으로 걸어가는 길에 케이티에게 물었다. 아이는 아무 말도 하지 않았다. 그것이 대답이었다. 케이티는 한 팔에 포트폴리오를 끼웠다. 그 속에는 제법 비싸게 찍은 7×5 크기의 사진 열두 장이 들어 있다. 케이티는 매 장마다 다른 옷을 입고 다른 표정을 짓고 있다. 모든 사진에서 아이는 아름다웠다. 사이먼이 케이티의 열여덟 번째 생일 깜짝 선물로 촬영비를 냈고 케이티는 전에 없이 행복해했다.

"또다시 거절당하면 어떨지 모르겠어요."

케이티가 조용히 말했다.

나는 한숨을 쉬었다.

"힘든 업계잖니, 케이티. 이런 말은 좀 그렇지만 넌 앞으로도 많이 거절당할 거야."

"고마워요. 엄마가 날 그렇게 생각하고 있다고 알려줘서요."

케이티는 나와 같은 방향으로 가지 않는 사람처럼 머리를 뒤로 넘기며 빠르게 앞장섰다.

"이러지 마, 케이티. 내 말이 무슨 뜻인지 알잖아."

나는 크리스털 팰리스 역 입구에 서 있는 레게 머리 버스커 메건에게 인사를 건넨 뒤 코트 주머니에서 10펜스짜리 동전을 하나 꺼냈다.

메건은 케이티보다 몇 살 더 많다. 언젠가 나이를 물어보자 부모님에게 쫓겨난 뒤 이곳저곳에 얹혀살며 노우드와 브릭스턴 푸드 뱅크에서 나눠주는 무료 음식으로 끼니를 잇고 버스킹을 하면서 지낸다고 알려주었다.

"오늘은 날이 좀 춥지?"

기타 케이스에 던진 동전이 한 줌의 다른 동전 위로 떨어졌다. 그녀는 내게 고맙다고 인사하고는 자연스럽게 다음 가사를 이어 불렀다.

"10펜스는 아무 도움이 못 돼요, 엄마."

역 안으로 들어갈수록 메건의 목소리가 서서히 멀어졌다.

"아침에 10펜스, 저녁에 10펜스야. 그러니 일주일에 1파운드지."

나는 어깨를 으쓱였다.

"1년이면 50파운드라고."

"인심이 아주 후하네요."

케이티가 잠시 말을 멈췄다.

"매주 금요일에 1파운드를 주는 건 어때요? 아니면 크리스마스에 50파운드를 주거나."

우리는 오이스터 카드를 대고 개찰구를 통과해 지상으로 올라갔다.

"그러면 내가 많이 주는 것처럼 느껴지지 않잖아."

그것이 이유는 아니었다. 돈이 문제가 아니라 친절을 베푸는 것이 중요하다. 그렇게 나는 매일 조금씩 친절을 나눌 수 있다.

우리는 워털루 역에서 노던 라인을 타려고 모인 엄청난 무리에 합류해 힘겹게 플랫폼으로 향했다.

"솔직히 엄마, 어떻게 매일 이 고생을 하는지 이해가 안 가요."

"너도 익숙해질 거야."

익숙해지는 것이 아니라 그냥 견디게 되는 것이었다. 런던에서 일할 때 중요한 점이 바로 비좁고 악취가 나는 열차를 타고 견디는 것이다.

"전 싫어요. 수요일과 토요일 밤도 끔찍한데 출근 시간대라니. 세상에, 죽는 게 낫겠어요."

케이티는 레스터 스퀘어 근처 레스토랑에서 웨이트리스로 일한다. 집과 더 가까운 곳에서 자리를 찾을 수도 있지만 도시의 '심장부'에 머무는 것이 좋단다. 포레스트 힐보다는 코벤트 가든과 소호 근처에서 영화감독이나 에이전트를 만날 확률이 높다고 했다. 그 말이 옳을지도 모르지만 18개월째 케이티에게 그런 일은 일어나지 않았다.

오늘 케이티는 레스토랑에 가지 않는다. 오디션을 보는 날이기 때문이다. 길게 늘어선 극 에이전시들 앞에서 자신을 선보이고 뽑히기를 바라야 한다. 아이가 원하는 만큼 믿어주고 싶지만 나는 현실주의자다. 케이티는 아름답고 재능 있으며 훌륭한 배우지만 페컴 중등종합학교 출신의 열아홉 소녀가 크게 유명세를 탈 기회는 내가 로또에 당첨될 확률과 비슷하다. 게다가 나는 로또를 사지 않는다.

"이번 일이 잘 안 되면 엄마가 전에 말한 비서 과정을 한번 생각해봐."

케이티가 경멸 어린 눈으로 나를 쳐다보았다.

"뭔가 대비책이 있어야 하잖아. 그뿐이야."

"자신감을 심어줘서 고맙네요, 엄마."

레스터 스퀘어 역은 사람으로 가득했다. 개찰구 앞쪽에서 우리는 약간 멀어졌고 다시 만났을 때 나는 딸의 손을 꼭 잡았다.

"엄마가 현실적이라서 그래."

아이가 나를 노려보았다고 해서 그 애를 원망할 수는 없었다. 왜 하필 그때 비서 과정 이야기를 했지? 나는 시계를 보았다.

"45분 정도 시간이 있구나. 엄마가 커피 한잔 사줄게."

"저 혼자 마실래요."

마땅한 반응이었지만 딸은 내 상처받은 눈길을 알아차렸다.

"오디션 대본을 봐야 해서 그래요."

"알아. 그럼 행운을 빌어. 진심이야, 케이티. 잘하길 바란다."

딸이 걸어가는 모습을 지켜보면서 있는 그대로 아이에게 만족할 수 있기를 바랐다. 사이먼이 일하러 가기 전에 케이티를 격려한 것처럼.

"좀더 열정이 있었다면 상처받지 않았을 텐데."

멜리사는 빵에 마가린을 듬뿍 바르고 그쪽이 안으로 가도록 한 쌍씩 쌓으며 바쁜 점심시간을 준비했다. 유리로 된 캐비닛에는 마요네즈에 버무린 참치, 훈제 연어, 갈아놓은 치즈가 놓여 있었다. 코벤트 가든에 있는 카페는 '멜리사네 2호점'으로 애널리 로드점보다 규모가 크다. 창가에 스툴이 놓여 있고 테이블 대여섯 개와 철제 의자는 청소부가 바닥을 닦기 편하도록 매일 밤 한쪽 모퉁이에 쌓아놓는다.

"케이티에게 거짓말해야 했다는 거야?"

오전 9시 50분이라 카페는 비어 있었다. 지저분한 회색 롱코트를 입은 나이젤이 움직일 때마다 공기 중에 땀 냄새가 풍겼다. 그는 매일 창가에 앉아 차를 마시는데 아침 10시면 멜리사는 그에게 점심시간에는 자리를 피해달라며 내보냈다. 멜리사는 나이젤이 카페 밖 인도에 앉아 모자를 바닥에 놓고 구걸하는 모습을 보고 그를 가엾게 여겨 카페 안으로 들어오게 했다. 그녀는 가격표에 적힌 것보다 2파운드 적은 50펜스에 차를 내주었고 나이젤은 그 기회를 놓치지 않았다.

"그냥 지지해줘."

"그러고 있어! 근무시간을 빼서 같이 지하철을 타고 갔다고."

"케이티도 알고 있어?"

나는 아무 말도 하지 않았다. 오디션을 마칠 때까지 기다리려고 했지만 케이티는 나와 어울리고 싶지 않다는 의사를 분명히 밝혔다.

"격려해줬어야지. 나중에 할리우드 대스타가 돼서 엄마가 재능이 전혀 없다고 구박했다고 〈헬로우〉에 폭로하면 어쩌려고 그래."

나는 웃음을 터뜨렸다.

"너도 그런 기사는 보고 싶지 않잖아. 사이먼은 그 애가 잘될 거라고 굳게 믿고 있어."

"그럼 됐네."

멜리사가 그렇게 말하고 이야기는 마무리되었다. 그녀의 푸른 머리 망사가 헐거워진 것을 보고 멜리사가 다시 손을 씻을 필요가 없도록 매무새를 고쳐주었다. 멜리사는 머리가 길고 탐스러우며 꽤나 복잡해 보이는 머리 모양도 몇 초 만에 만든다. 일할 때는 펜으로 머리를 고정시켜 의도치 않게 보헤미안처럼 보이기도 하지만 평소에는 청바지와 앵클부츠에 깔끔한 흰색 셔츠를 입고 소매를 팔꿈치까지 접어 남편과 달리 새하얀 피부를 드러낸다.

"고마워."

"그런데 사이먼은 자기가 베스트셀러 작가가 될 거라고 확신하고 있기도 해."

씩 웃으며 장난스럽게 말했지만 곧 그를 무시한 것 같아서 마음이 불편해졌다.

"실제로 작품을 쓰고 있는 거야?"

"쓰고 있어."

나는 다시 사이먼 편에 서서 균형을 잡았다.

"처음에는 사전 조사를 엄청나게 했는데 아무래도 직장을 다니다보니 시간 내기가 힘든 것 같아."

"어떤 내용인데?"

"첩보 스릴러물인 것 같아. 알잖아, 내 취향은 아닌 거. 메이브 빈치 책이라면 언제든 읽겠지만."

나는 사이먼이 쓴 소설을 읽어본 적 없다. 그가 완성작을 보여주고 싶어 했지만 불안했다. 어떤 내용인지 이해하지 못해 얼마나 괜찮은 책인지 판단할 수 없을까봐. 물론 아주 좋은 작품일 것이라 믿는다. 사이먼은 글을 아름답게 쓴다. 그는 〈텔레그래프〉에서 가장 경력이 많은 기자로, 나를 처음 만났을 때부터 작품을 쓰고 있었다.

카페 문이 열리고 양복을 입은 남성이 들어왔다. 그는 멜리사의 이름을 부르며 그녀와 인사했다. 멜리사는 남자의 커피를 만들며 날씨 이야기를 나눴다. 익숙한 듯 그에게 묻지도 않고 우유와 설탕을 넣었다.

벽의 잡지꽂이에 금요일자 〈메트로〉 한 부가 걸려 있어 멜리사가 일하는 동안 보고 있기로 했다. 앞서 본 사람이 '지하철 범죄 급증'이라는 머리기사가 적힌 쪽을 반으로 접어둔 상태였다. 주위에 아무도 없었지만 본능적으로 핸드백을 품 안으로 당기고 오랜 습관대로 크로스로 맨 가방끈을 잡았다. 저스틴 또래로 보이는 남자아이가 심하게 폭행당한 사진과 울먹이는 표정으로 열린 가방을 무릎에 올리고 있는 여성의 사진이 실려 있었다. 기사를 훑어도 별다른 내용은 없었다. 소지품을 주의하고 밤에는 무리 지어 다니라는 뻔한 내용이었다. 내가 늘 케이티에게 하는 말이었다.

"저스틴이 그러던데 어제 점장이 아파서 병가를 냈다며?"

손님이 나간 뒤 내가 물었다.

"오늘도 병가를 냈어. 그래서……"

멜리사가 푸른 머리 망사를 가리켰다.

"리처드 브랜슨은 자기 왕국을 세울 때 이런 문제를 겪지 않았겠지."

"그 사람도 그랬을 거야. 네가 카페 두 곳을 다 관리할 수 있을지 걱정이야."

나는 멜리사가 노려보는 것을 눈치채고 덧붙였다.

"그래도 아주 멋진 두 카페 왕국이지."

그러자 멜리사가 찔리는 표정으로 말했다.

"셋이야."

나는 놀라 눈썹을 추켜올리며 다음 말을 기다렸다.

"클러큰웰에 하나 더 있어. 그렇게 쳐다보지 마. 난 네가 짐작하고 있을 줄 알았어."

"하지만,"

나는 돌이킬 수 없는 선을 넘지 않으려고 말을 멈췄다. 두 번째 가게가 수익을 내지 못하고 있는데 세 번째 카페를 인수하는 일이 내가 볼 때는 두렵지만 그러니 멜리사는 사업을 하고 나는 직장에 다니고 있지 않을까 생각했다. 멜리사와 닐의 옆집으로 이사했을 때 나는 성인 교육 프로그램으로 부기 강좌를 듣고 있었다. 학교에 다닐 때 수학 성적이 엉망이었지만 매트가 수요일 저녁에만 아이들을 봐줄 수 있어서 내가 선택할 수 있는 강좌는 부기와 소파 천갈이밖에 없었다. 천갈이로 생계를 꾸려갈 수는 없을 것 같았다. 멜리사는 나의 첫 번째 손님이었다.

"지금은 직접 회계를 보고 있어."

그녀에게 부기 과정을 등록했다고 알리자 멜리사가 말했다.

"이번에 코벤트 가든에 있는 새로운 건물을 인수해서 가끔 가서 봐야 할 것 같아. 너는 인건비와 영수증 정도만 살펴주면 되니까 복잡한 건 아무것도 없어."

나는 곧바로 그 기회를 잡았다. 그레이엄 할로가 내게 정규직을 제안하기 1년 전이었고, 나는 여전히 멜리사네와 멜리사네 2호점의 회계를 보고 있다.

"거긴 멜리사네 3호점이야?"

내가 이렇게 묻자 그녀가 웃었다.

"그렇게 4호점, 5호점…… 수가 엄청나게 늘어나겠지!"

점심시간까지 들어갈 필요가 없었지만 11시에 사무실에 도착하니 그레이엄이 시계를 쳐다보며 말했다.

"오늘 들어와줘서 고마워, 조."

언제나처럼 그는 쓰리 피스 정장을 하고 허리 주머니에 회중시계를 넣어두었다.

"전문성이 자신감을 키우지."

한번은 내게 마크 앤드 스펜서 바지 차림에서 벗어나 자신처럼 구식 스타일로 변신했으면 좋겠다는 듯 말한 적이 있다.

나는 꿈쩍도 하지 않았다. 두 시간 동안 외출한 것은 정당했다. 금요일 퇴근 전 그레이엄 본인에게 직접 결재받은 일이다.

"커피 한 잔 드릴까요?"

그레이엄의 화를 누그리는 방법은 아주 공손하게 구는 것밖에 없다. 오래전 깨달은 사실이다.

"정말 좋지. 고마워. 주말은 잘 보냈어?"

"괜찮았어요."

나는 자세하게 이야기하지 않았고 그도 더는 묻지 않았다. 요즘 개인사는 혼자만 간직하려고 한다. 사이먼과 같이 살기 시작했을 때 그레이엄은 내게 일로 알게 된 사람과 데이트하는 것이 부적절하다고 말했다. 사이먼이 소설 집필에 참고하려고 상업 임대료에 관해 물어보러 사무실에 들른 지 몇 달이 지난 뒤에 일어난 일인데도 말이다.

"상사와 연애하는 것도 부적절하지 않나요?"

당시 나는 팔짱을 끼고 그의 눈을 똑바로 쳐다보며 대답했다. 매트가 바람을 피웠다는 사실을 알고 6주가 지난 뒤에도 나는 여전히 엉망이었고 어떻게 해야 할지 몰라서 혼란스러웠다. 그때 그레이엄 할로가 내게 데이트를 하자고 했고 나는 거절했다.

"당신이 안타까워서 그랬어."

몇 년 뒤 언쟁을 벌일 때 그가 이렇게 말했다.

"그때는 당신의 기를 살려줘야 한다고 생각했어."

"맞아요. 고마워요."

"당신의 새 남자도 그렇게 생각하고 있을지 몰라."

나는 그 말에 걸려들지 않았다. 사이먼은 나를 불쌍히 여기지 않았다. 나를 사랑했다. 그는 내게 꽃을 선물하고 근사한 레스토랑에 데려갔으며 무릎에 힘이 빠질 정도로 짜릿하게 키스해주었다. 만난 지 몇 주밖에 되지 않았지만 알 수 있었다. 그냥 알았다. 그레이엄은 나를 측은하게 여겼다면서도 내가 자신을 거절했다는 사실을 결코 용서하지 않았다. 아이들이 아파서 집에 일찍 가보아야 할 때나 지하철이 지연되어 사무실에 늦는 경우도 절대 봐주지 않았다. 거절당한 순간부터 그는 원칙대로만 행동했고 나는 규정을 어길 위험을 감수하는 일이 늘어났다.

그레이엄이 코트를 걸치고 사무실을 나섰다. 일정표에는 아무 언급이 없었지만 그는 개와 관련해서 사람을 만나러 간다는 식으로 말했고 나는 혼자 있게 되어 좋았다. 월요일답지 않게 사무실이 조용해서 오랫동안 미뤄둔 봄맞이 대청소를 시작했다. 서류를 파쇄하고 먼지가 앉은 자주달개비 화분도 치웠다.

그때 휴대전화 진동이 울리며 매트에게서 문자메시지가 왔다.

ㅋㅌ는 괜찮아?

그는 이런 식으로 사람들 이름을 줄여 불렀다. 케이티는 ㅋㅌ, 저스틴은 ㅈㅅ, 나는 싸울 때만 조였다.

사이먼과 관계가 있다면 그를 ㅅㅁ이라고 부르겠지.

아직 연락 못 받았어.

나는 이렇게 메시지를 보냈다.

그게 좋은 소식인지 아닌지 모르겠네! 자신 있어 했어?

나는 잠시 생각하고 답장했다.

긍정적이었어.

당신은 어때? X

X가 키스를 뜻한다는 사실을 알았지만 무시했다. 나는 대답하지 않고 청소를 계속했고 몇 분 뒤 그에게서 전화가 왔다.

"당신 또 그랬지?"

"내가 뭘?"

그 말이 무슨 뜻인지 알았지만 이렇게 되물었다.

"그 애를 낙담시켰겠지."

웅얼거리는 것을 보니 담배를 물고 있는 듯했다. 라이터에 불을 붙이는 소리 뒤로 그는 한동안 말이 없었다. 담배를 끊은 지 20년이 다 되어가지만 그가 한 모금 빨아들이자 실제로 내가 연기를 들이마시는 것처럼 느껴졌다.

"안 그랬어."

다시 말하지만 매트는 나를 너무 잘 알았다.

"그럴 의도도 아니었고."

"뭐라고 했는데?"

"그냥 당신한테 말했던 비서 연수 과정에 대해 말했을 뿐이야."

"조⋯⋯."

"왜? 당신 입으로 케이티에게 딱 맞는다고 했잖아."

차 소리가 들렸다. 매트는 승강장에 택시를 세우고 밖에 나와 기대서 있을 것이었다.

"그 애에게 잘해줘. 너무 한쪽으로 몰아세우면 반대쪽으로 빠르게 도망가버릴 거야."

"배우는 제대로 된 직업이 아니야."

나는 언제나 그랬듯 매트 의견에 반대했다.

"그 애에게는 의지할 뭔가가 필요해."

"곧 알아서 찾을 거야. 우리는 그걸 지지해주면 돼."

사무실 청소를 끝내고 그레이엄의 사무실로 들어갔다. 그의 책상은 내 것보다 두 배 더 크지만 정리가 잘되어 있었다. 우리가 지닌 몇 안 되는 공통점 중 하나다. 책상 위에 놓인 탁상 달력에는 미래의 내가 고마워할 일을 오늘 하라고 쓰여 있다. 맞은편에는 신규, 보류, 완료라고 라벨이 붙은 세 칸짜리 미결 서류함이 놓여 있다. 그 앞에 쌓인 신문 더미 맨 위에 오늘자 〈런던 가제트〉가 있었다.

특이할 점은 하나도 없었다. 런던에 있는 사무실 치고 〈런던 가제트〉가 비치되지 않은 곳은 없으므로. 아직 청소가 끝나지 않았지만 수십 부가 켜켜이 쌓인 〈런던 가제트〉를 쭉 살펴보았다. 문을 흘끔 쳐다보고는 그레이엄의 가죽 의자에 앉아 맨 위에 놓인 신문을 집어들었다. 첫 몇 장을 넘겨보고는 자연스럽게 광고란으로 넘어갔다.

갑자기 가슴이 조여오고 손에서 땀이 났다. 며칠 전 신문 마지막 장에서 본 여성의 사진이 있었다.

우리는 모두 습관의 동물이야.

당신도 다르지 않지.

당신은 매일 아침 같은 코트를 걸치고 같은 시간에 집을 나서. 버스나 지하철에서도 선호하는 좌석이 있어. 어떤 에스컬레이터가 가장 빠른지, 어떤 개찰구로 통과해야 하는지, 어떤 매점 줄이 가장 짧은지 정확히 알지.

나도 당신의 그런 점들을 알고 있어.

당신이 항상 같은 가게에서 같은 신문을 집는 것, 매주 같은 시간에 우유를 사는 것, 아이들을 학교에 보낼 때 걷는 방식도 알아. 줌바 수업을 듣고 어느 골목으로 집에 오는지, 금요일 밤 술집에서 친구들과 어울리다가 혼자 걸어온다는 사실도 알아. 일요일 아침 5킬로미터를 달리며 정확히 어느 지점에서 스트레칭을 하는지도 알지.

내가 이 모든 것을 아는 이유는 나 말고는 당신을 지켜보는 사람이 없기 때문이야.

반복되는 일상은 편할 거야. 친숙하고 안정적이겠지.

안심하게 만들겠지.

하지만 그런 일상이 당신을 해칠 수도 있어.

6

업무용 휴대전화가 울리자 켈리는 브리핑실 밖으로 나왔다. '발신번호 표시제한'이라고 뜨는 것을 보니 경찰청 상황실에서 걸려온 전화가 분명했다. 그녀는 귀와 오른쪽 어깨 사이에 전화기를 끼우고 방탄조끼 지퍼를 올렸다.

"켈리 스위프트입니다."

"조 워커 부인에게서 온 전화입니다."

교환원 목소리가 들렸다. 수화기 너머로 수많은 교환원이 전화를 받으며 업무를 분배하는 소리가 들렸다.

"서클 라인에서 일어난 강도 사건에 관해 하고 싶은 이야기가 있답니다. 가방에서 물건을 훔쳐간 사건이요."

"소매치기 전담팀으로 연결해드리세요. 전 며칠 전에 그곳 임무를 마무리하고 지구 치안팀으로 복귀했어요."

"그래서 연결해봤는데 아무도 전화를 받지 않아요. 범죄 보고서에는 여전히 경위님 이름이 올라 있고요. 그래서 말인데……"

교환원이 말끝을 흐리자 켈리는 한숨을 쉬었다. 석 달 동안 소매치기 전담팀에 있으면서 기억 용량을 초과할 정도로 무수한 소매치기 피해자를 만났다. 조 워커라는 이름은 기억나지 않았다.

"연결해주세요."

"감사합니다."

교환원이 안심하는 어조로 대답했다. 켈리는 유리창도 없는 방에 틀어박혀서 화난 일반인의 전화를 상대하는 것이 아니라 현장 일선에 와 있다는 데 다시금 기쁨을 느꼈다. 수화기에서 희미하게 딸각거리는 소리가 들렸다.

"여보세요? 여보세요?"

또 다른 목소리가 수화기에서 흘러나왔다. 여성의 다급한 목소리였다.

"여보세요? 지구 치안팀입니다. 무슨 일이신가요?"

"드디어 연결됐네요! 누가 보면 정보부에라도 연락한 줄 알겠어요."

"그렇게 대단한 부서는 아니라서 죄송하네요. 지하철 소매치기에 대해 하실 말씀이 있다고 들었습니다. 뭘 잃어버리셨나요?"

"제가 아니라,"

켈리는 그 말을 알아듣지 못했다.

"캐시 태닝이에요."

신문에 경찰의 이름이 날 때면 흔히 일어나는 일이었다. 이름과 연락처만 있어도 기사에 등장하는 사람과 전혀 상관없는 누군가가 연락해왔다.

"퇴근길에 잠든 사이 누군가 가방에서 열쇠를 꺼내간 사건 말이에요."

조 워커가 말을 이었다.

"다른 건 다 놔두고 오로지 집 열쇠만요."

이런 절도는 일을 어렵게 만든다. 보고서를 쓰면서 이것을 절도로 보아야 할지 고민할 때 캐시는 열쇠를 잃어버린 것이 아니라고 주장했다.

"가방 다른 칸에 넣어뒀어요."

그녀가 켈리에게 말했다.

"부주의하게 떨어졌을 리 없어요."

배낭처럼 생긴 핸드백은 바깥에 주머니가 달려 있었다. 지퍼와 가죽 버클이 있어서 쉽게 열리지 않는 구조였는데 양쪽 다 풀려 있었다.

CCTV 기록을 보니 캐시가 셰퍼드 부시 역으로 들어왔을 때 가방 주머니 버클은 잠겨 있었다. 그녀가 에핑 역에 내릴 때쯤 버클이 헐거워진 채 주머니가 약간 열려 있었다.

수사를 진행해나가면서 한 가지가 분명해졌다. 캐시는 이상적인 먹잇감이었다. 그녀는 퇴근 뒤 항상 같은 길로 집에 갔고 서클 라인에서 이용하는 객차와 좌석도 늘 같았다. 당시 켈리는 모든 사람이 이렇게 예측할 수 있도록 뻔하게 산다면 자신의 일이 한층 수월해질 것이라 생각했다. CCTV를 보며 캐시의 모습을 살폈지만 그녀에게 접근한 사람은 켈리가 찾던 요주의 인물이 아니었다. 요즘 지하철에서 가장 크게 위협이 되는 대상은 커티스파 아이들인데 그들은 지갑이나 아이폰을 가져가지 열쇠는 훔치지 않는다.

캐시가 절도당하는 순간을 살피다 켈리는 하마터면 범인을 놓칠 뻔했다.

캐시는 가방을 꼭 끌어안고 다리를 꼰 채로 객차 벽에 기대어 자고 있었다. 켈리는 모자 쓴 녀석들을 주시하느라 히잡을 쓰고 아이를 품에 안은 여성들 사이에서 캐시의 다리 가까이 서 있는 남자는 알아차리지 못했다. 남자는 일반적인 소매치기 집단에서 보던 얼굴이 아니었다. 키가 크고 옷을 잘 차려입었으며 회색 스카프를 얼굴 아래쪽과 귀 위까지 돌려 감아 여전히 실외의 추위와 싸우는 것처럼 보였다. 남자는 카메라를 등지고 내내 얼굴을 바닥으로 향하고 있다가 캐시 태닝을 향해 단 한 차례 몸을 기울였다 세웠다. 남자의 오른손이 너무 빠르게 캐시의 가방으로 들어가 무엇을 들고 있는지 볼 수 없었다.

그 주머니에 지갑이라도 들었다고 생각했을까? 아니면 휴대전화? 호기롭게 손을 넣었지만 잡히는 것이라고는 열쇠뿐이었다면? 실망스럽지만 다시 넣어놓는 것보다 그대로 가져가는 쪽이 위험 부담이 적어 길가 휴지통에 넣었을 것이다.

켈리는 소매치기 전담팀의 마지막 날을 캐시의 도둑을 추적하면서 보냈다. 여러 곳을 둘러봐도 해결책을 찾기는 어려워 보였다. 범인이 키 183센티미터 정도인 아시아인이라는 점 말고는 아무것도 파악할 수 없었다. CCTV 카메라는 컬러에 화질이 좋아 지하철 통근자들의 움직이는 모습이 실시간 뉴스처럼 보였지만 신원을 식별할 수는 없었다. 카메라는 오른쪽에 설치되어야 전면 이미지를 완전하게 볼 수 있다. 이 경우처럼 카메라 주변부에서 사건이 발생하면 더 자세히 보려고 확대할수록 픽셀이 커지고 중요한 부분이 흐려져 대상을 제대로 알아볼 수 없었다.

"범죄를 목격하셨나요?"

켈리가 조 워커에게 신경을 돌렸다. 실제로 그 범죄를 보았다면 수사가 확실히 진척될 것이었다. 그녀가 잃어버린 열쇠를 발견하기라도 했다면 감식반에 전달하면 된다.

"제가 도움이 되는 정보를 좀 알고 있어요."

조 워커가 말했다. 자칫 거만하게 들릴 수도 있는 퉁명스러운 어조였지만 그 속에는 어딘가 모르게 불안함이 깃들어 있었다.

켈리가 친절하게 대답했다.

"말씀해보세요."

그때 경사가 나타나 손목시계를 가리켰다. 켈리는 자신의 휴대전화를 가리키며 입 모양으로 '1분만'이라고 말했다.

"피해자인 캐시 태닝 사진이 〈런던 가제트〉 광고란에 실렸어요. 열쇠를 잃어버리기 직전에요."

켈리가 조 워커에게 듣고 싶은 말이 무엇이었든 간에 그 말은 아니었다.

그녀는 자리에 앉았다.

"어떤 광고인가요?"

"저도 확실히는 몰라요. 다른 광고들과 같이 실렸는데 채팅이나 조건 만남 같은 거였어요. 그리고 금요일에 같은 서비스 광고를 봤는데 이번에는 저로 보이는 사진이 실렸더군요."

"그게 무슨 말씀이시죠?"

켈리는 목소리에서 의심이 묻어나는 것을 어찌하지 못했다. 조 워커는 주저하는 듯했다.

"그게, 저처럼 보였어요. 안경을 안 썼지만요. 가끔 콘택트렌즈를 끼우지만 대개 일회용이거든요. 무슨 말인지 아시겠죠?"

조 워커가 한숨을 쉬었다.

"제 말을 안 믿으시죠? 제가 별나다고 생각하시잖아요."

켈리는 정말로 그렇게 생각하고 있었기에 죄책감을 느꼈다.

"전혀 아니에요. 전 그저 사실 관계를 파악하려고 하는 거예요. 광고를 보셨다는 신문 날짜가 언젠가요?"

켈리는 조 워커가 확인해준 두 날짜를 메모했다. 캐시 태닝과 조의 사진이 실린 날은 각각 11월 3일 화요일과 11월 13일 금요일이었다.

"제가 알아볼게요."

그녀는 시간을 낼 수 있을지 확신하지 못했지만 그렇게 말했다.

"맡겨주세요."

"안 돼."

폴 파월 경사는 한 치의 양보도 없었다.

"자네가 사복을 입고 석 달 동안 빈둥거릴 때 우리는 열심히 일했어. 이제 제대로 된 일을 해야지."

파월을 적으로 만들어 좋을 것이 없었기에 켈리는 이를 악물었다.

"캐시 태닝과 이야기만 좀 하게 해주세요."

그녀는 자신의 애원하는 목소리가 듣기 싫었지만 말을 이었다.

"그런 다음에 곧장 복귀할게요."

수사를 미진하게 마무리하는 것만큼 절망적인 일이 없고 조 워커는 제정신이 아닌 것 같았지만 무언가 미심쩍었다. 캐시의 사진이 광고에 실릴 수 있을까? 그녀가 우발적인 범죄 피해자가 아니라 계획적으로 목표물이 된 거라면? 게다가 광고라니? 믿을 수 없었다.

"더 이상 자네 소관이 아니야. 해야 할 질문이 있다면 소매치기 전담반으로 보내. 일하기 싫으면 말만 해……."

켈리가 손을 들었다. 그녀는 멈춰야 할 때를 알았다.

캐시 태닝은 지하철역에서 그리 멀지 않은 에핑 주택가에 살았다. 그녀는 켈리에게서 연락을 받아 기뻐하는 목소리였다. 둘은 켈리가 일을 마친 뒤 세프턴 가에 있는 와인 바에서 만나기로 했다. 켈리는 이 사건을 풀고 싶다면 더 이상 공적으로가 아니라 사적으로 파헤쳐야 한다고 깨달았다.

"그들을 못 찾은 거죠?"

캐시는 서른일곱 살로 셰퍼드 부시 근처 보건소에서 보건의로 근무한다. 곧바로 전화를 받는 것으로 보아 환자가 그리 많지 않은 듯했다. 켈리에게는 잘된 일이었다.

"죄송해요."

"괜찮아요. 정말로 기대하지 않았어요. 그래도 참 흥미롭네요. 광고는 또 뭘까요?"

친절한 〈런던 가제트〉 데스크 직원이 조 워커가 말한 날짜의 신문 광고란을 컬러 스캔해 이메일로 보내주었다. 켈리는 지하철에서 그 사진을 유심히 살폈고 조가 캐시라고 알아차린 사진을 어렵지 않게 찾았다. 〈메트로〉 사진기자가 여러 각도에서 사진을 찍으면서 캐시의 앞머리를 오른쪽으로 넘기고 미간을 약간 찌푸리도록 요구한 일을 기억한다. 〈런던 가제트〉에 실린 사진은 확실히 그녀와 닮았다.

켈리는 캐시가 있는 광고 부분을 잘라내 다른 여성들도 주의 깊게 살폈다. 사진 아래에는 별다른 정보가 없었지만 광고는 조건 만남과 채팅에 관한 내용으로 비슷비슷한 서비스를 제공했다. 보건의가 저녁에는 채팅을 하는 건가? 콜걸처럼?

켈리는 광고 복사본을 받아 제일 먼저 브라우저에 인터넷 주소를 쳐보았다. findtheone.com. URL로 들어가보니 아무것도 없는 페이지가 나타났다. 중앙에 암호를 입력하라는 흰 박스가 떴는데 어떤 암호이며 어떻게 얻어야 하는지에 관한 설명은 없었다.

캐시는 정말 놀란 표정이었다. 잠시 침묵이 흐른 뒤 불편한 웃음이 터져나왔다. 그녀는 광고를 들어 더 자세히 살펴보았다.

"더 예쁜 천사를 찾을 수도 있을 텐데 왜 그랬을까요?"

"이 사진이 본인 맞나요?"

"제 겨울 코트예요."

사진은 얼굴 부분만 나와 있었고 주변이 어두워 장소를 알아보기 어려웠다. 켈리는 사진 배경이 실내라고 생각했지만 그렇게 확신하는 이유를 댈 수 없었다. 캐시는 카메라를 쳐다보았지만 똑바로 응시하지는 않았다. 다른 생각에 정신이 팔린 채 멀리 바라보는 모습이었다. 어두운 갈색 코트의 어깨 부분과 머리 뒤쪽으로 털 달린 모자가 살짝 보였다.

"이 사진 본 적 있어요?"

캐시는 고개를 저었다. 자신이라고 확신했지만 켈리는 그녀가 떨고 있다는 것을 알 수 있었다.

"당신이 이 광고를 내지는 않은 것 같군요."

"NHS 사정이 안 좋긴 하지만 직업을 바꿀 생각은 아직 없어요."

"데이트 사이트에 등록한 적 있나요?"

캐시는 놀란 표정을 지었다.

"이런 걸 물어서 죄송하지만 합법적인 사이트에서 이 사진을 가져왔는지 궁금해서요."

"그런 사이트에 가입한 적이 없어요."

캐시가 대답했다.

"진지한 관계를 끝낸 지 얼마 되지 않아서 다른 남자를 만날 생각은 없거든요."

그녀가 사본을 내려놓으며 와인을 벌컥벌컥 들이키더니 켈리를 쳐다보았다.

"솔직히 말해주세요. 걱정해야 하는 상황인가요?"

"잘 모르겠어요."

켈리가 솔직하게 대답했다.

"당신이 열쇠를 도난당하기 이틀 전에 광고가 났고 전 그 사실을 몇 시간 전에 알았어요. 조 워커라는 분이 발견했는데 그녀 사진도 금요일자 〈런던 가제트〉에 실렸다고 해요."

"그분도 뭔가 도난당했나요?"

"아뇨. 하지만 자기 사진이 신문에 실린 것을 불편하고 있어요."

"저와 같은 심정이겠네요."

캐시는 말을 계속할지 고민하는 듯 잠시 멈췄다.

"켈리, 사실 지난 며칠간 당신에게 전화해야 하나 고민했어요."

"왜 안 했어요?"

캐시가 켈리의 눈을 똑바로 쳐다보았다.

"전 의사예요. 아시겠지만 환상이 아닌 사실에 입각해 판단해요. 전화하고 싶었지만…… 확신이 없었어요."

"무엇에 대한 확신 말인가요?"

또다시 정적이 흘렀다.

"제가 일하러 간 사이 누군가 제 집에 있었던 것 같아요."

켈리는 캐시가 이야기를 이어가길 잠자코 기다렸다.

"확신할 수는 없어요. 뭐랄까…… 심증이 그래요."

캐시가 어이없다는 듯 눈을 굴렸다.

"이런 일로 법정에 설 수는 없잖아요? 그래서 연락하지 않았어요. 그런데 어느 날 퇴근하고 집에 오니 복도에서 남자의 애프터 셰이브 향이 났고, 옷을 갈아입으러 위층으로 올라가니 빨래 바구니 뚜껑이 열려 있었어요."

"당신이 열어둔 것 아니고요?"

"그럴 수도 있지만 가능성이 별로 없어요. 습관적으로 닫아두거든요. 무슨 말인지 아시겠어요?"

캐시가 잠시 말을 멈췄다.

"그리고 속옷이 몇 개 없어진 것 같아요."

"자물쇠를 바꿨죠?"

켈리가 물었다.

"일을 마치고 열쇠 수리공을 기다린다고 했잖아요."

캐시는 당황한 듯했다.

"현관문은 바꿨지만 뒷문은 바꾸지 않았어요. 그러려면 100파운드가 더 드는데 그럴 필요까지는 없다고 생각했거든요. 제 열쇠에 주소가 쓰인 것도 아니고 당시에는 불필요한 지출이라고 여겼어요."

"그럼 지금은……?"

켈리는 말꼬리를 흐리며 질문을 던졌다.

"지금은 둘 다 바꿨으면 좋았을 거라고 생각해요."

7

오후 3시가 되어갈 무렵 그레이엄이 사무실로 돌아왔다.

"점심을 먹으면서 일을 봤어."

느긋한 태도를 보니 반주로 맥주 한두 잔을 마신 듯했다.

"이제 들어오셨으니 잠시 우체국에 다녀와도 될까요?"

"빨리 갔다 와요. 한 시간 뒤에 손님과 매물을 보러 가야 하니까."

이미 필요한 서류를 고무 밴드로 철해 책상 위에 가지런히 놓아둔 상태였다. 그레이엄이 자기 사무실로 들어가는 동안 나는 그것들을 가방에 넣고 외투를 걸쳤다.

밖이 너무 쌀쌀해 입김이 고스란히 보였다. 손을 외투 주머니에 집어넣고 손가락으로 손바닥을 비볐다. 문자메시지 진동이 울렸지만 전화기는 안주머니에 들어 있었다. 좀 있다 봐도 되겠지.

우체국에서 줄을 서 기다리면서 코트 자락을 풀고 전화기를 꺼냈다.

켈리 스위프트 순경에게서 온 문자였다.

최대한 빨리 본인 사진을 보내주시겠어요?

캐시 태닝과 통화했다는 뜻일까? 내 말을 믿어준다는 소리일까? 문자를 읽은 지 얼마 되지 않아서 곧바로 다른 문자가 왔다.

안경을 쓰지 않은 사진으로요.

내 앞에는 여섯 명이 있었고 뒤로는 더 많이 서 있었다. 스위프트 순경은 '최대한 빨리'라고 말했다. 나는 안경을 벗고 휴대전화 카메라를 켰다. 카메라가 내 쪽을 비추도록 잠시 조정한 다음 셀카를 찍는다고 사방에 알리지 않는 수준에서 최대한 팔을 뻗었다. 카메라가 아래에서 위를 향하게 하니 턱이 세 개가 되고 눈 아래가 두툼해졌지만 촬영 버튼을 눌렀다. 찰칵 하고 큰 소리가 났다. 남부끄러웠다. 누가 우체국에서 셀카를 찍는담? 나는 그 사진을 곧바로 순경에게 보내고 그녀가 보았다는 표시를 확인했다. 그녀가 내 사진을 〈런던 가제트〉 광고와 비교해보고 비슷하다고 말해주기를 기다렸지만 연락은 오지 않았다.

대신 케이티에게 오디션이 어땠는지 묻는 메시지를 보냈다. 몇 시간 전에 이미 마쳤을 테지만 오늘 아침 내 말투 때문에 먼저 연락하지 않을 것을 알았다. 나는 전화기를 주머니에 집어넣었다.

사무실로 돌아와보니 그레이엄이 내 책상 앞에서 몸을 굽히고 맨 위 서랍을 뒤지고 있었다. 내가 문을 열자 그는 곧바로 몸을 세웠다. 부끄러워서가 아니라 나에게 들켜서 짜증이 난 듯 목덜미가 벌겋게 달아올랐다.

"뭘 찾으세요?"

그 서랍에는 봉투, 펜, 고무 밴드밖에 없었다. 나는 그가 다른 것을 찾는지 궁금했다. 중간 서랍에는 찾아보기 편하게 날짜순으로 정리한 낡은 메모들이 있다. 맨 아래 서랍은 잡동사니 칸으로, 지하철을 타기 전 강변을 산책할 때 신을 운동화, 스타킹, 화장품, 탐폰이 들어 있다. 그에게 개인 소지품에 손대지 말라고 말하고 싶었지만 그러면 그가 뭐라고 할지 뻔했다. 여기는 그의 사무실이고 이 책상과 서랍 역시 그의 것이었다. 그레이엄 할로가 집주인이라면 집을 점검하는 날 벨도 누르지 않은 채 문을 열고 들어올 것이다.

"공동 주택 열쇠. 선반에 없어서."

나는 복도 벽 파일 캐비닛 옆에 금속으로 된 열쇠 선반으로 가보았다. 공동 주택은 사무실 지구 내에 있는 커다란 복합 건물로 시티 익스체인지라고 부르는 곳이다. 나는 'C'칸에서 바로 열쇠를 찾았다.

"그 건은 로넌이 담당하는 줄 알았는데요?"

로넌은 중견 협상가 중 가장 신참이다. 협상가는 모두 남자인데, 그레이엄은 여자가 협상을 할 수 있다고 생각하지 않기 때문이다. 같은 양복을 매일 바꿔 입는 듯 다들 비슷비슷해 보이며 한 명이 나가면 며칠 뒤 다른 사람이 들어온다. 오래 근무하는 사람을 본 적이 없다. 괜찮은 협상가들은 별로인 협상가만큼이나 자주 바뀐다.

내 질문을 듣지 못했는지 무시했는지 모르겠지만 그는 내게서 열쇠를 가져가더니 처칠 플레이스의 새 세입자가 임대 계약서에 서명하러 올 것이라고 알려주었다. 그가 사무실을 나서자 문에 달린 벨이 울렸다. 그는 로넌을 믿지 않았다. 그것이 문제였다. 그레이엄은 우리 중 누구도 믿지 않았고, 그래서 사무실에 있는 대신 밖에 나가 모든 부분을 일일이 살폈다.

캐넌 스트리트 역은 정장을 한 사람들로 붐볐다. 나는 복잡한 인파를 뚫고 겨우 승강장에 도착했다. 첫 객차는 항상 다른 곳보다 사람이 적고 화이트 채플 역에 내리면 곧장 출구로 이어진다.

지하철 좌석 뒤에서 때 묻은 선반에 내팽개쳐진 오늘자 〈런던 가제트〉를 집어들었다. 뒤쪽으로 휘휘 넘겨 광고란에서 걸리지 않는 전화번호 0809 4 733 968이 적힌 광고를 보았다. 오늘 실린 여성은 검은 머리에 흰 치아를 드러내며 환하게 웃고 있었다. 작은 은 십자가가 달린 목걸이를 하고 사진 아래쪽으로 풍만한 가슴이 약간 보였다.

그녀는 자기 사진이 광고에 도용되었다는 사실을 알까?

스위프트 순경에게서는 아직 연락이 없었다. 불안한 상황이 아니라 안심해야 하는 일이라고 스스로를 다독였다. 걱정되는 일이 있다면 그녀가 곧장 연락해왔을 것이다. 검사 결과가 좋지 않으면 의사가 전화하는 것처럼. 무소식이 희소식이라는 말도 있지 않은가? 사이먼이 옳다. 광고 속 사진은 내가 아니다.

화이트 채플 역에서 환승해 지상철을 타고 크리스털 팰리스로 향했다. 걸어가는데 뒤에서 발소리가 들렸다. 특별할 것은 없었다. 지하철 역에서는 무수한 사람이 걷고 뛰고 종종거리는 소리가 통로에 부딪쳐 더 크게 들리니까.

하지만 이 발소리는 어딘가 느낌이 달랐다.

나를 쫓아오는 소리 같았다.

열여덟 살, 저스틴을 임신하고 얼마 되지 않았을 때 상점에 들렀다 집으로 가는 길이었다. 엄마가 되니 경계심이 커져서 골목마다 위험한 것들이 눈에 띄었다. 깨진 보도블록에 걸려 넘어질 수도 있고 자전거를 탄 사람과 부딪힐 수도 있었다. 내 몸 안에서 자라고 있는 생명을 책임져야 했기에 길을 건너는 일조차도 아기를 위험에 처하게 하는 행동 같았다.

매트의 어머니에게 운동하러 간다고 말하고는 우유를 사러 나갔다. 나를 받아준 데에 작게나마 보답하고 싶었다. 날은 어두웠고 집으로 돌아가는데 누군가 따라오는 것을 느꼈다. 소리도 감각도 없었지만 내 뒤를 밟으며 들키지 않으려고 한다는 것을 알았다.

그때와 기분이 똑같았다.

당시에는 무엇이 최선인지 몰라서 길을 건넜다. 그러자 뒤따라오던 사람도 길을 건넜다. 그는 내가 들어도 상관없다는 듯 소리 내어 걷기 시작했다. 뒤돌아보니 매트 또래로 보이는 남자가 서 있었다. 후드 티셔츠 앞주머니에 손을 깊이 찔러넣고 스카프로 얼굴을 반쯤 가린 모습이었다.

일렬로 늘어선 집들 뒤쪽으로 매트의 집으로 가는 지름길이 있었다. 골목보다 조금 넓은 수준이었다. 그쪽으로 가면 빠를 거라고 계산했다. 나는 제대로 생각할 수 없었고 그저 어서 집에 돌아가고 싶었다.

모퉁이를 돌자마자 달렸고 남자도 뛰기 시작했다. 내가 쇼핑백을 떨어뜨리자 우유의 플라스틱 뚜껑이 열리면서 길바닥에 커다랗게 흰 얼룩이 생겼다. 몇 초 뒤 나도 넘어졌다. 비틀거리며 무릎을 세우고 손으로 배를 감쌌다.

모든 일은 금세 끝났다. 그는 눈만 내놓은 채 내 주머니를 뒤지더니 지갑을 꺼내 그대로 달아났다. 나는 바닥에 가만히 있었다.

발소리가 더 가깝게 들렸다.

나는 속도를 높였다. 뛰지 않고 최대한 빨리 걸으려고 애썼더니 평소와 같지 않은 보폭에 몸의 균형이 깨져 가방이 옆으로 흔들렸다.

저 앞쪽에 소녀 무리가 보여서 그들을 따라잡으려고 노력했다. 수가 많으면 안심할 수 있다고 생각했다. 그들은 달리고 점프하고 웃고 있을 뿐 위협적으로 보이지는 않았다. 내 뒤에 가까워지는 크고 육중한 발소리만큼 위협이 되지는 못했다.

"이봐!"

소리가 들렸다.

남자 목소리였다. 거칠고 난폭한 목소리. 나는 가방을 앞으로 당기고 열리지 않도록 그 위에 팔을 올렸다. 가방을 뺏어가려고 할 때 나까지 끌려갈까봐 두려워졌다. 내가 아이들에게 항상 해주는 말이 떠올랐다. 다치는 것보다 그냥 뺏기는 것이 낫다. '싸우지 말고 그냥 줘.' 나는 늘 항상 그렇게 말했다. '몸을 다치면서까지 지킬 필요는 없어.'

발소리가 빨라졌다. 남자가 뛰기 시작했다.

나도 뛰었다. 겁에 질려 몸이 굳었고 발목을 접질려 넘어질 뻔했다. 다시금 같은 목소리가 들렸다. 귀에 피가 몰리는 소리가 너무 크게 들려 그가 뭐라고 말하는지 들리지 않았다. 남자가 달리는 소리와 내가 내뿜는 거친 숨소리만 들렸다.

발목이 아팠다. 더 이상 뛸 수 없어서 멈췄다.

모든 것을 포기하고 뒤를 돌아보았다.

남자는 어렸다. 열아홉이나 스무 살 정도로 보였다. 백인에 배기 청바지와 운동화 차림으로 콘크리트 바닥을 달리고 있었다.

나는 그에게 휴대전화를 줄 것이다. 그걸 바라고 쫓아왔을 테니까. 그리고 현찰을 달라고 하겠지. 내게 현금이 있나?

크로스백을 머리 위로 벗으려는데 후드에 걸렸다. 소년은 이제 나를 거의 따라잡았다. 두려워하는 내 모습을 보고 웃으며 겁에 질려 핸드백 줄 하나 풀지 못하는 광경을 즐기는 듯했다. 나는 눈을 꼭 감았다. 빨리 끝내. 네 계획이 뭐든 어서 해치우라고.

소년의 운동화가 바닥을 거세게 때렸다. 더 빠르고 더 크고 더 가까이.

그가 나를 지나쳤다.

나는 눈을 떴다.

"야!"

소년이 달려가며 소리쳤다.

"계집애들아!"

왼쪽으로 이어지는 터널을 따라 소년은 사라졌지만 운동화 소리가 여전히 나를 향해 달려오는 것 같았다. 계속 몸을 떨면서 상상한 상황이 일어나지 않았다는 사실을 받아들이지 못했다.

고함 소리가 들렸다. 발목이 욱신거렸지만 일어나 걸었다. 모퉁이를 도니 소년이 보였다. 그는 여자아이 무리 속에서 그중 한 명에게 어깨동무를 하고 있었다. 다른 아이들은 웃고 있었다. 모두 동시에 말했다. 하이에나와 같은 웃음소리를 점차 키우면서 신나게 떠들어댔다.

나는 느릿느릿 걸었다. 발목이 아프기도 했고, 아무런 위협이 없다는 사실을 알고 난 뒤에도 나를 이토록 바보로 만든 아이들을 앞질러 가고 싶지 않았다.

'모든 발소리가 널 따라오는 건 아냐.' 스스로에게 말했다. '뛰어가는 모든 사람이 널 뒤쫓는 것도 아냐.'

크리스털 팰리스 역에 내리니 메건이 내게 말을 건넸다. 나는 천천히 대답했다. 아무것도 아닌 일에 마음을 졸였던 터라 탁 트인 밖으로 나오니 살 것 같았다.

"미안,"

내가 말했다.

"뭐라고 했어?"

"좋은 하루 보냈기를 바란다고 했어요."

메건의 열린 기타 케이스에는 동전이 몇 개 들어 있지 않았다. 언젠가 그 아이는 내게 하루 동안 1파운드와 50펜스짜리 동전을 어떻게 얻는지 이야기해주었다.

"너무 잘한다고 생각하면 사람들은 돈을 주지 않아요."

그 애가 말했다.

"괜찮은 하루였어. 고마워."

나는 이어서 말했다.

"내일 아침에 또 봐."

"저는 계속 여기 있을게요!"

그 말에 마음이 편안해졌다.

애널리 로드 끝에서 열린 대문으로 들어가 멜리사가 직접 칠한 울타리를 지나쳤다. 지하철역에서 걸어오면서 보낸 문자메시지의 답으로 현관문이 활짝 열려 있었다.

차 한잔할까?

"물 올려놨어."

나를 보자마자 그녀가 이렇게 말했다.

얼핏 보기에 멜리사와 닐의 집은 우리 집과 같아 보인다. 작은 복도 한쪽에는 거실로 가는 문이 있고 문 맞은편에 계단이 있다. 비슷한 점은 그뿐이다. 비좁은 우리 집 주방이 보이는 멜리사의 집 뒤쪽에는 옆으로 돌아서 정원으로 연결되는 엄청나게 너른 공간이 있다. 커다란 채광창 두 개가 빛을 가득 받아들이고, 양쪽으로 접히는 문은 집 너비만큼 열 수 있다.

멜리사를 따라 주방으로 들어가니 닐이 아일랜드 식탁 위에 노트북을 켜두고 앉아 있었다. 그녀의 책상은 창가에 있고 닐의 사무실은 위층에 있지만 그는 자주 그녀와 이곳에 있다.

"안녕하세요, 닐."

"안녕하세요, 조. 잘 지내요?"

"나쁘진 않아요."

나는 〈런던 가제트〉에 내 사진이 실린 이야기를 해야 할지 말아야 할지 몰라 주저하며 대답했다. 어쩌면 이야기하는 것이 도움 될 수도 있었다.

"우습게도 〈런던 가제트〉에서 저와 똑같은 사람의 사진을 봤어요."

말을 마치고 싱긋 웃었지만 멜리사는 차를 만들다 말고 날 쳐다보았다. 무언가를 숨기기에 우리는 너무 붙어 있는 시간이 많았다.

"괜찮아?"

"괜찮아. 그냥 사진이 실린 것뿐이야. 데이트 광고 같은 건데 내 사진이더라고. 적어도 나로 보이는 사진."

그 말에 이제는 닐이 혼란스러운 얼굴이었지만 그를 탓할 수는 없었다. 내 말이 이상하게 들리므로. 지하철역에서 친구를 따라잡으려고 뛰어가던 남자아이가 떠올랐다. 내가 과민하게 반응하는 모습을 아무도 보지 못해서 다행이다. 중년의 위기를 겪고 있는 것일까? 보이지 않는 위험에 공황 발작이라도 일으키면 어쩌지?

"언제 있었던 일이에요?"

닐이 물었다.

"금요일 저녁에요."

나는 주방을 흘끗 둘러보았다. 당연히 〈런던 가제트〉는 없었다. 우리 집 재활용 상자에는 신문과 종이 상자가 가득 쌓여 있지만 멜리사의 재활용함은 그렇지 않다. 잘 정리되어 있고 정기적으로 비워진다.

"안내 광고였어요. 전화번호와 웹사이트 주소 그리고 사진만 나와 있어요."

"네 사진이란 말이지?"

멜리사가 말했다.

나는 머뭇거렸다.

"나처럼 보이는 사람의 사진이었어. 사이먼은 그 사진을 보고 도플갱어 같다고 했고."

닐이 웃었다.

"본인이 확실해요?"

내가 아일랜드 식탁으로 가서 닐 옆에 앉자 그는 노트북을 덮어 한쪽으로 밀었다.

"당신도 그렇게 생각하는 거죠? 지하철에서 그 광고를 보고 나라고 확신했어요. 하지만 집에 와서 가족들에게 보여줄 때는 확신이 들지 않았어요. 그러니까, 내가 왜 거기 있겠어요?"

"그 번호로 전화해봤어?"

멜리사가 물었다. 그녀는 차를 만들려던 것도 잊고 아일랜드 식탁 맞은편에 몸을 기대고 섰다.

"없는 번호였어. 웹사이트 주소도 가짜고. 도메인이 findtheone. com이었을 텐데 흰 상자가 뜨는 빈 페이지로 연결됐어."

"제가 한번 볼까요?"

닐은 컴퓨터를 잘 알았다. 언제인가 그가 어떤 일을 하는지 자세히 설명해주었는데 기억이 잘 안 난다.

"아니, 괜찮아요. 지금 일하고 있잖아요."

"일이 아주 많아."

멜리사가 유감스럽다는 듯 말했다.

"내일 카디프로 출장을 가고 그다음에는 한 주 내내 국회의사당에

가 있어. 일주일에 한 번이라도 보면 운이 좋은 정도라니까."

"국회의사당이요? 굉장하네요. 거긴 어때요?"

"지루해요."

닐이 씩 웃었다.

"그래도 가야 하니까요. 방화벽을 새로 설치하는 일로 수상과 만나겠죠."

"10월분 서류는 준비됐어?"

갑자기 내가 이곳에 들른 이유가 생각나 물었다. 그녀가 고개를 끄덕였다.

"책상 위에 있어. 주황색 링 바인더 맨 위에."

멜리사의 책상은 주방의 다른 가구들과 마찬가지로 흰색에 광택이 나는 소재다. 커다란 아이맥이 자리를 차지하고 선반에는 카페 관련 서류가 놓여 있다. 책상 위에 케이티가 학교 목공 수업 때 만든 펜대가 보였다.

"이걸 아직도 가지고 있어?"

"당연하지! 그 애가 날 위해서 만들어준 건데."

"이걸 만들고 B를 받았어."

기억한다. 처음 멜리사와 닐의 옆집으로 이사했을 때는 돈이 끔찍이도 부족했다. 테스코에서는 교대 업무가 많았지만 학교는 오후 3시에 마쳐서 어떻게 해도 하교 시간에 맞추기 어려웠다. 멜리사가 도와주기 전까지는. 당시 그녀는 카페를 한 곳만 운영하고 있었고 점심시간이 지나면 문을 닫았다. 멜리사는 내 대신 아이들을 학교에서 데리고 집에 와 아이들이 텔레비전을 보는 동안 다음 날 카페에서 쓸 재료를 주문했다. 그녀가 케이티와 함께 빵을 굽고 닐이 저스틴에게 머더보드에 RAM을 추가하는 법을 가르쳐준 덕분에 나는 대출금을 제때에 상환할 수 있었다.

나는 주황색 바인더 맨 위에 수북하게 쌓인 영수증과 접힌 지하철 노선도, 종이, 포스트잇과 함께 손으로 쓴 글씨가 적힌 공책을 발견했다.

"전 세계를 집어삼킬 거창한 계획이라도 세우는 거야?"

나는 공책을 가리키며 농담을 던졌다. 그리고 닐과 멜리사 사이에 오가는 눈빛을 보았다.

"아, 미안해. 재미없었어?"

"새 카페 계획이야. 닐은 별로 마음에 들어 하지 않아."

"카페는 괜찮아."

닐이 말했다.

"내가 걱정하는 건 파산이야."

멜리사는 어이없다는 눈빛이었다.

"당신은 위험을 조금도 감수하려고 하지 않잖아."

"잠깐, 난 차를 안 마셔도 될 것 같아."

나는 이렇게 말하고 멜리사의 서류를 집어들었다.

"가지 말고 있어!"

멜리사가 말했다.

"부부 싸움으로 번지지는 않을 거야. 장담할게."

나는 웃었다.

"그래서가 아니야."

물론 그런 이유도 있긴 했지만.

"사이먼이 오늘 외식하자고 했거든."

"평일에? 웬일로?"

"특별한 이유는 없어."

내가 웃으며 말했다.

"그냥 월요일 밤의 로맨스라고 해둘게."

"너희는 10대 커플 같아."

"두 사람은 여전히 애정이 넘치잖아. 우리도 한때 그랬지."

닐이 말하며 멜리사에게 윙크했다.

"그랬나?"

"7년쯤 지나면 침대에서 텔레비전을 보면서 누가 치약 뚜껑을 안 닫 았냐고 실랑이하는 게 일상이 되지만."

"지금도 자주 그래. 나중에 봐."

집에 오니 현관이 열려 있고 사이먼의 재킷이 난간 끝에 걸쳐져 있 었다. 나는 다락 작업실로 올라가 문을 두드렸다.

"왜 이렇게 일찍 퇴근했어요?"

"안녕, 예쁜이. 당신이 들어오는 소리 못 들었는데. 일은 어땠어? 사 무실에서 도통 집중이 안 돼서 일을 집으로 가져왔어."

그는 낮은 천장 서까래에 머리를 부딪치지 않으려고 조심하며 내게 키스했다. 전에 이 집에 살던 사람은 돈을 별로 들이지 않고 집을 개조 했다. 다락에 서까래를 그대로 남겨둬서 면적이 넓은데도 중앙에서만 바로 설 수 있었다.

가까이에 쌓여 있는 서류와 약력처럼 보이는 내용 위로 타이핑된 이 름을 쭉 훑어보았다.

"내가 해야 할 인터뷰 자료야."

내가 들여다보는 것을 보고 사이먼이 설명했다. 그는 내가 책상 끄 트머리에 앉을 수 있도록 서류를 들어 반대쪽으로 옮겼다.

"이걸 다 파악하려니 미칠 것 같아."

"이렇게 복잡한 데서 뭘 어떻게 찾을 수 있는지 모르겠어요."

내 사무실 책상 서랍은 엉망이지만 책상 위는 거의 텅 비어 있다. 놓인 물건이라고는 아이들 사진과 미결 서류함 옆 화분 하나가 전부고 퇴근하기 전까지 일을 모두 마무리해야 한다. 일과를 마치며 다음 날할 일을 적어두는데 출근하자마자 자동적으로 하는 일까지 포함되어 있다. 우편물을 살피고 자동 응답 메시지를 확인하고 차를 타는 것까지 전부.

"정리 속 혼돈이지."

그는 책상 앞 회전의자를 돌려 내게 무릎을 내주었다. 나는 웃으며 그 위에 앉고는 한 팔을 그의 목에 둘러 균형을 잡았다. 그에게 키스하고 편안하게 몸을 기대려는데 그가 어색하게 밀어냈다.

"벨라도나에 예약을 잡아뒀어."

"좋아요."

나는 비싸게 굴지 않았다. 옷이나 화장품에 돈을 낭비하지도 않고 아이들이 내 생일을 기억해주는 것만으로 만족했다. 매트는 낭만적이거나 꽃을 선물하는 사람이 아니었다. 그는 어릴 때도 마찬가지였고 나도 그런 것을 따지지 않았다. 사이먼은 나의 냉소적인 성격을 놀리며 자신이 내 연약한 면을 천천히 부각시킬 것이라고 말했다. 그는 나를 떠받들어주었고 나는 그런 점이 좋았다. 입에 풀칠하기도 벅찬 상태로 몇 년을 고생했더니 지금도 외식이 사치스럽게 느껴지지만 단둘이 시간을 보낸다는 점은 정말 좋았다.

나는 샤워한 뒤 손목에 향수를 뿌려 온몸에 향이 퍼지도록 했다. 그리고 한동안 입지 않았던 드레스를 걸쳐보았는데 여전히 맞아서 안도했다. 옷장 아래 아무렇게나 넣어둔 신발 가운데에서 검은 페이턴트 구두를 꺼냈다. 사이먼이 같이 살게 되면서 내 옷을 치우고 그를 위한 공간을 만들었지만 그는 다락 작업실에 소지품을 보관했다. 우리 집은 방이 세 개지만 모두 작다. 저스틴 방은 싱글 침대가 들어가는 사이즈고 케이티 방은 더블 침대를 놓으면 거의 꽉 찬다.

사이먼이 거실에서 기다리고 있었다. 그는 처음 할로우 앤드 리드를 찾아왔을 때처럼 재킷과 넥타이 차림이었다. 꽤 다정하고 예의 바른 미소를 지으며 그를 맞이했던 일이 떠올랐다.

"〈텔레그래프〉에서 나왔습니다."

그때 그가 내게 말했다.

"상가 임대료 상승으로 개인이 하이스트리트에서 설 자리를 잃고 있다는 기사를 쓰고 있어요. 현재 이곳 상황이 어떤지 알려주시면 고맙겠습니다."

그와 눈이 마주치자 나는 파일 캐비닛 쪽으로 고개를 돌려 상기된 얼굴을 감추었다. 자료 열두어 개를 찾는 데 평소보다 시간이 많이 걸렸다.

"이 자료가 적합할 것 같네요."

나는 서류 하나를 사이에 두고 책상 앞에 앉았다.

"전에는 선물 가게였는데 임대료가 올라서 6개월째 비어 있어요. 영국 심장 재단이 다음 달에 들어온답니다."

"건물주와 이야기 나눌 수 있을까요?"

"개인정보는 알려드릴 수 없지만 연락처를 주시면 전해드릴 수 있어요."

당연한 제안이었지만 부끄러워 다시 얼굴을 붉혔다. 그와 나 사이에 화기애애한 기운이 감돌았고 그것은 나만의 착각이 아니었다.

사이먼은 전화번호를 적어주면서 눈을 찡그렸다. 평소에 안경을 쓰면서 멋을 부리려거나 깜박 잊고 챙겨오지 않았는지 궁금했다. 집중하면서 자연스레 생기는 버릇인지도 몰랐다. 그는 4년이 지난 지금처럼

은 아니지만 그때도 백발이 성성했다. 키가 크고 마른 모습으로 좁은 내 책상 의자에 앉아 다리를 가볍게 꼬았다. 은색 커프스가 남색 양복 소매 아래로 반짝였다.

"도와주셔서 감사합니다."

그는 서두르는 것 같지 않았고 나는 이미 그가 더 머무르기를 바라고 있었다.

"별말씀을요. 만나서 반가웠습니다."

"그런데,"

그가 나를 지그시 바라보면서 말했다.

"제 연락처를 알려드렸으니…… 당신 연락처를 알려주시겠어요?"

멀리 가는 것은 아니었지만 애널리 로드로 택시를 불렀다. 택시가 도착하자 사이먼은 기사 얼굴을 보더니 이내 안도하는 표정을 지었다. 첫 데이트 때 우리는 비를 맞지 않으려고 외투를 머리 위로 쓰고 있다가 블랙 캡을 탔다. 차에 오르고 난 뒤에야 룸미러로 매트의 얼굴을 보았다. 잠시 나는 사이먼 입에서 우리가 데이트했다는 말이 나올 거라고 생각했지만 그는 창밖만 물끄러미 바라보았다. 우리는 잠자코 앉아 있었다. 평소 쉬지 않고 떠들어대는 매트조차 아무 말도 하지 않았다.

레스토랑은 우리가 몇 번 가본 곳이었다. 도착하니 주인이 우리 이름을 부르며 반갑게 맞이했다. 그는 창가 쪽 소파 자리를 내주고 우리가 이미 다 외우고 있는 메뉴판을 건넸다. 장식이 주렁주렁 걸린 굵은 줄이 액자와 조명 위로 드리워져 있었다.

항상 먹던 대로 사이먼은 피자, 나는 해물 파스타를 시켰다. 요리는 미리 준비되어 있던 것처럼 빨리 나왔다.

"오늘 아침 〈런던 가제트〉에 실린 광고를 봤어요. 그레이엄이 사무실에 쌓아뒀더라고요."

"당신 사진을 3면으로 옮겨 실은 건 아니지?"

사이먼이 피자를 자르자 토핑에서 가느다랗게 기름이 배어나왔다.
나는 웃음을 터뜨렸다.

"내가 그 정도로 중요하게 공헌한 인물인지는 모르겠네요. 그런데
광고에서 어떤 여자를 알아봤어요."

"알아봤다고? 당신이 아는 사람이란 말야?"

나는 고개를 저었다.

"다른 신문에서 그녀 사진을 봤어요. 지하철 범죄 기사에 실렸거든
요. 그래서 경찰에게 알렸어요."

대수롭지 않게 말하려고 했지만 목소리가 갈라졌다.

"무서워요, 사이먼. 금요일 신문에 실린 사진이 진짜 나라면 어쩌죠?"

"당신이 아니야, 조."

사이먼의 얼굴에 걱정이 드리웠다. 누군가 신문에 내 사진을 실어서
가 아니라 내가 그렇게 믿기 때문이었다.

"내가 상상하는 게 아니에요."

"사무실에서 스트레스받아? 그레이엄 때문에?"

그는 내가 미쳐가고 있다고 생각했다. 나는 그가 옳다고 생각하기
시작했고.

"정말 나처럼 보였어요."

내가 조용히 말했다.

"알아."

그는 포크와 나이프를 내려놓았다.

"그래, 그 사진이 당신이라고 쳐."

이것이 사이먼이 문제를 제기하는 방식이었다. 본질부터 하나씩 파

혜치는 것. 몇 년 전 동네에 강도가 들었다. 케이티는 그들이 다음에는 우리 집을 털러 올 것이라 믿고 잠을 이루지 못했다. 겨우 잠들어도 악몽을 꾸고는 자기 방에 누가 있다며 비명을 질렀다. 나는 어찌할 바를 몰랐다. 아기 때처럼 머리맡에서 그 애가 잠들 때까지 지켜보기도 하며 할 수 있는 방법을 모두 동원했다. 하지만 사이먼은 좀더 현명하게 접근했다. 그는 케이티와 공구 상점에 가서 창문 자물쇠와 강도 대비 알람, 도난 경보기, 정원 출입문용 볼트를 구입했다. 그 모든 것이 집 전체를 한층 안정시켰다. 사람이 올라오지 못하도록 배수관에 미끄러운 페인트도 칠했다. 그러자 케이티는 더 이상 악몽을 꾸지 않았다.

"그래요."

나는 이상하게 기운이 넘쳤다.

"그 사진이 진짜 나라고 쳐요."

"어디서 찍은 거지?"

"나도 몰라요. 나 자신에게 계속 묻고 있어요."

"누군가 무작위로 당신을 찍었다고 생각해?"

"롱 렌즈로 날 촬영했을 수도 있어요."

나는 그렇게 말하면서 내 말이 얼마나 터무니없이 들리는지 깨달았다. 그런 다음에는? 파파라치가 우리 집 앞에 찾아오기라도 할까? 모터 달린 자전거를 타고 나를 따라다니며 몸을 한쪽으로 구부리고 타블로이드에 실을 완벽한 한 컷을 얻으려고 공을 들일까? 그 말이 얼마나 얼토당토않은지 알아차리고 멋쩍게 웃자 그도 미소 지었다.

"누군가 훔쳤을 수도 있어."

그가 좀더 진지하게 말했다.

"맞아요!"

그쪽이 더 타당했다.

"좋아. 누군가 당신 사진을 자기 업체 홍보에 썼다고 하자."

이성적이고 객관적으로 그 광고에 대해 이야기를 나누니 점차 마음이 가라앉았고 그것이 사이먼의 의도라는 것을 알게 되었다.

"그건 신분 도용이지, 안 그래?"

나는 고개를 끄덕였다. 익히 들어본 용어가 나오니 좀더 객관적으로 느껴졌다. 날마다 수백 혹은 수천 명이 이런 일을 겪는다. 할로우 앤드 리드에서도 그런 사태를 방지하려고 주의를 기울여 명의 서류를 이중으로 확인하고 원본이나 공증된 사본만 받고 있다. 다른 사람 사진을 자기 것인 양 사용하기는 아주 쉽다.

사이먼은 계속해서 이 사건을 객관적으로 분석했다.

"당신이 생각할 부분은 이거야. 그 일이 정말로 당신에게 해를 끼쳤을까? 누군가 당신 이름으로 은행 계좌를 개설하거나 당신 카드를 복제한 것처럼?"

"그건 더 무서운 일이에요."

사이먼이 테이블 위로 팔을 뻗어 내 양손을 꼭 잡았다.

"케이티가 학교에서 여자아이 무리와 문제가 있었던 것 기억나?"

고개를 끄덕였다. 생각만으로 분노가 치솟았다. 케이티는 열다섯 살 때 같은 학년 여자아이 셋에게서 따돌림을 당했다. 그 아이들은 케이티 이름으로 인스타그램 계정을 만들고 포토샵으로 케이티 얼굴에 여성과 남성 나체, 만화 캐릭터들을 합성해 올렸다. 유치하고 바보 같은 짓은 한 학기가 끝나기도 전에 조용히 사그라졌지만 케이티는 크게 충격을 받았다.

"그때 당신이 뭐라고 했지?"

'겁먹지 마.' 나는 그렇게 말했다. '그 애들은 무시해. 네 손끝 하나 건들지 못할 테니까.'

"나는 이렇게 생각해."

사이먼이 말했다.

"가능성이 두 가지 있어. 먼저 그 사진 속 인물이 단지 당신을 닮은 사람이라는 것. 물론 당신처럼 아름답지는 않지."

뻔한 말이었지만 나는 미소를 지었다.

"아니면 성가시기는 하지만 당신에게 해가 되지 않는 신분 도용이라는 것."

그의 논리를 반박할 수 없었다. 그때 캐시 태닝이 떠올랐다. 나는 숨겨둔 카드로 그녀 이야기를 꺼냈다.

"신문 기사에서 본 여자가 지하철에서 열쇠를 도난당했어요."

사이먼은 혼란스러운 표정으로 내가 자세히 설명해주길 기다렸다.

"그녀의 사진이 광고에 실린 다음에 벌어진 일이에요. 내 사진이 실린 것처럼 말이에요."

나는 말을 바로잡았다.

"아니, 날 닮은 사진이요."

"그건 우연이야! 지하철에서 소매치기당한 사람을 우리가 얼마나 안다고? 나도 당했어. 그런 일은 날마다 일어나, 조."

"나도 그렇게 생각해요."

사이먼이 무엇을 생각하는지 알았다. 그는 증거를 원했다. 추정이나 피해망상이 아닌 사실만을 받아들였다.

"신문사에서 이 일을 취재할까요?"

"어느 신문사?"

그가 나를 쳐다보았다.

"우리 신문사? 오, 조. 그럴 일은 없을 거야."

"왜죠?"

"이건 기삿거리가 아니니까, 조. 내 말은 당신이 걱정하는 걸 이해하고 흥미롭긴 하지만 이 일은 뉴스로 보도할 정도는 아니야. 신분 도용은 오래전부터 있어왔잖아."

"당신이 알아볼 수 있잖아요? 그 배후에 누가 있는지."

"아니."

그의 무뚝뚝한 대답에 대화가 끊겼다. 다시는 이 이야기를 꺼내지 말아야겠다고 생각했다. 나는 사건을 실제보다 크게 부풀려 생각해 스스로를 미치게 만들고 있었다. 마늘빵을 먹으며 빈지도 몰랐던 잔에 와인을 더 따랐다. 불안을 잠재우려면 어떤 조치를 취해야 할지 알 수 없었다. 명상, 요가…… 나는 신경쇠약에 걸렸고 이것이 사이먼과 내 관계에 영향을 미치지 않기만을 바랐다.

"케이티가 오디션에 대해 이야기했어?"

사이먼이 다시 부드러운 목소리로 주제를 바꿨다. 편집증 같은 내 생각에 마음이 상하지 않았다고 내색해주어 고마웠다.

"내 문자메시지를 계속 무시하고 있어요. 오늘 아침에 바보 같은 소리를 했거든요."

사이먼이 눈살을 찌푸렸고 나는 더 말하지 않았다.

"그 애와 언제 이야기했어요?"

나는 서운한 마음을 들키지 않으려고 애쓰며 물었다. 케이티가 내게 연락하지 않은 것은 모두 내 탓이다.

"내게 문자메시지가 왔어."

나는 그까지 어색하게 만든 게 미안해서 얼른 말했다.

"당신에게 이야기했다니 다행이에요. 솔직히 사랑스러워요."

진심이었다. 사이먼이 집으로 들어오기 전에 우리 사이는 이미 진지했고 나는 그와 아이들이 함께하는 시간을 많이 만들려고 노력했다.

필요 이상으로 위층에 올라가거나 화장실에 가는 척 자리를 비우고 내가 돌아왔을 때 그들이 함께 이야기 나누는 모습을 보려고 했다. 케이티가 내게 문자메시지를 보내지 않아서 속상했지만 사이먼에게 말했다니 기뻤다.

"무슨 역할이래요?"

"나도 잘 몰라. 에이전시가 배역을 주진 않았지만 그래도 성과가 있었는지 머지않아 역할을 하나 맡을 것 같대."

"잘됐네요!"

휴대전화를 꺼내 내가 그 애를 얼마나 자랑스러워하는지 알리고 싶었지만 참았다. 직접 얼굴을 보고 축하해주는 쪽이 나을 것 같았다. 나는 사이먼에게 멜리사의 새 카페 오픈 계획과 닐이 국회의사당에서 일한다는 이야기를 전했다. 푸딩이 나올 때쯤 우리는 와인을 한 병 더 시켰고, 나는 사이먼이 중견 리포터로 지낼 때 이야기를 들으며 웃었다.

사이먼은 음식값을 계산하고 팁도 후하게 남겼다. 그가 택시를 부르려고 하자 내가 말렸다.

"걸어가요."

"10파운드도 안 나올 텐데."

"걷고 싶어요."

우리는 팔짱을 끼고 걷기 시작했다. 집까지 가는 택시는 아무래도 상관없었다. 그저 둘만의 저녁을 더 즐기고 싶었다. 횡단보도 앞에서 그는 내게 키스했다. 초록색 불이 들어왔다는 소리를 무시하고 키스를 이어가는 바람에 우리는 다시 횡단 버튼을 눌러야 했다.

숙취 때문에 새벽 6시에 잠에서 깼다. 물과 아스피린을 가지러 아래층에 내려가 스카이 뉴스를 틀고는 컵에 수돗물을 받아 벌컥벌컥 마셨다. 한 컵을 다 비우고 다시 물을 채우는데 몸이 옆으로 쏠리는 것 같아 싱크대 한쪽을 붙잡았다. 주중에는 거의 술을 마시지 않았는데 어제 일로 다시금 그 이유를 실감했다.

케이티의 핸드백이 테이블 위에 놓여 있었다. 지난밤 사이먼과 집에 들어왔을 때 그 애는 이미 잠들어 있었고, 우리 둘은 위층으로 올라가며 아이들을 깨우지 않으려고 조심해야 하는 아이러니에 킥킥거렸다. 주전자 옆에 반으로 접힌 종이 한 장이 놓여 있었다. 앞쪽에 '엄마에게'라고 쓰여 있었다. 머리가 아파서 실눈을 뜨고 메모를 살폈다.

'첫 배역을 맡았어요! 엄마에게 빨리 말해주고 싶어요. 사랑해요.'

술이 덜 깼지만 흐뭇했다. 딸이 나를 용서했으니 배역에 대해 이야기해줄 때 더욱 열정적으로 반응할 것이라 다짐했다. 비서 과정 같은 말은 꺼내지 않을 것이다. 어떤 공연일지 궁금하다. 단역일지 비중 있는 배역일지도. 케이티가 장수 프로그램에 나와 유명세를 떨칠 수 있도록 텔레비전에 나왔으면 하는 환상이 있지만 아마 극일 것이다.

스카이 뉴스 리포터 레이첼 러브록이 살인 사건을 보도했다. 머스웰 힐에 사는 여성이 피해를 입었다. 케이티가 그 프로그램 진행자가 될 수도 있다고 생각했다. 확실히 외모가 잘 어울리니까. 하지만 뉴스 프롬프터를 읽는 것은 싫어할 테니 음악 프로그램이나 〈루즈 위민〉 혹은 〈더 원 쇼〉처럼 스타일링 프로그램이 나을 것 같다. 물을 한 컵 더 따르고 작업대에 기대 텔레비전을 보았다.

장면이 야외 현장으로 바뀌었다. 레이첼 러브록 대신 두꺼운 코트를 입은 여성이 나타나 마이크를 들고 이야기했다. 그녀가 말하는 동안 화면 한쪽에 살인 사건 피해자의 사진이 나타났다. 그녀의 이름은 타냐 베켓으로 케이티 또래로 보였는데, 리포터에 따르면 스물다섯 살이었다. 퇴근한 뒤 집으로 돌아오지 않자 남자 친구가 그 사실을 신고했으나 그녀는 지난밤 늦게 자신의 집에서 100미터도 채 떨어지지 않은 공원에서 발견되었다.

술이 덜 깨서인지 잠이 덜 깨서인지 모르겠지만 화면에 나타난 사진을 죽 보다보니 순간 기억이 떠올랐다. 검은 머리, 웃는 얼굴, 글래머러스한 몸매 그리고 반짝이는 은 십자가 목걸이……

그리고 깨달았다.

어제 광고에 실린 여성이었다.

얼마나 빨리 달릴 수 있어?

정말로 그래야 한다면?

하이힐을 신고 정장 치마를 입고 어깨에 핸드백을 멘 채로, 얼마나 빨리?

지하철이 올 시간이 다 되었고 그 차를 타고 집에 가야 한다면 플랫폼까지 몇 초면 가잖아. 얼마나 빨리 달릴 수 있어?

열차를 타기 위해서가 아니라 목숨을 건지려고 달려야 한다면?

늦게 퇴근해서 주위에 아무도 보이지 않는다면. 휴대전화를 충전하지 않아서 아무도 당신이 어디에 있는지 모른다면. 뒤에서 발소리가 점점 더 가까워지고 언제나 그랬듯 혼자라면. 플랫폼과 출구 사이에 아무도 보이지 않는다면.

목에 숨결이 닿고 공포가 커지는데 날이 저물어 춥고 비까지 내린다면.

단 둘뿐이라면.

당신과 당신 뒤에 있는 사람.

당신을 쫓아오는 사람뿐이라면.

얼마나 빨리 달릴 수 있어?

사실 빨리 달리는 것은 중요하지 않아.

항상 당신보다 더 빠른 사람이 있기 마련이니까.

8

누군가 켈리의 입을 막았다. 그녀는 얼굴을 짓누르는 손길을 느꼈다. 입술 사이로 미끄러지는 손가락에서 짠맛이 났다. 켈리의 몸 위로 육중한 무언가가 올라오더니 무릎으로 그녀의 두 다리를 벌렸다. 비명을 지르려 했지만 가슴이 공포로 가득 차 목구멍에서 소리가 나오지 않았다. 경찰 훈련 때 배운 호신술을 떠올려보려고 애썼지만 머리가 멍하고 몸이 굳어 말을 듣지 않았다.

손이 미끄러져 내려가다가 잠시 멈췄다. 그러더니 그녀 입안으로 혀가 밀려 들어왔다.

흥분한 남자의 거친 숨소리와 문 두드리는 소리가 들렸다.

"언니."

문을 두드리는 소리가 커졌다.

"언니, 괜찮아?"

침실 문이 열리자 가슴을 누르던 무게가 사라졌다. 켈리는 숨을 헐떡였다.

"또 악몽을 꿨구나."

켈리는 숨을 고르려고 애썼다. 그녀의 방은 어두웠다. 복도에 켜둔 조명이 역으로 비춰 열린 문 앞에 그림자가 생겼다.

"지금 몇 시야?"

"2시 반."

"세상에, 미안해. 나 때문에 깼어?"

"안 자고 있었어. 이제 괜찮아?"

"응, 고마워."

문이 닫히고 어두운 방 안에 누운 켈리의 가슴 사이로 땀이 흘러내렸다. 렉시가 그날 벌어진 일을 경찰에게 진술할 때 켈리는 옆에서 렉시의 손을 꼭 잡고 있었다. 그 내용이 녹화되어 텔레비전에 나오는 것을 지켜본 지 10년이 지났다. 쌍둥이 여동생이 치욕스럽고 고통스러운 기억을 하나하나 떠올리며 눈물 흘리는 모습을 지켜본 지가.

"엄마 아빠가 이걸 보지 않았으면 좋겠어."

그때 렉시가 말했다.

켈리는 몇 년 뒤 렉시에게 그 일로 악몽을 꾼 적이 있느냐고 물었다. 막 생각난 듯 가볍게. 켈리는 가슴을 누르는 남자의 무게 때문이 아니라 자신 안으로 들어오는 그의 손가락 때문에 깼다.

"한 번 있었어."

렉시가 말했다.

"그 일이 있고 나서 며칠 뒤에. 그러고는 전혀 없었어."

베개가 땀으로 얼룩졌다. 그녀는 베개를 바닥에 집어던지고는 시트에 머리를 뉘였다. 오늘은 비번이라 렉시를 보러 간다. 조카들과 저녁도 먹고. 하지만 그 전에 해야 할 일이 있었다.

〈런던 가제트〉 사무실은 셰퍼드 부시 역에 있었다. 건물 규모가 크지만 다른 여러 신문사가 같이 있어서 매력적이지는 않았다. 켈리는 안내 데스크에 신분증을 보여주고 보기보다 꽤나 불편한 안락의자에 앉아서 기다렸다. 마음속에 문득문득 생기는 불안감은 무시했다. 그래, 시간을 내서 수사하는 거니까. 무급으로 초과 근무하는 일이 불법은 아니다. 하지만 확신이 들지 않았다. 캐시 태닝의 가방은 더 이상 살펴볼 수 없으니 켈리는 새로운 소식을 듣자마자 소매치기 전담팀 경사에게 알려야 했다.

물론 확증이 생긴다면 당장 그렇게 할 것이다. 하지만 소매치기 전담팀은 다른 부서와 마찬가지로 자료 부족에 시달리고 있었다. 분명한 것이 없다면 캐시의 사건도 수일 동안 거들떠보지 않을 것이었다. 누군가 이 일을 우선순위에 올려야 했다.

렉시는 공격받기 세 달 전 경찰서에 조언을 구하러 갔다. 누군가 렉시의 기숙사 방 앞에 꽃을 가져다놓았다. 그리고 우편함에는 지난밤 그녀가 어떤 옷을 입었는지 적어둔 메모가 들어 있었다.

"자신을 찬양받는 사람이라고 생각하는 것 같군요."

담당 경찰이 말했다. 렉시는 경찰에게 그 말이 듣기 거북하다고 말했다. 그녀는 누가 지켜볼까 무서워 방에서 커튼도 열지 못했다.

렉시의 방에서 소지품이 사라지자 경찰은 사람을 보냈다. 그리고 강도 사건으로 등록했다. 렉시가 확실히 문을 잠갔을까? 억지로 문을 연 흔적은 없었다. 렉시는 소지품 도둑이 메모를 남긴 사람과 같은 인물이라고 생각했다. 그렇다면 꽃을 가져다놓은 사람은? 둘 사이에 어떤 연관이 있다는 증거는 없었다.

일주일 뒤 늦게 수업을 마치고 집으로 가는데 우연이라고 하기에는 너무 가깝게 들리는 발소리가 있었다. 경찰에 알리지는 않았다. 그래 보아야 소용없다고 여겼다.

그로부터 다시 일주일 뒤 같은 일이 생기자 경찰서에 가야 한다는 것을 알았다. 팔에 잔털이 곤두서고 가슴속에 두려움이 차올라 숨을 쉴 수 없자 자신의 추측이 착각이 아니었다는 사실을 깨달았다. 그녀는 스토킹을 당하고 있었다.

하지만 그때 렉시는 이미 그에게 붙잡힌 뒤였다.

켈리는 9년 동안 경찰로 일하면서 벌인 범죄 예방 활동을 되돌아보았다. 포스터 캠페인, 소책자 배포, 호신 경보기, 교육 프로그램……. 하지만 사건은 그렇게 간단히 해결되지 않는다. 우선 피해자들의 이야기를 듣고 믿어야 한다.

"스위프트 형사님?"

한 여성이 고개를 갸웃거리며 그녀 쪽으로 다가왔다. 켈리는 정정하지 않았다. 사복을 입고 있으니 형사라고 부르는 것이 당연했다.

"전 타미르 배런입니다. 광고팀을 맡고 있죠. 같이 올라가실까요?"

6층 복도 벽에는 지난 100년 동안의 광고가 두꺼운 오크 액자에 걸려 있었다. 카펫이 깔린 복도를 지나 타미르의 사무실로 안내받는 동안 페이스 비누, 브라일 크림, 서니 딜라이트의 광고가 눈에 들어왔다.

"문의해주신 내용에 대한 답변을 가져왔어요."

자리에 앉자마자 타미르가 말을 꺼냈다.

"하지만 여전히 연관성을 못 찾겠어요. 뭘 수사한다고 하셨죠? 강도인가요?"

폭력이 없었으니 캐시의 열쇠를 훔친 피의자는 강도가 아니라 절도

범이지만, 켈리는 범죄의 심각성이 타미르 정도의 직위에서 할 수 있는 일에 직접적인 영향을 미칠 경우에 대비해 사실을 얼버무리기로 했다. 게다가 캐시의 말처럼 피의자가 그녀의 집까지 쫓아가서 그녀 열쇠로 집에 들어갔다면 상황은 더 심각해진다. 누군가 몰래 캐시의 집 안을 돌아다녔다고 생각하니 켈리는 온몸에 소름이 끼쳤다. 그는 무슨 짓을 했을까? 그녀의 화장품에 손대거나 속옷을 가져갔을까? 캐시에 따르면 그녀가 집을 비운 사이 누군가 다녀간 것 같다고 했지만 그때뿐이 아니라면? 켈리는 고요한 밤에 침입자가 캐시의 주방을 쥐죽은 듯 돌아다니고 위층 침실로 올라가 잠자는 그녀를 지켜보는 모습을 상상했다.

"피의자는 당시 센트럴 라인에 타고 있었습니다."

켈리가 타미르에게 말했다.

"용의자가 그녀의 집 열쇠를 몰래 꺼냈고 우리는 그자가 그걸로 그녀의 집에 들어갔다고 보고 있습니다. 피해자의 사진이 사건이 일어나기 이틀 전 이 신문사 광고란에 실렸고요."

켈리는 캐시가 뒷문 열쇠도 바꾸었기를 바랐다. 하지만 그 정도로 안심할 수 있을까? 확신할 수 없었다.

"알겠습니다. 그런데 작은 문제가 있어요."

타미르는 여전히 미소 지은 채 시선을 재빨리 책상 아래로 내렸다가 약간 들어올렸다.

"채팅 서비스의 경우 따라야 하는 특정한 요건이 있습니다. 정식으로 등록된 업체여야 하고 광고할 때는 이번 건처럼 광고 회사에 사업자등록번호를 제출해야 합니다. 솔직히 말해서 저희는 채팅 서비스 광고는 별로 하지 않습니다. 해당 부분을 보면 아시겠지만 아주 작습니다. 전 그걸 필요악이라고 불러요."

"어떤 필요가 있나요?"

켈리가 물었다.

타미르는 답이 뻔하지 않느냐는 표정으로 그녀를 쳐다보았다.

"광고비를 두둑이 줍니다. 성인 채팅, 만남 서비스, 데이트 업체 대부분은 온라인으로 광고하지만 저희 신문은 구독률이 높은 만큼 광고 효과도 뛰어납니다. 짐작하시겠지만 성 산업은 모든 종류의 학대 가능성이 있기 때문에 저희는 정식으로 허가받은 업체만 추려서 광고를 받습니다."

그녀는 다시 책상을 쳐다보았다.

"그런데 이번 건은 그 지침을 따르지 않았나요?"

"불행히도 그렇습니다. 9월 말 고객이 처음 연락해왔고 10월까지 매일 광고를 내고 싶다고 했어요. 월말에 고객 쪽에서 다음 광고 묶음을 넘겨줬고 11월에도 그렇게 했습니다. 그걸 벤 클라크라는 신입 직원이 관리했는데 업체 사업자등록번호를 받지 않고 진행한 모양입니다."

"그러면 안 되는 건가요?"

"절대 안 됩니다."

"벤이라는 분과 이야기 나눌 수 있을까요?"

"인사부에서 연락처를 찾아 알려드리겠습니다. 몇 주 전에 그만뒀어요. 저희는 이직률이 좀 높은 편입니다."

"그 고객이 대금을 어떻게 치렀나요?"

켈리가 물었다.

타미르는 수첩에 적힌 메모를 살펴보았다.

"신용카드로 결제했네요. 카드 정보와 주소까지 알려드릴 수 있지만 먼저 경찰 쪽에서 데이터 보호권 면제 각서를 써주셔야 합니다."

"당연히 그렇게 하겠습니다."

젠장. 켈리는 타미르 배런이 단순히 파일을 넘겨줄 거라는 희망을 버려야 했다. 데이터 보호권 면제 각서를 발행하려면 경위의 서명이 필요하기 때문에 켈리가 자신의 특별 수사를 자백해야만 했다.

"그동안 실린 광고 복사본을 좀 주시겠어요? 게재된 것과 앞으로 게재될 것 전부면 좋겠습니다."

그녀는 최대한 자신 있게 타미르와 시선을 마주하며 말했다.

"데이터 보호권 면제 각서는,"

켈리가 말을 이었다.

"주소나 신용카드와 같은 개인정보를 열람할 때 꼭 필요하다는 점은 이해가 갑니다. 하지만 광고에도 개인정보가 포함되어 있나요? 우리는 지금 잠재적인 연쇄 범죄에 대해 이야기하고 있어요."

켈리는 자신의 가슴이 심하게 요동치는 소리를 타미르가 듣지 못한다는 사실이 놀라웠다. 광고를 보는데도 데이터 보호권 면제 각서가 필요할까? 확실히 기억나지 않았지만 타미르 역시 그 점을 떠올리지 못하기를 바랐다.

"연쇄요? 다른 강도 사건이 있었나요?"

"죄송하지만 그 점은 말씀드릴 수 없습니다."

'데이터 보호 관계로요.' 켈리는 이렇게 덧붙이고 싶었다.

잠시 정적이 흘렀다.

"광고를 복사해서 안내 데스크로 보낼게요. 그곳에서 기다려주세요."

"고맙습니다."

"당연히 전 직원에게 절차에 따르는 일이 얼마나 중요한지 이야기해두었습니다."

"감사합니다. 남은 광고는 취소하실 거라고 봅니다만?"

"취소라니요?"

"아직 싣지 않은 광고 말입니다. 신문에 내면 곤란합니다. 여성 범죄를 돕는 일이 되니까요."

"스위프트 형사님, 저도 형사님 입장은 정말로 지지하지만 시민을 보호하는 일은 제가 아니라 형사님 역할입니다. 저희는 신문을 인쇄할 뿐이죠."

"며칠만이라도 중단해주실 수 없나요? 광고를 모두 취소하는 것은 아니고 대신에……."

켈리는 프로다운 처신이 아닌 것 같아 말끝을 흐렸다. 광고가 범죄 행위와 연관된다는 강력한 증거가 필요했다. 캐시 태닝의 열쇠와 광고는 분명히 연관되어 보였지만 조 워커는 범죄 피해자가 아니었다. 그것으로는 충분하지 않았다.

"죄송하지만 그럴 수 없어요. 고객이 이미 비용을 지불해서요. 계약을 해지하려면 상부 허가를 받아야 합니다. 법원의 명령이 있지 않다면요."

타미르는 중립적인 표정을 지었지만 눈빛만은 강했다. 켈리는 더 이상 밀어붙이지 않기로 했다. 그녀는 타미르의 예의 바른 미소를 그대로 따라 했다.

"법원 명령은 받지 못했습니다, 아직은요."

현관 초인종을 누르자 얼마 지나지 않아 조카의 환호성이 들리더니 아이들이 뛰어나와 켈리를 맞이했다. 다섯 살인 알피는 스파이더맨 의상을 입고 플라스틱 바이킹 헬멧을 썼고, 세 살 퍼거스는 자신이 좋아하는 미니언즈가 그려진 티셔츠에 포동포동한 맨다리를 그대로 드러낸 채 그녀에게 달려왔다.

"이건 뭐야?"

켈리가 퍼거스의 하반신을 보며 놀란 척했다.

"기저귀를 뗐네?"

그 말에 퍼거스는 미소를 지으며 팬티를 보여주려고 티셔츠를 들어올렸다.

"아직 초기야."

렉시가 아이들 뒤로 나타나 말했다. 그녀는 퍼거스를 들어올리면서 자연스럽게 켈리의 볼에 입 맞췄다.

"계단 조심해."

렉시와 남편 스튜어트는 멋진 전업주부와 유모차 부대가 모여 있는 세인트 앨번스에 산다. 더럼 대학교를 졸업한 뒤 렉시는 교사 자격 인증 석사과정을 마치고 지역 중학교에 역사 교사로 취직했다. 스튜어트는 그곳 교장이었다.

"스튜어트는 어디 있어?"

"학부모의 밤 행사에 갔어. 다행히 난 어제였지. 자, 너희 둘. 잠옷으로 갈아입어. 당장."

"하지만 우린 켈리 이모와 놀고 싶어요!"

알피가 칭얼거렸다. 켈리는 쪼그려 앉아 아이를 꼭 안아주었다.

"그럼 이렇게 하자. 어서 가서 잠옷으로 갈아입고 양치를 빨리 끝내면 다 같이 간지럽히기 놀이를 하는 거야. 좋지?"

"좋아요!"

아이들이 위층으로 뛰어올라가는 것을 보며 켈리는 씩 웃었다.

"아이들 보는 일은 정말 재미있고 쉬워."

"30분 전에 왔으면 그런 소리 못 했을 거야. 난 영혼까지 탈탈 털렸는걸. 아이들을 먹였으니 재우고 나서 평화롭게 식사하려던 참이야. 언니랑 먹으려고 버섯 리소토를 해놨어."

"완벽한데?"

그때 켈리의 휴대전화 진동이 울렸다. 그녀는 화면을 보고 인상을 찌푸렸다.

"뭐가 잘못됐어?"

"미안, 업무 메시지야. 바로 답장해줘야 해."

켈리는 메시지를 클릭하고 고개를 들어 렉시의 못마땅한 얼굴을 쳐다보았다.

"언니는 그 물건에 너무 집착해. 그게 스마트폰의 문제야. 주머니에 사무실을 넣어 다니는 것과 똑같아. 절대 전원을 끄지도 않잖아."

렉시는 아이폰을 거부하고 한 번 충전하면 배터리가 사흘은 가는 벽돌만 한 노키아 휴대전화의 미덕을 극찬했다.

"너처럼 9시에 출근해서 5시에 퇴근하는 일이 아니니까. 3시에 마치고 여름에도 쉬는 그런 일이 아니라고."

렉시는 도발에 넘어오지 않았다. 켈리는 문자메시지를 읽고 답장을 보냈다. 한 나이 지긋한 여성이 리버풀 스트리트의 중앙 홀에서 벌어진 끔찍한 싸움을 처음 목격했다. 문제아들을 잡아넣은 뒤 목격자 진술을 확보하던 가운데 그녀의 딸에게 연락했고 딸은 사건이 어떻게 되었는지 엄마에게 알려주고 싶어 했다.

"그녀가 정말로 바라는 건 놈들이 감옥에 갔다는 말을 듣는 거야."

상황을 렉시에게 설명한 뒤 켈리가 말했다.

"딸이 그러는데 그놈들을 다시 만날까 두려워서 노부인이 집밖에 나가지 못하고 있대."

"그래서 놈들은 다 잡혔어?"

켈리는 고개를 저었다.

"형태가 없는 아이들이야. 사회봉사 명령을 받거나 기껏해야 야단이나 맞고 말겠지. 부인에게 위협이 되지는 않을 텐데 그녀는 그렇게 생각하지 않아."

"하지만 부인이나 그 딸을 상담해주는 게 언니 일은 아니잖아. 이런 일을 하는 피해자 지원팀 같은 곳이 있지 않아?"

켈리는 길게 한숨을 내쉬었다.

"난 너한테 어떤 식으로 일하라고 말하지 않아, 렉시……."

그녀가 잔소리를 시작하자 렉시가 양손을 들었다.

"그래, 알았어. 난 빠질게. 하지만 한번쯤은 휴대전화를 끄고 경찰이 아닌 내 언니가 되어줄 수 없어?"

렉시가 애원하는 눈동자로 쳐다보자 켈리는 이내 죄책감이 들었다.

"그럴게."

휴대전화를 치우려고 하는데 화면에 캐시 태닝의 번호가 떴다. 그녀는 렉시를 쳐다보았다.

"미안해. 이건,"

"일이라고. 알겠어."

켈리는 렉시가 이해하지 못한다고 생각하면서 거실로 나와 캐시의 전화를 받았다. 그녀는 절대 알 수 없을 것이다.

9

캐넌 스트리트 경찰서는 일하는 곳에서 아주 가까웠지만 수천 번 넘게 그 앞을 지나가면서도 경찰서가 있다는 것을 몰랐다. 꼭 알 필요는 없었다. 아침에 두통약을 먹었는데도 여전히 골치가 아팠고 숙취와 상관없이 팔다리가 쑤셨다. 곧 몸 상태가 나빠졌고 바이러스에 감염되었다는 것을 알 수 있었다.

문손잡이를 잡자 준법정신이 투철한 사람이 경찰차가 지나갈 때 느끼는 긴장 같은 감정이 들었다. 저스틴은 몇 년 동안 나쁜 짓을 하지 않았지만 처음 경찰에게서 연락받았을 때의 고통스런 기분은 아직도 기억하고 있다.

저스틴이 언제부터 도둑질을 했는지는 몰라도 그날 아이가 붙잡힌 것이 처음이 아니라는 사실을 알았다. 처음에는 대개 사탕 한 봉지나 CD처럼 작은 것을 훔친다. 수염도 나지 않은 아이가 일회용 면도기 스물다섯 봉지를 훔치는 일은 흔치 않을 것이다. 게다가 훔친 물건을 차곡차곡 넣을 수 있도록 안감 윗부분을 정교하게 잘라낸 코트까지 입고서. 저스틴은 다른 말은 일체 하지 않았다. 절도를 인정하지만 누구를 위해 무엇 때문에 면도기를 훔쳤는지는 말하지 않았다. 아이는 훈방되었고 학교에서 야단을 맞고도 대수롭지 않게 여겼다.

매트는 불같이 화냈다.

"그 기록이 평생 남는다는 걸 모르니!"

"5년이면,"

나는 아이가 경찰서에 잡혀 있을 때 했던 말을 떠올리려고 애썼다.

"기록이 없어지고 일자리를 구할 때 회사 쪽에서 물어보면 대답만 해주면 된대."

멜리사는 당연히 그 일뿐 아니라 저스틴이 싸움에 연루되었던 일과 내가 그 아이 방에서 대마초를 발견하고 걱정한 것도 알고 있었다.

"아직 어리잖아."

멜리사가 내게 와인을 여러 잔 따라준 뒤에 말했다.

"점차 벗어날 거야."

그 말대로 되었다. 아니면 붙잡히지 않는 방법을 터득했거나. 어쨌든 저스틴이 열아홉 살 이후로 경찰이 집에 찾아오는 일은 없었다. 이제 나는 저스틴을 생각하면 멜리사네 앞치마를 입고 샌드위치를 만들며 손님들과 이야기 나누는 모습이 떠오른다. 그 생각만 하면 미소가 절로 지어진다.

우체국처럼 유리벽 너머로 당직 경찰이 앉아 있다. 그는 서류나 유류품이 오갈 수 있을 만큼만 뚫린 구멍에 대고 말했다.

"어떻게 오셨습니까?"

아주 퉁명스러운 말투였다. 나는 숙취와 씨름하면서 말을 꺼냈다.

"살인 사건에 대해 제보할 것이 있어서요."

경찰은 약간 흥미를 느낀 듯했다.

"말씀하세요."

나는 유리 통로 사이로 신문을 밀었다. 유리벽과 접수대가 만나는 모퉁이에 단단하게 굳은 채 파란 볼펜으로 칠해진 껌이 붙어 있었다.

"오늘자 〈런던 가제트〉에 난 머스웰 힐 살인 사건 기사예요."

그는 펼쳐진 기사를 훑으며 입으로 읽어내렸다. 그의 뒤쪽에서 라디오가 지직거렸다. 신문에 구체적인 언급은 없었다. 타냐 베켓은 할러웨이 로드의 초등학교에서 보조 교사로 일했다. 오후 3시 30분쯤 노던 라인 아치웨이 역에서 지하철을 타고 하이게이트 역에 내린 다음 다시 43번 버스를 타고 크랜리 가든에서 하차했다. 그녀 남자 친구의 진술은 이랬다.

'버스 정류장에서 만나기로 했는데 비가 와서 타냐가 집에 있으라고 했어요. 시간을 돌릴 수만 있다면 무슨 짓이든 할 것 같아요.'

타냐를 안고 있는 남자 친구의 사진이 신문에 같이 실렸다. 살인자와 눈을 마주하는 기분이 어떨지 궁금했다. 피해자 대부분은 범인이 누구인지 알고 있으므로.

나는 스크랩해둔 신문 또 하나를 유리 칸막이 너머로 건넸다.

"그리고 이건 어제 〈런던 가제트〉에 실린 광고예요."

눈앞에 흰 점들이 어지럽게 움직여 눈을 빠르게 깜박였다. 이마를 짚어보니 여전히 뜨거웠다.

경찰관이 스크랩을 살펴보았다. 그는 어디에선가 본 것처럼 포커페이스를 유지했다. 나는 그가 닮은 사람을 착각한 것이라고 말할지 알고 싶었다. 은 십자가 목걸이를 한 검은 머리 소녀가 타냐 베켓이 아니라고 말이다.

하지만 그는 내게 그렇게 말하는 대신 수화기를 들어 0번을 눌렀다. 교환원이 응답하기를 기다리는 동안 나는 눈을 떼지 않고 그를 쳐다보았다. 그러자 경찰이 나를 똑바로 보며 수화기에 대고 말했다.

"렘펠로 경위와 통화할 수 있을까요?"

그레이엄에게 몸이 좋지 않아 사무실에 들어가지 못할 것 같다고 문자메시지를 보냈다. 그리고 미지근한 물을 마신 뒤 차가운 벽에 머리를 기댄 채 누군가 말을 걸어줄 때까지 기다렸다.

"많이 기다리셨죠."

한 시간 뒤 경찰이 말했다. 그는 경찰이라기에는 너무 친밀한 말투로 자신을 데릭이라고 소개했다.

"그 사람이 왜 이렇게 늦는지 모르겠네요."

'그 사람'이란 닉 렘펠로 경위였다. 데릭의 말에 따르면 '살사팀'에서 캐넌 스트리트로 오고 있다고 했다. 그는 이내 전문 용어를 사용해서 미안하다며 이렇게 덧붙였다.

"살인 사건 전담팀입니다. 그곳에서 젊은 피해자의 사건을 수사하고 있어요."

몸이 바들바들 떨렸다. 타냐의 두 사진을 계속해서 바라보며 〈런던 가제트〉에 사진이 실린 것과 머스웰 힐 공원에서 교살된 채 발견된 일의 상관관계를 생각했다.

다음은 내 차례일지도 모른다.

지난 금요일 〈런던 가제트〉에 실린 사진은 내가 맞다. 보자마자 알았다. 다른 사람일지도 모른다고 여지를 두지 않아야 했다. 그때 바로 경찰서에 갔다면 상황은 달라졌을지 모른다.

분명 관계가 있을 것이다. 타냐 베켓은 광고에 난 지 하루 만에 살해됐다. 캐시 태닝은 48시간 만에 열쇠를 도난당했다. 내 사진이 실린 지 5일이 지났다. 내게는 언제 무슨 일이 벌어질까?

면허 서류를 들고 한 남자가 경찰서로 들어왔다.

"이건 시간 낭비야."

경찰관이 차근차근 양식을 기입하자 남자가 큰 소리로 말했다.

"당신에게도 그렇고 내게도 그렇잖아요."

남자는 동조하는 사람을 찾으려는 듯 나를 슬쩍 쳐다보았지만 나도 데릭도 아무런 반응을 보이지 않았다. 데릭은 남자의 운전면허를 살펴본 뒤 일부러 천천히 항목을 기재했다. 나는 데릭이 마음에 들었다. 작업이 끝나자 남자가 면허증을 지갑에 넣었다.

"정말 고맙군요."

그가 비아냥거렸다.

"점심시간을 이렇게 다 쓰게 되네요."

남자가 가고 악을 쓰는 아기를 안은 한 여성이 길을 물으러 들어왔고 지갑을 잃어버린 나이 지긋한 남성도 찾아왔다.

"은행에서는 지갑이 있었어요."

그가 말했다.

"지하철에서 내렸는데, 지하철역과 강변 길 어딘가에서…… 사라졌어요."

그는 마치 지갑이 경찰서에서 짠 하고 나타나주길 바라듯 주변을 둘러보았다. 나는 눈을 감으며 저런 평범한 일로 이곳에 왔다면 얼마나 좋을지 생각했다. 짜증만 약간 내고 벗어날 수 있는 일이라면.

데릭이 노신사의 신원을 기록하고 지갑에 대한 설명을 적는 동안 나는 계속해서 호흡을 고르려고 노력했다. 렘펠로 경위가 빨리 와주기만을 기다리면서.

지갑을 잃어버린 남성이 떠난 뒤로부터 한 시간이 더 지나자 결국 데릭이 전화를 걸었다.

"오고 계신가요? 이분이 점심때부터 기다리고 계세요."

그는 알 수 없는 표정으로 나를 흘끗 쳐다보았다.

"네, 알겠습니다. 그렇게 전하죠."

"그분은 안 오시는 거죠?"

몸이 너무 좋지 않아 시간을 허비했다는 이유로 화를 낼 기력이 없었다. 경찰서에 오지 않았다면 어땠을까? 적어도 일이 밀리지는 않았을 테지.

"다른 급한 용무로 붙들려 있는 것 같아요. 짐작하시겠지만 살인 사건 팀은 아주 바쁘답니다. 제게 대신 사과를 전해달라며 본인이 연락하겠다고 하시네요. 경위님께 부인 연락처를 알려드릴게요."

그는 나를 안타깝게 바라보며 덧붙였다.

"몸이 안 좋아 보여요."

"괜찮아요."

이렇게 말했지만 사실과는 거리가 멀었다. 스스로에게 겁먹지 말자고 다독였지만 휴대전화 키패드를 누르는 손가락이 덜덜 떨렸다.

혹시 캐넌 스트리트 근처에 있어? 몸이 많이 안 좋아. 집에 가야 할 것 같아.

거기 꼼짝 말고 있어, 조.

매트가 주저 없이 말했다.

내가 갈게.

그는 근처에 있다고 말했지만 30분이 지나도 오지 않는 것으로 보아 그렇지 않은 것이 분명했다. 매트가 나를 데리러 오느라 벌지 못할 돈을 떠올리자 양심의 가책이 느껴졌다. 경찰서 문이 열리고 익숙한 그의 얼굴을 보자 창피하게도 눈물이 쏟아졌다.

"부인을 찾아 오셨나요?"

데릭이 물었다. 나는 그 질문에 설명할 기력이 없었고 매트도 신경 쓰지 않았다.

"감기약 두 병에 위스키를 한 방울 떨어뜨려 마시면 돼. 곧 괜찮아질 거야."

매트는 마치 손님을 대하듯 나를 택시에 태우고 히터 온도를 최대한 높였다. 나는 숨을 고르는 데 집중하면서 충격으로 덜덜 떨리는 몸을 진정시키려고 애썼다.

"언제부터 이랬어?"

"오늘 아침. 숙취가 있길래 이상하다고 생각했어. 어젯밤에 그리 많이 마시지 않았거든. 그런데 점점 두통이 심해지고 온몸이 떨려."

"감기야."

그는 망설이지 않고 말했다. 택시 기사 대부분처럼 매트도 모든 분야의 전문가였다. 그는 운전하면서 룸미러로 나까지 살피느라 바빴다.

"경찰서에는 무슨 일로 간 거야?"

"어젯밤 살인 사건이 일어났어. 크랜리 가든 역과 가까운 공원에서."

"크라우치 엔드 말이야?"

"맞아. 여자가 목이 졸려 죽었어."

나는 〈런던 가제트〉에 실린 광고 이야기를 했다. 내 사진에 관해 말하고 타냐 베켓의 사진을 보았다고도 전했다.

"같은 사람이 확실해?"

그가 전방 도로를 주시하고 있었지만 나는 고개를 끄덕였다. 매트는 침을 삼키고는 운전대를 왼쪽으로 돌려 손을 내밀면 벽에 닿을 정도로 좁은 일방통행로로 들어섰다.

"어딜 가는 거야?"

"도로가 많이 막혀서 우회하려고. 경찰은 뭐라고 했는데?"

창밖을 보며 어디쯤인지 살폈지만 알 수 없었다. 아이들이 학교를 마치고 집으로 가고 있었다. 일부는 혼자, 다른 일부는 엄마의 손을 잡고 걸었다.

"이 사건을 담당하는 형사를 불렀는데 못 만났어."

"그럴 줄 알았어."

"무서워, 매트."

그는 아무 말도 하지 않았다. 감정을 다루는 데 서투른 사람이었다.

"신문에 난 사진이 정말로 나라면 내게도 무슨 일이 생길거야. 안 좋은 일이."

목이 너무 따가웠다. 딱딱한 덩어리 같은 것이 있어 침을 삼키기 힘들었다.

"경찰은 광고와 이 사건이 연관됐다고 생각해?"

마침내 좁은 골목에서 벗어나자 사우스 서큘러에 와 있다는 것을 알았다. 집에 거의 다 왔다. 눈이 너무 따끔거려 뜨고 있기 힘들었다. 건조한 눈을 깜박였다.

"당직 경찰은 심각하게 생각하는 눈치였어."

매트 말에 대답했지만 정작 그가 하는 말을 집중해서 들을 상태는 아니었다.

"그런데 담당 형사도 그렇게 생각하는지는 모르겠어. 내 사진에 관해서는 이야기하지 않았거든. 그럴 틈이 없었어."

"이상한 일이야, 조."

"그렇게 말할 필요는 없어. 처음 사진을 봤을 때 내가 과잉해서 반응한다고 생각했어. 사이먼은 여전히 그렇게 여기는 것 같아."

매트가 나를 날카롭게 쳐다보았다.

"그 사람은 당신 말을 믿지 않는 거야?"

바보 같은 나를 걷어차버리고 싶었다. 매트가 사이먼의 꼬투리를 잡을 기회를 주었으므로.

"그는 이성적으로 파악하려고 해."

"당신은 어떻게 생각하는데?"

나는 대답하지 않았다.

'난 살해당할 것 같아.'

택시가 집 앞에 멈추자 나는 핸드백을 열었다.

"택시비를 낼게."

"괜찮아."

"손해 볼 수는 없잖아. 그건 불공평해."

"난 당신 돈 필요 없어, 조."

매트가 땍땍거렸다.

"저리 치워."

하지만 그는 이내 누그러졌다.

"자, 내가 안까지 부축해줄게."

"혼자 갈 수 있어."

차에서 내리니 다리가 후들거렸다. 내가 쓰러지려 하자 매트가 붙잡았다.

"퍽도 그렇겠다."

매트는 열쇠를 받아들어 현관문을 열고는 머뭇거렸다.

"괜찮아. 사이먼은 일하러 갔어."

너무 아파서 부도덕하다고 생각할 겨를이 없었다. 핸드백과 코트를 난간에 걸쳐두고 매트에게 부축을 받아 침실로 올라갔다. 그는 침실이 어디인지 몰라 계단 끝에서 멈춰 섰고 나는 케이티의 옆방을 가리켰다.

"이제 괜찮아."

그는 내 말에 아랑곳하지 않고 나를 부축하며 방에 함께 들어섰다.

매트가 침대 왼쪽 이불을 들었다. 우리가 같이 살 때 내가 눕던 쪽이다. 지금은 왼쪽 협탁에 사이먼의 물건이 놓여 있다. 그의 책, 여분의 돋보기, 시계를 놓는 가죽 트레이, 잔돈 등. 매트는 그 점을 눈치챘는지 못 챘는지 아무 말도 하지 않았다.

나는 옷을 입은 채 침대에 누웠다.

사이먼이 나를 깨웠다. 밖은 어두웠고 그가 협탁 위 램프를 켰다.

"내가 퇴근하고 왔을 때부터 줄곧 잠만 잤어. 어디 아파?"

그는 한 손에 내 휴대전화를 들고 속삭였다.

"경찰 전화야. 왜 그래? 무슨 일이야?"

온몸이 뜨겁고 베개에서 고개를 드니 머리가 어지러웠다. 전화를 받으려고 손을 뻗었지만 사이먼이 치웠다.

"경찰이 왜 당신에게 연락한 거야?"

"나중에 설명할게요."

말끝에 목소리가 잠겨서 기침을 했다. 사이먼이 휴대전화를 건네며 침대 옆에 앉았다. 열이 났지만 자고 나니 한결 나았다.

"여보세요."

전화를 받았다.

"제가 조 워커인데요."

"워커 부인, 노스웨스트 살인 사건 전담팀 렘펠로 경위입니다. 저와 이야기하고 싶다고 하셨죠?"

그의 목소리는 산만했다. 관심이 없거나 피곤하거나, 아니면 둘 다였다.

"네, 지금 집이에요. 괜찮다면 좀 와주세요."

사이먼이 놀라 입과 손을 벌렸다.

"무슨 일이야?"

성가셔서 그를 향해 고개를 흔들었다. 집에서는 전화 수신 상태가 좋지 않았고 렘펠로 경위가 하는 말을 놓치고 싶지 않았다.

"……현재로서는 그것이 궁금합니다."

"죄송합니다. 다시 말씀해주시겠어요?"

"타냐 베켓을 모르시죠?"

"네. 하지만,"

"그러니 조건 만남이나 음란 전화 사이트에서 일했는지도 모르실 테고요."

"모릅니다."

"잘 알겠습니다."

그가 사무적으로 대답했다. 내가 오늘 밤 안에 통화해야 하는 수많은 사람 가운데 한 사람인 것처럼.

"그러니까 타냐의 사진이 어제인 11월 16일 월요일자 〈런던 가제트〉 성인 광고에 실렸다는 말씀이시죠?"

"네."

"그리고 오늘 아침 뉴스에서 그녀의 사진을 보고 저희 쪽에 연락을 주신 거고요?"

"네."

"도움이 많이 됐습니다. 시간 내주셔서 감사합니다."

"그런데 저와 이야기를 나누지 않으시나요? 진술을 받지 않고요?"

"그럴 필요가 있다면 연락드리겠습니다."

그는 내가 말하는 도중에 전화를 끊었다. 사이먼은 혼란스러운 상태를 넘어 화난 표정이었다.

"제발 무슨 일인지 나한테 말해주겠어?"

"그 여자 말이에요. 살해당한 젊은 여자요. 오늘 아침에 당신한테 사진을 보여줬잖아요."

나는 오늘 아침 뉴스 보도가 끝나자마자 침실로 올라가서 자고 있던 사이먼을 깨우고 속사포처럼 말을 쏟아냈다.

"이게 다 광고 때문이라면?"

내가 갈라지는 목소리로 말했다.

"자기가 죽이려는 상대의 사진을 광고에 실은 거라면, 그래서 내가 다음 차례면 어떡해요?"

사이먼은 어색하게 나를 끌어안았다.

"당신이 좀 과민하게 반응한다고 생각하지 않아? 한 해에 런던에서 살해당하는 사람이 백 명도 넘는다는 기사를 본 적 있어. 한 달에 여덟 명 꼴이라고. 끔찍한 일이지만 쓰레기 같은 무가지와는 아무 상관도 없어."

"점심시간에 경찰서에 갈 거예요."

그는 이 순간에도 내가 과잉 반응한다고 생각했다.

"경찰이 당신 말을 진지하게 들어줬어?"

그가 침대 끄트머리에 앉아 내 발가락을 붙잡기에 발을 뺐다.

나는 어깨를 움츠렸다.

"오늘 만난 당직 경찰은 친절했어요. 그가 담당 형사에게 연락했는데 그 사람은 오지 않았고요. 지금 그 형사가 내게서 필요한 정보를 모두 얻었으니 더 필요한 사항이 있으면 연락하겠대요."

눈가에 눈물이 고였다.

"하지만 그 사람들은 다른 사진에 대해서는 몰라요. 캐시 태닝과 나에 대해서는!"

나는 흐느꼈다. 머리가 욱신거려 똑바로 생각할 수 없었다.

"쉿."

사이먼이 내 머리를 쓰다듬으며 내가 옆으로 기댈 수 있도록 베개를 돌려주었다.

"내가 다시 전화해볼까?"

"그 사람 전화번호를 몰라요. 노스웨스트 살인 사건 전담팀이라고만 했어요."

"내가 찾아볼게. 당신 감기약과 물 먼저 챙겨주고 전화해볼게."

그는 문 쪽으로 가다가 갑자기 무언가를 알아차린 듯 돌아섰다.

"왜 내 자리에 누워 있어?"

그와 눈을 마주치지 않으려고 베개에 얼굴을 묻었다.

"자면서 뒤척였나 봐요."

나는 웅얼거렸다.

매트는 우리가 언쟁을 벌이는 유일한 주제였다.

"그는 케이티와 저스틴의 아버지예요."

나는 이렇게 말하곤 했다.

"이따금 그를 보는 걸로 뭐라고 하지 말아요."

사이먼도 그 점을 어쩔 수 없이 인정했다.

"그래도 그 사람이 이 집에 올 이유는 없잖아? 우리 거실에 앉아 우리 머그컵을 쓰면서?"

유치하고 비합리적인 생각이었지만 당시에는 사이먼을 잃고 싶지 않아 타협할 수밖에 없었다.

"알았어요,"

나는 동의했다.

"매트를 집에 들이지 않을게요."

다시 눈을 떴을 때 협탁 위에는 물 한 잔과 은색 패킷이 놓여 있었다. 나는 약 두 알을 꺼내 자리에서 일어났다. 윗옷과 바지에 구김이 갔다. 두꺼운 면 잠옷으로 갈아입고 커다란 카디건을 걸쳤다.

9시였다. 아래층으로 내려가니 비프 캐서롤로 보이는 음식이 남아 있었다. 다리가 여전히 후들거렸고 많이 잤는데도 졸렸다. 거실로 나가니 사이먼과 저스틴, 케이티가 텔레비전을 보고 있었다. 아무 말 없는 침묵이 편안해 잠시 그 모습을 지켜보았다. 케이티가 제일 먼저 나를 발견했다.

"엄마! 좀 괜찮아요?"

딸이 비키며 사이먼 옆에 공간을 만들어주었다. 나는 아래층으로 내려오느라 지쳐서 그 자리에 앉았다.

"아니, 완전히 녹초가 됐어."

최근 몇 년간 이렇게 앓은 적이 없었다. 뼈마디가 욱신거리고 피부에 손만 대도 아팠다. 눈 뒤쪽이 따끔거려 눈을 감아야만 통증이 사라졌고 목이 부어서 말하기도 힘들었다.

"감기에 걸린 것 같아, 아주 제대로."

"불쌍한 내 사랑."

사이먼이 팔로 나를 감쌌다. 케이티는 '공공장소에서의 애정 행각'에 아무 말도 하지 않았다. 심지어 저스틴까지 나를 걱정스럽게 바라보았다.

"마실 것 좀 드릴까요?"

내가 정말 아파 보였나보다.

"물이면 돼. 고맙구나."

"별말씀을."

아들은 자리에서 일어나 주머니에 손을 넣더니 내게 봉투 하나를 건넸다.

"이게 뭐야?"

열어보니 제법 두툼한 20파운드짜리 지폐 뭉치가 들어 있었다.

"집세예요."

"뭐라고? 이러지 않기로 했잖아. 너한테 집세를 받고 싶지 않아."

"그럼 식비나 공과금으로 쓰세요. 아무튼 엄마 거예요."

최근 들어 저스틴을 거저 먹이고 재워서는 안 된다고 여러 차례 강조하던 사이먼의 말이 떠올라 그를 쳐다보았다. 그는 자신과는 아무런 관련이 없다는 듯 고개를 돌렸다.

"대견하구나, 저스틴. 훌륭해."

사이먼이 바른 말을 하자 저스틴이 그를 경멸하듯 쳐다보았다.

"오빠는 빈털터리인 줄 알았는데?"

케이티가 돈 뭉치 액수를 가늠하며 말했다. 나는 그 돈을 카디건 주머니에 넣으며 어디에서 생긴 돈인지 물어보고 싶은 마음을 애써 눌렀다.

"멜리사가 새 카페 일로 절 이곳 책임자로 승진시켰어요."

저스틴은 내 마음을 읽기라도 한 듯 설명했다.

"임시직이지만 급여도 올랐고요."

"잘됐구나!"

훔치거나 부정하게 얻은 돈이 아니라니 좀 과하게 안심되었다. 저스틴은 대수롭지 않은 소식이라는 듯 어깨를 으쓱하더니 주방으로 물을 가지러 갔다.

"저 애를 가만히 놔두면 될 줄 알았어요."

나는 사이먼에게 속삭였다.

"누가 봐도 정말 열심히 일해요."

좋은 소식이 저스틴에게만 있지 않다는 사실이 갑자기 떠올라 케이티를 향해 몸을 돌렸다.

"네가 오디션 보는 걸 더 지지해주지 못해서 정말 미안하구나. 그래서 마음이 참 아팠어."

"지금은 그런 걱정 할 때가 아니에요. 엄만 아프잖아요."

"사이먼이 네가 아주 잘해냈다고 하던 걸."

케이티의 눈이 반짝였다.

"정말 끝내줬어요. 물론 에이전트가 절 선발하지는 않았어요. 이미 제 외모와 연기 영역에 맞는 배역이 다 찬 모양이더라구요. 그러다 리셉션에서 기다리고 있던 남자와 이야기를 나눴어요. 극단 대표인데 〈십이야〉를 올리고 있다면서 바이올라 역을 맡은 여성이 며칠 전 스키 사고를 당했다고 했어요. 그러니까, 정말 완벽하죠?"

나는 무슨 말인지 알아듣지 못해 딸을 가만히 쳐다보았다. 저스틴이 물을 가지고 돌아왔다. 수도관에 고여 있던 물이라 탁하고 미지근했지만 고맙게 마셨다. 따가운 목을 편하게 해주는 것으로 족했다.

"〈십이야〉는 중등 검정고시에 영어 지문으로 나왔어요. 제대로 알고 있었죠. 대표는 제가 바이올라 역할에 꼭 맞는다고 말했어요. 그 자리에서 오디션을 봤는데 정말 흥분됐고 결국 제가 역할을 따냈어요! 나머지 배역은 몇 주째 리허설 중이고 저는 2주 안에 합류해야 해요."

머리가 빙글빙글 돌았다.

"그런데 그 대표는 누구니? 그 남자에 대해 아는 건 있고?"

"아이작이라고 해요. 그 사람 동생이 소피아와 같은 학교에 다닌다고 했으니 완전히 모르는 사람은 아니에요. 에든버러에서 극도 올렸고. 또 뭐가 신나는지 알아요? 극단에서 〈십이야〉로 투어를 한대요! 그는 아주 야심 차고 재능이 넘쳐요."

케이티의 얼굴에서 무언가를 감지했다. 배역을 맡은 기쁨 이상의 무언가를.

"잘생겼니?"

케이티가 얼굴을 붉혔다.

"아주 잘생겼어요."

"세상에, 케이티!"

"왜요? 합법적인 일이에요, 장담할게요. 엄마도 그를 좋아할 거예요."

"좋아. 그 사람을 집에 한번 초대하렴."

케이티가 콧방귀를 꼈다.

"겨우 어제 만난 사이예요, 엄마. 렌트한 집에서 만나자고 하지는 않을 거예요."

"넌 아직 투어를 시작한 게 아니니까……."

우리가 서로 노려보자 사이먼이 중재에 나섰다.

"당신 컨디션이 좀 나아진 뒤에 이야기하면 안 될까?"

"난 괜찮아요."

그렇게 말했지만 어지러워 눈도 제대로 뜰 수 없었다.

"그래, 그렇겠지. 자, 이제 그만 침실로 가."

나는 그가 한 약속을 기억하고 있었다.

"경찰에 연락했어요?"

"응, 전담팀 책임자라는 사람과 이야기 나눴어."

"렘펠로 말이에요?"

"그런 것 같아. 당신과 조금 닮은 사람이 실린 광고 때문에 당신이 아주 걱정스러워한다고 말했어."

"닮은 사람이 아니라 나라니까요."

"그리고 그 사람 말이 당신이 불안해하는 건 이해하지만 현재로서는 타냐 베켓의 살인 사건이 다른 범죄와 연관이 없다고 생각한대."

"연관 있어요. 우연일 리 없어요."

내가 주장했다.

"그 여자에 대해 모르잖아요."

저스틴이 말했다.

"왜 그렇게 예민하게 구는 거예요?"

"그 여자가 살해당했으니까, 저스틴!"

아들은 반응을 보이지 않았고 나는 절망에 빠져 케이티를 쳐다보았다.

"그리고 내 사진이,"

"그건 당신 사진이 아니야."

사이먼이 말을 잘랐다.

"내 사진이 그 여자와 같은 광고란에 실렸으니까. 그래서 이 모든 일에 민감하게 반응할 수밖에 없는 거야, 알겠니?"

"그런 광고는 대개 부정한 일에 관한 거라서 할증 전화번호와 함께 실린 거야."

사이먼이 말했다.

"그게 무슨 상관이죠?"

"그 여자가 성매매를 했나요?"

케이티가 물었다.

"산재군."

저스틴이 말했다. 아들은 뭐가 어떠냐는 듯 어깨를 으쓱하고는 소파

원래 자리에 앉아 휴대전화를 만지작거렸다.

"그녀는 매춘부가 아니라 보조 교사라고 뉴스에 나왔어. 신문에서 그녀가 남자 친구와 함께 있는 사진을 봤어. 그리고 내 살해 기사에는 어떤 사진이 실릴까 생각해봤지. 미디어에서 그레이엄 할로에게 내 사진을 달라고 할지도 몰라."

"광고에는 성매매에 관해 아무런 말도 적혀 있지 않았죠, 엄마?"

케이티가 물었다.

"웹사이트 주소만 있었어."

나는 이마를 짚으며 기억을 떠올려보았다.

"findtheone.com."

"데이트 사이트인 것 같네요. 인터넷으로 만난 사람에게 살해당했을 수도 있잖아요."

"이제 넌 혼자서 밖에 다니면 안 돼."

케이티에게 말했다. 딸은 어이없다는 듯 나를 쳐다보았다.

"런던 반대쪽에서 살인이 나서요? 엄마, 이러지 말아요. 그런 일은 항상 일어나요."

"남자들이야 그렇지. 갱단 소년들이나 마약쟁이, 무모하게 위험을 감수하는 사람들에겐 그런 일이 생겨. 하지만 퇴근길에 젊은 여성이 그런 일을 당한 경우는 흔치 않아. 친구들과 같이 다니거나 아예 나가지 마."

케이티가 사이먼을 쳐다보자 그는 나를 두둔했다.

"우리는 네 안전이 걱정돼서 그러는 거야."

"현실적이지 못해요. 일은 어쩌고요? 토요일은 저녁 10시 반에 일이 끝나고 이제 〈십이야〉에 합류하게 되었으니 거의 매일 밤 연습할 거라고요. 혼자 집에 오는 것 말고는 다른 방법이 없어요."

내가 말하려고 하자 케이티가 부드럽고도 강하게 막아섰다.

"난 다 컸어요, 엄마. 조심하고 있고요. 내 걱정은 하지 말아요."

그렇지만 걱정되었다. 케이티가 레드카펫을 밟는 꿈에 부풀어 매일 밤 멍한 정신으로 집에 올까봐 걱정스러웠다. 자기 앞길에 무슨 일이 벌어질지 알지 못했던 캐시 태닝과 타냐 베켓도 마찬가지였다. 나도 걱정되었다. 그 광고와 내 사진이 실린 의미를 알지 못해도 위험이 닥친 것만은 사실이다. 볼 수 없어도 느낄 수는 있다. 그것이 점점 가까워지고 있다는 것도.

자신의 반쪽을 어디서 만나게 될지 당신은 몰라. 늘 타는 지하철 창가 좌석에 앉아 있을 수도 있고, 어쩌면 커피를 사려고 서 있는 줄 바로 앞에 있을 수도 있어. 매일 그 사람 앞을 지나 길을 건널지도 모르지. 자신감이 넘친다면 말을 걸어볼 거야. 날씨 이야기로 시작해 교통 체증을 불평하다 개인적인 이야기를 하게 되겠지. 지옥 같았던 주말, 악질 상사, 당신을 이해하지 못하는 남자 친구. 그렇게 서로 알게 되면서 다음 단계로 넘어가겠지. 커피나 저녁을 같이할까요? 그렇게 되는 거야.

만약 당신의 반쪽이 지하철 옆자리에 앉아 있다면 어떨까? 커피숍에 들르지 않고 집에서 커피를 내려 가지고 다닌다면. 대중교통 대신 자전거를 타고 출퇴근한다면. 에스컬레이터가 아니라 계단으로 다닌다면. 그와 만나지 못해서 무엇을 놓칠지 생각해봐.

첫 번째 데이트, 두 번째 데이트 그리고 더 많겠지.

어쩌면 반쪽을 찾는 일이 아닐 수도 있어. 더 짧고 달콤하고 피가 끓어오르고 심장 박동이 빨라지는 그런 일.

잠깐의 정사.

하룻밤의 잠자리.

추격.

그렇게 시작하는 거야. findtheone.com. 런던 통근자들이 서로 알고 지내는 방법이지. 사람들이 서로 하나가 되게 도와주는 수단이야. 날 브로커라 불러도 좋고 중개인이나 중매자라고 해도 돼.

어쨌든 가장 좋은 점은 당신 중 어느 누구도 내 목록에 자신이 올라와 있다는 사실을 모른다는 거야.

10

24시간 동안 침대에 누워서 깨어 있는 시간보다 잔 시간이 더 많았다. 수요일 오후에 겨우 병원에 갔지만 의사는 이미 내가 아는 이야기를 해주었다. 독감에 걸렸으니 물을 많이 마시고 약을 복용하며 낫기를 기다리라는 말이었다. 사이먼은 대단했다. 그는 아이들 식사를 준비하고 내게 삼키지도 못하는 음식을 만들어주었다. 아이스크림은 넘길 수 있다고 하자 그것을 사러 밖에 다녀오기도 했다. 저스틴을 임신했을 때 눈이 오는 날 매트에게 나초와 과일 맛 사탕을 사달라고 했더니 투덜거렸던 일이 떠올랐다. 사이먼은 좋은 아버지가 되어줄 것이었다.

나는 가까스로 직장에 전화해 그레이엄에게 아프다고 전했다. 이번 주 내내 쉬어야겠다는 말을 꺼내기 전까지 그는 놀랍게도 나를 걱정해주었다.

"내일만이라도 나와줄 수 없어? 당신이 없으니 전화를 받을 사람이 없어."

"갈 수 있다면 갈게요."

하지만 다음 날 아침 나는 그에게 문자메시지를 보냈다.

죄송해요. 아직도 아파요.

휴대전화 전원을 껐다. 점심시간이 되기도 전에 멜리사가 나를 위해 카페에서 닭고기 수프를 가져다주었다. 한 숟가락 뜨니 그동안 허기졌다는 사실을 깨달았다.

"맛있어."

우리는 주방으로 가서 두 사람이 겨우 앉을 수 있는 작은 테이블 앞에 앉았다.

"집이 엉망이야."

식기세척기에 그릇이 그대로 들어 있어서 가족은 아침 식사 때 쓴 접시를 모두 싱크대에 넣어두었다. 휴지통 주변에 빈 통이 죽 늘어선 모습은 휴지통이 가득 찼다는 뜻이었다. 냉장고 문에는 휴가지에서 사온 자석으로 고정해둔 가족사진이 있다. 가장 싼 기념품을 찾다가 자석을 구입했는데, 지금은 여행지에 갈 때마다 자석을 사는 일이 우리만의 전통이 되었다.

케이티가 베니도름에서 사온 끄덕이는 당나귀 자석이 냉장고 한가운데에 붙어 있어서 냉장고 문을 열 때마다 차양 넓은 멕시코 모자가 흔들렸다.

"아기자기하고 좋은데 뭘."

내가 의심스러워하는 표정을 짓자 멜리사가 웃음을 터뜨렸다.

"정말이야. 따뜻하고 사랑과 추억이 가득 차 있어. 가족이 사는 집이라면 마땅히 그래야 하는 것처럼."

그녀 얼굴에서 후회하는 기색을 찾아보았지만 전혀 발견할 수 없었다.

우리가 처음 만났을 때 그녀는 마흔이었다. 여전히 가족을 이룰 수 있는 나이라 한번은 아이를 가질 계획이 있는지 물었다.

"그 사람이 아이를 못 가져."

그녀는 곧 이렇게 정정했다.

"다시 말할게. 우리가 못 가지는 거야."

"힘들겠구나."

나는 아주 오랫동안 자식을 키워왔기에 아이 없는 삶을 상상할 수 없었다.

"별로 그렇지는 않아. 항상 알고 있었거든. 닉은 어릴 때 백혈병을 앓아서 화학 치료를 받고 불임이 되었어. 그래서 아이는 우리 인생 일부가 될 수 없었지. 대신 우리는 다른 데 집중했어. 다른 기회를 가졌으니까."

일을 말하는 것이라고 생각했다. 그리고 사업, 휴가, 아름다운 집까지.

"닐이 나보다 더 힘들어했어."

멜리사가 말했다.

"아주 크게 화내곤 했어. 왜 하필 자신이냐는 식으로. 하지만 요즘 우리는 그런 생각을 거의 하지 않아."

"반대로 난 너희 부부 집이 너무 좋아."

내가 지금 말했다.

"깨끗한 바닥에 더러운 양말은 보이지도 않잖아?"

멜리사가 미소 지었다.

"잔디도 항상 파릇파릇하고. 그 말 하려고 했지? 머지않아 케이티와 저스틴이 집을 떠나면 넌 휑한 집에서 아이들이 돌아오기만 바랄 거야."

"그럴지도 몰라. 아, 그러고보니 생각났어. 내 아들에게 무슨 짓을 한 거야?"

멜리사가 금세 걱정스런 얼굴이 되는 바람에 장난친 것이 미안해졌다.

"화요일에 집세라면서 돈을 갖다주더라고. 달라고 하지도 않았는데. 네가 우리 애를 승진시켰다고 들었어."

"아, 그 얘기구나! 그럴 만했으니까. 그 애는 일을 잘했고 나는 점장이 필요했어. 딱 맞아떨어졌지."

뭔가 걸리는 것이 있었다. 나는 그녀가 시선을 피할 때까지 바라보았다. 멜리사는 이내 창밖으로 고개를 돌려 엉망인 우리 정원을 보았다. 그리고 마침내 입을 열었다.

"급여를 인상했어."

그녀가 나를 흘끗 쳐다보았다.

"현찰로."

의심스러워 눈썹을 추켜올렸다. 나는 멜리사의 친구지만 회계 담당자이기도 하다. 내가 저스틴의 임금 인상에 대해 말하지 않았더라면 그녀도 이야기하지 않았을 것이다.

"고객이 현찰로 지불하는 건 모두 장부에 기입하지는 않아. 사업 배당금에 손대지 않고 레이니 데이 펀드로 특별 공과금 같은 걸 충당하고."

"그렇구나."

이성적으로 더 생각해보아야 하겠지만 지금으로서는 그 일이 다른 사람에게 해가 되는 것 같지 않았다. 멜리사는 탈세하려고 해외 계좌를 개설하는 용의주도한 사람이 아니다. 그저 나처럼 생계를 이어가려고 애쓰는 지역 상인일 뿐이다.

"완전히 이기적인 건 아니야."

멜리사는 내게 말한 것을 후회하는 눈치였다. 내가 자신을 비난할까봐 걱정하는 듯했다.

"저스틴도 세금을 덜 낼 수 있어. 따로 저금도 할 수 있고 말이야."

멜리사가 그런 것까지 생각해준 데에 감동했다.

"그래서 나도 저스틴이 집세를 보탤 수 있게 해준 너한테 감사해야 하는 거야?"

"우리가 그런 이야기를 나누긴 했지만……."

멜리사는 순진한 표정을 지으면 내가 웃을 거라 생각한 것 같았다.

"아무튼 고마워. 아들이 조금은 자란 모습을 볼 수 있어서 기뻐. 그 런데 국세청에서 조사라도 나오면 어쩌려고?"

나는 회계 담당자 입장에서 말했다. 단순히 멜리사만 걱정할 일이 아니다. 그녀가 들키면 내게도 문제가 생긴다.

"이 일을 아는 사람은 너뿐이야."

"무슨 일 말이야?"

나는 미소를 지어 보였다.

"옷을 갈아입어야겠어. 몸에서 냄새가 나는 것 같아."

아직도 지난밤에 입고 잔 트레이닝 바지와 티셔츠 차림이라 내게서 퀴퀴한 냄새가 나는 것 같았다.

"케이티의 새로운 남자 친구이자 감독을 나중에 만나기로 했어. 그 사람이 케이티를 리허설에 데려다주기로 했거든."

"남자 친구라고?"

"아직 그렇게 부르지는 않지만 내 딸은 내가 잘 알아. 월요일에 한 번 만났을 뿐인데 그 애 입에서 그 남자 이름이 안 나온 적이 없어. 아 이작이 이랬어요, 아이작이 저랬어요. 완전히 빠졌다니까."

계단이 삐걱거리는 소리를 듣고 얼른 말을 멈췄는데 케이티가 곧장 주방으로 들어왔다.

"와, 근사하구나!"

멜리사가 딸아이를 껴안으면서 말했다. 케이티는 회색 스키니진에 금빛 스팽글이 달린 짧은 스웨트셔츠를 입어서 팔을 올리자 배가 드러났다.

"이게 아주머니의 유명한 닭고기 수프예요? 제가 먹을 것도 있어요?"

"아주 많아. 아이작 이야기를 들었어……."

멜리사는 남자의 이름에 힘을 주었고 케이티는 의심스러운 눈초리로 나를 쳐다보았다. 나는 아무 말도 하지 않았다.

"그는 훌륭한 감독이에요."

케이티가 새침하게 말했다. 다음 말을 기다렸지만 아이는 더 말해주지 않았다.

"돈에 대해서 물어봐도 될까?"

사업가인 멜리사가 질문했다.

"배우가 가장 돈을 잘 버는 직업이라고 할 수는 없지만 적어도 네 지출을 감당할 정도는 되지?"

케이티의 침묵이 필요한 모든 것을 알려주었다.

"아, 케이티. 난 제대로 된 일인 줄 알았어!"

"맞아요. 표 수익금이 들어오면 필요한 비용을 모두 지불한 뒤에 돈을 받아요."

"그러니까 이익 배당 방식이야?"

멜리사가 물었다.

"맞아요."

"그럼 수익이 나지 않으면 어떻게 되니?"

내가 물었다.

케이티가 나를 향해 몸을 돌렸다.

"또 시작이야! 그냥 내가 엉망이라고 말하지 그래요? 아무도 공연을 보러 오지 않을 거고 우리는 돈을 잃을 거라고."

그 애가 말을 멈췄지만 너무 늦었다.

"돈을 잃다니? 이익 분배 방식이라면서. 이제 막 만난 놈에게 네 돈을 줬다는 말은 마!"

멜리사가 자리에서 일어났다.

"난 이만 가볼게. 배역 맡은 것 축하해, 케이티."

멜리사는 내게 너무 몰아붙이지 말라는 표정을 지어 보이고는 자리를 떠났다.

"무슨 돈?"

내가 물었다.

케이티는 수프 한 그릇을 전자레인지에 넣고 데우기 버튼을 눌렀다.

"리허설 장소 대여비를 사람 수로 나눈 것뿐이에요. 공동으로요."

"그건 사기야."

"엄마는 극단이 어떻게 돌아가는지 전혀 모르잖아요!"

우리는 서로 고함을 지르며 각자 의견을 내세우느라 내가 아픈 이후로 한 주 내내 일찍 퇴근한 사이먼이 들어오는 소리를 듣지 못했다.

"이제 좀 나아졌어?"

그는 서 있는 내 모습을 보더니 문 앞에 기대며 안도한 표정을 지었다.

"조금요."

나는 소심하게 말했다. 케이티는 방에 가서 먹으려고 쟁반에 수프 그릇을 올렸다.

"아이작이 몇 시에 데리러 오니?"

"5시요. 엄마가 계속 이익 분배니 뭐니 하는 말을 꺼내면 오지 말라고 할 거예요."

"아무 말도 하지 않을게, 약속해. 그냥 한번 보고 싶어서 그래."

"널 위해 뭘 좀 사왔어."

사이먼이 말했다. 그는 케이티에게 작고 단단한 무언가가 든 비닐봉투를 건넸다. 케이티는 쟁반을 내려놓고 봉투를 열어보았다. 호신용 알람이었다. 핀을 뽑으면 공습경보 같은 소리가 울렸다.

"모퉁이 상점에 팔더라고. 필요할지 모르겠지만 지하철역에서 집으로 올 때 가지고 다니면 좋을 것 같아."

"고마워요."

내가 말했다. 그는 케이티의 안전보다는 내 마음의 평화를 위해 그것을 사왔을 것이다. 아이가 늦게까지 밖에 있어도 조금이나마 걱정을 덜게 하려고. 나는 화를 너무 많이 낸 것 같아 만회해보려고 노력했다.

"〈십이야〉 티켓은 언제부터 팔아? 우리가 앞줄에 앉아야 할 것 같아서. 안 그래요, 사이먼?"

"당연하지."

그는 정말 그렇게 생각했고 그 이유가 케이티 때문만은 아니었다. 사이먼은 극과 클래식, 한적한 장소에서 열리는 잘 알려지지 않은 재즈 공연을 좋아했다. 그는 내가 〈쥐덫〉을 한 번도 보지 못했다는 사실에 놀라며 나를 공연장에 데려가서는 내내 쳐다보면서 내가 공연을 즐기는지 살폈다. 공연은 괜찮았지만 나는 〈맘마미아〉가 더 좋았다.

"아직 잘 모르겠어요. 알아볼게요. 고마워요."

딸은 사이먼을 보고 말했다. 아이는 사이먼에게 동질 의식 같은 것을 느끼는 듯했다. 지난밤 사이먼은 케이티가 대사 외우는 것을 도왔고 두 사람은 장면을 두고 토론하기도 했다.

"그녀가 '변장'을 개인화하는 방식을 보고 이걸 '사악함'이라고 부른 거지?"

사이먼이 말했다.

"맞아요! 결국 누구의 정체성도 분명히 밝혀지지 않지만요."

나는 저스틴의 눈을 쳐다보았다. 우리 둘 사이에 보기 드문 공감이 일었다.

첫 데이트 때 사이먼은 내게 작가가 되고 싶다고 말했다.

"하지만 당신은 이미 그 일을 하고 있지 않나요?"

혼란스러웠다. 처음 만났을 때 그가 자신을 기자라고 소개했으므로.

그는 경멸하듯 고개를 저었다.

"그건 제대로 된 글이 아니에요. 그냥 기사일 뿐이죠. 난 책을 쓰고 싶어요."

"그럼 그렇게 하세요."

"언젠가는요."

그가 말해주었다.

"시간이 나면."

그해 크리스마스에 나는 사이먼에게 몰스킨 수첩을 선물했다. 부드러운 갈색 표지에 크림색 속지로 된 도톰한 공책이었다.

"당신의 책을 위해서 샀어요."

나는 수줍게 말했다. 만난 지 몇 주밖에 되지 않은 때였지만 그의 마음을 얻으려면 어떻게 해야 할지 며칠을 고민했다. 그는 내가 마치 달이라도 따준 것처럼 감격한 표정으로 나를 바라보았다.

"그건 그냥 수첩이 아니었어."

1년도 더 지나 그가 우리 집으로 들어온 뒤 초고를 절반가량 마치고 말했다.

"그건 당신이 날 믿는다는 증거였어."

케이티는 안절부절못했다. 지금 차림으로도 충분히 편안하고 멋져 보이는데 거기에 어두운 붉은색 립스틱을 바르고 아이라인을 두껍게 그려 꼬리를 길게 뺐다.

"딱 15분이에요."

초인종이 울리자 딸이 씩씩거리며 말했다.

"그러고 나갈 거예요."

저스틴은 아직 카페에 있었고 사이먼과 나는 급하게 치운 거실에 앉았다.

복도에서 나지막하게 목소리가 들려오자 나는 케이티가 새 남자 친구이자 극단 대표에게 뭐라고 말하는지 궁금했다. '우리 엄마 때문에 미안해요'라고 했을 테지. 둘이 거실로 들어오자 사이먼이 자리에서 일어났다. 나는 케이티가 어디서 매력을 느꼈는지 곧바로 알 수 있었다. 아이작은 키가 크고 피부가 구릿빛에 투블럭으로 자른 검은 머리가 감각적이었다. 눈은 진갈색이고 가죽 재킷 아래 브이넥 티셔츠를 입어 멋진 몸매를 짐작할 수 있었다. 한마디로 말해 근사했다.

그는 적어도 서른은 되어 보였다.

나도 모르게 입을 벌리고 보다가 정신을 차리고 '안녕하세요'라고 인사했다.

"만나서 반갑습니다, 워커 부인. 재능이 넘치는 따님을 두셨네요."

"엄마는 내가 비서가 되어야 한다고 생각해요."

나는 케이티를 노려보았다.

"비서 과정을 밟아보라고 제안은 했지. 대비책으로 말이야."

"현명한 조언을 하셨네요."

아이작이 말했다.

"그렇게 생각해요?"

케이티가 의심스러운 목소리로 물었다.

"힘든 분야잖아. 게다가 예술 지원금이 줄어들고 있으니 더 힘들어지겠지."

"그렇다면 좀더 생각해볼게요."

딸아이 말에 무심코 콧방귀를 꼈다가 얼른 헛기침으로 덮었다. 케이티가 나를 잡아먹을 듯 쳐다보았다.

사이먼은 아이작과 악수를 나누고 그에게 맥주를 권했다. 아이작은 운전해야 한다고 거절했지만 마음이 있어 보였다. 그와 케이티는 소파에 어느 정도 거리를 두고 앉아 있었다. 나는 만난 지 얼마 되지 않은 두 사람에게서 단순한 감독과 배우 이상의 조짐이 보이는지 찾아보려고 했다. 하지만 실수를 가장한 의도적인 접촉도 없어 케이티가 그를 우상처럼 떠받들며 짝사랑하는 것은 아닌지 궁금해졌다. 그 아이가 상처받지 않아야 할 텐데.

"에이전시에서 케이티를 보았을 때 바이올라 역에 적격이라는 걸 알았습니다."

아이작이 말했다.

"그래서 세바스찬 역을 맡은 배우에게 사진을 보내 그의 생각을 물었어요."

"제 사진을 찍었어요? 저한테는 말하지 않았잖아요! 엉큼해요."

"그냥 휴대전화로. 아무튼 그가 곧바로 연락해서는 네가 완벽하다고 말했어. 옆자리에 앉은 여자아이와 대화하는 걸 들어서 목소리 톤이 어떤지도 알고 있었고. 기억나? 그래서 내가 찾던 셰익스피어 극에 꼭 맞는 사람이라고 직감했어."

"끝이 좋으면 다 좋죠."

사이먼이 웃으며 유명한 대사를 말했다.

"굉장한데요!"

아이작이 이렇게 반응하자 모두 웃음을 터뜨렸다. 케이티가 시계를 쳐다보았다.

"이제 가봐야 할 것 같아요."

"리허설이 끝나면 집까지 데려다주겠습니다, 워커 부인. 늦은 밤 지하철을 타고 집에 와서 걱정이 많으시죠?"

"마음 써줘서 고맙군요."

"별말씀을요. 런던이 여자 혼자 다니기에 안전한 도시는 아니니까요."

나는 그가 마음에 들지 않았다.

매트는 내가 사람을 성급하게 판단한다며 비난했지만 첫인상은 항상 많은 것을 알려준다. 나는 거실 유리창으로 아이작과 케이티를 살폈다. 둘은 아이작이 차를 세워둔 곳까지 100미터가량 걸어갔다. 그는 자동차로 걸어가면서 케이티의 등에 살짝 손을 댔고 딸을 위해 조수석 문을 열어주었다. 어떤 부분이 못마땅한지 꼭 집어 말하기는 어렵지만 내 감각이 아니라고 소리치고 있었다.

불과 며칠 전 나는 케이티의 연기 활동을 격려하기로 마음먹었다. 아이작에 대해 입만 뻥긋해도 딸은 자기 일을 공격받는다고 여길 것이다. 나는 이길 수 없다. 그래도 케이티는 오늘 밤 혼자 집에 오지 않을 것이다. 오늘 아침 라디오에서 성폭행 뉴스를 들었다. 그 피해자의 사진이 광고에 먼저 실렸는지 궁금했다. 항상 일을 마치고 집에 올 때 〈런던 가제트〉를 가져오던 사이먼이 이번 주에는 빈손으로 왔다. 내가 광고에 대해 잊어버리기를 바라는 것이었다. 하지만 나는 그러지 않을 것이다. 그럴 수 없다.

금요일에 사이먼은 나와 같이 출근했다.

"당신이 아직 어지러울지 모르니까."

잠에서 깼을 때 그가 이렇게 말했다. 그는 출근길 내내 내 손을 잡았다. 디스트릭트 라인에 오르자 버려진 〈런던 가제트〉가 보였지만 단호하게 무시하고 사이먼의 가슴에 얼굴을 기댔다. 잡고 있던 손잡이를 놓고 사이먼의 허리에 팔을 둘러 열차가 정차하면서 속도가 줄어들 때마다 그에게 몸을 맡겼다. 우리는 아무 말도 하지 않았고 나는 그의 강하고 규칙적인 심장 박동 소리를 들었다.

할로 앤드 리드 앞에서 사이먼은 내게 키스했다.

"나 때문에 늦겠어요."

내가 말했다.

"괜찮아."

"곤란하지 않아요?"

"그건 내가 걱정할게. 당신만 놔두고 가도 괜찮을까? 괜찮다면 주변에 있을게."

그가 길 건너편에 있는 커피숍을 가리켰다. 사이먼이 유명 연예인의 경호원처럼 종일 나를 기다려준다는 생각에 절로 미소가 지어졌다.

"난 괜찮아요. 나중에 통화해요."

우리는 다시 키스했다. 그는 내가 안전하게 책상 앞으로 가는 것을 확인하고 나서야 손을 흔들며 지하철역 쪽으로 발걸음을 옮겼다.

그레이엄이 건물을 보러 가자마자 나는 업데이트한 라이트무브 부동산 페이지를 닫고 구글을 열었다. 그리고 검색창에 '런던 범죄'라고 입력한 뒤 제일 먼저 보이는 링크를 클릭했다. 런던에서 일어난 최신 범죄 정보를 알려주는 '런던 24'라는 웹사이트였다.

'웨스트 덜위치에서 10대 총격'

'핀스버리 파크에서 이유를 알 수 없는 분신으로 중상을 입은 남성 발견'

이것이 내가 신문을 읽지 않는 이유였다, 항상 그런 것은 아니지만. 이런 일들이 일어난다는 사실을 알지만 생각하고 싶지 않다. 저스틴과 케이티가 살인을 대수롭지 않게 여기는 사회에 살고 있다고 생각하기 싫어서다.

'이슬링턴에서 전 프리미어 리그 선수 음주운전 적발당해'

'엔필드에서 84세 연금 수급자가 혐오스러운 공격받아'

나는 연금을 받으러 집을 나섰다가 다시 돌아오지 못한 마거릿 프라이스의 사진을 흘끔 쳐다보았다. 그리고 타냐 베켓을 찾아보았다. 한 신문 기사에 첨부된 그녀의 페이스북 추모 페이지 링크를 클릭했다. '타냐 베켓, 편히 잠들길'이라고 쓰인 페이지에는 그녀의 가족과 친구들이 남긴 애도 메시지가 가득했다. 일부에는 타냐의 이름이 굵은 글씨로 표시되어 있었는데 사람들이 그녀의 페이스북 페이지를 태그해서였다. 아무 생각 없이 타냐의 이름을 클릭하니 상태 업데이트로 빼곡한 그녀의 페이지가 나타났다. 나도 모르게 숨이 가빠졌다.

135일 남았어!

마지막 게시글은 그녀가 죽은 날 아침에 작성되었다.

무엇이 135일 남았을까?

몇 줄 아래 '이건 어때, 얘들아?'라고 적힌 글에서 궁금증이 풀렸다. 휴대전화 캡처 이미지가 함께 게시되어 있었다. 맨 위에 배터리 잔량 표시가 보이는 사진은 인터넷에서 급하게 찾은 신부 들러리 드레스 이미지였고 여성 세 명이 태그되어 있었다.

타냐 베켓은 결혼 135일 전에 사망했다.

타냐의 친구 목록을 살폈다. 하나같이 금발에 하얀 치아가 돋보이는 섬네일 이미지 아래로 타냐와 같은 성을 가진 나이 지긋한 여성이 눈에 들어왔다.

앨리슨 베켓의 페이지도 타냐와 마찬가지로 공개되어 있었다. 사진으로 그녀가 타냐의 어머니라는 것을 알았다. 그녀의 페이스북 마지막 포스팅은 이틀 전이었다.

하느님이 또 한 명의 천사를 데려가셨다. 우리 예쁜 딸, 편히 쉬렴. 고이 잠들길.

몰래 누군가의 공간을 침입한 것 같은 기분에 페이스북 페이지를 닫았다. 그리고 앨리슨과 타냐 베켓에 대해 생각했다. 모녀가 함께 결혼 계획을 세우고 드레스를 보러 다니고 청첩장을 만들었을 일을 상상했다. 그러다 앨리슨은 프로필 사진에 보이는 어두운 붉은색 소파에 앉아 경찰에게서 온 전화를 받았을 테지. 처음에는 그 말을 믿지 않았을 것이다. 내 딸이 아니라고, 타냐일 리 없다고 생각하면서. 가슴이 아파서 눈물이 흘렀다. 한 번도 만나지 못한 소녀와 그녀의 이름이 내 딸의 이름으로 너무도 쉽게 바뀔 수 있는 현실 때문이었다.

그때 메모판 가장자리에 꽂힌 명함에 눈길이 갔다.

'영국 교통경찰, 켈리 스위프트 순경'

적어도 그녀는 내 이야기를 들어주었다.

코를 풀고 심호흡을 했다. 그리고 수화기를 들었다.

"스위프트입니다."

차 소리가 났고 점점 멀어지는 구급차 사이렌도 들렸다.

"조 워커예요. 〈런던 가제트〉 광고 건으로 전화드렸던."

"네, 기억합니다. 죄송하게도 많은 것을 찾지 못했지만,"

"제가 찾았어요."

내가 끼어들었다.

"광고에 실린 여성이 살해당했어요. 그런데 아무도 다음 희생자가 누구일지 관심이 없는 것 같군요."

잠시 아무 말이 없더니 스위프트가 말했다.

"전 아닙니다."

그녀가 단호하게 말했다.

"전 관심이 있어요. 아는 걸 모두 말씀해주세요."

11

정오가 되기 전 켈리는 경찰서로 돌아와 형사 목록에서 수석 수사관 닉 렘펠로의 연락처를 찾았다. 처음에는 타냐 베켓 살인 사건에 관해 제보받는 콜센터로 전화했다.

"다른 중요한 제보가 들어오면 꼭 전담팀으로 전달해드릴게요."

교환원의 감정 없는 목소리로 켈리는 이런 전화가 수십 통은 걸려왔을 것이라 짐작했다.

"가능하면 렘펠로 경위와 통화했으면 합니다. 전 영국 교통경찰청에 근무하는데 제 사건이 그분 사건과 연관이 있는 것 같아서요."

켈리는 그와 연결되기를 빌었다. 전적으로 거짓말은 아니었다. 조 워커가 자신을 찾아왔고 켈리의 이름은 여전히 캐시 태닝의 범죄 보고서에 쓰여 있다. 더불어 직함도.

"사건 수사 본부로 연결해드릴게요."

수화음이 울리고 또 울렸다. 그만 포기하고 끊으려는데 한 여성이 계단을 뛰어올라온 듯 숨찬 목소리로 전화를 받았다.

"노스웨스트 살인 사건 전담팀입니다."

"렘펠로 경위와 통화할 수 있을까요?"

"사무실에 계신지 확인해보겠습니다. 누구라고 전해드릴까요?"

BBC 뉴스 앵커 같은 상대방 목소리에 켈리는 그녀의 역할이 무엇일지 생각해보았다. 그녀도 잠시 살인 사건 전담팀에서 근무한 경험이 있다. 영국 교통경찰청에도 살인 사건 팀이 있기는 하지만 한 번도 만나본 적이 없고 런던 경찰청만큼 바쁘지도 않을 것이다. 그녀는 자신의 이름과 배지 번호를 알려주고 다시 기다렸다.

"렘펠로입니다."

그는 BBC 표준 억양이 아니었다. 런던 특유의 억양에 말이 빨랐고 업무에 충실하면서도 무뚝뚝했다. 켈리는 그의 빠른 속도를 따라가려다 말을 더듬었다. 경찰답지 못하게 들릴 것 같았다.

"어디서 근무한다고 하셨죠?"

렘펠로 경위가 켈리의 말을 자르며 물었다.

"영국 교통경찰입니다. 현재 센트럴 라인을 맡고 있어요. 2주 전 소매치기 가방을 하나 찾았는데 타냐 베켓의 살인 사건과 관계가 있는 것 같아서 찾아뵙고 말씀드렸으면 합니다."

"대단히 죄송하지만, 순경 이름이……?"

말끝이 올라가자 켈리는 질문이라고 여겼다.

"스위프트, 켈리 스위프트입니다."

"대단히 죄송하지만 스위프트 순경, 이건 살인이지 소매치기 사건이 아닙니다. 타냐 베켓은 살해당하던 날 센트럴 라인 근처에도 가지 않았고 모든 증거가 별개의 사건이라고 말해주고 있어요."

"분명 연관이 있습니다, 경위님."

켈리는 좀더 자신 있게 말했다. 렘펠로가 어떻게 반응할지 두려웠지만 그가 자신을 도전적으로 여기지 않는 것은 다행이었다.

"파일 사본이 있습니까?"

"네. 제가,"

"전담팀으로 보내주시면 살펴볼게요."

렘펠로가 그녀를 달랬다.

"경위님, 피해자 사진이 〈런던 가제트〉 광고에 실렸다고 알고 있는데 맞습니까?"

잠시 침묵이 흘렀다.

"그 정보는 대중에게 공개하지 않았습니다. 어디서 들었나요?"

"제게 연락한 목격자에게서요. 가방을 소매치기당한 제 피해자의 사진이 다른 날 〈런던 가제트〉에 실린 것을 본 사람이죠. 그녀는 자신의 사진도 같은 신문에 실렸다고 주장하고 있어요."

이번에는 침묵이 더 길었다.

"이쪽으로 오세요."

노스웨스트 살인 사건 전담팀은 발포어 스트리트의 리크루팅 에이전시와 3층에 매매라고 쓰인 커다란 간판이 붙은 아파트 블록 사이에 은밀히 자리하고 있었다. 켈리가 벨을 누르자 살인 사건 전담팀이라는 응답이 들렸다. 그녀는 약간 오른쪽으로 몸을 돌려 카메라를 쳐다보고는 불안한 마음을 들키지 않도록 턱을 약간 들었다. 렘펠로 경위와 6시에 약속했으니 집에서 옷을 갈아입고 올 여유가 있었다. 하지만 원하는 일에는 어울리는 옷을 입으라는 말도 있으니. 켈리는 렘펠로 경위가 자신을 정복 입은 얼간이가 아니라 살인 사건에 귀중한 정보를 가져온 진지한 경찰로 봐주기를 바랐다. 그녀는 다시 벨을 눌렀고 서두를 것 없다는 듯 성가셔하는 목소리가 들리자 괜히 주눅이 들었다.

"무슨 일이시죠?"

"교통경찰청에서 나온 켈리 스위프트입니다. 렘펠로 경위를 만나러 왔습니다."

시끄럽게 삑 하는 소리가 나며 육중한 문이 열리자 켈리는 안으로 들어가 누군가 지켜보고 있을지도 모르는 카메라를 향해 재빨리 고맙다고 미소 지었다. 바로 앞에서 엘리베이터 문이 열렸으나 그녀는 살인 사건 전담팀이 몇 층인지 몰라 계단으로 향했다. 1층에 있는 이중문은 안이 들여다보이지 않았다. 켈리는 잠시 머뭇거리며 문을 두드릴지 위로 올라갈지 고민했다.

"전담팀을 찾으시나요?"

오전에 들었던 BBC 아나운서 목소리에 몸을 돌리니 긴 금발을 검은 벨벳 머리끈으로 단정하게 묶은 여성이 보였다. 아래로 갈수록 통이 좁아지는 바지에 발레 펌프스를 신은 그녀가 켈리를 향해 손을 내밀었다.

"루신다예요. 분석가 중 한 명이죠. 켈리 맞죠?"

켈리가 고마워하며 고개를 끄덕였다.

"경위님을 만나러 왔어요."

루신다가 문을 열어주었다.

"저쪽에서 회의가 있어요. 제가 안내할게요."

"회의요?"

켈리는 루신다를 따라 이중문을 통과해 책상이 열두 개 정도 놓인 넓은 사무실로 들어갔다. 한쪽 면은 독립된 사무실이었다.

"저기가 수사 반장님 사무실이에요, 한 번도 사용하지 않았지만. 퇴직하기까지 6개월밖에 안 남은 데다 쉬는 날이 많아서 요즘은 거의 시간제로 일하세요. 하지만 일할 때는 아주 집요하시죠."

친숙한 느낌에 켈리는 귀를 쫑긋 세웠다.

"혹시 성함이 앨런 딕비는 아니죠?"

루신다가 놀랐다.

"맞아요! 어떻게 아세요?"

"교통경찰청에서 제 상관이셨어요. 얼마 전에 런던 경찰청으로 전근하고 승진하셨다는 이야기를 들었어요. 아주 훌륭한 경찰이세요."

루신다가 넓은 사무실 안으로 인도하자 켈리는 주위를 유심히 살폈다. 주요 범죄 수사팀에서 일한 경험으로 자리가 비어 있어도 활기 넘치는 분위기를 느낄 수 있었다. 책상마다 컴퓨터 모니터가 두 대씩 놓여 있고 전화기가 세 대 넘게 울리고 있었다. 전화벨은 응답할 수 있는 자리를 찾아 자동으로 넘어가며 사무실 이곳저곳을 옮겨 다녔다. 베일에 싸인 전담팀이 그 주에 무슨 사건을 맡았든 그 문제를 해결할 정답을 자신이 알고 있다는 듯 집요하게 울렸다. 켈리는 범죄 수사팀에서 일했던 당시의 열정이 다시 타올라 온몸으로 퍼지는 것 같았다.

"자동 응답으로 넘어갈 거예요."

켈리가 가까이 있는 전화기를 쳐다보자 루신다가 말했다.

"그리고 누군가는 다시 걸겠죠."

"다들 어디 갔나요?"

"브리핑하고 있어요. 경위님은 모두 참석하기를 바라시거든요. 그걸 나사 이론이라고 부르세요."

켈리가 무슨 말인지 모르겠다는 듯 루신다를 쳐다보자 그녀는 미소를 지으며 덧붙였다.

"케네디 대통령이 나사를 방문해 한 청소부와 이야기를 나눴대요. 대통령이 청소부에게 맡은 일이 뭐냐고 묻자 그는 망설이지 않고 이렇게 대답했어요. '저는 인류가 달에 갈 수 있도록 돕고 있습니다, 대통령 각하.' 닉은 청소부를 비롯해 범죄 수사 전담팀 전원이 브리핑에 참석하면 아무것도 놓치지 않을 거라고 생각해요."

"참 훌륭한 방식이네요. 경위님은 같이 일하기 좋은 사람인가요?"

켈리는 루신다를 따라 사무실을 가로질러 열린 출입구로 갔다.

"훌륭한 형사예요."

루신다가 말했다. 켈리는 그녀가 어휘를 신중하게 선택한다고 느꼈지만 정보를 더 얻어낼 시간은 없었다. 둘은 회의실로 갔고 루신다가 그녀를 열린 문 안으로 안내했다.

"경위님, 이쪽은 교통경찰청에서 나오신 켈리 스위프트 순경이에요."

"들어오세요. 이제 막 시작하려는 참입니다."

켈리는 속이 메슥거렸다. 배가 고파서인지 불안해서인지 알 수 없었다. 그녀는 루신다와 함께 회의실 뒤쪽에 서서 조심스럽게 주위를 살폈다. 렘펠로 경위는 브리핑에 관해 이야기한 바가 없었다. 그녀는 경위의 사무실에서 조사팀원 한 사람 정도와 이야기할 것이라고 생각했다.

"반갑습니다, 여러분. 살인 사건 전담팀 브리핑을 시작하겠습니다. 다들 하루를 힘들게 보냈을 거고 일이 아직 많이 남은 사람도 있을 테니 최대한 간단히 하겠습니다."

경위는 통화에서처럼 빠르게 말했다. 회의실이 컸지만 경위는 목소리를 높이려고 하지 않았다. 켈리는 한 마디도 놓치지 않으려고 집중해서 들었다. 왜 그가 큰소리로 말하지 않는지 궁금해서 주위를 둘러보니 모두 매우 집중한 모습이었다. 아주 분명하고 영리한 전략인 듯했다.

"팀에 새로 합류하신 분들을 위해 설명하자면 타냐 베켓의 시신이 나흘 전 크랜리 가든 머스웰 힐에서 발견되었습니다. 개를 산책시키던

제프리 스키너가 11월 16일 월요일 오전 11시에 시신을 목격하고 신고했습니다."

켈리는 렘펠로 경위의 나이가 궁금해졌다. 그는 경위가 되기에는 이른 30대 초반으로 보였다. 런던식 발음이 아니라면 이름과 피부색, 다부진 외형 때문에 지중해 출신처럼 보였다. 거뭇거뭇하게 올라온 수염이 얼굴 절반을 덮었고 소매 사이로 팔뚝 문신이 어렴풋이 비쳤다.

경위가 한쪽을 바라본 채 이야기하면서 한 손으로 아직 언급할 필요가 없는 것들을 추려냈다.

"타냐는 할러웨이 세인트 크리스토퍼 초등학교에서 보조 교사로 일합니다. 4시 30분에 퇴근했으나 10시까지 귀가하지 않자 약혼자 데이비드 파커가 실종 신고를 했습니다. 경찰은 실종 접수를 하고 위험이 낮다고 분류했습니다."

켈리는 그의 목소리에서 비난을 느꼈다. 자신의 착각일 수도 있었다. 그녀는 처음 신고 전화를 받은 경찰이 타냐에게 일어난 일로 자책하지 않기를 바랐다. 잘은 몰라도 살인을 막지는 못했을 것이라고 생각했다.

"타냐의 시신은 가벼운 섹스가 행해진다고 알려진 공원의 우거진 숲에서 발견되었습니다. 버려진 콘돔 여러 개를 범죄 현장 수사팀이 발견했지만 사건이 일어나기 몇 주 전에 사용한 것으로 보입니다. 타냐는 옷을 모두 입은 상태였으나 속바지는 지금까지 발견되지 않았습니다. 핸드백 줄로 목이 졸렸고 검시 결과 사인은 질식으로 밝혀졌습니다."

경위는 브리핑실을 둘러보고는 머리 뒤로 손깍지를 낀, 나이 든 남성을 쳐다보았다.

"밥, 약혼자에 대해 말해주겠어요?"

밥은 손을 풀고 자리에서 일어났다.

"타냐 베켓은 스물일곱 살 타이어 수리공인 데이비드 파커와 약혼했습니다. 그가 첫 번째 용의자입니다. 파커는 알리바이가 완벽합니다. 저녁 내내 집 근처 모퉁이에 있는 술집 메이슨즈 암에 있었고 내부 CCTV와 단골 열두 명 이상이 그 사실을 증명했습니다."

"여자 친구가 실종됐는데 술집에 갔다고요?"

누군가 말했다.

"파커는 늦은 저녁까지는 걱정하지 않다가 이후 신고했다고 합니다. 그는 타냐가 친구 집에 가고는 깜박 잊고 자신에게 말하지 않았다고 생각했답니다."

"우리는 피해자가 퇴근해서 집까지 오는 길을 되짚어보고 있습니다."

렘펠로 경위가 말했다.

"영국 교통경찰이 CCTV로 우리를 아주 많이 도와주고 있습니다."

그가 쳐다보자 켈리는 얼굴이 달아올랐다. 그녀는 경위가 자신이 이곳에 와 있다는 사실을 잊어버렸다고 생각했다.

"덕분에 그녀가 노던 라인에서 하이게이트까지 간 사실을 알았습니다. 장면에 공백은 있지만 버스를 기다리는 그녀를 다시 볼 수 있었습니다. 하지만 불행히도 버스 기사는 그녀가 크랜리 가든에서 하차했는지나 동반인이 있었는지는 기억하지 못합니다. 지금 버스의 다른 승객을 추적하는 중입니다."

닉 렘펠로의 눈이 순간 다시 켈리에게 향했다.

"11월 17일 화요일에 우리는 조 워커 부인에게서 전화를 받았습니다. 타냐 베켓과 〈런던 가제트〉에 실린 광고 사진이 상당히 유사하다는 내용이었습니다."

렘펠로는 앞에 놓인 A3 용지를 들어올렸다. 켈리는 익숙한 광고를 보았다. 확대해서인지 이미지가 흐렸다.

"여러 광고가 함께 실리는 면의 박스 광고로,"

경위는 잠시 말을 멈췄다.

"개인 서비스 광고입니다."

그는 웃음이 터져나오려는 것을 잠시 가라앉힌 뒤 말을 이었다.

"채팅과 조건 만남 서비스를 포함하고 있습니다. 이 광고는 표면상 유사 광고로 보이나 실제로 언급된 건 아무것도 없습니다. 광고에 적힌 번호는 존재하지 않고 웹사이트도 운영되고 있지 않습니다."

그는 뒤에 놓인 화이트보드에 A3 용지 네 귀퉁이를 플라스틱 자석으로 붙였다.

"부모와 약혼자는 그녀의 성격상 그런 일을 절대 하지 않을 거라고 말했지만 조사팀은 타냐 베켓이 성 산업에 종사했는지 살펴보고 있습니다. 또한 그녀의 컴퓨터를 분석해 데이트 사이트에 등록했거나 온라인으로 남성을 만나고 연락한 일이 있는지 알아보고 있습니다만 아직 찾아낸 것이 없습니다. 그러나 오늘 오후 새로운 정보를 얻었습니다."

그는 다시 켈리를 쳐다보았다.

"본인을 소개해주겠어요?"

켈리는 고개를 끄덕이며 실제보다 더 자신감 있게 보이기를 바랐다.

"반갑습니다, 여러분. 브리핑에 참여할 수 있게 해주서서 감사합니다. 저는 센트럴 라인 지구 치안팀 교통경찰 켈리 스위프트입니다."

그녀는 자신이 소매치기 전담팀 형사라고 닉 렘펠로에게 말한 것을 너무 늦게 떠올리고 말았다. 그녀는 그의 놀란 표정을 보고는 고개를 돌려 회의실 반대쪽에 놓인 화이트보드에 집중했다.

"경위님이 말씀하신 목격자 조 워커와 오늘 아침 통화했습니다. 그녀는 월요일에 처음 제게 전화를 걸어왔습니다. 자신이 이 광고를 보왔고 다른 날 실린 같은 서비스 광고에서 교통경찰이 수사 중인 사건 피해자인 여성도 알아봤다고요."

"또 다른 살인 사건입니까?"

창가에 앉은 머리가 희끗희끗한 남성이 물었다. 켈리는 고개를 저었다.

"절도입니다. 캐시 태닝은 센트럴 라인을 타고 가다가 잠이 들었고, 그 사이 무릎에 놓아둔 핸드백에서 열쇠를 도난당했습니다."

"열쇠뿐입니까?"

"당시에는 피의자가 전화기나 지갑 등 다른 것을 찾으려 했다고 추측했습니다. 피해자는 열쇠 수리공을 불러 집 현관 열쇠를 교체했지만 뒷문 열쇠는 바꾸지 않았습니다. 열쇠에는 집 주소가 적혀 있지 않으니 피의자가 피해자의 집을 알 리 없다고 생각했으니까요."

켈리는 가슴이 쿵쾅거려 잠시 말을 멈췄다. 렘펠로 경위도 이 소식은 알지 못했다.

"월요일에 캐시 태닝과 통화해보니 그녀는 누군가 집에 들어왔다고 확신하고 있었습니다."

회의실 분위기가 변했다.

"강도인가요?"

백발 남성이 물었다.

"귀중품이 사라지지는 않았지만 캐시는 틀림없이 도난당한 열쇠가 사용되었을 거라고 장담했고 빨랫감을 뒤진 흔적이 있었습니다. 그녀는 열쇠를 바꿨고 제가 그 증거를 감식반에 넘겼습니다. 조 워커 역시 정확히 일주일 전 자기 사진이 유사 광고에 실렸다고 믿고 있습니다."

"조 워커도 범죄 피해자인가요?"

루신다가 물었다.

"아직은 아닙니다."

"말씀 감사합니다."

경위는 켈리의 추가 정보에 관심을 보이지 않고 빠르게 브리핑을 계속해나갔다. 켈리는 갑자기 흥미를 잃었다.

"내일 아침 8시에 다시 모이는데 그 전에 이야기를 들어봅시다. 특별히 할 말씀 있으신 분?"

렘펠로는 왼쪽부터 차례로 한 사람씩 최신 소식과 질문을 받았다. 루신다가 말한 것처럼 빠지는 사람이 아무도 없었다. 모두에게 발언할 기회가 돌아간 뒤 그는 무뚝뚝하게 고개를 끄덕이고는 수첩을 챙겼다. 브리핑이 끝났다.

"오늘 저녁에 약속 없길 바라, 루신다."

렘펠로가 그녀 곁을 지나가며 말했다. 루신다는 웃음을 터뜨리고는 이해한다는 눈빛으로 켈리를 쳐다보았다.

"제가 일과 결혼해서 다행이죠?"

루신다가 경위를 따라가며 말했다.

켈리는 그 자리를 지켜야 할지 피해야 할지 몰라 루신다를 따라나섰다. 경위에게 따로 사무실이 있을 거라고 생각했지만 그의 책상은 다른 팀원들처럼 칸막이 없이 개방되어 있었다. 수사 반장에게만 주어진 전용 사무실은 문이 닫힌 데다 블라인드까지 쳐져 불빛도 보이지 않았다.

닉이 켈리에게 자리에 앉으라고 손짓했다.

"이 두 가지 일이 어떻게 연관됐는지 알고 싶어."

그는 이미 메모하고 있는 루신다에게 말했다.

"두 사람이 서로 아는 사이일까? 채팅이나 조건 만남을 할까? 워커의 직업은 뭐지? 태닝이 일하는 곳이 어딘지도 알아봐. 베켓처럼 교사는 아닐까? 그녀의 아이가 베켓의 학교에 다니는지도 알아보고."

켈리는 질문 중 몇 가지는 자신이 대답할 수 있었지만 중간에 끼어들면 좋지 않을 듯했다. 이따 루신다와 이야기하며 아는 정보를 최대한 알려줄 것이라고 생각했다.

닉이 말을 이었다.

"그들이 데이트 사이트를 이용하는지도 알아봐. 조 워커의 파트너라는 사람에게서 연락을 받았어. 조 워커가 사이트 이용자라는 사실을 그가 알아차렸는데 그녀가 모른다고 발뺌하는 상황일 수도 있어."

"경위님, 조 워커는 데이트 사이트를 이용하지 않습니다."

켈리가 말했다.

"제게 연락했을 때 그녀는 아주 불안해하고 있었어요."

"자신이 다른 남자를 만난다는 사실을 공격적인 파트너가 눈치채서 그럴 수도 있죠."

닉이 말했다. 그는 다시 루신다를 쳐다보았다.

"밥에게 교통경찰청에서 원본 파일을 받아서 살펴보라고 해. 모두 제대로 처리됐는지 살펴보고 그렇지 않으면 전부 다시 하게 해."

켈리는 눈을 찡그렸다. 다른 경찰이 끝낸 일을 런던 경찰이 묵살하는 행위는 크게 놀랄 일이 아니었지만 적어도 그녀 앞에서는 품위를 지켜주어야 하는 것이 아닌가.

"CCTV는 잘 작동하고 있어요."

그녀는 경위가 아닌 루신다를 보며 말했다.

"내일 사본을 가져다드리면서 피의자 사진도 같이 드릴게요. 첫 번째 사건의 경우 당시에는 DNA를 검사할 필요가 없다고 생각했는데 지금 보니 예산은 문제가 될 것 같지 않네요. 가방은 교통경찰 쪽에서 분명히 보관하고 있으니 여러분이 살펴볼 수 있도록 조치를 취해놓겠습니다. 캐시 태닝은 자녀가 없고 교사도 아니며 조건 만남을 가진 적이 없어요. 〈런던 가제트〉에 사진이 실린 조 워커도 그런 일을 한 적 없고요. 그녀는 자신의 안전을 상당히 염려하고 있어요."

켈리가 길게 숨을 내쉬었다.

"이야기 끝났나요?"

닉 렘펠로가 물었다. 그는 대답을 기다리지 않고 곧장 루신다를 쳐다보았다.

"한 시간 안으로 들어와서 결과 보고해."

루신다는 고개를 끄덕이며 자리에서 일어나 켈리에게 미소 지었다.

"만나서 반가웠어요."

경위는 루신다가 책상으로 돌아가기를 기다렸다가 팔짱을 끼고 켈리를 노려보았다.

"순경은 상사를 깎아내리는 버릇이 있나요?"

"아닙니다, 경위님."

'그러는 당신은 다른 경찰 일을 시시하게 만드는 게 습관이고요?'

켈리는 이렇게 쏘아붙이고 싶었다.

경위는 말을 계속하고 싶어 하는 듯했으나 켈리가 질책해도 되는 부하직원이 아니라는 사실을 떠올렸는지 팔짱을 풀고 자리에서 일어났다.

"사건들 관계를 알려줘서 고맙군요. 나중에 친한 동료에게 연락해서 소매치기 가방 소유권을 가져가겠어요. 엄밀히 말해 연쇄 사건이 아니더라도 한 부서에서 살펴보는 것이 더 나을 테니까."

"경위님?"

켈리는 마음을 단단히 먹었다. 묻지 않아도 대답은 뻔했지만 시도도 하지 않고 전담팀을 떠날 수는 없었다.

"뭡니까?"

렘펠로의 마음은 이미 다음 할 일로 넘어가 있었다.

"제가 계속해서 캐시 태닝의 사건을 맡고 싶습니다."

"미안하지만 그건 말이 안 돼요."

그는 켈리의 얼굴에서 실망을 엿보았는지 한숨을 쉬었다.

"이봐요, 당신은 두 사건 사이의 유사성을 발견해냈어요. 연락해준 건 아주 잘한 일이고 브리핑하는 자리까지 와줘서 고맙게 생각합니다. 오늘 비번이죠?"

켈리가 고개를 끄덕였다.

"하지만 이 일은 우리가 맡아야겠어요. 연쇄 사건은 항상 주요 범죄를 다루는 팀이 가져가게 되어 있습니다. 이 경우 주요 범죄는 타냐 베켓의 살인이고 그건 런던 경찰청 소관이지 영국 교통경찰 일이 아니죠. 앞서 말했듯이 이 사건이 연쇄인지 여부는 아직 판단하지 않았지만 그렇다고 하면 가방을 소매치기당한 피해자는 살해당할 확률이 높아요. 따라서 살인 사건 전담팀 일이지 소매치기 전담팀 소관이 아니에요."

모두 맞는 말이었다.

"제가 같이 일할 수는 없을까요?"

이성적으로 생각하기도 전에 말이 먼저 튀어나왔다.

"임시 파견직으로요. 사건이 들어왔을 때 제가 캐시 태닝 건을 수사했고 살인 사건에 대한 지하철 조사도 도울 수 있습니다. 저는 지하철 구석구석을 다 알고 있지만 경위님이 CCTV를 찾으려면 시간이 많이 걸릴 텐데요."

닉 렘펠로는 정중하게 할 말을 했다.

"우리는 인원이 충분합니다."

그가 미소를 지어 보이며 한층 누그러진 목소리로 말을 이었다.

"게다가 그쪽과 일하면 좀 힘들 것 같군요."

"전 경험이 없지 않아요. 4년 동안 교통경찰청 성범죄팀에서 일했습니다. 훌륭한 수사관이었고요."

"형사로?"

켈리가 고개를 끄덕였다.

"그런데 왜 다시 정복을 입었죠?"

잠시 켈리는 진실을 감출까 생각했다. 현장에서 경험을 좀더 쌓고 싶었다거나 경사 시험을 보려고 한다고 말할까도 했다. 하지만 닉 렘펠로가 심장 박동까지 꿰뚫어볼 것 같다는 생각이 들었다.

"사연이 길어요."

닉은 잠시 그녀를 살펴보았다, 켈리는 숨을 참으며 그가 마음을 바꿀지 알고 싶었다. 하지만 닉은 시선을 내린 채 수첩을 폈고 그 행동이 말보다 더 빨리 그녀에게 대답했다.

"난 복잡한 일은 하지 않아요."

12

회색 담요를 어깨까지 끌어올렸다. 울 담요는 소파 위에 걸쳐두었을 때는 근사했지만 덮으니 까슬거려 목이 따가웠다. 위층에서 형광등이 깜빡거리는 소리가 났다. 저것도 손보아야 한다. 사이먼과 아이들이 빨리 잠드는 것을 알면서도 불을 켜둔 채 내려온 내 탓이다. 아이패드 불빛만이 거실에 흘러나와 실제보다 더 어둡게 느껴졌다. 거센 바람 소리가 들리고 어디선가 문이 쾅 하고 닫혔다. 자고 싶었지만 작은 소리에도 소스라치게 놀라며 눈뜨는 통에 결국 잠들지 못하고 거실로 내려왔다.

'누군가 내 사진을 찍어 신문 광고에 실었다.'

내가 알고 있는 유일하고 분명한 진실이 머릿속을 계속 맴돌았다.

'누군가 내 사진을 찍었다.'

스위프트 순경은 그것이 내 사진이라고 믿었다. 그녀는 조사하겠다고 했다. 말로만 그런 것이 아니라 정말로 조사 중이라고 했다. 경찰을 믿고 싶다. 나는 사이먼처럼 경찰에게 긍정적인 믿음이 없다. 어릴 적 세상은 만만치 않았고 경찰차가 다가오면 이유도 모른 채 무작정 도망 쳐야 했다.

아이패드 화면을 눌렀다. 타냐 베켓의 페이스북 페이지에는 블로그 주소가 링크되어 있다. 타냐와 어머니가 결혼을 준비하며 함께 쓴 일 기다. 타냐는 실용적인 글을 자주 올렸다. '답례품으로 미니어처 진이 좋을까 하객들 이름을 쓴 하트 모양 카드가 좋을까? 장미는 흰색이 좋을까 노란색이 좋을까?' 앨리슨이 올린 얼마 되지 않은 글은 모두 편지처럼 쓰였다.

사랑하는 딸에게

결혼식까지 이제 열 달 남았구나! 아직도 믿기지 않아. 오늘 다락에서 내 면사포를 찾았단다. 네가 쓸 거라고 기대하지는 않아. 유행은 정말 빨리 바뀌잖니. 하지만 드레스 자락에 일부만 조그맣게 달면 네 마음에 들지 않을까 생각해봤어. 빌린 드레스지만 말이야. 학교 다닐 때 네가 보던 교과서들, 생일 카드, 그림이 든 상자도 찾았단다. 그런 걸 버리지 않고 가지고 있다고 비웃을지도 모르겠지만 너도 자식을 낳아보면 엄마 심정을 알 거야. 너도 네 아이가 처음 신었던 신발을 소중히 간직하겠지. 그리고 언젠가 네 면사포를 찾으러 다락에 올라갔다가 그 신발을 보고 다 자란 네 딸이 그렇게 발이 작을 때가 있었다는 사실을 깨닫고는 놀라게 될 거야.

눈앞이 뿌옇게 흐려져 눈을 감았다. 괜히 읽었다. 머릿속에서 타냐와 그 어머니가 지워지지 않았다. 거실로 내려오면서 케이티의 방문을 살짝 열어 딸이 잘 있는지 확인했다. 어젯밤에는 리허설이 없어 레스토랑에서 저녁 근무만 했는데도 아이작이 데려다주었다. 둘이 거실 창을 지나고 키스할 정도의 시간이 흐른 뒤 케이티가 열쇠로 문을 여는 소리가 들렸다.

"그 남자한테 완전히 빠졌구나?"

내가 물었다. 뻔뻔하게 부인할 줄 알았는데 케이티는 의외로 눈을 초롱초롱하게 반짝이며 나를 쳐다보았다.

"맞아요."

그 순간을 망치고 싶지 않아 잠시 머뭇거렸지만 가만히 있을 수가 없었다.

"너하고는 나이 차이가 꽤 나는 것 같은데."

그 말에 케이티의 얼굴이 굳었다. 하지만 재빨리 반박하는 것을 보니 내 질문을 예상한 것이 분명했다.

"그는 서른하나예요. 열두 살 차이라고요. 사이먼 아저씨는 쉰넷이잖아요. 엄마랑 열네 살 차이가 나요."

"그건 다른 문제야."

"뭐가 다르죠? 엄마가 성인이라서요?"

딸이 내 뜻을 이해한 것 같아 잠시 안도했지만 곧 케이티의 눈에 분노가 드리웠다. 아이는 화내는 대신 아주 상냥하게 말했다.

"저도 마찬가지예요, 엄마."

케이티에게는 전에도 남자 친구가 있었지만 이번에는 느낌이 다르다. 딸이 이미 내게서 멀어지고 있는 기분이다. 언젠가 아이작이나 다른 남자가 아이의 동반자가 되겠지. 인생이 힘들 때면 기댈 수 있는 그런 대상. 앨리슨 베켓도 이런 기분이었을까?

'사람들은 내가 딸을 잃는 것이 아니라고 계속 말해준다.' 그녀가 마지막으로 쓴 일기다.

하지만 그녀는 딸을 잃었다.

길게 한숨을 내쉬었다. 내 딸을 잃을 수 없고 그 아이가 나를 잃도록 내버려두지 않을 것이다. 가만히 앉아서 경찰이 이 문제를 제대로 수사해주기만을 기다리지도 않을 것이다. 무언가 조치를 취해야 한다.

소파 옆자리에 광고가 놓여 있었다. 〈런던 가제트〉에서 오려내 날짜를 표시해둔 것이다. 나는 예술 작품을 만들 듯 스크랩한 신문 스물여덟 장을 소파 쿠션 위에 쫙 펼쳤다.

조 워커가 만든 사진 퀼트였다. 테이트 모던에서 사이먼이 볼 법한 현대미술 작품 같았다.

매일 신문을 사서 최근호를 모았지만 지난 호는 금요일에 〈런던 가제트〉 본사에서 직접 구했다. 각 호당 6.99파운드를 내야 했다. 그럴 줄 알았으면 그레이엄의 사무실에서 보았을 때 복사해두었을 텐데 때는 너무 늦었다. 신문은 이미 다 사라졌다. 그레이엄이 재활용품으로 내놓은 것이 틀림없었다.

위층에서 삐걱거리는 소리가 나다가 멈췄지만 아무 일도 일어나지 않아 조사를 이어갔다. '런던에서 살해당한 여성들'이라는 기사로 다행히 몇 가지 사건을 알게 되었으나 그 일들은 나를 포함해 어떤 광고 속 여성과도 관련이 없어 보였다. 신문 머리기사는 그리 도움이 되지 않았다. 차라리 구글 이미지 검색이 훨씬 빠르고 유용할 듯했다. 한 시간 동안 경찰과 범죄 장면, 흐느끼는 부모들, 순진한 여성의 얼굴 사진, 그들의 요절한 삶을 살폈다. 어느 것도 내 것이 아니었다.

내 것이.

하지만 그들이 그랬던 것처럼 그 일들은 곧 내 것이 될 것이다. 그들

중 신문에서 자기 사진을 본 사람이 있을까? 그렇다면 나처럼 누군가에게 감시받고 미행당한다는 생각에 두려울 테지.

한 금발 여성이 눈길을 사로잡았다. 그녀는 학사모에 가운 차림으로 카메라를 향해 미소 짓고 있었다. 나는 스크랩해놓은 광고를 들여다보았다. 이미 눈에 익어 찾는 사람이 어디 있는지 정확히 알았다.

저기 있다.

같은 여성인가? 나는 스크린을 눌러 새 페이지에서 이미지를 열었다. 아이러니컬하게도 〈런던 가제트〉 웹페이지가 원본 출처였다.

'경찰이 턴엄 그린에서 시체로 발견된 여성 사건 조사'

정거장을 떠올려보았다. 웨스트 런던 디스트릭트 라인이었다. 타냐 베켓이 살해당한 곳과 반대쪽인데 그 사건과 연관이 있을까? 피해자 이름은 로라 킨이고 기사 하단에 사진 세 장이 함께 실렸다. 첫 번째는 부모님으로 보이는 사람 옆에서 가운을 입고 찍은 모습이었다. 두 번째는 한결 자연스러운 포즈로 카메라를 향해 웃으며 잔을 들고 있었다. 배경에 빈 병들이 세워져 있고 패턴이 있는 천을 대강 커튼처럼 쳐놓은 것으로 보아 학생 기숙사에서 찍은 것 같았다. 마지막 사진은 직장에서 처럼 보였다. 깃이 있는 셔츠와 재킷을 입고 머리를 단정하게 뒤로 묶고 있었다. 나는 사진을 확대하고는 광고를 들어 나란히 놓았다.

같은 사람이었다.

그것이 무엇을 뜻하는지 곱씹지 않으려고 노력했다. 페이지를 북마크한 뒤 기사를 출력하려고 직장에서 쓰는 이메일 계정으로 링크를 보냈다. 검색어를 '런던 성폭행'으로 바꿔보았지만 전혀 소득이 없었다. 검색 결과로 나오는 이미지는 여성이 아니라 남성이었고 기사 링크로 들어가보면 피해자 이름도 얼굴도 나오지 않았다. 피해자를 보호하려고 익명으로 처리했다는 사실에 좌절했다.

그때 한 CCTV 캡처 이미지 위에 적힌 머리기사가 주의를 끌었다.

'이른 아침 런던 지하철에서 여성을 성추행한 변태를 경찰이 추적 중'

그 아래에 기사가 자세하게 적혀 있었다.

'한 남성이 풀럼 브로드웨이에서 디스트릭트 라인을 타고 가는 26세 여성을 부적절하게 더듬었다. 영국 교통경찰이 사건의 단서를 얻고자 남성의 CCTV 사진을 공개했다.'

"당신들 중 이런 일을 겪는 사람이 있나요?"

나는 광고 속 여성들에게 대고 큰 소리로 물었다. CCTV는 여전히 화질이 좋지 않았다. 너무 흐려서 남성의 모발 색조차 알아볼 수 없었다. 그의 어머니라고 해도 아들을 찾기 어려울 정도였다.

혹시나 하고 기사를 북마크한 다음 다시 스크린을 쳐다보았다. 이래서는 아무 의미가 없었다. 카드의 절반을 잃어버린 채 게임을 하는 것과 마찬가지였다. 계단을 내려오는 소리가 분명하게 들려 아이패드를 껐다. 사진을 주섬주섬 모으다 몇 장이 바닥으로 떨어졌고, 사이먼이 눈을 비비며 거실로 나올 때까지 그것을 다 줍지 못했다.

"자다 일어났는데 당신이 없지 뭐야. 뭐 해?"

"잠이 안 와서요."

사이먼은 내 손에 들린 광고를 쳐다보았다.

"〈런던 가제트〉에서 오려낸 거예요."

나는 옆에 놓인 쿠션 위로 사진을 다시 차곡차곡 쌓으며 말했다.

"매일 실린 광고들이에요."

"그걸로 뭘 하고 있는 거야?"

"광고에 나온 여자들에게 무슨 일이 벌어졌는지 알아보려고요."

〈런던 가제트〉 과월 호를 그렇게 많이 구입한 진짜 이유는 밝히지 않았다. 말을 꺼내는 순간 그 일이 실제로 일어날 것 같았기 때문이다.

〈런던 가제트〉를 펼쳤는데 케이티의 사진이 나를 쳐다보고 있는 것.

"하지만 당신은 경찰서에 다녀왔잖아. 그들이 사건을 수사하고 있는 줄 알았는데? 경찰은 제대로 된 시스템을 갖추고 있어. 범죄 기록 보고 시스템 말이야. 연쇄 사건이면 연관성을 찾을 거라고."

"우리는 연관이 있다는 걸 알잖아요."

내가 말했다.

"바로 그 광고들이요."

단호하게 말했지만 마음 깊은 곳에서는 사이먼이 옳다고 생각했다. 소녀 탐정 낸시 드류와 같은 내 접근 방식은 한심하고 무의미했다. 밤잠도 못자고 노력했지만 얻은 것이 거의 없었다.

로라 킹을 알아낸 것을 제외하면.

그녀의 광고를 찾았다.

"이 소녀는,"

나는 사이먼에게 사진을 건네주며 말했다.

"살해당했어요."

아이패드에서 북마크해둔 기사를 열어 그에게 보여주었다.

"봐요. 이 여자애가 맞잖아요?"

그는 잠시 아무런 말도 없이 생각에 잠긴 듯 이상한 표정을 지었다.

"그렇게 생각해? 그럴 수도 있다고 봐. 소녀 특유의 '모습'이 있으니까. 하지만 이 나이 또래는 다 그런 모습이잖아."

그가 무슨 말을 하는지 잘 알았다. 로라는 긴 금발을 뒤로 넘겨 헝클어진 사자 갈기처럼 연출했다. 눈썹은 진하고 정성스럽게 다듬었으며 피부에는 잡티 하나 보이지 않았다. 런던에 사는 수많은 소녀의 전형적인 모습이었다. 그녀는 타냐 베켓일 수도 있고 케이티일 수도 있었다. 하지만 나는 그녀가 나와 같은 경우라고 확신했다. 광고에 나온 소녀가 맞다고 확신했다. 사이먼이 내게 아이패드를 돌려주었다.

"걱정되면 다시 경찰을 찾아가봐."

그가 말했다.

"하지만 지금은 우선 눈 좀 붙여. 새벽 3시야. 당신은 쉬어야 해. 아직 독감이 덜 나았잖아."

나는 어쩔 수 없이 아이패드를 받아들고 스크랩을 간추려 파일에 챙겨넣었다. 피곤했지만 마음이 바빴다.

잠들기도 전에 날이 밝았다. 10시쯤 일어나니 머리가 아프고 멍했다. 시끄러운 곳에 오래 머무른 것처럼 귀가 윙윙거렸다. 잠을 못 잔 탓에 샤워하면서 휘청거렸다.

한 달에 한 번 멜리사와 닐과 함께 즐기는 선데이 로스트는 아이들과 함께 이 집으로 이사했을 때 멜리사가 우리를 일요일 점심에 초대한 이후 전통이 되었다. 그때 집은 짐 상자가 많아서 비좁았다. 일부는 매트와 헤어지면서 가져온 것이고 다른 일부는 보관소에 두었다가 찾아온 것으로 2년 동안 들춰보지 않았다. 반면 멜리사의 집은 우리 집과 달리 언제나 깨끗했다.

일요일이면 멜리사와 닐의 길고 멋진 테이블과 다리 하나가 덜컹거려 버몬지 마켓에서 거의 공짜로 가져오다시피 한 우리 집 마호가니 식탁을 오가며 다 같이 점심을 즐겼다. 그 식탁에서 나는 아이들의 숙제를 봐주었다. 한쪽 끝에는 저스틴이 반항의 표시로 새긴 볼펜 자국이 아직도 남아 있다.

오늘은 우리 집에서 점심을 먹기로 한 날이라 나는 사이먼에게 와인을 사오라고 부탁하고 채소부터 다듬었다. 케이티가 당근 조각을 가져가려고 하자 나는 딸아이 손을 찰싹 때렸다.

"가서 식탁 좀 정리해줄래?"

"저스틴 오빠 차례예요."

"너희는 서로에게 참 고약하구나. 누구든 할 수 있잖아!"

내가 저스틴에게 고함을 지르자 침실에서 웅얼거리는 대답이 들렸지만 무슨 말인지 알아들을 수 없었다.

"식탁 정리해!"

내가 소리쳤다. 아들이 잠옷 바지 차림에 상의를 걸치지 않은 상태로 계단을 내려왔다.

"벌써 12시가 넘었어, 저스틴. 아직도 자고 있다고 할 참이니?"

"절 좀 내버려두세요, 엄마. 일주일 내내 일했어요."

그 말에 화가 좀 누그러졌다. 저스틴은 멜리사의 카페에서 일하는 시간이 늘어 좋아하는 눈치였다. 책임감에는 그런 효과가 있는 듯했다. 돈을 더 벌어서 그럴 거라는 생각도 들었지만.

우리 집 식사 공간은 거실과 분리된 아치형 입구로 되어 있는데 실제로 아주 작다. 많은 이웃이 주방 벽을 트거나 멜리사와 닐처럼 확장하지만 우리는 여전히 주방에서 음식을 들고 복도를 지나 거실을 통과해 식탁으로 간다. 바닥에 깔린 카펫이 이정표가 되어준다. 두 달에 한 번씩 즐기는 선데이 로스트는 유일하게 즐거운 시간인 동시에 식탁을 치우는 때가 되었다.

"그 파일들을 조심히 놔두렴."

나는 저스틴이 식기를 들고 가면서 종이 뭉치를 사이드보드에 올려두는 것을 보고 말했다. 식탁은 엉망처럼 보이지만 그 위에 있는 파일은 모두 분류되어 있다. 멜리사네 회계 파일 두 개에는 각각 영수증과 송장이 들어 있고 할로 앤드 리드의 회계 파일에는 그레이엄이 준 수없이 많은 점심값과 택시비 전표가 들어 있다.

"사이먼 방에 가서 의자 여분을 가져와야 할 거야."

저스틴은 하던 일을 멈추고 나를 쳐다보았다.

"이제 '사이먼 방'이에요?"

사이먼과 함께 살기 전 우리는 다락을 저스틴의 거실로 쓰는 문제를 두고 이야기했다. 아이가 플레이스테이션을 하고 소파 베드도 놓을 수 있는 장소로 말이다. 친구들이 놀러왔을 때 싱글 침대에 함께 앉기에 아들은 너무 자라버렸다. 좀더 넓은 공간이 필요했다.

"그럼 다락이라고 불러. 엄마 말이 무슨 뜻인지 알잖아."

사이먼에게 다락을 내줄 의도는 없었다. 아이들에게 사이먼과 함께 살고 싶다고 말했을 때 저스틴은 별말이 없었고 나는 순진하게도 아들의 침묵을 '찬성'으로 받아들였다. 사이먼이 이사한 직후 갈등이 시작되었다. 사이먼은 세간이 별로 없었지만 가구들은 아주 좋은 것이라 놓을 자리가 없다고 말하기가 미안했다. 우리는 가구를 어떻게 할지 결정하는 동안 우선 다락에 두기로 했다. 사이먼에게 그만의 공간을 내어주기를 잘했다고 생각한다. 그로 인해 사이먼과 저스틴이 마주칠 공간이 그만큼 줄어들었고 이따금 아이들과 오붓하게 텔레비전을 볼 수 있었다.

"가서 의자 더 가져와."

저스틴에게 말했다.

어젯밤 군부대를 다 먹이고도 남을 만큼 식재료를 넉넉히 사서 집으로 돌아오는데 케이티가 일요일 점심을 같이 먹지 못하겠다고 말했다. 나는 충격을 받았다.

"선데이 로스트잖아!"

케이티는 선데이 로스트에 한 번도 빠진 적이 없었다. 플레이스테이션과 친구를 가족보다 더 좋아하는 저스틴도 마찬가지였다.

"아이작을 만나기로 했어요."

나는 마침내 사달이 벌어졌다고 생각했다. 케이티는 우리를 떠날 것이었다.

"그럼 아이작도 초대해."

"가족 식사예요?"

케이티가 코웃음을 쳤다.

"사양할게요, 엄마."

"아이작은 그렇지 않을걸? 멜리사와 닐 말고는 올 사람도 없으니 괜찮아."

케이티는 확신하지 못한 듯했다.

"아이작에게 질문 공세를 하지 않을게. 약속해."

"좋아요."

케이티가 휴대전화를 집어들었다.

"그래도 오고 싶어 하지 않을 거예요."

"소고기가 맛있네요, 워커 부인."

"조라고 불러줘요."

이 말이 벌써 세 번째다. '넌 내 딸보다 나와 나이 차이가 덜 나잖아.' 그에게 이렇게 지적하고 싶었다.

아이작은 케이티와 멜리사 사이에 앉아 있었다.

"두 장미 사이의 기사가 되겠군요."

아이작이 자리에 앉으며 이렇게 말했을 때 열네 살 아이처럼 목구멍에 손가락을 넣고 토하는 소리를 내고 싶었다. 케이티는 이런 아첨을 받아주는 걸까? 그 아이는 런웨이에서 막 내려온 모델을 바라보듯 선망하는 눈빛으로 아이작을 쳐다보았다.

"리허설은 잘되어가요?"

멜리사가 물었다.

나는 고마워하는 표정으로 그녀를 바라보았다. 새로운 사람이 참석하는 바람에 분위기가 어색하고 경직되었는데 내가 할 수 있는 말이라고는 그레이비가 괜찮냐고 묻는 것뿐이었다.

"아주 좋아요. 케이티가 얼마나 빠르게 적응하는지, 늦게 합류했는데도 금세 따라잡아서 놀라울 따름이에요. 다음 주 토요일에 드레스 리허설이 있는데 모두 와서 봐주세요."

아이작이 포크를 쥔 채 손을 흔들었다.

"실제로 관객이 있으면 도움이 많이 되거든요."

"우리야 좋죠."

사이먼이 말했다.

"아빠도 불러도 돼요?"

케이티가 아이작에게 물었다. 그 말에 옆에 앉은 사이먼이 굳는 것을 느꼈다.

"관객은 많을수록 좋아. 야유를 퍼붓지 않겠다고 약속만 해준다면."

아이작이 미소 짓자 모두가 예의를 차리느라 따라 웃었다. 식사가 어서 끝나서 케이티와 아이작이 자리를 비운 뒤 멜리사에게 아이작이 어떤지 물어보고 싶어서 좀이 쑤셨다. 멜리사는 놀란 눈으로 그를 쳐다볼 뿐 그녀에게서 다른 표정은 읽을 수 없었다.

"탐정 일은 어떻게 돼가고 있어요, 조?"

닐은 〈런던 가제트〉에 내 사진이 실린 일에 관심이 많았다. 만날 때마다 내게 새로운 소식이 없는지 물었다. 그는 경찰이 광고에 대해 알아낸 것이 있는지 궁금해했다.

"탐정 일이요?"

아이작에게는 알리고 싶지 않았지만 미처 화제를 돌리기도 전에 케이티가 그에게 모든 것을 털어놓았다. 광고와 내 사진 그리고 타냐 베켓의 살인 사건에 이르기까지. 나는 아이작이 어떻게 반응할지 불안했다. 케이티가 내 인생 즉, 삶에 대해서가 아니라 영화나 새로 나온 책에 관해 그와 이야기하기를 바랐다.

"그리고 엄마가 또 한 사람을 발견했어요. 그 사람 이름이 뭐예요?"

"로라 킨."

조용히 대답했다. 그러자 로라의 졸업 사진이 떠올랐고 출처가 어디인지 궁금해졌다. 기사를 쓴 기자가 가지고 있던 것인지 로라 부모님의 집 벽난로 선반에 놓여 있던 것인지 알지 못하므로. 어쩌면 지금은 액자를 뒤집어 아무도 보지 못하게 해두었을지도 모른다.

"그들이 어디서 부인의 사진을 얻었다고 생각하세요?"

아이작은 내가 이 문제를 이야기하고 싶어 하지 않는다는 사실을 눈치채지 못하고 물었다. 나는 케이티가 그를 부추기는 데 놀라 케이티와 아이작에게 사건의 심각성을 이해시키려는 마음을 접었다. 닐과 사이먼은 조용히 식사를 이어갔고 멜리사는 곁눈으로 나를 슬쩍슬쩍 살피며 내가 괜찮은지 확인했다.

"누가 알겠어요?"

대수롭지 않게 말하려고 했지만 손이 떨렸다. 나이프가 손에서 미끄러져 접시 위로 떨어졌다. 사이먼이 비운 그릇을 옆으로 치우고 등을 뒤로 기대더니 내 의자 위에 한 팔을 올려놓았다. 다른 사람들에게는 그가 그저 배부르게 식사한 뒤 편히 쉬고 있는 모습처럼 보이겠지만 그는 내 어깨를 감싸고 있었다.

"페이스북 아닐까요?"

닐이 확신에 찬 목소리로 말했다.

"항상 페이스북이 말썽이에요. 요즘은 명의 도용 대부분이 소셜 미디어에서 이름과 사진을 훔쳐서 일어나니까요."

"현대사회의 골칫거리죠."

사이먼이 말했다.

"몇 달 전에 일해준 업체 이름이 뭐였어요? 증권 중개소였던가요?"

닐이 멍하게 생각하더니 이내 짤막한 웃음을 터뜨렸다.

"헤더튼 얼라이언스."

닐은 이 이야기를 모르는 유일한 인물인 아이작을 쳐다보았다.

"그 업체에서 제게 내부 거래와 관련된 증거 자료를 모아달라고 부탁했는데 거기서 일하는 동안 새로 온 여성 은행원의 입회식 같은 행사를 했어요. 〈울프 오브 월스트리트〉의 현실 버전 같은 거였죠. 그들은 페이스북에 그룹을 만들어 여성 은행원에게 어떻게 할 것인지 결정했어요."

"정말 끔찍하군요."

아이작이 말했다. 하지만 그의 눈동자는 목소리와 어울리지 않게 흥미롭다는 듯 밝게 빛났다. 그는 내가 자신을 보고 있다는 것을 알아차리고 내 생각을 읽었다.

"제가 잔인하다고 생각하시는군요. 죄송해요. 감독의 숙명이라고나 할까요. 평범하지 않은 일을 접할 때면 어떤 장면으로 연출할 수 있을지 상상해보거든요. 이 이야기는 정말 특별하네요."

이런 대화를 하다보니 입맛이 떨어져 포크와 나이프를 내려놓았다.

"전 페이스북을 거의 사용하지 않아요. 가족들과 연락하려고 가입했을 뿐이에요."

여동생 세라는 구릿빛 피부의 남편 그리고 두 아이와 함께 뉴질랜드에 산다. 조카들은 딱 한 번 만났다. 한 아이는 변호사고 다른 아이는 장애 아동을 돕는 일을 한다. 세라의 자녀들이 그렇게 잘 컸다는 사실은 놀랍지 않다. 어릴 때부터 세라는 항상 인기가 많았다. 부모님은 한 번도 말한 적 없지만 눈빛으로는 늘 이런 마음을 드러냈다. '넌 왜 동생만큼 잘하지 못하니?'

세라는 공부를 열심히 하고 집안일도 잘 도왔다. 음악을 크게 켜놓지도, 주말에 늦잠을 자지도 않았다. 계속 학교를 다니면서 좋은 성적을 냈고 비서 양성 대학에 진학했다. 임신해서 학교를 그만두지도 않았다. 가끔 그 애가 임신했다면 어땠을지 궁금했다. 부모님이 내게 한 것처럼 세라에게도 매몰차게 굴었을지 알고 싶었다.

'짐 싸.' 내가 임신했다는 사실을 알았을 때 아버지는 이렇게 말했다. 엄마는 울기 시작했다. 임신 때문인지 내가 집을 나가게 되어서인지는 몰랐다.

"페이스북에서 뭘 찾을 수 있는지 알면 놀랄걸요?"

아이작이 말했다. 그는 주머니에서 매끈한 아이폰 6S를 꺼내더니 손으로 화면을 밀었다. 그가 마술이라도 보여주는 듯 모두 그쪽에 시선이 쏠렸다. 아이작이 내게 화면을 보여주자 파란색과 흰색이 섞인 페이스북 로고가 보였다. 검색창에 내 이름을 입력하니 섬네일 이미지와 함께 조 워커라는 이름이 나열되었다.

"어느 쪽이 부인이신가요?"

아이작이 스크롤을 내리며 물었다. 그는 두 번째 페이지로 넘어갔다.

"밑에서 세 번째, 고양이 사진이에요."

집 앞 자갈밭에 누워 햇빛을 쬐고 있는 비스킷의 사진이다.

"봤죠."

내가 의기양양하게 말했다.

"난 프로필에 내 사진을 쓰지 않았어요. 사생활을 꽤 보호하거든요."

나는 자기 삶을 인스타그램이나 스냅챗 같은 유행 앱에 모두 공개하는 요즘 아이들과는 다르다. 케이티는 입술을 이리저리 내밀며 쉴 새 없이 자신을 찍고는 수많은 필터를 거쳐 가장 잘 나온 사진 한 장을 고르고는 했다.

아이작이 내 페이지를 열었다. 완전한 페이스북 프로필이 아니었다.

1년에 5만 파운드를 벌면 파업해도 된다고 생각하는 거야? 그럼 나도 지하철 기관사로 직업을 바꿔야겠어!

지하철에서 오도 가도 못하는 중…… 또 이런 일이. 와이파이가 있어서 다행이야!

6?! 렌, 그건 적어도 8은 줘야 한다고!

텔레비전 쇼에 관한 짧막한 농담이나 지옥 같은 통근길에 대한 코멘트가 내 인생의 축소판처럼 드러났다. 부끄러웠다. 게다가 아이작이 그렇게 쉽게 내 계정을 뚫었다는 사실에 놀랐다.

"그런데 어떻게 내 계정에 들어갔어요?"

아이작이 웃었다.

"계정에 들어간 게 아니에요. 이건 프로필을 클릭하면 누구든 볼 수 있는 내용이에요."

그는 끔찍해하는 내 표정을 알아챘다.

"개인 설정을 전체 공개로 해두셨네요."

그 말을 증명하듯 아이작이 '정보' 탭을 클릭하자 내 이메일 주소가 나타났다. '페컴 중등종합학교에서 공부했음' '테스코 근무'라는 문구가 꽤나 자랑스럽게 적혀 있었다. 나는 '열일곱 살에 임신'이라는 글이 뜨지 않을까 걱정했다.

"세상에! 난 모르는 일이야."

어렴풋이 그런 정보를 기입했던 기억이 떠올랐다. 경력, 좋아하는 영화와 읽은 책 등. 하지만 그건 일종의 온라인 일기처럼 나만 볼 수 있다고 생각했다.

"제가 하고 싶은 말은,"

아이작이 '조의 사진' 탭을 한 번 더 누르며 말했다.

"누군가 부인의 사진을 도용하고 싶다면 쓸 수 있는 게 아주 많다는 겁니다."

그는 스크롤을 내리면서 수십 장의 이미지를 보여주었다. 내가 한 번도 본 적 없는 사진이 대부분이었다.

"하지만 난 이런 사진을 올린 적이 없어요!"

내가 말했다. 지난여름 바비큐를 하면서 멜리사와 닐이 찍은 사진 속의 내 뒷모습을 보면서 내 엉덩이가 정말 저렇게 큰지 아니면 각도 때문에 커 보이는지를 생각했다.

"모두 부인 친구들이 올린 사진이에요. 다른 사람이 찍어 올리고 부인을 태그한 겁니다. 원하면 태그를 지울 수 있지만 지금 필요한 건 공개 범위를 제한하는 거예요. 괜찮다면 제가 도와드릴까요?"

"아니요. 제가 할 수 있어요."

갑자기 부끄러움이 밀려왔다.

"다들 식사 마치셨나요? 케이티, 식탁 정리를 도와주겠니?"

모두 접시를 한곳에 모으고 음식을 주방으로 가져갔다. 사이먼은 내 손을 꼭 잡아주었다.

사람들이 돌아간 뒤 주방에 앉아 차를 한 잔 마셨다. 사이먼과 케이티는 흑백 영화를 보고 저스틴은 친구를 만나러 나갔다. 집이 조용해 휴대전화로 페이스북을 열자 괜히 무언가 잘못하는 기분이 들었다. 아이작이 자신의 휴대전화에서 보여준 앨범 속 사진이 보였다. 천천히 스크롤을 내리며 살펴보았다. 일부는 내가 올린 것이 아니라 케이티의 사진이나 옛날 학창시절 사진에 태그된 것이었다. 멜리사는 지난해 휴가 때 수영장에서 찍은 사진을 올리며 나를 비롯한 많은 사람을 태그했다.

'너무 부러워, 정말?!'과 같은 댓글이 있었다.

시간이 좀 걸렸지만 마침내 찾아냈다. 〈런던 가제트〉에 실린 바로 그 사진. 숨을 몰아쉬었다. 내가 미치지 않았다는 것도, 그 사진이 나라는 것도 알았다. 페이스북이 매트가 올린 사진이라고 알려주었고 날짜를 보니 3년 전 것이었다. 링크를 따라가자 사촌의 결혼식 뒤에 스무 장에서 서른 장 정도의 사진이 업로드되어 있었다. 그래서 내가 안경을 쓰지 않은 것이었다.

사실 그 사진은 케이티가 주인공이었다. 딸은 내 옆에 앉아 카메라를 향해 미소 지으며 고개를 한쪽으로 젖히고 있고 나는 카메라가 아닌 딸을 보고 있었다. 광고에는 내가 곧바로 알아볼 수 있는, 몇 안 되는 내 파티 드레스를 잘라내고 얼굴만 부각시킨 사진이 쓰였다.

내가 모르는 누군가가 내 사진을 훑어보다가 화려한 드레스를 입은 나와 딸, 가족을 쳐다본다고 상상했다. 몸서리쳐졌다. 아이작이 말한 공개 범위 설정 방법을 어렵게 찾아냈다. 내 계정 속 사진, 게시물, 태그를 하나씩 모두 비공개로 전환했다. 그렇게 하고 나니 화면 상단에 붉은색 공지가 떴다. 클릭하자 메시지가 나타났다.

아이작 건 님이 친구 요청을 했습니다. 함께 아는 친구가 한 명 있습니다.

삭제 버튼을 눌렀다.

당신이 무슨 생각을 하는지 알아.

내가 어떻게 살아가는지 궁금하겠지. 그 여성들에게 무슨 일이 일어났는지 알면서 어떻게 얼굴을 들고 살아갈 수 있는지 궁금하겠지.

하지만 데이트를 망쳤다고 해서 데이트 앱을 원망할 거야? 남자를 만난 와인 바에 찾아가서 일이 뜻대로 되지 않았다고 주인에게 행패를 부릴 거야? 친구에게 소개받은 남자가 당신에게 거칠게 대했다고 해서 친구를 찾아가 총으로 쏠 거냐고.

당연히 그럴 수 없지.

그런데 어떻게 나를 원망하겠어? 나는 그저 중매쟁이일 뿐이야.

우연의 일치를 제공했을 뿐이지.

우연히 만났다고 생각할 거야. 그가 우연히 당신을 위해 문을 잡아주고 우연히 스카프를 주워줬다고, 당신이 그 길로 다니는 사실을 그가 모른다고 생각하겠지…….

그럴 수도 있고 아닐 수도 있어.

이제 당신은 나 같은 사람이 존재한다는 사실을 알 거야. 하지만 확신할 수는 없겠지.

13

그 광고가 나를 힘들게 하고 있다. 머릿속을 가득 채우고 피해망상에 사로잡히게 한다. 지난밤 신문에 케이티의 얼굴이 실리는 꿈을 꾸었다. 연달아 며칠 뒤 〈타임즈〉에 케이티 사진과 함께 케이티가 성폭행을 당하고 죽은 채 발견되었다는 기사가 실리는 꿈을 꾸었다. 식은땀을 흘리며 잠에서 깼다. 나를 감싸고 있는 사이먼의 팔을 치우고 자리에서 일어나 케이티가 잘 자고 있는지 눈으로 확인했다.

나는 언제나처럼 10펜스짜리 동전을 메건의 기타 케이스에 던져주었다.

"월요일 활기차게 보내세요!"

메건이 소리치자 미소로 답했다. 길모퉁이로 바람이 휘몰아쳤다. 메건은 추워서 파랗게 된 손으로 기타를 연주했다. 언젠가 그 아이를 집으로 데리고 가 차를 내준다면 사이먼이 뭐라고 할까. 이따금 멜리사가 메건 몫의 수프를 챙겨줄 수도 있다. 개찰구로 들어가면서 동정하는 것처럼 들리지 않게 같이 식사하자고 말할 수 있는 방법을 생각해보았다. 그 아이가 내 뜻을 오해할지도 모른다는 걱정이 앞섰다.

생각에 빠진 나머지 오버코트 입은 남자를 알아차리지 못했다. 내가 남자를 발견하기 전부터 그가 나를 지켜보고 있었는지는 확실하지 않다. 하지만 지금 그는 나를 보고 있다. 객차가 들어와 플랫폼으로 걸어갔고 차에 올라 자리에 앉으니 다시 그가 보였다. 남자는 키가 크고 체격이 좋으며 백발에 수염을 길렀다. 수염을 가지런하게 다듬었는데 목 부분에 면도하다가 베인 자국이 있었다.

남자는 계속해서 나를 쳐다보았다. 그의 머리 위에 붙은 지하철 노선도를 보는 척하면서 살피니 그의 눈동자가 내 몸을 훑었다. 불편해져서 그를 의식하며 시선을 무릎으로 내렸지만 손은 어찌할 수 없었다. 그는 50대로 보였다. 세련된 정장에 첫 눈발이 날리는 추운 날씨에 대비해 코트를 걸쳤다. 친근한 미소가 그만의 특징 같았다.

학생들이 방학을 맞이했는지 열차 안이 평소보다 덜 붐볐다. 캐나다 워터 역에서 사람이 많이 내려 맞은편에 좌석 세 개가 비었다. 정장을 한 남자가 그중 한 곳에 앉았다. 사람들은 대부분 지하철에서 누군가를 쳐다보다가 그 사람과 눈이 마주치면 어색하게 시선을 돌린다. 하지만 이 남자는 눈길을 피하지 않았다. 딱 한 번 내가 그의 얼굴을 똑바로 쳐다보니 그는 자신이 내게 관심을 가진 데 감사해야 한다는 듯 당당했다. 나는 흥분이 아니라 불안을 느꼈다.

런던 교통국에서 영상 캠페인을 실시하고 있었다. '멈추고 싶다면 신고하세요.' 지하철 성희롱에 관한 것이었다. '불편하게 느끼는 모든 것을 신고할 수 있습니다.' 지금 바로 경찰에게 연락한다면 뭐라고 말해야 할까?

'어떤 남자가 자꾸 저를 쳐다봐요…….'

누군가를 쳐다보는 것이 범죄가 될 수는 없다. 화이트 채플 역에서 만난 아이들이 떠올랐다. 운동화를 신은 남자아이가 나를 쫓아온다고 확신했다. 그때 경찰에 신고했다면 어땠을까? 도와달라고 고함을 질렀다면 망신을 당했겠지. 머릿속으로 생각을 거듭해도 불안함은 가시지 않았다.

단지 남성인 것이 문제는 아니었다. 이 오만한 남자는 눈길로 나를 소유하려고 했다. 단순히 남성이라서 불안한 것 이상이었다. 두려웠다. 지하철에서 잠든 사이 누군가에게 가방을 털린 캐시 태닝과 공원에서 목이 졸린 타냐 베켓이 떠올랐다. 케이티의 인생에 거침없이 비집고 들어온 아이작 건도. 지난밤 모두 돌아간 뒤 아이작의 페이스북 페이지에 들어가보았지만 프로필 사진 말고는 아무것도 볼 수 없었다. 그 사진을 노려보았다. 희고 가지런한 치아를 드러내며 자신감 넘치게 웃는 모습과 한쪽 눈 위로 흘러내린 검은 곱슬머리. 영화배우처럼 생겼지만 멋있기보다는 소름이 끼쳤다. 그는 이미 악당 역할에 빠진 듯했다.

오버코트를 입은 남자가 임산부에게 자리를 양보했다. 키가 커서 천장에 달린 손잡이에 쉽게 손이 닿았고, 손잡이 고리를 손목에 걸쳐 짐칸 쪽을 잡았다. 남자는 더 이상 나를 쳐다보지 않았지만 겨우 15센티미터 정도 떨어져 있었다. 캐시 태닝 사건을 다시금 떠올리며 다리 사이에 놓아두었던 가방을 가슴에 안았다. 남자는 손목시계를 살피더니 객차 먼 곳을 멍하니 쳐다보았다. 누군가 몸을 움직여 남자도 약간 움직이자 그의 다리가 내 다리에 닿았다. 나는 불에 덴 것처럼 화들짝 놀라 앉은 자리에서 어색하게 다리를 꼬았다.

"죄송합니다."

남자가 나를 똑바로 쳐다보며 말했다.

"괜찮아요."

그렇게 대답했지만 100미터를 질주한 듯 심장이 두근거리고 귓가에 피가 몰려 윙윙거리는 소리가 들렸다.

화이트 채플 역에 다다르자 일어섰다. 내리려는 의사를 분명하게 드러냈는데도 남자가 자리를 비켜주지 않아 몸을 웅크린 채 그를 지나쳐야 했다. 잠시 그의 몸에 닿았고 허벅지에 가벼운 손길을 느꼈지만 확신할 수 없었다. '주변에 사람이 많아. 그러니 아무 일도 일어나지 않을 거야.' 스스로를 안심시키려 애썼지만 객차를 빠져나오려다 넘어질 뻔했다. 뒤로 문이 닫히는 것을 보고 나를 쳐다보던 남자와 거리가 생겼다고 생각하니 마음이 조금 놓였다.

그런데 객차에 남자가 보이지 않았다.

승객들이 내리며 빈 좌석이 생겨 기뻐하면서 자리에 앉았을 거라고 생각했다. 그런데 객차에는 수염 난 사람이 없었다. 진회색 오버코트를 입은 남자도.

플랫폼은 한산했다. 통근하는 사람들은 환승하려고 몰려갔고 관광객들은 출구를 찾느라 지도를 보는 데 정신이 팔려 서로 부딪혔다. 나는 사람들에게 떠밀리며 그 자리에 가만히 서 있었다.

그리고 그 남자를 보았다.

플랫폼에서 9미터 정도 떨어진 곳에서 출구를 사이에 두고 그도 나처럼 가만히 서 있었다. 그는 내가 아닌 휴대전화를 들여다보고 있었다. 진정하려고 애썼다. 결정을 내려야 했다. 남자를 지나쳐 갈 길을 간다면 그는 나를 쫓아올 것이다. 여기서 버티며 그가 먼저 가기를 기다린다면 그도 움직이지 않을 수 있다. 플랫폼이 거의 비었다. 얼마 지나지 않아 그와 나 둘만 남을 것이었다. 지금 당장 결정해야 했다.

앞만 보고 걸었다. 속도를 냈다. 뛰지 마. 겁먹었다는 사실을 그에게 들켜서는 안 돼. 남자는 플랫폼 중앙에 서 있고 뒤쪽에 벤치가 놓여 있어 그 앞으로 지나칠 수밖에 없었다. 내가 점차 다가가자 그의 눈길이 나를 향했다.

1미터.

0.5미터.

0.3미터.

더는 참지 못하고 출구를 향해 달렸다. 옆구리에서 핸드백이 세게 흔들렸지만 그 모습이 어떻게 보이든 상관없었다. 남자가 나를 따라올 거라고 생각했지만 디스트릭트 라인으로 이어지는 터널에서 뒤돌아보니 그는 여전히 플랫폼에 서서 나를 지켜보고 있었다.

일에 집중하려고 했지만 머릿속이 복잡했다. 회계 파일을 여는 관리자 암호가 떠오르지 않아 멍하게 모니터 화면을 바라보며 한참 동안 생각했다. 임대용 사무실이 있는지 알려달라고 묻는 남자에게는 매매용 물건을 보여주었다. 그가 다시 와서 항의하자 나도 모르게 눈물이 났다. 남자는 상냥하게도 나를 동정했다.

"세상이 끝나는 일도 아니잖아요."

남자가 원하는 정보를 얻어가면서 말했다. 화장지를 찾으려고 두리번거리는 그에게 괜찮다고, 내가 알아서 하겠다고 말하자 그는 안심하는 눈치였다.

사무실 문이 열리며 벨이 울리자 깜짝 놀랐다. 그레이엄이 이상한 눈초리로 나를 쳐다보았다.

"괜찮아?"

"그럼요. 어디 계셨어요? 일정표에는 아무것도 안 적혀 있던데."

"사무실 일정표에는 안 적어뒀지."

그가 코트를 벗어 모퉁이 옷걸이에 걸며 말했다.

"내 개인 일정표에 적어놨어."

그레이엄은 배를 덮고 있는 재킷을 어루만졌다. 초록 트위드 조끼와 재킷은 붉은 바지와 한 벌이다. 입은 옷 때문에 그레이엄은 전성기가 지나 볼품없어진 〈컨트리 리빙〉 모델 같았다.

"커피 부탁해, 조. 오늘자 신문은 어디 있어?"

이를 갈면서 다용도실로 향했다. 돌아와보니 그레이엄은 자기 사무실에서 책상 위에 발을 올린 채 〈텔레그래프〉를 읽고 있었다. 오늘 아침에 아드레날린을 분출해서인지 할로 앤드 리드에서 잡일을 하는 유일한 사람이라는 점에 짜증이 나서인지 나는 말을 가리지 않고 그대로 쏟아냈다.

"〈런던 가제트〉 말이에요. 사무실에 쌓아둔 게 적어도 스무 부는 되던데 왜 가져오셨어요?"

그레이엄은 대답 대신 내 말을 들었다는 표시로 눈썹만 들썩였다.

"다 어디로 치우셨어요?"

내가 물었다.

그는 책상에서 발을 내리더니 똑바로 앉아서는 내 분노가 두렵다기보다는 지루하다는 듯 숨을 내쉬었다.

"펄프가 되었을 것 같은데. 신문을 재활용하면 그렇게 되지 않을까? 슈퍼마켓에서 파는 저가 두루마리 화장지로 만들려고 말이야."

"그럼 왜 가져오신 거예요?"

계속 신경이 쓰였다. 머릿속에서 작은 목소리가 끊임없이 그의 책상 위에 쌓아둔 신문에서 내가 무엇을 보았는지 알렸다. 순간 캐시 태닝의 사진이 떠올랐다. 그녀의 얼굴을 알아본 순간이.

그레이엄이 한숨을 쉬었다.

"우리는 부동산 회사야, 조. 사무실, 쇼핑몰, 사업 시설 등 부동산을 매매하고 임대하지. 사람들이 우리 매물을 어떻게 알게 될 것 같아?"

수사의문문이라고 생각했지만 그레이엄은 내 대답을 기다렸다. 잘난 척하는 것으로 모자라 나를 바보로 만들려 하고 있었다.

"신문에 실린 걸 보고 알겠죠."

말 한 마디 한 마디를 짧게 끊고 사이사이에 마침표를 넣으며 대답했다.

"어떤 신문이지?"

주먹을 꼭 쥐었다.

"〈런던 가제트〉요."

"우리 경쟁사들은 어디에 광고할 거라고 생각해?"

"무슨 말씀인지 알겠어요."

"그래? 난 당신이 이 사업이 어떻게 돌아가는지 모르는 것 같아서 좀 걱정이 되는데. 제대로 이해하기 어렵다면 회계를 볼 수 있는 다른 책임자를 뽑는 수밖에."

그럼 그렇지.

"무슨 말인지 이해했어요, 그레이엄."

그가 입가에 미소를 지었다. 그는 내가 직장을 관둘 형편이 아니라는 것을 잘 알고 있었다.

퇴근길에 잡지를 사면서 〈런던 가제트〉는 처다보지 말자고 다짐했다. 객차는 매우 붐볐다. 겨울 코트로 모두 덩치가 두 배는 커진 듯했다. 평소에 서는 플랫폼으로 가려고 복잡한 사람들 틈을 지나쳤다. 조금 수고스러워도 이렇게 해야 지상철로 갈아탈 때 편했다. 발밑으로 시각 장애인용 점자 블록이 느껴졌다. 구두가 노란 선 밖으로 약간 삐져나왔다가 사람들이 늘어나는 만큼 다시 안으로 들어갔다. 나는 믿을 수 없는 머리기사로 가득 찬 잡지 표지를 쳐다보았다.

'죽음을 세 번이나 속인 할머니!'

'며느리와 결혼했어요!'

'10개월 된 아기가 나를 죽이려고 했어요!'

얼굴로 후끈한 바람이 불며 열차가 들어오고 있다고 알렸다. 터널 안으로 우르릉 하는 소리가 들리며 머리카락이 얼굴을 덮었다. 손을 들어 머리카락을 치우다 옆에 서 있던 여성을 건드리는 바람에 사과했다. 또 한 무리의 통근자들이 플랫폼으로 밀려들었다. 주위 사람들이 한층 더 가까이 붙어서 어쩔 수 없이 앞으로 한 걸음 옮겼다.

객차가 들어오는 것이 보여 잡지를 돌돌 말아 손에 쥐었다. 그것을 핸드백 틈으로 밀어넣으려다 중심을 잃으며 플랫폼 가장자리로 몸이 넘어갔다. 어깻죽지 사이로 팔꿈치, 서류 가방, 손이 동시에 쏠렸다. 어딘가에 발이 걸려 넘어지는 느낌이 들었다. 다가오는 열차에서 차가운 바람이 불며 트랙 아래의 먼지가 날렸다. 무게중심이 앞으로 쏠리고 발이 더 이상 바닥에 붙어 있지 않으니 무중력 상태에 있는 것 같았다. 기관사의 모습이 눈에 들어왔다. 그의 얼굴에 공포가 드리웠다. 그와 나는 분명 같은 생각을 하고 있었다.

이제 와서 열차를 멈출 방법은 없었다.

누군가 비명을 질렀다. 한 남자가 고함을 쳤다. 눈을 꼭 감았다. 금속이 마찰하며 끼익 하는 소리와 큰 소음이 들렸다. 나는 어깨가 뒤로 꺾이고 몸이 들리며 날카로운 고통을 느꼈다.

"괜찮으세요?"

눈을 떴다. 주변에 사람들이 모여 나를 걱정하고 있었고 열차 문이 열리며 바쁜 통근자들이 쏟아져나왔다. 그들이 사라지고 승객을 갈아태운 열차는 다시 움직이기 시작했다.

이번에는 좀더 긴박한 목소리가 들렸다.

"괜찮으세요?"

숱 많은 백발에 턱수염을 가지런히 다듬은 남자가 앞에 서 있었다. 목젖 왼쪽에 핏자국이 선명하게 보였다. 나도 모르게 뒷걸음질하자 그가 내 팔을 잡았다.

"천천히 움직여요. 하루에 두 번이나 구해줄 수 있을지 모르니까."

"구해주다니요?"

"당신 말이 맞아요. 구해줬다고 하기에는 과장된 측면이 있네요."

"당신이군요."

바보처럼 입 밖으로 말하고 말았다. 그는 영문을 모르겠다는 얼굴로 나를 쳐다보았다.

"오늘 아침 디스트릭트 라인에서 말이에요."

"아,"

남자가 살짝 미소를 띠며 말했다.

"그렇구나. 죄송하지만 전······."

허를 찔렸다. 오늘 아침 그가 나를 쫓아왔다고 믿었다. 하지만 그는 나를 쳐다보지 않았다. 나를 기억하지도 못하고 있으니까.

"아무것도 아니에요. 왜 사과하세요?"

내가 바보 같았다.

"저 때문에 열차를 놓치셨네요. 죄송해요."

"곧 다른 열차가 올 텐데요."

우리가 이야기하는 사이 플랫폼 앞자리에는 사람들이 늘어섰고 문이 열리는 곳이 어디인지 아는 통근자들을 따라 군데군데 빈 채 줄이 이어졌다.

"괜찮으시다면,"

그가 망설였다.

"도움이 필요하시다면 들어줄 사람이 있어요…… 사마리탄즈에 연락해보세요."

무슨 말인지 알아듣는 데 시간이 좀 걸렸다.

"전 죽으려던 게 아니에요."

남자는 내 말을 못 믿는 눈치였다.

"그렇군요. 아무튼 도와주는 사람들이 있어요. 필요하다면 말이죠."

또다시 후덥지근한 바람이 불며 열차가 다가오는 소리가 들렸다.

"전 이만……."

그가 선로를 가리켰다.

"그러셔야죠. 지체하시게 해서 죄송해요. 그리고 다시 한 번 감사드려요. 전 걸어가야겠어요, 찬바람도 좀 쐴 겸."

"만나서 반가웠어요……."

그가 말끝을 올렸다.

"조, 조 워커예요."

"루크 프라이드랜드예요."

남자가 악수를 청했다. 나는 머뭇거리다 손을 잡았다. 그는 열차에 올라 문이 닫히고 열차가 출발하자 다정하게 미소 지어 보였다. 열차가 터널로 사라지기 직전 그는 환하게 웃고 있었다.

나는 걷지 않았다. 플랫폼 가장자리에서 충분히 떨어진 곳에 서서 다음 열차를 기다렸다. 마침내 의구심이 자리를 잡았다.

내가 발에 걸려 넘어진 것일까?

아니면 누군가 나를 밀친 것일까?

14

범죄 수사 반장 딕비는 마지막으로 보았던 4년 전에 비해 크게 달라진 것이 없었다. 관자놀이 주변이 더 희끗해진 것 말고는 변함없이 나이에 비해 젊어 보였고 날카롭고 예리한 눈동자는 켈리가 기억하는 그대로였다. 그는 연회색 핀스트라이프 맞춤 정장에 군화처럼 광을 많이 낸 신발을 신고 있었다.

"골프야."

켈리의 칭찬에 그가 답했다.

"항상 퇴직하면 골프나 치면서 지내지 않을 거라고 다짐했는데 바버라가 골프를 치든 시간제로 나가 일하든 둘 중 하나를 택하라고 했어. 아내는 내가 종일 집에 붙어 있기를 바라지 않아. 나는 꽤 좋을 것 같은데."

"얼마나 남았어요?"

"내년 4월에 퇴직해. 더 일하고 싶지만 얼마 전 부당한 대우를 당하고 보니 그냥 퇴직하는 쪽이 나은 것 같아."

그는 안경을 벗어 테이블에 내려놓고는 그 사이로 팔을 올렸다.

"뜬금없이 내 퇴직 이야기를 꺼내진 않았을 테고, 무슨 일이야?"

"지구대 연합 기동대로 임시 전출을 가고 싶어요."

켈리가 말했다.

반장은 아무 말도 하지 않았고 켈리를 뚫어져라 처다보았다. 그녀는 꿈쩍도 하지 않았다. 처음 성범죄 전담팀에서 경장으로 일할 때 딕비는 수사 책임자이자 그녀의 멘토였다.

'훌륭한 후보자.' 그는 그녀를 이렇게 기록해두었다. '집요하고 통찰력 있는 수사관으로 피해자를 보호하려는 의식이 투철해 앞으로 매우 기대됨.'

"반장님, 제가 실수했다는 건 잘 알고 있어요."

켈리가 말을 이었다.

"자넨 재소자를 폭행했어. 그건 실수 이상이야. 아동 성범죄자와 밀고자가 득실거리는 D 수감동에서 6개월은 썩어야 하는 중형이라고."

켈리는 가슴이 죄어왔다. 지난 3년간의 부끄러움과 불안함이 눈덩이처럼 밀려왔다.

"전 달라졌어요, 반장님."

그녀는 상담을 받았다. 하지만 분노 조절 클리닉에 참여한 반 년 동안 화는 더욱 커졌다. 물론 성적은 우수했다. 게임의 규칙을 알면 정답을 찾아내기는 쉽다. 비난하지 않겠다는 경찰청 소속 치료사를 믿고 진심을 밝히자 그는 난색을 표했다. 피해자를 때렸을 때 기분이 어땠느냐는 물음에 좋았다고 대답했기 때문이다.

그때부터 켈리는 진실을 숨기기로 했다. 자신의 행동을 후회하나요? '전혀 그렇지 않아요.' 다른 행동을 취할 수는 없었나요? '때린 것만큼 만족스러운 행동은 없었어요.' 다시 그렇게 할 건가요?

그럴까?

이 문제는 아직 답을 내리지 못했다.

"복직한 지 2년이 됐어요."

켈리가 반장에게 말했다. 그리고 웃어 보이려 애썼다.

"전 대가를 치렀어요."

반장이 농담을 알아듣지 못했거나 재미가 없거나 둘 중 하나였다.

"최근 석 달간 소매치기 전담팀에 있었고 살인 사건 전담팀에서도 경험을 쌓았어요."

"지금 속한 부서는 어쩌고?"

"런던 경찰청에서 근무하면서 많은 것을 배웠죠."

켈리는 미리 준비한 말을 술술 꺼냈다.

"그리고 반장님이 가장 강한 팀을 꾸리신 것도 알아요."

반장의 입가가 실룩거리자 켈리는 자신이 얼마나 진지한지 더욱 호소했다. 그래서 손을 들어올렸다.

"이미 영국 교통경찰청 살인 사건 전담팀에 문의했어요."

켈리가 조용히 말을 이었다.

"그쪽에서 절 건드리지 않을 거예요."

켈리는 반장의 눈길을 피하지 않으려고 노력했다. 자신이 얼마나 부끄러워하는지, 자신의 동료에게조차 신뢰받지 못하는 현실이 얼마나 힘든지 들키고 싶지 않았다.

"잘 알겠어."

잠시 정적이 흘렀다.

"개인적인 감정으로 그런 건 아니야."

켈리가 고개를 끄덕였다. 하지만 개인적인 것처럼 느껴졌다. 다른 경찰들은 추가 인력이 필요할 때 경찰청 범죄 수사과와 살인 사건 전담 팀에 파견되었다. 하지만 켈리에게는 그런 기회가 전혀 오지 않았다.

"그들은 아니 땐 굴뚝에 연기가 날까봐 걱정하고 자기들 일과 명성 에만 신경 쓰고 있어."

반장은 말을 꺼내야 할지 고심하는 듯했다.

"그리고 아마 단체로 죄책감을 느끼고 있을 거야."

그는 몸을 앞으로 숙이고 켈리가 겨우 들을 수 있을 정도로 목소리 를 낮췄다.

"네가 저지른 것처럼 안 해보고 싶은 경찰이 있을까?"

반장은 다시 자세를 바꾸고 원래대로 목소리를 높였다.

"왜 이 사건이지? 왜 타냐 베켓이야?"

켈리가 자신 있어 하는 질문이었다.

"제가 소매치기 전담팀에서 일할 때 수사했던 지하철 절도 사건과 관계가 있어요. 이미 피해자와 연락하고 있고요. 이 일을 해결하고 싶 습니다. 제가 개입하지 않았다면 이 사건이 연쇄적으로 일어났다는 사 실은 아직 밝혀지지 않았을 거예요."

"그게 무슨 뜻이야?"

켈리는 망설였다. 그녀는 반장과 닉 렘펠로가 어떤 관계인지 몰랐 다. 그를 끌어들이려는 것은 아니지만 고자질하려는 것도 아니었다.

반장은 커피 잔을 들어 한 모금 크게 들이키고는 테이블에 내려놓았다.

"켈리, 할 말이 있으면 어서 해. 이 모두가 정당한 과정이라면 내 사 무실에 와서 말하지 4년 만에 휴대전화로 연락해서 커피를 마시자고 하지는 않을 거야. 이런……"

반장이 낡은 테이블과 닳아서 귀퉁이가 떨어진 채 대롱거리는 포스터가 붙은 카페를 둘러보았다.

"매력 넘치는 장소에서 말이야."

자신이 심하게 말한 듯했는지 반장의 입꼬리가 살짝 올라갔고 켈리는 길게 한숨을 내쉬었다.

"조 워커라는 여성이 제게 연락해서 캐시 태닝의 사진을 〈런던 가제트〉 광고란에서 봤다고 알리면서 그보다 며칠 전에 자기 사진도 실렸다고 말했어요."

"그건 나도 알아. 그래서 요점이 뭐야, 켈리?"

"두 사진에 대해 그녀가 경찰에 알린 게 이번이 처음이 아니에요. 조 워커는 타냐 베켓이 살해당한 날 살인 사건 전담팀에 연락해왔습니다."

켈리는 렘펠로 경위를 언급하지 않으려고 주의했다.

"팀은 제보를 받고 타냐가 성 산업과 관련이 있는지 수사했지만 워커 부인의 사진이 본인 동의 없이 유사 광고에 실렸다는 사실과 채팅 전화 광고나 데이트 업체와의 연계 여부를 밝히지 못했어요. 그들은 이 사건이 연쇄될 수 있다는 사실을 받아들이지 않았어요. 제가 주장하기 전까지는요."

반장은 아무 말도 하지 않았고 켈리는 자신이 너무 많이 간 것이 아니기를 바랐다.

"그들이라니?"

반장이 마침내 입을 열었다.

"전 조 워커가 누구와 통화했는지 모릅니다."

켈리는 반장과 눈을 마주치지 않으려고 커피를 마셨다.

반장이 잠시 생각에 잠겼다.

"얼마 동안 일하고 싶지?"

켈리는 흥분을 드러내지 않으려고 애썼다.

"사건이 해결될 때까지요."

"그럼 몇 개월은 걸릴 거야. 몇 년이 걸릴 수도 있고. 현실적으로 생각해."

"그러면 석 달로 할게요. 전 분명히 도움이 될 겁니다, 반장님. 짐이 되지 않을 거예요. 영국 교통경찰 연락을 담당하고 지하철 관련 업무도……."

"영국 교통경찰이 자네를 그렇게 오랫동안 놔줄까?"

켈리는 파월이 이 요청에 어떻게 반응할지 눈에 선했다.

"잘 모르겠어요. 아직 물어보지 못했어요. 고위층에 제대로 알린다면 괜찮을지도……."

켈리는 말끝을 흐리며 반장의 시선을 마주했다.

"자네 자리를 만들어주고 자네 상사에게도 매끄럽게 이야기해달라는 말이야?"

"전 정말 이 일을 하고 싶어요, 반장님."

반장이 강하게 쳐다보자 켈리는 시선을 내릴 수밖에 없었다.

"감당할 수 있겠어?"

"네, 할 수 있어요."

"발포어 스트리트에 훌륭한 팀을 꾸려뒀어. 경험 많은 형사들로 구성된 긴밀한 공동체지. 각자 자기 일을 하면서 강력한 수사 압박을 잘 견뎌내고 있어."

"저도 훌륭한 경찰이에요, 반장님."

"그들은 감정적으로 힘든 사건을 잘 다룰 능력이 있어."

반장이 강조했다.

"다시는 그런 일 없을 겁니다. 약속해요."

반장은 묵묵히 커피를 마셨다.

"잘 들어. 아무것도 장담할 수 없지만 지금 전화해서 영국 교통경찰이 자네를 놔준다면 석 달 동안 임시 파견하도록 할게."

"감사합니다. 실망시키지 않을게요. 제가,"

"조건이 두 가지 있어."

"뭐든 말씀하세요."

"첫째, 자넨 혼자서 일할 수 없어."

켈리는 자신을 돌봐줄 사람은 필요하지 않다고 말하려고 입을 열었지만 반장이 다시 말을 잘랐다.

"이건 무조건 따라야 해, 켈리. 물론 자네는 경험 많고 훌륭한 경찰이지만 내 팀에 들어온 이상 수습 직원이야. 내 말 이해하지?"

켈리가 고개를 끄덕였다.

"다른 조건은 뭔가요?"

"다시 자제력을 잃는 것 같으면, 그런 일이 또 일어나면 자네를 뺄 거야. 한 번은 살려줬지. 하지만 두 번은 없어."

15

"아이작 어때?"

화요일 점심때 나는 멜리사가 오픈하려고 준비 중인 새로운 카페가 있는 클러큰웰과 캐넌 스트리트 중간 지점에서 그녀를 만나 샌드위치를 먹었다. 몸에 딱 달라붙는 검은 코듀로이 바지에 검정 셔츠를 입은 멜리사는 어깨에 먼지가 좀 묻었지만 근사해 보였다. 머리는 커다란 거북이 등껍질 핀으로 깔끔하게 고정했다.

"난 마음에 들었어. 넌 별로구나?"

나는 인상을 찌푸렸다.

"어딘가 거슬리는 게 있어."

나는 BLT 샌드위치를 집어들었다.

"케이티가 누구와 데이트하든 상관없다고 했잖아."

멜리사는 바게트 샌드위치의 내용물을 살폈다.

"이런 걸 3.5파운드나 받아먹다니 기가 막힐 노릇이야. 작은 새우가 열두 마리도 안 되겠는데."

"내가 그런 말을 했어? 하긴 그랬을지도 모르지. 케이티가 집에 데려왔던 전 남자 친구들을 떠올려보면 진지하게 만난 상대가 없었어. 그저 쭈뼛거리며 땀이 흥건한 손으로 악수했던 10대 몇 명뿐이었지. 아이작만 거슬리는 게 아니라 연극도 마음에 안 들어. 티켓 판매 수익이 들어온 뒤에야 이익을 나눈다는 모호한 약속 때문에 몇 주 동안 무일푼으로 일한다는 것도 그렇고. 내 생각에 그건 노동력 착취야."

"아니면 아주 훌륭한 사업 전략일 수도 있고."

"넌 누구 편이야?"

"그 누구 편도 아니야. 아이작 입장에서 보자면 좋은 전략이라는 것뿐이야. 한정된 경비로 위험을 최소화하는 거…… 내가 그런 전략을 들고 은행 담당자를 찾아간다면 그는 아주 기뻐하겠지."

멜리사의 미소 어딘가에서 쓸쓸함이 묻어났다.

"은행 담당자가 네 사업 확장 계획에 동의하지 않는다는 뜻이야?"

"나도 몰라."

"그게 무슨 말이야? 사업 대출을 받지 않았어?"

그녀는 고개를 저으며 바게트를 한입 베어물었다. 말을 끌어내자 멜리사는 마지못해 대답했다.

"주택담보대출을 다시 받았어."

"닐도 동의한 거지?"

닐은 빚지는 것을 몹시 싫어해서 남에게 술도 사지 않는다. 멜리사는 아무 말도 하지 않았다.

"닐에게 말 안 했어?"

정적이 흘렀고 그녀의 표정이 달라졌다. 자신감 넘치고 기뻐하는 얼굴은 사라지고 불안하고 부주의해 보였다. 그 일을 알게 되어 어쩐지 기뻤지만 나는 비밀을 잘 지켰다. 우리는 수년 동안 알고 지냈고 상황이 뒤바뀐 적은 거의 없었다. 나는 항상 그녀를 토닥여주는 역할이었다. 멜리사가 어떻게 널 몰래 주택담보대출을 받을 수 있었는지 궁금했다. 공동 담보를 잡은 뒤 대출 금액이 적고 이자율이 좋은 쪽으로 결정한 것 같았다. 멜리사는 상식적이므로 새로운 사업이 확실하니 돈을 빌렸을 것이다.

"요즘 우리 사이가 별로야."

멜리사가 말했다.

"올해 초 닐이 아주 큰 건을 놓쳐서 돈 걱정이 많거든. 새 카페로 손실을 만회해보겠지만 이윤이 생기려면 6개월 정도 걸려."

"닐도 그걸 알고 있는 거지?"

"지금은 그런 이야기를 할 수 없어. 기분이 계속 처져 있어서 서먹하거든."

"일요일 점심에도 좀 그런 것 같았어."

멜리사가 비위를 맞춰주려는 듯 웃었다.

"그땐 내 기분이 별로였지, 아마."

"이상한 소리 좀 하지 마. 닐은 널 좋아해!"

멜리사가 눈썹을 들썩였다.

"사이먼이 널 사랑하는 것만큼은 아니지."

그 말에 나는 얼굴이 빨개졌다.

"발을 마사지해주고 저녁을 준비해주고 직장까지 데려다주고……사이먼은 너한테 빠져 있어."

나는 그만 웃고 말았다. 숨길 수 없었다.

"넌 행운아야."

"우리 둘 다 그래."

그렇게 말하고 나니 잘난 척하는 것처럼 들렸을 듯했다.

"그러니까 내 말은 행복해질 두 번째 기회를 가졌다는 뜻이야. 매트와 나는 아주 오래 함께했지만 더 이상 서로에게 관심이 없어."

생각나는 대로 말을 옮기며 전에는 건드리지 않았던 부분까지 짚었다.

"매트는 나와 같이 있는 게 너무 지겨워서 그 여자애랑 잔 거야. 난 상황이 바뀔 수 있다고 생각하지도 못했지."

"떠나기로 한 건 잘한 일이야. 아이들이 어렸으니까."

나는 고개를 저었다.

"바보 같았어. 화가 나서 어리석은 행동을 저질렀지. 매트는 잠자리한 여자를 사랑하지 않았어. 그 정도로 좋아했는지도 의문이고. 그냥 실수였어. 우리가 당연하게 여겼던 결혼 생활의 후유증 같은 거였어."

"그냥 넘어갔어야 한다고 생각하는 거야?"

멜리사는 직원에게 계산서를 달라고 하고는 지갑을 꺼내려는 내게 손사래를 쳤다.

"내가 낼게."

그녀에게 잘못된 생각을 심어주지 않으려고 조심스럽게 대답했다.

"지금은 그렇게 생각하지 않아. 사이먼을 사랑하고 그도 날 사랑하거든. 하루하루 감사하면서 지내고 있어. 하지만 매트를 떠나던 날 많은 걸 포기해야 했고 아이들도 그렇게 생각할 거야."

"케이티와 사이먼은 잘 지내잖아. 일요일에 〈십이야〉를 이야기할 때 보니 아주 찰떡궁합이던데."

"맞아, 케이티는 그래. 하지만 저스틴은,"

대화를 독점했다고 깨닫고는 말을 멈췄다.

"미안해, 너무 내 이야기만 했어. 네 기분이 어떤지 널과 대화해본 적 있어?"

그러나 멜리사가 보였던 약한 모습은 벌써 사라지고 없었다.

"아, 별거 아냐. 닐은 극복할 거야. 중년의 위기가 아닐까 싶어."

멜리사가 미소 지었다.

"저스틴은 걱정하지 마. 아주 자연스러운 일이니까. 나도 친부가 아니라는 이유로 새 아빠를 싫어했어."

"그랬으면 좋겠어."

"그리고 그 아이작이라는 남자 때문에 케이티를 걱정할 필요도 없어. 그 애는 네 딸이잖아. 머리도 좋고 아름답지."

"머리야 좋지. 그런데 왜 제대로 된 직장을 구하는 게 좋다고 생각 못 할까? 그 애에게 꿈을 포기하라고 말하는 게 아니야. 그저 미래를 대비했으면 좋겠다는 거지."

"그 앤 고작 열아홉 살이잖아, 조."

쓴웃음으로 그녀의 말뜻을 이해했다.

"사이먼에게 신문사에서 연극 리뷰와 같은 업무 경험을 쌓게 해주면 좋겠다고 말했는데 달가워하지 않았어. 신문사는 대학 졸업자들만 받으니까."

뼈아픈 일이었다. 케이티가 어렵게 통과한 중등 검정고시로는 무료 봉사 자리도 구할 수 없었다.

"당신이 손을 좀 쓸 수 없어요?"

사이먼에게 물었지만 그는 꿈쩍도 하지 않았다.

"그 애는 성인이야, 조."

멜리사가 말했다.

"스스로 결정할 수 있게 해줘. 그 애는 어느 쪽이 옳은지 곧 배우게 될 거야."

멜리사가 문을 열어주었다. 우리는 지하철역으로 걸었다.

"난 10대 자녀를 키워보지는 않았지만 그들과 함께 많이 일하다보니 알게 된 게 있어. 10대들이 뭔가 하게 하려면 스스로 그렇게 생각하도록 만들어야 해. 그런 점에서 남자와 좀 비슷한 것 같아."

나는 웃었다.

"말이 나와서 말인데 저스틴은 잘하고 있어?"

"지금껏 같이 일해본 사람 중 최고의 점장이야."

멜리사는 의심스러워하는 내 얼굴을 살피더니 내게 팔짱을 꼈다.

"네가 친구라서 하는 말이 아냐. 항상 시간 맞춰 출근하고 가게 돈에 손대지 않고 손님들도 좋아하는 것 같아. 그 정도면 충분해."

멜리사는 나와 포옹을 나눈 뒤 다시 카페로 돌아가려고 메트로폴리탄 라인을 타러 갔다. 기분이 너무 좋아 점심시간이 순식간에 지나간 것 같았다. 거드름 피우는 그레이엄 할로와 마주해도 이 느낌이 달아날 것 같지 않았다.

"또 보네요."

5시 40분, 지하철은 사람들로 발 디딜 틈이 없었다. 땀 냄새, 마늘 냄새, 비에 젖어 축축한 냄새가 뒤섞여 풍겼다.

그리고 그 목소리를 알아차렸다.

목소리 속에 녹아 있는 자신감. 늘 주목받아온 사람의 풍부한 음색.

루크 프라이드랜드였다.

지하철 선로 아래로 추락할 뻔한 나를 구해준 남자.

추락이라.

내가 떨어졌었나?

띄엄띄엄 생각날 뿐이다. 어깻죽지 사이로 느껴지던 압박감. 모두 아주 희미해서 하루도 더 지난 일처럼 느껴졌다.

루크 프라이드랜드.

어제는 그가 나를 스토킹한다고 생각했다. 오늘은 그가 이미 타고 있던 열차에 내가 올랐다. '알겠어?' 스스로에게 말했다. '그는 날 따라온 게 아냐.'

착각해서 부끄러웠지만 생각과 달리 목덜미에 털이 곤두서 따끔거렸고 사람들의 시선이 쏠릴까봐 걱정되어 서둘러 손으로 목을 쓸어내렸다.

"피곤한 하루였나요?"

내 손짓이 스트레스 때문이라고 생각했는지 그가 물었다.

"아뇨, 즐거웠어요."

"그것 참 잘됐군요! 기분이 나아졌다니 다행입니다."

그는 아이들을 다루거나 병원에서 일하는 사람처럼 과도하게 쾌활한 목소리로 말했다. 그가 어제 사마리탄즈에 상담을 받아보라고 했던 일이 떠올랐다. 그는 내가 자살을 시도했다고 믿었다. 열차가 들어올 때 일부러 뛰어들었다고 말이다. 그 행위를 도움이 필요하다는 절규나 정말로 생을 끝내기 위한 시도라고 여겼다.

"제가 뛰어든 게 아니에요."

객차 안에 있는 사람들에게 들리지 않도록 조용하게 말했다. 그는 앞에 서 있던 여성을 지나쳐 내 옆으로 와서 섰다. 심장이 미친 듯이 두근거렸다. 그가 머리 위 난간을 붙잡았다. 그와 나 사이에 전류가 흐르는 것처럼 짜릿했다.

"괜찮아요."

그의 목소리에서 묻어나는 의구심이 스스로에 대한 믿음까지 뒤흔들었다. 내가 정말로 뛰어들었다면? 머리가 몸에 반대되는 지시를 내렸지만 잠재의식이 나를 선로로 밀쳤다면? 몸서리쳐졌다.

"그럼 전 이만 내릴게요."

"아."

열차가 크리스털 팰리스 역에 도착했다.

"저도 여기서 내려요."

오늘은 면도하다가 벤 상처도 없고 푸른 줄무늬 넥타이 대신 연분홍 넥타이를 회색 셔츠와 정장에 매치했다.

"절 따라오시는 거 아니죠?"

그는 겁에 질린 내 표정을 보고 곧바로 사과했다.

"농담이에요."

우리는 나란히 에스컬레이터를 향해 걸었다. 같은 방향으로 가는 사람과 떨어져서 걷기는 힘들다. 개찰구 앞에서 그는 내가 오이스터 카드를 먼저 찍을 수 있도록 옆으로 비켜주었다. 고맙다고 말하고 작별 인사를 했지만 그와 나는 같은 출구로 향했다.

그가 웃음을 터뜨렸다.

"슈퍼마켓에서와 같네요. 채소 코너에서 인사를 나눈 사람과 통로마다 마주치는 것처럼 말이에요."

"이 근처에 사세요?"

한 번도 그를 본 적이 없어서 물었지만 터무니없는 질문이라는 것을 알고 있었다. 골목에서 내가 한 번도 보지 못한 사람이 수십 명이다. 나는 메건 옆을 지나며 기타 케이스에 10펜스를 던지고는 메건에게 웃으며 인사했다.

"친구를 만나러 왔어요."

그가 걸음을 멈추자 나도 덩달아 멈춰 섰다.

"저 때문에 불편하시죠? 먼저 가세요."

"아니, 절대 그렇지 않아요."

가슴이 죄어오는 듯했지만 그렇게 말했다.

"제가 건너서 갈 테니 부담 갖지 않으셔도 돼요."

그가 웃으며 말했다. 따뜻하고 개방적인 인상이 멋졌다. 그런데 왜 이렇게 불편한지 모르겠다.

"그럴 필요는 없어요."

"담배를 좀 피우려구요."

우리는 여전히 사람들이 지나는 길 한복판에 서 있었다.

"그럼 안녕히 가세요."

"네, 안녕히 가세요."

그는 뭐라고 말을 하려다가 멈췄다. 나는 돌아섰다.

"언제 저녁 식사 한번 같이할 수 있는지 여쭤보면 실례일까요?"

얼굴은 자신감이 넘쳤지만 목소리는 약간 부끄러워하고 있었다. 인위적인 말이라고 생각했다. 연습한 것일 수도 있었다.

"안 돼요. 죄송해요."

나는 이유도 모른 채 사과했다.

"그럼 차는 어때요? 당신 목숨을 구해줬다고 생색내고 싶지는 않지만……."

그는 항복한 듯 손을 들어보이고는 한층 진지한 표정을 지었다.

"이상하게 만났다는 건 알지만 정말 다시 뵙고 싶어서 그래요."

"전 만나는 사람이 있어요."

나는 열여섯 살짜리처럼 쏘아붙였다.

"지금 같이 살고요."

"아!"

그는 혼란스러운 표정을 짓더니 이내 정신을 추슬렀다.

"당연히 만나는 분이 계시겠죠. 제가 어리석었네요. 그 점을 짐작하지 못하고."

그는 내게서 한 걸음 물러섰다.

"죄송해요."

내가 다시 말했다.

우리는 인사를 하고 헤어졌다. 흘끗 쳐다보니 그는 길을 건너 신문 가판대로 향하고 있었다. 담배를 사려는 것이겠지.

동행인도 없이 홀로 애널리 로드를 걷고 싶지 않아서 전화로라도 함께하려고 사이먼에게 연락했다. 신호가 갔지만 음성 사서함으로 연결되었다. 아침에 그는 여동생과 함께 저녁 식사를 할 것이라고 말했다. 나는 영화를 볼 계획이었다. 저스틴과 케이티를 꼬드겨서 함께. 예전에 우리가 그랬던 것처럼 셋이서만 오붓하게. 하지만 루크 프라이드랜드와 만나고 나자 불안해져서 사이먼이 동생을 다음에 만날 수 있는지 알고 싶었다. 그가 집으로 와주었으면 했다.

지금 전화를 걸면 아직 직장에 있을지도 모른다. 예전에는 그의 직통 전화번호를 알고 있었는데 몇 달 전 신문사가 핫데스크 시스템으로 바뀌면서 그가 날마다 어느 자리에 앉을지 알 수 없게 되었다.

구글에서 안내데스크 전화번호를 검색했다.

"사이먼 손턴과 통화할 수 있을까요?"

"잠시 기다려주세요."

클래식 음악을 들으며 통화가 연결되기를 기다렸다. 애널리 로드 가로등에 꾸민 크리스마스 조명 장식에 때가 많이 타 있었다. 음악이 멈췄다. 사이먼이 받을 거라고 예상했는데 다시 교환원 목소리가 들렸다.

"성함을 다시 한 번 말씀해주시겠어요?"

"사이먼 손턴이요. 편집자예요. 주로 편집 일을 하지만 가끔 뉴스 데스크에 있기도 해요."

두 가지 일이 같은 부서에 속하는지 아닌지도 모른 채 사이먼에게 들은 말을 그대로 전했다. 두 부서가 같은 건물에 있는지도 알지 못했다.

"죄송하지만 저희 쪽에 그런 분은 등록되어 있지 않습니다. 프리랜서이신가요? 프리랜서는 등록이 안 되어 있거든요."

"아뇨, 정직원이에요. 벌써 몇 년째 일하고 있는데 한 번만 더 확인해주시겠어요? 사이먼 손턴."

"죄송합니다. 그런 분은 안 계시네요. 이곳 직원 중에는 사이먼 손턴이라는 분이 없습니다."

16

켈리는 씹던 껌을 뱉어 휴지통에 버렸다. 어물쩍하다 지각이라도 하면 닉 램펠로의 총애를 얻지 못할 것 같아 일찍 집을 나섰다. 그녀는 천천히 심호흡하고는 고개를 들고 지난 금요일에 왔던 문으로 씩씩하게 들어갔다. 그녀가 가는 길을 따라 손에 든 우산에서 물방울이 떨어졌다.

첫날 좋은 인상을 심어주고 싶어서 본능적으로 정복을 집어들었지만 환영받지 못한 일이 떠올랐다. 그녀는 징계 위원회 때 그 옷을 입었다. 서장실 밖에서 호명되기를 기다릴 때 손목을 닿던 울 소맷단의 까칠한 감촉을 지금도 기억한다.

그 기억에 속이 불편해졌다. 정복을 옷걸이에서 빼서 자선 업체에 기부할 종이 가방에 던져 넣고 회색 와이드 팬츠에 줄무늬 셔츠를 걸쳤다. 지금 그 바짓단이 비에 젖어 진하게 변했다. 상처받은 기억이 떠오르자 머릿속에서 과거 일이 영화의 회상 장면처럼 재생되었다. 교대 근무를 하러 돌아가던 날 뺨이 발갛게 상기된 채로 첫 브리핑에 몰래 들어갔다. 사방에서 그녀를 두고 쑥덕였다. 버려진 사무실에 덩그러니 앉아 몇 달 동안 업무도 보지 못한 채 경력을 끝낼지도 모르는 징계 위원회의 결정을 기다리던 날들이었다. 체포가 어려울 때 울리는 경고등은 지원을 요청하는 사이렌이다. 하지만 발소리와 함께 달려온 사람들은 그녀를 도와주는 대신 끌어내렸다.

공격 당시의 이미지는 떠오르지 않았다. 한 번도 떠오른 적 없었다. 화를 다스리는 수업에서 켈리는 그날 일을 이야기해보라고 요청받았다. 그날 어떤 일이 있었고 무엇 때문에 그렇게 행동했는지에 대해서.

"기억나지 않아요."

켈리는 이렇게 대답했다. 그녀가 수감자에게 질문하고 있는데 갑자기…… 경고등이 울렸다. 무엇 때문에 그렇게 흥분해 자제력을 잃었는지 모르겠다. 기억이 전혀 없었다.

"그건 좋은 일 아니야?"

유난히 힘들었던 분노 다스리기 수업이 끝난 뒤 렉시가 그녀를 보러 와서 말했다.

"그러면 쉽게 털고 일어날 수 있잖아. 그런 일이 있었다는 자체를 잊어버려."

켈리는 베개에 얼굴을 묻었다. 털어내기가 쉽지 않았다. 오히려 힘들었다. 무엇 때문에 자신이 그랬는지 알 수 없는데 다시 그런 일이 생기지 않으리라고 보장할 수 있을까?

켈리는 살인 사건 전담팀 초인종을 누르고는 비를 피하려고 좁은 복도 안으로 바짝 붙었다. 누구인지 알 수 없는 목소리가 거리로 울려퍼졌다.

"누구세요?"

"켈리 스위프트예요. 지구대 연합 기동대에서 파견됐습니다."

"올라와요, 켈리!"

켈리는 목소리의 주인이 루신다라는 것을 알고 불안이 조금 가셨다. 이제 새롭게 시작하는 거라고 스스로를 다잡았다. 과거 일로 선입견을 얻지 않고 자신을 입증해 보일 수 있는 새로운 기회라고 생각했다. 엘리베이터에서 내려 전에 왔을 때처럼 서성이지 않고 곧바로 살인 사건 전담팀으로 걸어들어갔다. 밤으로 기억하고 있는 팀원이 아는 체를 했다. 이름을 부르며 답할 순간을 놓쳤지만 기분이 좋아졌다. 루신다가 책상 뒤쪽에서 고개를 들어 보이자 켈리는 마음이 훨씬 편해졌다.

"지옥에 온 걸 환영해요."

"고맙군요. 경위님은 어디 계세요?"

"조깅하러 가셨어요."

"이 날씨에요?"

"원래 그런 분이에요. 당신이 오길 기다리셨지만요. 어제 반장님이 이메일을 보내서 저희에게 상황을 알려주셨어요."

켈리는 루신다의 표정을 읽으려고 노력했다.

"같이 일하는 건 어때요?"

"렘펠로 경위님과요?"

루신다가 웃었다.

"렘펠로 경위님을 잘 알아보셨군요. 전 몰라볼 줄 알았거든요. 경위님은 대단한 사람이지만 권위를 세우는 일은 잘 못하세요. 영국 교통경찰을 임시 파견해서 쓰자고 한 게 경위님 생각이었다면 그냥 웃고 말았을 거예요. 여하튼 반장님과 경위님은 서로 대적한 적이 없어요. 그래서……"

루신다가 말을 멈췄다.

"괜찮을 거예요. 이제 자리를 안내해드릴게요."

순간 문이 열리며 렘펠로 경위가 들어왔다. 짧은 바지에 고어텍스 티셔츠를 입고 형광색 경량 재킷의 지퍼를 가슴까지 올린 채였다. 그는 귀에서 이어폰을 빼서 돌돌 말더니 라이크라 장갑 안으로 밀어넣었다. 바닥으로 물이 떨어졌다.

"바깥 날씨는 어때요?"

루신다가 가볍게 물었다.

"아주 좋아."

닉이 말했다.

"완전히 열대 기후야."

그는 켈리를 알아보지 못하고 곧바로 라커룸으로 향했다. 켈리는 경위와 허물없이 지내는 루신다가 부러웠다.

컴퓨터를 켜고 루신다가 알려준 임시 로그인 정보가 적힌 종이를 들여다보는데 닉이 땀으로 흥건한 등에 흰 셔츠를 걸치고 한 손에는 둘둘 만 넥타이를 들고 나타났다. 그는 켈리 옆에 놓인 의자 위로 재킷을 던졌다.

"내가 이미 거절 의사를 밝혔는데도 반장님을 찾아간 자네한테 화를 내야 할지 자네의 협상 기술에 탄복해야 할지 모르겠어. 일이 흥미로운 정도로 보자면 후자를 택해야겠지."

그는 씩 웃더니 넥타이를 들지 않은 손을 켈리에게 내밀었다.

"우리 팀에 온 걸 환영해."

"감사합니다."

켈리는 마음이 편안해졌다.

"듣자하니 반장님의 오랜 친구라면서?"

"친구라니요, 가당치도 않아요. 반장님은 성범죄팀에서 근무할 때 제 사수였어요."

"자네를 아주 높게 평가하시던데. 상도 받았고."

닉 렘펠로는 켈리를 미리 파악해두었다. 반장의 칭찬은 학생들에게 신체를 부적절하게 노출한 남성을 몇 달간 끈질기게 추적한 덕분에 얻은 성과였다. 켈리는 목격자에게서 증언을 받고 지식 수사팀과 긴밀히 협업해 전과가 있는 성범죄자와 다른 인물들을 경찰 수사선상에서 제외했다. 결국 그녀는 잠복 수사팀 형사를 잠재적인 피해자처럼 꾸민 뒤 범죄가 자주 일어나는 곳에 배치해서 현장에서 범인을 붙잡았다. 그때 반장은 아주 기뻐했다. 그가 켈리를 칭찬해 닉의 불편한 마음을 달랬다니 켈리는 감동했다. 하지만 기쁨은 오래가지 않았다.

"반장님은 자네가 다른 팀원과 항상 같이 일하기를 바라서."

켈리를 파견하는 대신 반장이 제시한 조건을 경위가 알 리 만무했지만 켈리는 두 남자가 논의하지 않았다고 믿을 정도로 순진하지 않았다. 그저 닉이나 루신다가 알아차릴 만큼 뺨이 달아오르지 않기를 바랄 뿐이었다.

"그래서 나와 일하게 될 거야."

"경위님과요?"

켈리는 자신이 경장과 한 조가 될 거라고 생각했다. 경위가 그녀를 잘 감시할 거라고 생각한 쪽은 반장일까 아니면 경위일까? 그녀가 그 정도로 골칫거리일까?

"최고에게서 배울 수 있으니까."

닉이 그녀에게 윙크했다.

"너무 잘난 척하시는 거 아니에요?"

루신다가 말했다. 닉은 사실인 것을 어떻게 하냐는 듯 어깨를 으쓱거렸고 켈리는 미소를 지었다. 루신다 말이 맞았다. 닉은 잘난 척해도 자신을 농담거리로 삼을 수 있는 소탈한 인물이었다.

"날 후원해주겠어, 루신다?"

켈리는 닉과의 대화가 마무리되었다는 사실에 안도했다.

"몇 주 전에 해드렸잖아요!"

"그건 그레이트 노스 런 대회였지. 이번 건 그레이트 사우스 런 마라톤이라고."

닉은 팔짱을 끼고 있는 루신다를 바라보았다.

"아이들을 생각해봐, 루신다. 그 불쌍한 고아들을……"

"참 나, 알았어요! 5파운드 낼게요."

"킬로미터당?"

닉이 웃으며 말했다. 루신다는 단호한 표정을 지었다.

"좋아. 그건 그렇고 난 새로운 소식이 필요해. 타냐 베켓과 캐시 태닝은 광고 건을 제외하고는 표면적으로 관련이 없지만 우리가 놓치고 있는 부분이 있는지 알고 싶거든."

"우선 주전자에 물을 올려놓고 경위님의 비밀을 파헤친 뒤 브리핑할게요."

"무슨 비밀?"

닉이 장난스럽게 묻자 루신다는 눈을 흘겼다.

"전 분석가예요, 경위님."

렘펠로의 직책을 말하며 그녀가 눈썹을 들썩였다.

"경위님은 제게 아무것도 숨길 수 없어요."

그녀가 자리로 돌아가고 켈리는 몰래 킥킥거렸다.

"다용도실이 어디인지 알려주시면 제가 차를 준비해올게요."

닉 렘펠로가 켈리를 쳐다보았다.

"이쪽으로 쭉 가서 로비를 지나 오른쪽 두 번째 문이야."

첫날이 끝나갈 무렵 켈리는 주전자와 아주 친해졌다. 차와 커피를 만들러 오가면서 사건 파일을 읽고 오후 5시에는 닉과 루신다와 함께 상황실에서 사람들을 만나 그들의 이름을 들었다. 곧 잊어버렸지만. 상황실에는 빈 의자가 여러 개 있었으나 대부분 사람이 서 있었다. 그들은 가만히 있지 못하며 자신들이 더 중요한 정보를 가지고 있다고 알리는 것 같았다. 닉 렘펠로는 빈손으로 들어왔다.

"자리에 앉아요."

그가 말했다.

"오래 걸리지 않을 테니 복잡한 수사를 진행하고 있는 만큼 모두 집중해주길 바랍니다."

그는 상황실을 둘러보고 모두 자기를 쳐다볼 때까지 기다린 다음 말을 이었다.

"11월 24일 화요일 지구대 연합 기동대 브리핑을 시작하겠습니다. 타냐 베켓의 살인 사건, 열쇠를 도난당하고 강도 위험에 노출된 캐시 태닝과 관련한 여성 범죄 수사입니다. 이 사건들은 〈런던 가제트〉 광고란에 피해자들의 사진이 등장한 뒤 벌어졌다는 공통점이 있습니다."

닉이 루신다를 쳐다보았다.

"이어서 말씀하시죠."

루신다가 앞으로 나왔다.

"저는 지난 4주간 살인 사건들을 살펴보며 성폭행, 성추행, 여성을 상대로 한 강도 사건도 조사했습니다. 수사 목적에 따라 지역을 한정했지만 사건은 꽤 많았습니다."

루신다는 상황실 앞쪽에 놓인 노트북에 USB를 연결했다. 켈리는 섬네일 이미지로 첫 번째 슬라이드가 〈런던 가제트〉에 나온 여성들의 광고라는 사실을 알았다. 그녀가 신문사를 방문했을 때 타미르 배런이 어쩔 수 없이 내어준 것들이다. 루신다가 슬라이드 네 장을 넘기자 또 다른 섬네일이 모자이크 형태로 등장했다.

"이 여성들은 모두 지난달 관련 범죄에 연루된 피해자입니다. 피부와 모발 색, 하위분류로 연령에 따라 나눠봤습니다. 과학적이지는 않지만 이렇게 하니 다음 작업이 한층 수월해졌습니다."

"그들을 광고와 비교해보나요?"

켈리의 뒤쪽에서 누군가 물었다.

"맞습니다. 일치하는 네 명을 찾았고, 사건 파일을 더 자세히 살펴서 광고 이미지와 피해자의 사진을 서로 참고해봤습니다."

루신다가 파워포인트를 실행하자 슬라이드 축약본이 나타났다.

"샬럿 해리스, 26세. 루턴 출신이며 무어게이트에서 법률 비서로 일합니다. 신원을 알 수 없는 아시아 남성에게 성폭행을 당했습니다."

슬라이드 왼쪽에는 피해자 이름이 적힌 사진이, 오른쪽에는 해당 여성의 〈런던 가제트〉 광고가 배치되었다.

"바로 이거군."

닉이 어둡게 말했다.

"엠마 데이비스, 34세. 웨스트 켄싱턴에서 성폭행을 당했습니다.

켈리는 숨을 천천히 내쉬었다.

"로라 킨, 21세. 지난주 턴엄 그린에서 피살당했습니다."

"이미 우리 수사망에 있는 피해자군."

닉이 끼어들었다.

"서부 살인 사건 전담팀에서는 나이가 비슷해서 타냐 베켓과 관련 있을지도 모른다고 생각하지."

"단순히 가능성에서 그치지 않습니다."

루신다가 말했다.

"속된 말로 완전히 확실하다고 봅니다. 자, 마지막 슬라이드입니다."

그녀가 다음 장으로 넘기자 40대로 보이는 검은 머리 여성이 나타났다. 다른 여성과 마찬가지로 사진 옆에 〈런던 가제트〉 광고 사진이 놓여 있었다.

"특이한 사례입니다. 햄스테드 히스 근처에 사는 알렉산드라 채텀 부인으로, 자신이 자고 있을 때 누군가 집으로 들어와 물건을 이리저리 옮긴다고 신고했습니다. 처음에는 지구대에서 사건을 맡았는데 시작부터 의문점이 많았습니다. 출동한 경찰은 분명 아무 일도 일어나지 않았다고 보고 있지만 채텀 부인은 누군가 자신의 집에 올 거라고 단호하게 말했습니다."

루신다는 주변을 살펴보았다.

"그리고 우리에게는 강도 사건의 희생자가 될지 모르는 캐시 태닝과 살인 사건 피해자 타냐 베켓이 있습니다. 지금까지 여섯 명이고, 계속 알아보는 중입니다."

브리핑실은 고요했다. 닉은 루신다가 보고한 중요 내용을 이해할 시간이 필요하다고 생각했다. 그는 잠시 시간을 두고는 확인된 여섯 사건과 관련 광고가 배치된 마지막 슬라이드를 가리켰다.

"지금까지 총 여든네 건의 광고가 실렸고 여성 일흔여덟 명의 신원이 확보되지 않았습니다. 이들은 범죄 피해자일 수도 있고 아닐 수도 있습니다."

닉이 두 번째 화이트보드를 가리키며 말했다.

"여러분의 브리핑 자료에도 나와 있습니다."

종이를 넘기는 소리가 들렸다. 모두 스테이플러가 찍힌 서류를 건네받아 검토하는 동안 루신다가 말을 이었다.

"저는 지금도 우리 지역 여성을 대상으로 한 범죄와 광고가 어떻게 연관되는지 살피고 있고 서리, 템스 벨리, 하츠, 에섹스, 켄트 쪽을 확인하며 지역에 관계없이 공통되는 사건이 있는지 알아보고 있습니다. 한두 가지 가능성을 발견했지만 확실해질 때까지 조금 더 기다려보고 싶은데 괜찮을까요, 경위님?"

"그렇게 해."

"그리고 피해자들이나 범죄 사이에 유사한 점이 있는지 살펴보라고 하셨죠? 죄송하지만 큰 수확은 없었습니다. 한눈에 보기에도 범죄 유형이 매우 다르지만 사건 자체와 주요 수법 등 분명한 점을 제외한다면 공통점은 대중교통입니다. 모든 여성이 출퇴근길에 피해를 입었습니다."

닉이 고개를 끄덕였다.

"그들이 간 길을 전부 알려줘. 겹치는 부분이 있는지 살펴봐야겠어."

"이미 작업하고 있습니다."

"우리가 용의자에 대해서 알고 있는 건 뭐지?"

"용의자들은,"

루신다가 여러 명임을 강조하며 말했다.

"샬럿 해리스의 경우 애프터셰이브 향이 강하고 키가 큰 아시아 남성이라고 진술했습니다. 얼굴을 보지는 못했지만 옷을 잘 차려입고 핀스트라이프 양복에 회색 오버코트를 걸쳤다고 합니다. 웨스트 켄싱턴에서 피해를 입은 엠마 데이비스는 백인에 과체중 남성이었다고 합니다. 턴엄 그린 사건의 경우 용의자 인상착의를 거의 특정하지 못하고 있지만 CCTV 이미지를 보면 로라 켄의 살인 사건이 일어나기 전 근처에 키 큰 백인 남성이 있었습니다."

"캐시 태닝의 열쇠는 아시아 남성이 훔쳐갔습니다."

켈리가 말했다.

"CCTV에 얼굴이 찍히지 않았지만 손은 확실히 잡혔습니다."

"범죄가 여섯 건이니,"

닉이 말했다.

"용의자 수도 여섯 명이겠죠. 광고가 우리 수사의 핵심일 필요는 없습니다. 우리는 누가 그들을 광고에 실었느냐에 집중해야 합니다."

닉이 다시 앞으로 나왔다. 루신다는 다음 슬라이드를 열어 조 워커의 광고 확대 이미지를 보여주었다.

"10월 초부터 실린 광고입니다. 뒤에서 두 번째 장 광고란에 게재됐으며 모두 오른쪽 하단에 있습니다. 제대로 찍힌 사진은 한 장도 없습니다."

"어제 조 워커가 제게 전화를 걸어왔습니다."

켈리가 말했다.

"자기 사진이 페이스북에서 도용당한 거라고요. 잘리지 않은 원본을 받아보니 그녀와 딸 케이티가 몇 년 전 예식장에서 찍힌 사진이었습니다."

"그럼 전 태닝과 베켓의 페이스북 페이지를 다시 살펴볼게요."

루신다가 닉에게 선수를 쳤다.

"모든 사진이 비슷해 보이고 카메라를 똑바로 보고 있는 여성은 아무도 없습니다."

'마치 사진을 찍히는지 모르는 것처럼.' 켈리가 생각했다.

닉이 말을 이었다.

"광고는 모두 이 웹사이트에 실린 겁니다."

그가 'www.findtheone.com'이라는 주소가 적힌 스크린 상단을 가리켰다.

"데이트 업체인가요?"

켈리 옆에서 스프링 수첩에 열심히 메모하던 여성이 물었다. 그녀는 닉을 쳐다보며 펜을 멈췄다. 상황실 반대쪽에 있던 한 형사가 자신의 휴대전화를 내려다보고는 다시 스크린을 보며 주소를 확인했다.

"그럴 수도 있습니다. 피해자들 모두 이 사이트를 알지 못했습니다. 캐시 태닝은 한동안 엘리트 회원이었는데 그 업체에서 시스템을 통합했는지 확인하는 중입니다. 타냐 베켓의 약혼자는 피해자가 데이트 업체 같은 곳에 가입했을 리 없다고 주장했고 조 워커도 똑같이 말했습니다. 이미 아는 분도 계시겠지만 웹사이트는 빈 페이지로 비밀번호를 모르면 접속할 수 없습니다. 사이버 범죄팀이 이 점을 살펴보는 중이니 새로운 정보가 있으면 알려드리겠습니다. 자, 지체할 수 없으니 넘어가죠."

"전화번호,"

루신다가 화이트보드로 몸을 돌리고 붉은색으로 커다랗게 적힌 '0809 4 733 968'에 밑줄을 그었다.

"우리의 인텔 시스템으로는 추적하거나 사용할 수 없는 번호라고 나오는데 실수가 아니라면 광고에 이 번호가 등장하는 것이 상당히 이상합니다."

괜한 것은 아무것도 없다. 그 숫자가 적힌 이유가 있을 것이다. 켈리는 루신다 뒤쪽으로 크게 보이는 〈런던 가제트〉 광고를 뚫어져라 쳐다보았다. 사진 아래 글귀가 한 줄 적혀 있었다.

그래. 웹사이트에 들어간 다음에는? 비밀번호가 뭐지?

닉이 루신다 옆으로 와서 어떤 일을 해야 하고 정보를 계속해서 업데이트하는 일이 얼마나 중요한지 설명했다. 켈리는 광고를 뚫어지게 보며 무엇을 놓치고 있는지 생각했다.

"우리는 현재 수사 단계에서 정보는 많이 얻을 수 있지만 그것들이 어떻게 연관되는지는 분명히 이해하지 못하고 있습니다."

닉이 말했다.

"〈런던 가제트〉에 광고를 올리는 사람이 범죄를 저지르겠다는 의도를 드러내려는 것인지 다른 범죄 행위의 수수료를 받으려는 것인지는 알 수 없습니다."

켈리는 한쪽 귀를 열어둔 채 마음속으로 실마리를 찾으려고 애썼다. 전화를 걸 수도 없는 광고가 무슨 소용일까? 접속하지 못하는 사이트를 잠재 고객에게 알려주는 이유가 무엇일까?

0809 4 733 968

그녀는 갑자기 무언가 떠올라 몸을 세웠다. 번호가 전화번호로 기능하지 못한다면 비밀번호가 아닐까?

켈리는 휴대전화를 무음으로 설정한 뒤 사파리 주소창에 웹사이트 주소를 입력했다.

www.findtheone.com

커서가 깜박였다. 그녀는 흰 상자에 '0809 4 733 968'을 입력하고 엔터를 눌렀다.

비밀번호가 올바르지 않습니다.

켈리는 새어나오려는 한숨을 참았다. 전화번호가 실마리일 것이라는 확신은 지나쳤다. 사파리 창을 닫으니 화면에 문자메시지가 나타났다.

오늘 저녁에 봐. 늦을 것 같으면 연락해.

문자를 입력한 방식을 보니 렉시가 보낸 것이 분명했다. 켈리는 1980년대에나 쓰던 방식으로 문자메시지를 보내는 사람은 동생 말고는 없다고 생각했다. 동생이 눈을 가늘게 뜨고 케케묵은 노키아 휴대전화의 작은 화면을 보면서 글자를 하나하나 입력하는 모습을 떠올렸다.

0809 4 733 968

그녀는 갑자기 무언가 떠올라 아이폰 키패드를 열었다. 숫자 4 아래 알파벳이 적혀 있었다.

G. H. I.

한 손으로 공책을 잡아 아무 데나 펼치고는 펜 뚜껑을 열고 휴대전화에서 눈을 떼지 않은 채 글자를 받아 적었다.

숫자 7 아래에는 네 글자가 적혀 있었다. P, Q, R, S.

다음 두 숫자에는 세 글자가 적혀 있었다. D, E, F.

켈리는 브리핑을 잊은 채 집중해서 받아 적으며 마지막 숫자까지 살폈다. 그런 다음 공책을 들어 단어가 되는 패턴이 있는지 확인했다.

I.

A 띄고,

S. E. E……

I SEE YOU.

켈리는 놀라서 숨을 빠르게 들이마셨다. 고개를 들어보니 렘펠로 경위가 팔짱을 끼고 쳐다보고 있었다.

"우리에게 알려줄 새로운 소식이라도 있나요?"

"네, 경위님."

켈리가 말했다.

"그런 것 같습니다."

내가 목격한 첫 번째 만남은 경찰과는 전혀 상관이 없었어.

베이커루 라인에 한 여성이 있었어. 그녀는 매주 금요일이면 피카딜리 서커스 역에서 내려 유로밀리언스에서 로토를 사지.

"이게 이번 주 당첨 번호가 될 거예요."

그녀는 계산대에 있는 남자에게 이렇게 말하며 돈을 건넸어.

남자가 웃었지.

"지난주에도 그렇게 말했잖아요."

"이번에는 확실해요."

"그 말도 했어요."

두 사람 모두 웃었어. 나는 그들이 매주 늘 같은 시간에 그렇게 대화한다는 사실을 알아.

일주일 뒤 금요일, 그녀가 피카딜리 서커스 역에서 내려 신문 가판대로 가는 것을 봤어.

한 남자가 그녀를 기다리고 있었지.

가판대에서 5미터쯤 떨어진 거리에서 그는 마치 면접을 보러 가는 사람처럼 불안해하며 주먹을 쥐었다 폈다 했어. 비싼 양복과 구두. 시간보다 돈이 더 많은 사람이야. 그녀를 보고 남자가 멈췄어. 땀에 젖은 손바닥을 바지에 쓱쓱 닦고서. 나는 남자가 그녀에게 말을 걸 거라고 생각했는데 그는 그저 옆으로 걸어 가판대까지 갔고 아슬아슬하게 그녀보다 한 발자국 빨리 도착했어. 난 남자가 주눅 들었다고 생각했어.

"오늘자 유로밀리언에 당첨될 복권 하나 주세요."

남자가 이렇게 말하고는 돈을 내고 복권을 받았어.

"이게 이번 주 당첨 번호가 될 거예요."

남자 뒤에 서 있던 여자가 웃었어.

남자는 그녀가 복권을 구입할 때 끼어들 수 있도록 옆에 서서 천천히 지갑에 복권을 집어넣었어.

"줄을 서고 계신데 제가 새치기를 한 것 같군요. 죄송합니다."

"괜찮아요."

"하지만 당신이 이 복권의 주인이라면요?"

남자가 그녀에게 복권을 건넸어.

"가져가세요, 정말로요."

그녀는 거절했지만 그리 오래가지 못했어. 둘은 서로 웃었지.

"당첨되면 저녁을 사주세요."

남자가 농담을 던졌어.

"당첨되지 않으면요?"

"그럼 제가 저녁을 대접할게요."

이런 식의 만남이 즐겁지 않다고 말하지는 못할 거야. 남자의 접근 방식이 창피하고 조금 저돌적이라고 생각할 수도 있어. 하지만 막상 상황이 닥치면 기분이 좋을 거야. 잘생기고 부유한 데다 성공한 남자에게 주목받으니까. 이런 식이 아니면 만날 수 없을 것 같은 사람에게서.

이제 내가 무슨 일을 하는지 알았으니 흥미가 생기지?

내가 당신에 관해 어떤 정보를 가지고 있는지 궁금하겠지. 내 웹사이트에 어떤 정보가 올라와 있는지 말야. 이렇게 매력적인 남자가 당신에게 시간을 내줄지 궁금할 거야. 그가 당신에게 저녁을 대접하겠다고 말할지 알고 싶을 테지.

그럴 수도 있고 아닐 수도 있어. 그가 이미 당신을 알고 지켜봤을 수도 있고 몇 주 동안 당신 뒤를 쫓았을 수도 있어.

인생은 복권과도 같아.

그는 당신을 완전히 다르게 생각하고 있을지도 몰라.

17

11월 13일 금요일 등록

백인.

30대 후반.

금발, 보통은 묶음.

안경 착용(콘택트렌즈를 끼우기도 함).

단화, 검정 바지에 몸에 붙는 상의, 붉은색 7부 방수 코트.

12~14 사이즈.

오전 8시 10분 크리스털 팰리스 역에 들어옴. 버스킹하는 여성과 가볍게 대화를 나누고 기타 케이스에 동전을 던져줌. 북부행 지상철을 타고 화이트 채플 역에서 내림. 서부행 디스트릭트 라인으로 갈아탐. 5번 객차 이용. 캐넌 스트리트 역 맞은편 출구로 나감. 복잡한 인도를 피하려고 지하철을 나와 오른쪽으로 돌아서 걸음. 오른손에 휴대전화를 들고 핸드백을 크로스로 맴. 윌브룩 스트리트에 있는 할로 앤드 리드에서 근무.

월요일부터 금요일까지 만남 가능.

통근 시간 50분.

접근 용이성 평이.

"그녀에게 알려야 해요."

켈리는 조 워커의 출근길이 확실해 보이는 기록을 보고 두려움에 사로잡혔다.

"그녀가 확실해요?"

루신다가 물었다. 닉은 켈리와 몸을 굽히고 앉아 자신의 노트북 화면을 들여다보고 있었다. 이 커다랗고 너른 공간에 불이 켜진 곳은 이곳뿐이었고 닉의 책상 위 긴 형광등은 수명이 다해가는 듯 약간 깜박였다. 루신다는 바로 옆 책상에서 웹사이트에 게시된 개개인의 사진을 〈런던 가제트〉에 실린 광고와 일일이 대조하는 까다로운 작업을 하고 있었다.

"설명이 맞아요. 등록 날짜와 할로 앤드 리드에서 일한다는 사실도 맞고요."

켈리가 말했다.

"그녀가 분명해요. 전화로 알려줄까요 아니면 직접 만나러 갈까요?"

"기다려."

켈리가 비밀번호를 어떻게 알아냈는지 설명했을 때 닉은 별말 없이 그녀의 휴대전화를 들여다보았다. 작은 화면에서 흰 상자 위 글씨가 바뀌어 있었다.

로그인 혹은 회원 가입

그는 다른 팀원들에게 다음 날 아침 8시에 다시 브리핑하겠다고 말하고 모두 퇴근하도록 지시했다.

"내일은 긴 하루가 될 거야."

닉이 진중하게 말했다.

그가 컴퓨터를 켜고 웹사이트에 접속하는 데는 몇 초 걸리지 않았다. 오히려 재정팀과 연락되는 시간이 더 오래 걸렸다. 근무 시간이 지난 탓에 처리 과정이 아주 느렸다. 닉은 수화기를 내려놓고 지갑에서 신용카드를 꺼냈다.

"언론에서 냄새를 맡으면 곤란해."

그가 말했다.

"그러면 소동이 일 거야. 그러니 당분간 조 워커에게도 알려선 안 돼."

켈리는 입 밖으로 곧장 쏟아져나오려는 말 대신 다른 적당한 말을 찾느라 시간을 끌었다.

"경위님, 그녀가 위험에 처했어요. 경고해줄 의무 정도는 있지 않나요?"

"현재로서는 조심스러워. 경찰이 개입했다는 사실을 웹사이트 운영자가 아직 모를 테니 그들이 누군지 파악할 수 있는 기회가 있어. 우리가 조 워커를 만나면 그녀는 가족이나 친구에게 이 사실을 전할 거야."

"말하지 말라고 부탁하면 되잖아요."

"사람 본성이 그렇지 않아, 켈리. 그녀는 자신이 아는 다른 여성들이 안전한지 확인하고 싶을 거야. 우리가 알아차리기 전에 신문사들이 이 사건을 보도하고 수많은 사람이 공포에 떨겠지. 그러면 용의자들은 숨어버릴 테고 우리는 그들을 절대 잡을 수 없을 거야."

켈리는 자신이 말하지 않을 거라 확신할 수 없었다. 조 워커를 희생양으로 삼을 수는 없었다.

"내일 그녀를 만나서 출근길을 달리하라고 조언할 거야."

닉이 말했다.

"자기 안위를 걱정하는 사람에게 건넬 만한 일반적인 조언을 할 거야. 늘 같은 경로로만 다니지 말고 조금 바꿔보라고. 그녀가 그보다 더 알 필요는 없어."

닉은 노트북을 덮고 켈리에게 대화가 마무리되었다는 메시지를 분명히 했다.

"이제 두 사람은 가봐도 좋아. 내일 아침 일찍 만나."

그가 말을 마치자마자 외부 초인종이 울렸다. 켈리가 응답했다.

"사이버 범죄 수사팀에서 왔을 거야."

닉이 말했다.

"문을 열어줘."

앤드류 로빈슨은 검은 테 안경을 쓰고 염소수염을 약간 길렀다. 회색 티셔츠에 청바지 차림으로 카키색 파카를 벗어서 의자 옆 바닥에 내려놓았다.

"들러줘서 고마워."

닉이 말했다.

"별말씀을요. 일이 너무 많아서 집에 일찍 가기 어렵던 참이었어요. 말씀하신 웹사이트를 살펴봤습니다. 소유자가 누구든 도메인이 있으면 도메인 등록 기관에 비용을 납부해야 해요. 전화번호부에 전화번호를 등록할 때처럼 말입니다. 그 기관에 데이터 보호권 면제 각서를 제출해서 이름과 주소를 얻으려고 해요. 그러는 동안 IP 주소를 따라 사이트 관리자를 알아봤는데, 추정이지만 프록시 서버를 쓰는 것 같아서 곧바로 확인하기는 어려울 것 같아요."

앤드류가 하는 말의 반도 못 알아들었지만 켈리는 그 말을 듣는 쪽이 좋다고 생각했다. 하지만 루신다가 이미 외투를 걸쳐 하는 수 없이 자신도 퇴근을 준비했다. 그녀는 닉이 얼마나 더 일하다 갈지, 집에서 기다리는 사람은 없는지 알고 싶었다.

두 사람은 계단을 내려 일층에 도착했다. 루신다의 머리는 아침에 본 것처럼 매끈하고 빛났다. 켈리는 손가락으로 머리를 만져보고는 형클어져 튀어나온 부분이 있다는 것을 알아차렸다. 아무래도 화장을 좀 하고 나왔어야 했다고 생각했다. 루신다는 적당히 반짝이는 립글로스를 바르고 눈썹도 정리해서 켈리보다 전문가다운 모습이었다.

"어디로 가세요?"

지하철역으로 함께 걸어가는 길에 루신다가 물었다. 그녀가 켈리보다 좀 더 키가 크고 보폭이 넓어 켈리는 평소보다 더 빠르게 걸어야 했다.

"엘리펀트 앤드 캐슬 역이요. 교통경찰 두 명과 종합병원 응급실 간호사와 한집에 살아요. 당신은요?"

"킬번에 살아요."

"와, 근사하네요."

"부모님 집이요. 스물여덟 나이에 원통하지만 집을 구할 보증금을 충분히 모으려면 어쩔 수 없어요. 닉은 이 일로 항상 저를 놀려요."

털모자를 귀까지 내려 쓰고 야한 레깅스를 신은 여성이 그들 쪽으로 뛰어오자 루신다는 켈리 뒤쪽으로 갔다가 다시 목소리를 높여 대화를 이어나갔다.

"첫날 근무한 소감이 어때요?"

"정신이 하나도 없었지만 좋았어요. 사건팀에서 일하는 게 참 오랜

만이거든요. 바쁘게 일하는 게 뭔지 잊고 있었어요."

"그럼 어떻게 일했는데요? 성범죄팀에 계셨죠?"

이런 질문을 받을 거라고 예상했으나 켈리는 여전히 당황스러웠다. 루신다는 호기심에 물어본 것일까 아니면 이미 그녀의 과거를 모두 알고 있는 것일까? 어쩌면 가십거리를 찾는 것일까? 곁눈질해보았지만 루신다의 얼굴은 아무것도 말해주지 않았다.

"정직을 당했어요."

켈리는 솔직하게 말하는 스스로가 놀라웠다. 보통은 부서를 나와 일선에서 경험을 더 쌓고 싶었다는 둥 오만한 이야기를 늘어놓는다. 그것이 아니면 진실과는 거리가 멀게 몸이 좋지 않았다고 하거나. 켈리는 보도블록만 쳐다보았다.

"제가 사람을 때렸어요."

"동료를요?"

루신다는 비난하기보다는 흥미롭다는 목소리로 물었다. 켈리는 한숨을 길게 내쉬었다.

"수감자였어요."

'그 사람의 이름을 부르세요.' 켈리의 치료사는 자주 이렇게 말했다. '그를 당신이나 저와 같은 인간으로 보는 것이 중요합니다.' 켈리는 치료사 말에 수긍했지만 그 이름을 입에 담을 때면 혓바닥이 더러워지는 것 같았다.

"그놈이 여학생을 강간했어요."

"제기랄."

"그렇다고 해서 제 행동이 타당해질 수는 없지만요."

켈리가 재빨리 덧붙였다. 그 점을 이해하려고 치료를 받을 필요는 없었다.

"맞아요."

루신다가 말했다. 그러고는 한동안 적당한 말을 찾는 듯 고심했다.

"하지만 행동을 설명할 수는 있어요."

두 사람은 잠시 아무 말 없이 걸었다. 켈리는 루신다가 자신이 한 말을 생각하고 있는지, 혹시 자신을 비난하고 있지는 않은지 알고 싶었다. 궁금증이 늘어났지만 아무것도 물어볼 수 없었다.

"비밀번호를 찾아낸 건 정말 놀라웠어요."

지하철역에 가까워지자 루신다가 말했다.

"닉이 아주 감탄했어요."

"그랬나요? 전혀 모르겠던데."

켈리는 자신이 발견한 점에 경위가 미지근하게 반응한 데 신경 쓰지 않으려고 노력했다. 박수를 받을 것이라고는 기대하지 않았지만 그저 잘했다는 말 이상이라면 좋았을 것이다.

"경위님 스타일에 금방 익숙해질 거예요. 저는 그 방식이 좋아요. 자주 칭찬하는 스타일이 아니라서 칭찬받는다면 정말 잘한 거예요."

켈리는 칭찬을 받으려면 한참 기다려야 할 것 같다고 생각했다.

지하철역 앞에서 수염 난 남자가 바닥에 동전 몇 개가 담긴 모자를 내려놓고 기타를 연주하고 있었다. 그의 개는 짐 꾸러미 앞에 곱게 접어둔 침낭 위에서 자고 있었다. 켈리는 조 워커와 크리스털 팰리스 역의 버스커가 떠올랐다.

"당신이 조 워커라면,"

켈리가 루신다에게 물었다.

"이 일을 알고 싶지 않을까요?"

두 사람은 버스커를 지나 지하철역으로 들어가 자연스럽게 오이스터 카드를 대고 개찰구를 통과했다.

"알고 싶겠죠."

"그래서……"

"저는 알고 싶은 게 많아요."

루신다가 분명하게 말했다.

"국가 기밀, 빌 게이츠 PIN 번호, 조지 클루니 휴대전화번호…… 그렇다고 해서 제가 그 정보를 알 권리가 있다는 뜻은 아니에요."

"강간당한다고 해도요? 생사가 달렸다고 해도?"

경찰에 따르면 렉시를 공격한 남자는 몇 주간 그녀의 동태를 살폈다고 했다. 학기 초부터 그런 것으로 보였다. 그는 침실 밖에 꽃을 가져다놓고 우편함에 메모를 넣어두었다. 친구들은 그런 일을 대수롭지 않게 생각하며 그녀를 비밀리에 흠모하는 사람을 두고 비웃었다. 경찰이 렉시에게 누군가 쫓아온다고 느꼈는지 묻자 그녀는 목요일 오후 4시 수업을 마치고 집으로 돌아가는 길에 그랬다고 답했다. 같은 남자가 도서관 벽에 기대서서 음악을 듣고 있었는데 자신이 걸어가는 모습을 지켜보는 것 같은 기분이 들었다고 했다. 숲 속 지름길을 걸어갈 때 뒤에서 나뭇가지를 밟는 소리가 났다. 그렇게 느낀 사람이 렉시만이 아니었다는 점을 경찰도 인정했다. 그들은 의심스러운 정황을 여러차례 보고받았다. 하지만 확실한 점은 아무것도 없다고 말했다.

루신다는 걸음을 멈추고 켈리는 쳐다보았다.

"닉이 한 말을 들었잖아요. 웹사이트를 만든 사람을 찾으려면 이 정보를 알리지 않는 게 좋다고요. 그 사람을 잡은 뒤에는 상황이 쉽게 풀릴 거예요."

켈리는 실망했다. 루신다라면 자기편에 설 것이라고 기대했고 그 영향을 활용해 닉이 마음을 바꾸도록 설득하려고 했다. 루신다는 켈리의 실망한 표정을 알아챘다.

"경위님 결정에 동의하지 않을 수도 있지만 그분은 우리 상사예요. 그분과 잘 지내려면 규칙을 따라야 해요."

두 사람은 노던 라인을 타고 좀더 가벼운 주제로 이야기를 나누었다. 유스턴 역에서 헤어질 무렵 켈리는 마음을 결정했다.

규칙이란 깨라고 있는 것이다.

18

지하철역에서 집으로 오는 길에 사이먼이 여동생 집에서 전화를 걸었다. 내가 연락했을 때 지하철을 타고 있었던 것 같다며 막 내 음성메시지를 확인했다고 말했다.

"늦지 않을 거야. 앤지가 아침에 일찍 출근해야 한다고 하니 저녁만 먹고 들어갈게."

"오늘 회사에서 별일 없었어요?"

날마다 이렇게 묻지만 오늘은 어조가 달랐는지 사이먼이 머뭇거렸다. 그가 숨기고 있는 진실을 밝히지 않을까 기대했다.

예상은 빗나갔다.

"괜찮았어."

사이먼은 내게 거짓말했다. 옆자리에 앉은 동료가 입을 벌리고 음식을 먹으며 종일 여자 친구에게 전화한다고. 그에게 따져 묻고 싶었지만 할 말이 떠오르지 않았다. 그리고 여전히 그 사실을 납득하기 어려웠다.

당연히 사이먼은 〈텔레그래프〉에서 일한다. 사진으로나마 그의 책상도 보았다. 우리가 사귀기 시작한 직후 그가 내게 보냈던 문자메시지가 떠올랐다.

보고 싶어. 지금 뭐 해? 사진 보내줘.

전 세인즈버리에 있어요.

그렇게 답장을 보냈다. 그리고 냉동식품 코너 사진을 보내며 슈퍼마켓에서 혼자 큰 소리로 웃었다.

우리는 '지금 뭐 해' 게임이라도 하듯 서로의 눈앞 상황을 찍어서 보냈다. 붐비는 지하철, 점심시간에 먹는 샌드위치, 비 오는 날 출근길 우산 속. 그것이 우리 삶의 창이 되어주었다. 저녁에 함께하기 전까지의 일상을 공유하면서.

'난 그의 책상을 봤어.' 스스로에게 말했다. 컴퓨터 모니터와 방송된 스카이 뉴스 기사들이 놓인 커다란 책상과 한 무더기 쌓인 신문을 보았다.

'넌 책상을 봤어.' 머릿속에서 목소리가 들렸다. '하지만 그건 다른 사람 것일 수도 있지.'

몸이 떨렸다. 지금 무슨 생각을 하고 있는 걸까? 사이먼이 일하지 않는 곳의 사진을 내게 보냈다고? 인터넷에서 본 뉴스룸 사진을? 말도 안 돼. 뭔가 사정이 있겠지. 안내 데스크에 정보가 빠져 있거나 웅대한 사람이 수습 직원일 수도 있다. 사이먼은 내게 거짓말을 하지 않는다.

정말 그럴까?

길을 건너 멜리사의 카페에 들렀다. 곧 저스틴의 근무가 끝날 시간이었다. 두 사람이 테이블 앞에 앉아서 서류를 들여다보고 있는 모습이 보였다. 멜리사는 저스틴과 머리가 맞닿을 정도로 몸을 숙이고 있었다. 문을 열고 들어서자 둘은 고개를 들었다. 멜리사가 자리에서 일어나 내게 인사했다.

"마침 잘 왔어! 크리스마스 메뉴를 두고 의논하던 중이야. 칠면조 바게트에 크랜베리를 넣는 게 나을까 세이지와 양파를 넣는 게 나을까? 그 메뉴들 잘 놔둬, 저스틴. 내일 끝낼 테니까."

"크랜베리에 세이지와 양파를 넣은 게 좋아. 안녕, 아들."

저스틴이 종이를 파일에 정리했다.

"저도 엄마와 같은 의견을 냈어요."

"네 이유와 관계가 없으니 그렇겠지."

멜리사가 말했다.

"세이지와 양파 아니면 크랜베리 소스 가운데 하나만 골라야 해. 둘 다는 곤란해."

"같이 집에 가려고 왔는데."

내가 저스틴에게 말했다.

"넌 바쁜 것 같구나."

"먼저 들어가."

멜리사가 말했다.

"내가 뒷정리하고 갈게."

나는 저스틴이 앞치마를 벗어 계산대 뒤에 걸어놓고 마무리하는 모습을 지켜보았다.

집으로 걸어오는 길에 저스틴에게 팔짱을 꼈다. 〈텔레그래프〉 안내 데스크 직원이 한 말이 떠올라 속이 쓰렸다.

'이곳에서 일하는 분 중에는 사이먼 손턴 씨가 없습니다.'

"사이먼이 네게 일에 대해서 말한 적 있니?"

아무렇지 않은 듯 물었지만 저스틴은 마치 비스킷과 대화라도 해보라고 제안한 것처럼 나를 이상하게 쳐다보았다. 사이먼과 저스틴의 적대감은 엄청났다. 나는 언젠가 둘 사이가 좋아질 거라는 희망만으로 문제를 무시했다.

"학위가 없으면 그와 같은 직업을 얻지 못한다는 말은 했죠. 저한테는 다행이고요."

"네게 동기를 부여해주려고 그랬을 거야."

"자기 동기나 잘 부여하라고 하세요."

"저스틴!"

"아저씨는 내게 이래라저래라 이야기할 권리가 없어요. 아빠도 아니잖아요."

"사이먼은 너한테 잔소리를 하려는 게 아냐."

나는 열쇠로 문을 열었다.

"그냥 좀 이해해주면 안 되겠니? 엄마를 봐서라도."

저스틴은 씁쓸한 표정 속에 후회를 약간 비치며 나를 쳐다보았다.

"아뇨, 엄마는 그 사람을 다 아는 것 같죠? 아니, 몰라요. 정말 모른다고요."

감자 껍질을 벗기고 있는데 휴대전화가 울렸다. 받지 않으려고 했는데 화면에 뜬 이름이 눈길을 사로잡았다. '켈리 스위프트 순경'. 전화가 음성메시지로 넘어가기 전에 티타월에 손을 닦고 서둘러 휴대전화를 들었다.

"여보세요?"

"지금 통화할 수 있어요?"

스위프트 순경은 주저하는 듯한 목소리로 말했다.

"할 말이 있어요. 비밀을 지켜주셔야 해요."

나는 전화를 끊고 나서도 주방 한가운데 한참 가만히 서 있었다. 케이티는 주방을 들락거리며 냉장고 문을 열고 닫는 사이에도 휴대전화만 쳐다보며 엄지손가락으로 끊임없이 스크롤을 내렸다. 항상 휴대전화를 달고 살았지만 아이작을 만난 뒤로 정도가 더욱 심해졌다. 문자 메시지가 올 때면 눈동자가 빛났다.

저스틴이 계단을 내려오면서 삐걱거리는 소리가 나자 정신이 들었다. 이 일은 가족 모르게 해결해야 했다. 케이티가 겁에 질리고 저스틴이 누군가를 향해 주먹을 휘두르지 않도록.

"집에 우유가 떨어졌어."

나는 이렇게 말하고는 핸드백과 코트를 챙겼다.

"나가서 사올게."

"냉장고에 있어요!"

케이티가 외치는 소리가 들렸지만 현관을 나섰다.

코트로 가슴을 여미며 빠르게 걸었다. 저 아래 멜리사네가 아닌 다른 카페가 있다. 작고 좀 지저분해서 한 번도 가보고 싶었던 적 없지만 늦게까지 열려 있고 나를 모르는 곳에 가야 했다. 익명이 될 수 있는 곳으로.

커피를 주문했다. 쓴맛이 강해 각설탕 하나를 넣고 녹을 때까지 저었다. 테이블에 아이패드를 올려놓고 길게 숨을 내쉬며 마음을 단단하게 준비하는데 대체 무엇 때문에 그래야 하는지 의문이 들었다. 비밀번호가 'I SEE YOU'라는 점이 두려웠다. 구인과 물품 판매 광고 사이에 굵은 글씨로 표시되어 있던 〈런던 가제트〉 광고처럼 평범한 화면 뒤에 숨어 있다. 오랜 시간이 걸려 페이지가 열린 뒤에도 큰 변화는 없었다. 여전히 검은 배경에서 접속 코드를 묻는 흰 상자가 나타났다는 점만 달랐다.

로그인 혹은 회원 가입

"회원 가입은 하지 마세요."

스위프트 순경이 그 페이지에서 발견한 내용을 알려주며 말했다.

"당신이 아셔야 할 것 같아서 이야기해요."

그녀가 잠시 말을 멈췄다.

"만일 저나 제 가족에게 이런 일이 일어났다면 전 알고 싶을 것 같거든요. 그러니 저희를 믿으세요."

'회원 가입'을 클릭하고 이름을 입력하는 칸에 무심코 내 이름을 쳤다가 다시 지웠다. 고개를 들어 카페 주인을 흘끗 쳐다보았다. 그는 튀어나온 뱃살 위로 왼쪽 가슴에 레니라고 적힌 더러운 흰색 앞치마를 매고 있었다.

나는 '레니 스미스'라고 입력하고 비밀번호를 설정했다.

멤버십 패키지 선택

브론즈 멤버십, 250파운드: 미리보기 가능, 프로필 다운로드는 100파운드부터

실버 멤버십, 500파운드: 미리보기 가능, 프로필 다운로드 한 달에 한 번 무료

골드 멤버십, 1000파운드: 미리보기 가능, 프로필 무제한 다운로드

위산이 역류하는 것 같았다. 미지근한 커피를 단숨에 들이켰다. 이게 내 값어치인가? 타냐 베켓의 값어치인가? 로라 킨의? 캐시 태닝의? 화면을 뚫어지게 쳐다보았다. 신용카드 한도가 가까웠고 월말이라 브론즈 멤버십을 결제하기도 어려웠다. 며칠 전이라면 사이먼에게 도움을 구했겠지만 지금은 그가 가장 미심쩍다. 직장에 대해 줄곧 거짓말해온 그를 어떻게 믿을 수 있을까?

떠오르는 사람은 한 명뿐이었다. 휴대전화를 들었다.

"돈 좀 빌려줄 수 있어?"

매트가 전화를 받자마자 내가 말했다.

"잘난 남자 친구 때문에 돈줄이 말랐어? 요즘 신문사가 박봉이지?"

사정을 알았다면 매트는 이렇게 말하지 않았을 것이다. 나는 눈을 꼭 감았다.

"매트, 이러지 마. 중요한 일이 아니라면 당신한테 부탁하지도 않았을 거야."

"얼마나 필요해?"

"1000파운드."

그가 낮게 휘파람을 불었다.

"조, 그 정도로 융통할 수 있는 현금은 없어. 그 돈이 왜 필요한데?"

"그럼 신용카드를 빌려줄 수 있어? 한 푼도 빼놓지 않고 다 갚을게, 이자까지 쳐서."

"무슨 문제라도 있어?"

"부탁이야, 매트."

"문자메시지로 카드 번호 보낼게."

"고마워."

너무 안심이 되어 눈물이 날 것 같았다.

"별말씀을. 당신을 위해서라면 뭐든 할 수 있어, 조."

매트에게 고맙다고 말하려는데 그는 이미 전화를 끊은 뒤였다. 1분 뒤 문자가 왔다. 나는 가짜 멤버십 프로필에 카드 번호를 입력하고 레니 스미스의 계정을 열었다.

그렇게 가입을 마쳤다. 매트의 신용카드로 1000파운드가 결제되었고 나는 '차원이 다른 데이트 서비스 findtheone.com'의 회원이 되었다.

스위프트 순경이 마음을 준비하도록 도왔지만 눈으로 보니 믿기 어려웠다. 수많은 여자의 사진이 올라와 있고 사진마다 짧게 지역이 표시되어 있었다.

센트럴 라인
피카딜리
주빌리 / 베이커루

목덜미에 소름이 끼쳤다.

내 사진을 찾아 이리저리 살폈다. '더 많은 사진 보기'를 클릭하자 두 번째 페이지가 나타났고 다시 세 번째 페이지로 넘어갔다. 그곳에서 나를 발견했다. 〈런던 가제트〉에서 본 것과 같은 사진이었다. 사촌 결혼식에서 찍어 페이스북에 올린 바로 그 사진.

다운로드

망설이지 않고 클릭했다.

11월 13일 금요일 등록

백인.

30대 후반.

금발, 보통은 묶고 있음.

　설명을 두 번 읽었다. 매번 내가 갈아타는 노선이 정확히 적혀 있었고 코트 색상과 외모에 대한 간략한 소개도 맞았다. 옷 사이즈가 12에서 14라는 정보에 불쾌해하는 스스로가 터무니없었다. 청바지를 입을 때만 14 사이즈인데.

　레니가 내 주변 테이블을 치우며 시끄럽게 의자를 쌓아올리는 소리에 이곳에 너무 오래 있었다는 사실을 깨달았다. 자리에서 일어나고 싶었지만 다리가 말을 듣지 않았다. 오늘 아침 루크 프라이드랜드와 마주친 것과 내가 지하철 선로로 떨어지려고 할 때 그가 내 옆에 서 있었던 일은 우연이 아니었다.

　루크 프라이드랜드는 나를 따라오려고 내 정보를 다운로드한 것이다. 그 말고 또 누가 그랬을까?

　자려고 침대에 누웠을 때 사이먼이 집으로 돌아왔다. 그가 너무 반가운 얼굴로 쳐다봐서 더욱 혼란스러웠다. 나를 이토록 사랑하는 남자가 왜 거짓말을 해왔을까?

　"앤지는 잘 있어요?"

　불현듯 그가 동생을 보러 가지 않았을 수도 있다는 생각이 들었다. 일하는 곳을 속였다면 다른 것도 거짓말이 아니라는 보장이 있을까? 저스틴이 했던 말이 귓가를 울렸고 나는 미심쩍은 눈길로 그를 보았다.

"잘 지내. 안부 전해달래."

"일은 어땠어요?"

그는 바지와 셔츠를 벗어 바닥에 던져놓더니 곧장 이불 속으로 들어왔다. '말해요. 지금 당장 말해요. 그럼 용서해줄 테니. 〈텔레그래프〉에서 일한 적이 없다고 말해요. 쓰레기 같은 지역 신문에서 중견 기자로 일했다고 말해요. 아니면 기자가 아니라고 말하든가. 나한테 잘 보이려고 지어낸 말이라고. 사실은 맥도널드에서 감자를 튀기고 있다고. 어서 내게 진실을 말하라구요.'

하지만 사이먼은 말하지 않았다. 그는 내 배를 쓰다듬으며 엄지손가락으로 골반을 어루만졌다.

"아주 좋아. 하원의원 업무비 관련 단독 보도로 종일 바빴어."

발을 잘못 들인 것 같았다. 점심때 그레이엄의 샌드위치를 찾으러 갔을 때 그 기사를 보았다.

머리가 욱신거렸다. 진실을 알고 싶었다.

"〈텔레그래프〉에 전화했어요."

사이먼의 얼굴이 벌겋게 달아올랐다.

"당신이 휴대전화를 안 받아서요. 퇴근하고 집에 오는 길에 일이 좀 있었는데 놀라서 당신과 통화하고 싶었어요."

"무슨 일인데? 괜찮아?"

나는 걱정하는 그의 말을 무시했다.

"안내 데스크 직원 말이 당신 이름을 들어본 적도 없다더군요."

내 허리를 감싼 그의 손을 뿌리쳤다. 정적 사이로 보일러 끄는 소리가 들렸다.

"당신에게 말하려고 했어."

"무슨 말이요? 나한테 거짓말했다고? 내게 잘 보일 만한 직업을 꾸며냈다고?"

"아냐! 지어낸 게 아니라고. 세상에, 날 어떻게 생각하는 거야?"

"내 대답을 정말 듣고 싶어요?"

케이티를 인턴으로 써달라고 부탁했을 때 그가 부정적이었던 이유를 알 것 같았다. 데이트 광고에 관한 기사를 써달라고 했을 때 탐탁지 않았던 이유도.

"텔레그래프에서 일했어. 그런데 회사에서……"

사이먼이 말끝을 흐리며 내게 등을 돌리고는 허공을 바라보았다.

"나가라고 했어."

그의 목소리에서 부끄러움이 묻어나는 것이 직장을 잃어서인지 내게 거짓말을 해서인지 알 수 없었다.

"왜요? 거기에서 20년 넘게 일했잖아요."

사이먼이 헛웃음을 터뜨렸다.

"맞아. 늙은이를 젊은이로 교체하는 거지. 젊은 피를 수혈하고 비용을 절감하고. 가정법을 몰라도 블로그와 트위터를 할 줄 알고 눈 깜짝할 새에 웹사이트에 글을 올릴 줄 아는 아이들로 말야."

그가 씁쓸하게 말했다. 오래전에 끝나버린 싸움이라 말 속에서 전의는 느껴지지 않았다.

"언제 그랬어요?"

"8월 초에."

잠시 말문이 막혔다.

"4개월 전에 정리해고를 당해놓고 지금껏 아무 말도 안 했어요? 그럼 계속 뭘 하고 다녔어요?"

침대에서 일어나 문 쪽으로 걸어가서는 뒤돌아섰다. 더 머물고 싶어서가 아니라 더 듣고 싶어서였다.

"여기저기 돌아다녔어. 카페에 앉아서 글도 쓰고 책도 읽고."

그가 다시 쓸쓸하게 말했다.

"직장을 알아보고 면접도 보고 나이가 너무 많아서 안 되겠다는 말도 들었지. 당신에게 어떻게 말할까 걱정도 하고."

사이먼은 나를 처다보지 않았다. 눈이 천장에 고정되어 이마에 깊은 주름이 잡혔다. 그가 무너지고 있었다.

가만히 서서 그를 지켜보니 어느새 분노가 사그라졌다.

"돈은 어떻게 감당했어요?"

"회사에서 위로금을 챙겨줬어. 다른 일거리를 빨리 찾을 거라 생각했어. 문제를 다 해결한 뒤에 당신에게 말하려고 했지. 하지만 시간이 흘러 돈은 떨어지고 신용카드만 쓸 수 있게 됐어."

마침내 사이먼이 나를 처다보았을 때 그의 눈가에 눈물이 가득 맺혀 있었다. 그 모습에 충격을 받았다.

"정말 미안해, 조. 거짓말할 생각은 없었어. 빨리 해결하고 새로운 일자리로 당신을 놀라게 해주려고 했어. 당신이 받아 마땅하게 대접해주고 보살펴주고 싶었어."

나는 사이먼 옆으로 가서 앉았다.

"쉬, 괜찮아요."

아이를 달래듯 그를 토닥였다.

"다 괜찮아질 거예요."

사이먼은 아이들에게 말하지 말라고 당부했다.

"저스틴은 이미 내가 예전 같지 않다고 여기고 있어. 그 애가 날 더 싫어하게 만들고 싶지 않아."

"오래전부터 있어온 문제예요. 그 애는 당신이 아니라 내게 화나 있어요. 내가 이혼한 뒤에 자기 친구들이 많은 페컴을 떠나온 걸 원망하는 거예요."

"그럼 저스틴에게 진실을 말해. 왜 당신 잘못이 아닌 일로 비난받아야 하는데? 벌써 10년이 지났어, 조. 어째서 아직도 매트를 싸고도는 거야?"

"그 사람을 감싸는 게 아니라 아이들을 보호하는 거예요. 아이들은 아빠를 사랑하니까. 아이들까지 매트가 바람피웠다는 사실을 알 필요는 없어요."

"그건 당신에게 공평하지 못해."

"그렇게 합의했어요."

매트와 나는 그렇게 거짓말쟁이가 되었다. 나는 매트가 바람피운 사실을 아이들에게 절대 말하지 않기로 했고 그는 더 이상 날 사랑하지 않는 척하기로 했다. 동의하에 서로 갈라서는 것으로. 가끔 둘 중 어느 쪽이 더 힘든지 궁금하기는 했다.

사이먼은 더 이상 개입하지 않았다. 그가 이길 수 없는 싸움이라는 걸 알고 있으니.

"아이들에게 말하기 전에 내 발로 서고 싶어요. 부탁이에요."

우리는 저스틴과 케이티에게 사이먼이 종일 재택근무를 하게 되었다고 말하기로 했다. 덕분에 그는 매일 출근할 필요가 없어졌다. 밖에서 5시까지 기다릴 필요도, 부담스러운 지출을 하고 원치 않는 커피를 마시며 카페에 앉아 있을 필요도 없었다. 그가 신용카드로 간신히 지내고 있었다니 가슴이 아팠다.

"그런데 왜 계속 내 선물을 사주고 외식을 했어요? 당신 형편이 어려운 줄 알았다면 그렇게 하도록 내버려두지 않았을 거예요."

"내가 그랬다면 당신은 무슨 일인지 궁금해하고 눈치챘을 거야. 날 과소평가하지 마."

"이 상황을 알았다면 내 몫은 내가 냈을 거예요."

"그러면 내 기분이 어땠을 것 같아? 어떤 남자가 식당에서 여자한테 돈을 내라고 해?"

"흥, 바보 같은 말 마요! 지금이 무슨 1950년대인 줄 알아요?"

나는 웃었지만 그는 진지했다.

"다 잘될 거예요. 내가 장담해요."

내 생각이 맞기를 바랐다.

19

"옳은 일을 했다고 확신해?"

렉시가 물었다. 그녀는 퍼거스를 욕조에서 꺼내 타월을 두른 뒤 켈리에게 넘겨주며 발가락 사이의 물기도 잘 닦아달라고 부탁했다. 알피에게도 똑같이 했다.

"확신해."

켈리는 단호하게 말했다.

"조 워커는 알 권리가 있어."

켈리가 무릎에 조카를 앉히고 타월로 머리를 거칠게 비비자 아이가 자지러지게 웃었다.

"문제가 되는 것 아냐?"

켈리는 아무 말도 하지 않았다. 조 워커에게 전화하려고 수화기를 드는 순간부터 생각해왔던 것이다. 머릿속에서 그 생각이 떠나지 않아

정신을 좀 식혀보려고 동생 집에 와서는 결국 동생에게 모두 털어놓고 말았다.

"자, 이제 다 말랐어요."

켈리는 조카의 따뜻한 피부와 땀띠 예방 파우더에서 나는 달콤한 냄새를 맡았다. 조는 정보를 듣고 고마워했고 켈리는 스스로에게 자신의 행동이 정당하다고 말했다.

"자고 갈래? 소파 베드 깔아줄게."

켈리는 렉시의 집이 좋았다. 자동차와 쓰레기통이 가득 들어선 땅에 붉은 벽돌로 된 반 단독주택이지만 안은 따뜻하고 편안했다. 엘리펀트 앤드 캐슬에서 그녀를 기다리는 침실과 많이 달랐다. 아주 솔깃한 제안이었다.

"안 돼. 내일 아침 8시에 코벤트 가든에서 조 워커와 만나기로 했어. 막차를 타고 가야 할 것 같아."

켈리는 조와 단 둘이 만나 그녀에게 몰래 전화한 사실을 들키지 않기를 바랐지만 닉은 같이 가겠다고 주장했다. 켈리는 조가 신중한 사람이기를 바랄 수밖에 없었다.

"난 잘 모르지만 법질서 같은 데 위배되는 것 아냐?"

렉시가 끈질기게 물고 늘어졌다.

"엄밀히 말하자면 그렇지."

"엄밀히 말하자면이라고? 어쩌려고!"

엄마의 날카로운 목소리에 알피가 고개를 돌려 쳐다보자 렉시는 아들을 안심시키며 입 맞춰주었다. 그녀는 목소리를 낮추고 다시 켈리를 쳐다보았다.

"죽음을 동경하기라도 하는 거야? 아주 해고당하려고 작정했구나."

"난 옳은 일을 했어."

"아니, 언니가 생각하는 옳은 일을 했지. 그 둘이 같지는 않아."

조는 코벤트 가든 옆길에 있는 멜리사네라는 카페 2호점에서 켈리
와 닉을 만나자고 했다. 이른 시간이었지만 카페는 이미 붐볐고 베이
컨 샌드위치 냄새가 켈리의 위장을 요동시켰다. 계산대 앞에서 한 젊
은 여성이 능숙하게 테이크어웨이 커피를 만들고 있었고 조는 창가 테
이블에 앉아 있었다. 그녀는 지쳐 보였다. 감지 않은 머리를 대강 하나
로 묶은 모습이 한 가닥으로 단정하게 머리를 땋은 옆자리 여성과 대
조되어 보였다.

"무슨 일이 일어날 줄 알았어."

켈리와 닉이 나타나자 그 여성이 말했다. 그녀는 자리를 비켜주었다.

"걱정하지 마."

"제 애인에 대해 이야기하고 있었어요."

켈리와 닉이 묻지도 않았는데 조가 말했다.

"정리해고를 당했거든요."

"유감입니다."

켈리가 말했다. 그래서 그녀가 피곤해 보이는지도 몰랐다.

"이쪽은 제 친구 멜리사예요. 이 카페 주인이죠."

켈리가 손을 내밀었다.

"켈리 스위프트 순경입니다."

"닉 램펠로 경위입니다."

멜리사의 얼굴에 무언가가 퍼뜩 스쳐지나갔다.

"램펠로라고요? 최근에 어디서 들어본 것 같은데."

닉이 살짝 미소를 지었다.

"글쎄요. 저희 부모님이 클러큰웰에서 이탈리아 레스토랑을 운영하

257

세요. 어쩌면 거기서 보셨는지 모르겠네요."

"새로 지점을 낸 곳 아니야?"

조가 물었다.

"맞아. 자, 어떤 음료로 드릴까요?"

멜리사가 청색 재킷의 가슴 주머니에서 작은 수첩을 꺼내 주문을 받았다. 계산대에서 문까지 줄이 늘어섰는데도 아랑곳하지 않고 자신이 서빙해주겠다고 말했다.

"일이 생겼어요."

멜리사가 커피를 내왔을 때 조가 말했다.

"무슨 말씀이시죠?"

닉이 에스프레소를 마시다 혀를 데어 인상을 약간 찌푸렸다.

"누군가 절 따라왔어요. 월요일 아침 출근길에요. 제가 과민하게 반응한다고 생각했는데 그날 저녁 그 남자를 또 만났어요. 열차가 들어오기 직전에 제가 선로 쪽으로 넘어졌는데 그가 붙잡아줬어요."

켈리와 닉은 눈빛을 주고받았다.

"우연이라고 생각했는데 다음 날 그 남자가 그 자리에 또 있었어요."

"그 사람이 말을 걸던가요?"

켈리가 물었다.

조는 고개를 끄덕였다.

"제게 술을 사겠다고 했어요. 전 당연히 거절했고요. 여전히 우연일 수도 있다고 생각하지만 아닌 것 같아요. 그는 제가 어디로 가는지 정확히 알고 절 기다렸어요. 웹사이트에서 제 정보를 본 게 틀림없어요."

그녀는 켈리를 흘끗 쳐다보더니 얼굴이 붉어졌다. 켈리는 조가 더 이상 말하지 않기를 바랐다. 켈리가 닉의 눈치를 살폈지만 그의 태도 어디에서도 미심쩍어하는 기색은 없었다.

"그 남자가 이름을 말하던가요?"

켈리가 물었다.

"루크 프라이드랜드예요. 도움이 된다면 인상착의도 알려드릴게요."

켈리는 가방에서 필요한 서류를 꺼냈다.

"진술서를 써도 괜찮을까요? 그 남자에 대해 기억나는 건 전부 알려주세요. 당신이 다니는 길은 물론 확신이 드는 것이라면 뭐든요."

"전 개인 호신용 알람을 등록해드릴게요."

닉이 말했다.

"항상 가지고 다니면서 무슨 일이 생기면 누르세요. 24시간 일주일 내내 저희 통제실에서 모니터하면서 당신 위치가 어디인지 확인할 겁니다."

"제가 위험에 처했나요?"

켈리가 쳐다보자 닉이 망설이지 않고 대답했다.

"그런 것 같습니다."

"자네가 말했지."

그건 질문이 아니었다.

두 사람은 〈런던 가제트〉에 광고를 실은 사람의 주소를 신문사에서 받아 올드 글로스터 로드로 향했다. 닉은 오랜 경험으로 능숙하게 차선을 바꾸며 운전했다. 켈리는 정복을 입고 경광등을 켠 경찰차를 타고 옥스퍼드 스트리트를 내달리는 그의 모습을 상상했다.

"네."

빨간 신호로 바뀌자마자 앞으로 끼어든 자전거 때문에 닉이 손바닥으로 경적을 눌렀다. 그 소리에 켈리는 화들짝 놀랐다.

"이 사건의 진행 과정을 조 워커에게 알리지 말라고 내가 말했을 텐데, 내 말이 그렇게 알아듣기 어려웠나?"

"그 결정에 찬성할 수 없었어요."

"찬성하든 그렇지 않든 그 전화는 자네가 해야 할 일이 아니야."

그들은 섀프츠베리 애버뉴에서 좌회전했다. 앰뷸런스 한 대가 사이렌을 울리며 반대쪽으로 지나갔다.

"이 수사는 복잡하고 광범위해. 다양한 용의자와 피해자를 상대해야 하고 증인도 헤아릴 수 없이 많아. 조 워커의 기분보다 중요한 문제가 있다는 말이야."

"그녀에게는 그렇지 않죠."

켈리가 조용히 말했다.

두 사람은 아무 말도 하지 않았다. 닉은 속도를 높이면서 핸들을 꼭 붙잡는 행동을 점차 줄였고 파르르 떨리던 관자놀이도 잠잠해졌다. 켈리는 자신의 행동으로 닉이 조를 그냥 놓아두려던 결정을 재고하는지, 자신을 수사에서 제외하고 교통경찰청으로 돌려보내려고 고심하는지 궁금했다.

예상과 달리 닉은 화제를 돌렸다.

"어쩌다 런던 경찰청이 아닌 교통경찰청으로 들어가게 된 거야?"

A40 고속도로에 들어섰을 때 닉이 물었다.

"런던 경찰청에는 빈자리가 없었고 전 런던에 머물고 싶었어요. 근처에 가족이 있거든요."

"여동생 맞지?"

"네, 쌍둥이에요."

"자네가 둘이란 말이야? 하늘도 무심하시지."

닉이 켈리를 흘끗 쳐다보았고 켈리는 농담이 웃겨서라기보다는 화해의 표현으로 받아들이고 웃었다.

"경위님은요? 런던 출신이세요?"

"여기서 나고 자랐어. 물론 이탈리아 2세대긴 하지만. 부모님은 시칠리아인이신데 어머니가 형을 임신했을 때 영국으로 와서 클러큰웰에 레스토랑을 열었지."

"렘펠로네군요."

켈리가 멜리사와 나눈 대화를 기억하고 말했다.

"데 프레시소(맞아)."

"이탈리아어도 하세요?"

"관광객 수준이라서 어머니가 부끄러워하서."

초록 신호가 켜졌다. 앞 차량 운전자가 어느 쪽으로 갈지 방향을 정하지 못하자 닉이 경적을 짧게 두 번 울렸다.

"형과 난 방과 후와 주말에 레스토랑에서 일을 도왔고 어머니는 우리에게 이탈리아어로 고함을 치며 이런저런 일을 시키셨어. 하지만 난 곧바로 대답하지 않았어."

"왜요?"

"고집이었던 것 같아. 부모님이 은퇴하시면 형이나 내가 식당을 물려받아야 한다는 사실을 알아서 부모님이 날 눈여겨보지 않았으면 했어. 내 꿈은 경찰이었거든."

"부모님은 탐탁하게 여기지 않으셨나요?"

"경찰 퍼레이드에 참가한 날 보고 비명을 지르셨어. 물론 좋아서가 아니라."

두 사람은 올드 글로스터 로드로 들어섰다. 켈리가 구글 지도를 켜보니 길 끝에 27번지가 있었다.

"여긴 주택이 별로 많지 않네요. 개조한 아파트인가 봐요."

"아니면 헛수고거나."

닉이 굳은 목소리로 말하며 중식당 앞 노란 주차선 위로 차를 세웠다. 27번지는 세탁소와 마권 업체 사이에 있었다.

"제임스 스탠퍼드를 이곳에서 찾을 확률이 줄어든 것 같군."

닉은 자동차 서랍에서 차량 등록증을 꺼내 대시보드 앞에 놓았다. 경찰이라고 표시해둬야 주차 관리 요원과 실랑이를 벌이지 않을 수 있었다.

27번지의 문은 연기에 찌들어 있었다. 문을 여니 텅 빈 로비와 갈라지고 더러운 타일 바닥이 나타났다. 안내 데스크나 내부로 연결되는 문, 승강기도 없이 벽 세 면을 가득 채운 잠긴 우편함만 보였다.

"제대로 찾아온 거 맞아요?"

켈리가 물었다.

"여기가 맞아."

닉이 진지하게 말했다.

"다만 제임스 스탠퍼드를 여기서 찾지 못할 수는 있겠지."

그는 페인트가 칠해진 지저분한 벽에 너덜너덜하게 붙어 있는 포스터를 가리켰다.

우편물을 일일이 챙기기 불편하신가요? 계정을 업그레이드하시면 문 앞까지 배달해드립니다!

"여긴 우편집중국이야. 우아한 사서함 번호를 주는 곳. 그뿐이군."

닉이 휴대전화를 꺼내 포스터 사진을 찍고 우편함을 아무렇게나 스캔했다.

"여기 있어요."

켈리는 로비 맞은편 벽부터 살펴보았다.

262

"제임스 스탠퍼드."

그녀가 간절한 마음을 담아 손잡이를 잡아당겼다.

"잠겨 있어요."

"광고비를 납부한 신용카드 주소도 이곳으로 되어 있어."

닉이 말했다.

"돌아가는 즉시 데이터 보호권 면제 각서를 신청하고 누가 이곳으로 우편물을 보내는지 알아봐. 발뺌하려는 모양인데 내게는 안 통해."

올드 글로스터 로드 뒤쪽에 있는 회사 주소가 큰 도움이 되었다. 업체는 잘못에 대한 책임을 피하고 자체 점검이 부실하다는 점을 알고 데이터 보호권 면제 각서 신청서를 기다릴 필요도 없이 제임스 스탠퍼드에 관해 알고 있는 모든 것을 건네준 것 같았다.

스탠퍼드는 신용카드 청구서 사본과 공과금 내역서 사본, 운전면허증 사본을 제출했고 이 서류로 그가 1959년생 백인 남성인 것을 알 수 있었다. 세 문서 모두 소재지가 메트로폴리탄 라인 끝에 있는 버킹엄셔의 마을 아머샴으로 되어 있었다.

"분명 이곳 집값이 엄청나게 치솟고 있을 거야."

철제 대문 뒤로 커다란 단독주택들이 일렬로 들어선 길을 지나치면서 닉이 말했다.

"이곳 범죄 수사과에 연락할까요?"

켈리가 휴대전화를 들고 전화번호를 찾으며 물었다.

닉은 고개를 저었다.

"그들이 알기 전에 다 끝날 텐데. 집을 살펴보고 아무도 없으면 이웃에 질문을 몇 가지 해보지 뭐."

캔들린 스트리트의 튜더식 집은 검은 나무 기둥을 교차해 장식한 외관이 전혀 튜더 양식처럼 보이지 않았다. 4제곱미터가량 되는 정원 뒤쪽에 자리한 집은 크고 현대적이었다. 닉이 정문 앞에서 차를 세우고 초인종을 찾는데 자동으로 문이 열렸다.

"이럴 거면 왜 문이 있죠?"

켈리가 물었다.

"과시용이지 않겠어?"

닉이 말했다.

"이성보다 돈이 앞서는 거지."

진입로가 자갈로 되어 있어 바퀴 아래로 돌이 으깨지는 소리가 났다. 닉은 집에 누군가 있는지 알아보려고 이리저리 살폈다.

그는 반짝이는 회색 레인지로버 옆에 주차하고는 차를 보며 휘파람을 불었다.

"근사한데."

초인종은 줄을 잡아당기는 전통 방식으로 지은 지 얼마 되지 않아 보이는 집과는 어울리지 않았다. 가짜 튜더식 현관에 어울리도록 전통적인 느낌을 더하려고 단 것 같았다. '이웃과 비슷하게 하려고 했겠지.' 켈리가 생각했다. 긴 종소리가 사라질 무렵 커다란 현관문 뒤로 발소리가 들렸다. 닉과 켈리는 뒤로 물러서서 문 앞에 나올 사람의 공간을 만들었다. 고급 주택이라고 해도 그 안에 사는 사람이 어떤 식으로 반응할지는 알 수 없었다.

문이 활짝 열리더니 50대 초반으로 보이는 매력적인 여성이 상냥하게 웃으며 나타났다. 검정색 벨벳 운동복에 슬리퍼 차림이었다. 켈리가 신분증을 보여주자 여성의 얼굴에서 미소가 사라졌다.

"누가 다쳤나요?"

여성은 손을 목으로 가져갔다. 켈리는 이런 반응을 백 번도 넘게 보았다. 어떤 사람들은 정복을 입은 경찰을 보기만 해도 무언가 들키거나 체포될까봐 두려워한다. 이 여성은 그런 것 같지는 않았다. 그녀에게 경찰은 사고나 더 심한 무언가를 뜻했다.

"걱정하실 일은 아닙니다."

켈리가 말했다.

"몇 가지 여쭤보려고요. 저희는 제임스 스탠퍼드 씨를 찾고 있습니다."

"제 남편이에요. 지금 일하러 갔고요. 무슨 일이시죠?"

"안에서 말씀 나눠도 괜찮을까요?"

여성은 주저하는 듯했지만 곧 두 사람을 밝고 넓은 복도로 안내했다. 좁은 테이블 위에 우편물이 가지런히 놓여 있었고 켈리는 스탠퍼드 부인이 주방으로 우편물을 가져갈 때 맨 위에 놓인 봉투를 흘끔 쳐다보았다.

'J. T. 스탠퍼드'

켈리의 흥미로운 표정과 달리 닉은 감흥이 없었다. 스탠퍼드가 이 집에서 웹사이트를 운영하고 있을까?

"제임스는 케터링 클라인의 경영 컨설턴트로 일하고 있어요."

스탠퍼드 부인이 말했다.

"오늘 새 고객을 만나러 런던에 가서 늦게까지 집에 오지 않을 거예요. 무슨 일 때문에 그러신가요? 제가 도와드릴 수 있을지."

"저희는 연쇄 범죄를 수사하고 있습니다."

닉이 말했다. 켈리는 부인의 표정을 유심히 살폈다. 제임스 스탠퍼드가 용의자라면 부인이 그 사실이나 채팅 광고, 웹사이트에 대해 알고 있을까? 서랍장 위에 다양한 연령에 찍은 젊은 남성의 사진들이 있었다.

"제 아들이에요."

켈리가 사진을 보는 것을 알아채고 스탠퍼드 부인이 말했다.

"어떤 범죄인가요? 제임스가 연루된 건 아니죠?"

"저희 수사 명단에서 남편분을 배제할 수 있습니다. 질문 몇 가지에 대답해주시면 큰 도움이 될 것 같습니다만."

스탠퍼드 부인은 어떻게 해야 할지 몰라 잠시 가만히 있더니 이내 예의를 차렸다.

"우선 앉으세요. 차 한잔 드릴까요?"

"아뇨, 괜찮습니다. 오래 걸리지 않을 겁니다."

그들은 커다란 오크 테이블 앞에 앉았다.

"스탠퍼드 부인,"

닉이 말문을 열었다.

"남편이 경영 컨설턴트라고 하셨죠? 다른 사업체는 없습니까?"

"자선 단체 몇 군데를 맡고 있기는 한데 사업체는 없어요."

"데이트 업체 운영에 참여한 적 없나요?"

스탠퍼드 부인의 표정이 혼란스러워졌다.

"무슨 말인가요?"

"전화 채팅 말이에요."

켈리가 설명했다.

"이런 종류의 일이죠."

켈리는 테이블 위로 〈런던 가제트〉에 난 광고 하나를 보여주었다.

부인이 다시금 목에 손을 올렸다.

"아뇨! 그러니까…… 세상에, 아니에요. 뭐하러 그러겠어요? 제 말은 무슨 근거로 제 남편이 그런……."

부인이 성난 눈길로 닉과 켈리를 번갈아 쳐다보았다. 부인이 뛰어난 연기자가 아니라면 남편이 하는 일을 전혀 모르는 듯했다. 그래서 스탠퍼드가 사서함을 이용했을까? 경찰이 아니라 부인에게 감추려고?

켈리는 손에 쥐고 있던 파일 나머지를 전부 건넸다.

"석 달 전 올드 글로스터 로드에 사서함을 여는 데 쓰인 서류들입니다. 남편분 신용카드로 지불되었고, 같은 서류와 신용카드가 런던 신문에 여러 차례 광고를 싣는 데 사용됐어요."

"이 광고가,"

닉이 스탠퍼드 부인을 똑바로 쳐다보며 말했다.

"여성을 대상으로 한 연쇄 범죄의 핵심이라고 생각합니다."

스탠퍼드 부인이 문서를 살피며 불안한 기색을 내비쳤다. 그녀는 손으로 목을 잡았다. 닉은 문서를 살피는 부인의 눈동자를 주시했다. 그녀의 혼란과 두려움은 점차 안도로 바뀌었다.

"이건 제 남편과는 상관없는 일이에요."

부인은 긴장이 풀리는지 웃음을 터뜨렸다.

"제임스 스탠퍼드가 남편분 맞죠?"

켈리가 물었다.

"네, 맞아요. 하지만 이 사진은,"

부인이 운전면허증 사본을 가리키며 말했다.

"제 남편이 아니에요."

20

경찰이 가고 난 뒤 멜리사는 묵묵히 내게 차를 한 잔 더 내주었다. 그녀는 렘펠로 경위가 테이블에 올려놓고 간 10파운드짜리 지폐를 집어들었다.

"괜찮아?"

"어, 아니."

머리끈이 갑자기 조이는 것 같아 끈을 풀고 손가락으로 머리를 빗었다.

"경찰은 내가 위험에 처했다고 생각해."

그것은 새로울 바가 없었다. 어제 내가 통근하는 경로가 자세히 적힌 문서를 다운로드했을 때 위험을 느꼈다. 선로로 떨어질 때 루크 프라이드랜드가 내 팔을 잡아 구해주었을 때도 위험을 느꼈다. 〈런던 가제트〉에서 내 사진을 본 이후부터 그렇게 느꼈다. 가족들이 내가 아니라고 확신시키려던 그 사진을 본 뒤로 줄곧. 하지만 렘펠로 경위에게 내가 위험에 처했느냐고 물었을 때 나는 다른 대답을 원했다. 안심하고 싶었다. 과민하게 반응하고 편집증 증세를 보이며 착각에 빠져 있다는 이야기를 듣고 싶었다. 거짓 장담과 낙관적인 대답을 듣고 싶었다. 며칠 전에는 경찰이 내 이야기를 진지하게 듣지 않아서 고민이었지만 지금은 진지하게 들어줘서 걱정이다.

멜리사는 옆 테이블에 빈 컵이 놓여 있고 계산대 줄이 줄어들지 않는데도 아랑곳하지 않고 렘펠로 경위가 앉았던 맞은편에 앉았다.

"경찰이 앞으로 어떻게 한대?"

"내게 호신용 알람을 줄 거래. 공격당할 경우 상황실과 바로 연결되도록."

"그래봐야 아무 도움도 되지 않잖아."

멜리사는 겁에 질린 내 얼굴을 보고서 인상을 찌푸리더니 나를 꼭 안아주었다.

"미안해. 하지만 카페에 강도가 들었을 때 경찰은 15분 뒤에야 도착했고 범인은 이미 도망친 뒤였어. 아무 도움이 안 됐지."

"그래서 나한테 어떻게 하라고?"

나도 모르게 히스테리를 부렸다. 나는 숨을 고르고 다시 말했다.

"내가 어떻게 해야 할까, 멜리사?"

"경찰이 웹사이트 운영자를 잡을 거라고 하지 않았어? 알람이 문제가 아니라 그놈이 잡혀야 네가 안전해."

"지금 알아보고 있다고만 말했어."

"'알아보고' 있다고? 세상에, 그 말만 듣고 안심하라는 거야? 한 여자가 살해당했는데,"

"두 명이야, 최소."

"그리고 넌 가만히 앉아서 그들이 '알아보도록' 놔두고? 경찰이 정확히 어떻게 조치하고 있는지 확인해야 해. 누구와 이야기하고 이 웹사이트를 어떻게 추적하는지 말야."

"그들은 말해주지 않을 거야, 멜리사. 난 웹사이트에 들어가는 방법도 몰랐는걸. 스위프트 순경이 자신이 알려준 걸 다른 사람이 알면 큰일 난다고 했어."

"넌 경찰이 이 수사를 얼마나 진행시켰는지 알 권리가 있어. 네 세금으로 그들이 급여를 받는다는 사실을 잊지 마."

"알았어."

나는 경찰서로 찾아가 수사 기록을 보여달라고 요청하는 모습을 상상해보았다.

"네가 원한다면 같이 가줄 수 있어."

나는 테이블 위에 팔꿈치를 올려놓고 잠시 양손에 얼굴을 파묻었다.

"내 능력 밖의 일이야."

얼굴을 묻은 채 말했다. 마음이 불안해져 심장이 마구 뛰었다.

"어떻게 해야 할지 모르겠어, 멜리사."

"경찰이 어떻게 하고 있는지 알려달라고 해. 얼마나 진척됐고 어떤 소식이 새로 들어왔는지."

그렇게 해서 안심하게 될지 더 불안해질지 알 수 없었다.

"모든 게 내 손을 떠난 것 같아. 광고도, 케이티도, 재정 상태도. 모든 걸 잘 감당해오고 있다고 생각했는데 지금은……"

"사이먼 빚이 얼마야?"

"말을 안 해줘. 8월부터 신용카드만 쓰고 있다고 했어. 식료품을 사든 공과금을 내든 전부 다. 외식에 선물에…… 수천 파운드는 될 거야. 사이먼은 자기가 이렇게 만들었으니 직접 해결하겠다고 했어."

"사이먼이 그렇게 말했다면 일단 믿어보는 수밖에 없겠네."

멜리사는 램펠로 경위가 비운 에스프레소 잔을 들었다. 지금은 어느 누구도 믿을 수 없다고 그녀에게 말하지 않았다.

카페를 나설 때 이미 오전 9시였지만 엠방크먼트 역을 따라 회사까지 걸어가기로 했다. 웹사이트에 올라와 있는 평소 경로와는 전혀 다르지만 지하철을 탄다고 생각하니 심장이 쿵쾅거리고 머리가 어지러웠다. 스트랜드를 건너 사보이 플레이스 쪽으로 가서는 강을 끼고 아래로 걸었다. 지나가는 모든 사람을 살폈다. 주머니에 손을 넣고 내 쪽으로 걸어오는 남성이 보였다. 그는 웹사이트에 대해 알고 있을까? 그곳 회원일까? 사업가로 보이는 남성이 목도리를 두르고 누군가와 통화하고 있었다. 그도 여자를 따라다닐까? 강간하려고? 죽이려고?

호흡이 점차 가빠져 진정하려고 잠시 자리에 서서 강을 바라보았다. 잠수복을 입은 사람 열두어 명이 금발에 밝은 분홍색 래시가드를 입은 유연한 강사에게서 패들 보드 강습을 받고 있었다. 날씨가 추운데도 모두 환하게 웃었다. 그들 너머로 강 중간쯤에 크루즈 선이 흰 포말을 뿌리며 잿빛 템스 강을 지나쳤다. 부지런한 관광객 한 무리가 갑판에서 몸을 떨며 서 있었다.

그때 누군가 내 팔을 잡았다.

"괜찮으세요?"

나는 불에 데기라도 한 듯 몸서리쳤다. 저스틴 또래로 보이는 앳된 청년이 양복 차림에 넥타이를 메고 있었다. 자신감이 넘쳐 보이는 모습이 교육을 잘 받았거나 좋은 직장에 다니는 듯했다. 아니면 둘 다거나.

"쓰러질 것처럼 보여서요."

가슴이 너무 세게 요동쳐 흉곽이 아파오는 바람에 괜찮다고 말하지 못했다. 내 몸에 손을 대지 말라고도. 대신 한 걸음 물러서서 고개를 저었다. 그는 양손을 들어 가까이 오지 않겠다고 과장된 몸짓을 보여주고는 사라졌다.

"별 이상한 사람 다 보겠네."

그는 열 발짝 정도 옮기고는 몸을 돌려 집게손가락으로 자기 머리 옆을 두 번 두드리더니 입 모양으로 '미치광이'라고 말했다. 나도 내가 그렇게 느껴졌다.

사무실에 도착하니 10시 가까이 되어 있었다. 걸었더니 발은 아팠지만 기분이 훨씬 나아져 힘도 생겼다. 그레이엄은 붉은 하이힐에 검은 바지 정장을 입은 여성과 이야기하고 있었다. 그녀는 부동산 정보 서류를 한가득 들고 있었고, 그레이엄은 그녀에게 이스턴 애버뉴에 있는 사무실에 고객용 화장실과 새로 손본 주방이 있어 다용도실로 적합하다고 말했다. 능숙한 설명을 들으며 내 자리로 가는데 그레이엄이 뻣뻣하게 굴었다. 내게 단단히 화가 나 있었다.

여성이 곧장 사무실을 보러 가기를 꺼리고 나가자 그는 더욱 분노했다.

"사무실에 나와주다니 정말 고마워, 조."

"죄송해요. 다시는 이런 일 없을 거예요."

"하지만 이런 일이 계속 벌어지고 있잖아, 안 그래? 요즘 매일 늦게 출근하잖아."

"출근하는 길을 바꿔야 해서요. 얼마나 걸릴지 예측하기가 어렵네요."

그레이엄은 이유를 묻지 않았다. 관심이 없었다.

"그럼 집에서 일찍 나와. 아침 10시에 어슬렁거리면서 들어와서는 미안한 기색도 별로 없고,"

나는 사과를 반복하고 싶지 않았다.

"경찰과 있었어요."

그는 말을 멈췄다.

"왜? 무슨 일인데?"

나는 그가 얼마나 알고 있는지 확신하지 못해 머뭇거렸다. 웹사이트와 그 메뉴에 나와 있는 여성들이 떠올랐고 그레이엄 할로는 그런 사이트에 가입하기 딱 좋은 인물이었다. 내가 그에게 그 사실을 말한다면 그는 분명 사이트에 들어가볼 것이었다. 나는 그곳에 업데이트된 여성들을 보호해야 한다. 사람들이 그들의 사진을 보고 물건을 거래하듯 돈을 주고 그들의 일과를 알아보지 않았으면 했다. 그런 다음에는…… 어떻게 되지? 내가 알고 있는 일이 일어난다는 사실을 인정하기 어려웠다. 여성들이 공격당하고 살해당하는 것은 그들의 출퇴근길이 알려졌기 때문이다. SF 영화에나 나올 정도로 기괴한 일이다.

"누군가 절 미행했어요."

이렇게 말했다. 진실과 그리 멀지도 않으니까. 그의 얼굴에 근심이 보였으나 낯선 모습이라서 믿을 수 없었다.

"경찰이 제게 호신용 알람을 줬어요."

"누가 그랬는지 밝혀졌어?"

질문에 질책이 담겨 있었다. 그가 다른 사실에 대해서는 전혀 알지 못한다는 증거였다.

"아뇨."

며칠 동안 참았던 눈물이 터졌다. 눈앞에서 우는 사람을 보면 누구나 그렇듯 그레이엄도 어찌할 바를 몰라 그 자리에 가만히 서 있었다. 주머니에서 화장지를 꺼내 코를 세게 풀었다. 눈물은 멈추지 않았다. 울다보니 가슴이 답답해 흐느꼈고, 숨을 들이마시며 눈물을 쏟아냈다.

"죄, 죄송해요."

마음을 몇 번이나 진정시키고 가까스로 말했다.

"조금, 힘들었나봐요."

그레이엄은 여전히 책상 앞에 서서 나를 쳐다보고 있었다. 갑자기 그가 문 앞으로 가기에 내게 혼자 울 시간을 주려 한다고 생각했는데 그는 사무실 문 앞에 달린 문패를 '영업 마감'으로 돌려두고는 다용도실에 가서 주전자를 불에 올렸다. 그 모습에 놀라 눈물이 멈췄다. 이따금 흐느낌이 딸꾹질이 되어 나왔다.

"정말 죄송해요."

"제약이 많았겠어. 이런 일을 당한 지 얼마나 된 거야?"

웹사이트 이름과 운영 방식을 언급하지 않고 그에게 최대한 설명했다. 한동안 미행을 당했으며 경찰이 내 사건을 다른 두 여성의 살인 사건은 물론 여성을 공격한 여러 사건과 연관시키기 시작했다고 말했다.

"경찰은 이 일에 어떻게 대처하고 있는데?"

"제게 호신용 알람을 줬어요. 오늘 아침에는 제게서 진술을 받았고요. 그래서 늦었어요."

그레이엄은 고개를 흔들며 턱을 약간 당겼다.

"괜찮아. 그 문제는 신경 쓰지 마. 경찰은 누가 그런 일을 저지르는지 알고 있어?"

그레이엄이 흥미를 보여줘서 놀랍고 고마웠다.

"아직 모르는 것 같아요. 타냐 베켓의 살인범을 못 찾았고 웹사이트에도 접근할 수 없고요."

그레이엄이 생각에 잠겼다.

"종일 약속이 잡혀 있어. 5시에 마치고 바로 퇴근할 생각이었는데 평소보다 조금 늦게 들어가도 괜찮다면 다시 사무실로 돌아와서 집까지 태워다줄게."

그레이엄은 매일 에섹스에서 출근한다. 주로 기차를 타지만 이따금 운전하는 날은 차를 사무실이 있는 길가 모퉁이의 값비싼 주차장에 세워둔다.

"그러면 너무 돌아가야 해요. 전 괜찮아요. 다른 방법으로 퇴근해서 크리스털 팰리스 역에서 저스틴과 만나면 돼요."

"내가 태워다줄게."

그레이엄이 단호하게 말했다.

"남동생과 제수씨를 보러 세븐오크스로 가면 돼. 당신 남자 친구가 데리러 오지 않는다니 솔직히 놀랐어."

"그가 걱정하는 걸 원치 않아요."

그레이엄이 나를 흥미롭게 바라보았다.

"남자 친구에게 말 안 했어?"

"그 사람도 웹사이트에 대해서 알고 있기는 한데…… 제가 위험하다고는 말하지 않았어요. 지금 상황이 좀 힘들거든요."

나는 그레이엄의 얼굴을 보고 그가 오해하기 전에 설명했다.

"사이먼이 직장을 잃었어요. 명예퇴직을 당했거든요. 그래서 시기가 좋지 않아요. 그가 더 걱정하게 하고 싶지 않아요."

"그래, 좋아. 오늘 밤은 내가 데려다주는 걸로 해."

그레이엄은 만족한 표정이었다. 그가 원시인이었다면 가슴이라도 두드리며 포효할 태세였다.

"알겠어요. 고맙습니다."

30분 뒤 그레이엄은 손님을 만나러 갔다.

"문 잠그고 있어."

그가 내게 일렀다.

"누가 왔는지 잘 보고 문 열어주라고."

사무실 문은 유리로 되어 있다. 나는 사무실 문 앞에 서 있는 사람이 나를 강간하고 죽이러 왔는지 롬바드 스트리트에 폐점한 휴대전화 가게에 대해 물어보러 왔는지 구별할 줄 모른다.

"아무튼 사무실 전체에 CCTV가 있으니까."

그레이엄이 말했다. 그 말에 내가 죽을 때까지의 과정이 기록되어서 조금이나마 안심이라고 대답할 수는 없었다.

"언제부터 우리 사무실에 CCTV가 있었어요?"

나는 사무실을 둘러보았다. 그레이엄은 약간 당황한 듯했다. 그는 시계를 쳐다보았다.

"몇 년 됐어. 자동 스프링클러 안에 있어. 만일에 대비해서지. 아무튼 중요한 건 여기 있는 동안은 걱정할 필요 없다는 말이야. 그럼 6시에 봐."

그가 사무실 문을 열고 나가자 문 위에 달린 벨이 울렸다. 나는 팻말을 '영업 중'으로 돌려놓고 문을 잠근 뒤 자리에 와서 앉았다. 그레이엄이 카메라를 설치해둔 것을 전혀 알지 못했다. 고용주는 직원과 손님에게 CCTV가 있다고 알릴 의무가 없는 것일까? 나는 천장을 올려다보았다.

몇 년 되었다니.

나는 종종 사무실에 혼자 있었다. 그레이엄 사무실 문이 닫혀 있는 동안 샌드위치를 먹고 전화를 걸고 불편한 브래지어 끈도 조절했다. 그것을 모두 지켜보았을까? 불안해졌다. 그때 갑자기 사무실 전화가 울렸다.

5시 반이 되어 팻말을 '영업 마감'으로 돌렸다. 바쁘지 않은 하루였다. 새로운 세입자가 와서 임대 계약서에 서명했고 새 사무실 지구에 대해 문의하는 전화를 몇 통 받았다. 수상한 사람은 아무도 없었다. 내가 과민하게 반응하는 듯했다. 하지만 밖이 어두워져 사무실에 불을 켜니 지나가는 사람 누구든 나를 볼 수 있다는 생각에 다시금 불안해졌다.

그레이엄이 돌아와 자동차 열쇠를 흔들며 GPS에 입력할 우편번호를 알려달라고 했다. 기뻤다. 오늘 밤은 지하철을 타지 않아도 된다는 사실에 안도했다. 뒤에 선 누군가를 신경 쓸 필요가 없고 타냐 베켓처럼 공원에서 죽을 위험도 없었다.

적어도 오늘 밤에는 안전했다.

맨 처음 살해당한 그녀에게 늘 감사할 거야.

그녀가 모든 걸 바꿔놓았거든.

그녀는 findtheone.com이 단순한 데이트 사이트 이상이 될 수 있다는 사실을 알게 해줬어. 세상을 향한 새로운 가능성을 열어줬지.

물론 더러운 게임을 하고 싶어 하지 않는 이용자는 항상 있어. 그들은 처음 의도대로 당신을 만나 이야기하고 저녁 식사를 사겠다고 제안해.

타냐 베켓은 내게 다른 부류의 남성도 있다는 사실을 알려줬어. 지하철에서 쫓고 쫓기는 스릴을 즐기고, 공원을 어슬렁거리다 당신이 지나가는 순간에 정확히 나타나 저녁 식사보다 큰 무언가를 제안하는 것 말야.

나는 그런 가능성을 봤어.

더 높은 가격. 더 특별한 시장.

나는 단순한 중매쟁이를 넘어설 수 있어. 그들 스스로 인식하지 못하는, 마음속 깊은 곳에 자리한 욕망을 해결해주는 존재지. 남을 해치는 기분이 어떨지 상상해보지 않은 사람이 있을까? 사회에서 용인하는 범위를 넘어 누군가를 강압적으로 대하는 경험을.

그런 기회가 주어진다면 누가 거절할까?

누군가를 죽일 수 있는 기회 말이야.

21

"경위님, 문제가 생겼어요."

켈리가 다가오자 책상 앞에 앉아 있던 닉이 고개를 들었다. 이제 막 오전 회의를 끝냈는데 닉은 벌써 넥타이를 느슨하게 풀고 셔츠 맨 위 단추도 풀어놓았다. 켈리는 닉의 넥타이가 점심때쯤이면 재킷 가슴 주 머니 속에 들어가 있다가 고위 간부들이 올 때쯤이나 다시 나올 것이 라 생각했다.

"경위님이 가입한 계정이 사라졌어요. 새로 올라온 프로필이 없는 지 확인하려고 들어갔는데 차단당했더군요."

켈리는 매시간 사이트에 들어갔다. 아침에 일찍 일어났을 때도 휴대 전화로 확인했다. '새로운 프로필 업데이트!'라는 배너가 뜨면 더 많은 여성이 위험에 처하고 피해를 입을 테니 그렇게 할 수밖에 없었다. 웹 사이트는 수사 진척 상황보다 더 빠르게 움직였고 전날 아머샵에 갔던 일은 전혀 도움이 되지 않았다. 제임스 스탠퍼드의 신용카드는 1년 전 복제되었다. 그는 지갑을 잃어버린 이후 수없이 명의를 도용당했다. 올드 글로스터 로드의 우편 집중국은 무수히 많이 팔린 신용카드 정보로 생겨난 범죄의 한 부분에 불과했고, 살인 사건 전담팀은 런던에서 통근하는 여성들을 대상으로 누가 범죄를 저지르는지 파악하지 못했다.

상황실 벽에는 여성들의 사진이 붙어 있었다. 일부 신원을 파악했지만 대부분 알 수 없었고 처음 접속한 이후 웹사이트에는 더 많은 여성이 추가되었다. 켈리는 오전 브리핑이 끝나고 바로 로그인을 시도했다.

등록되지 않은 계정입니다.

닉이 신용카드와 구글 메일 주소로 만든 계정을 여러 번 확인했지만 접속할 수 없었다. 계정이 삭제된 것이었다.

"우리 정체를 들킨 걸까요?"

닉이 펜으로 노트북 옆을 두드렸다.

"그럴 수도 있지. 프로필을 몇 개나 다운로드했어?"

"전부요. 어쩌면 수상하게 보일 수도 있겠네요."

"아니면 단순히 돈을 노린 사기일 수도 있고. 스토킹 기회를 제한 없이 주기로 해놓고 계정을 차단했다고 누가 경찰에 신고하겠어?"

"재무팀에서 선불 신용카드를 만들었어요."

켈리가 말했다. 그녀가 닉의 계정으로 로그인을 시도하는 동안 이메일이 왔다.

"잘됐네. 새 계정을 만들고 폐쇄되기까지 얼마나 걸리는지 보자고. 켄트 지역 거주 여성 프로필이 있는지 찾아봐."

"지금까지는 모두 거주지가 런던으로 되어 있어요."

"어제 메이드스톤에서 납치 사건이 있었어. 목격자 증언에 따르면 한 남성이 여성을 검은 렉서스에 태우고 달아났다고 해. 한 시간 뒤 켄트 경찰이 한 여성에게서 전화를 받았는데, 자신이 납치당해서 성폭행 당하고 도시 외곽 공업 지대에 버려졌다고 했어."

닉이 출력한 문서 몇 장을 켈리에게 건네주었다. 켈리는 맨 위에 적힌 내용을 흘끗 살폈다.

'캐서린 위트워스, 36세'

"통근자인가요?"

"핌리코에서 메이드스톤에 있는 리크루팅 업체로 매일 출근해."

"자동차 번호판을 봤나요?"

"아니, 하지만 사고가 난 곳에서 몇 킬로미터 떨어진 지점 단속 카메라에 찍혔어. 지역 경찰이 지금 운전자를 소환하고 있어."

켈리가 계정을 새로 만들고 웹사이트 첫 페이지 신규 업데이트란에서 캐서린 위트워스의 프로필을 찾는 데는 그다지 오래 걸리지 않았다. 그녀는 캐서린의 피해자 진술서를 화면 속 프로필과 대조해보았다.

백인.

금발.

30대 중반.

플랫 슈즈, 몸에 붙는 재킷에 치마 정장, 울 체크 망토, 거북딱지 손잡이가 달린 검은 우산, 회색 멀버리 노트북 가방.

8~10 사이즈.

오전 7시 15분 핌리코 지하철역으로 들어옴. 에스컬레이터를 타고 왼쪽으로 돌아 북부행 플랫폼으로 감. 지하철 노선도 옆 커다란 광고판 앞에 서 있다 빅토리아 역에서 하차. 플랫폼을 나와 오른쪽으로 돌아 에스 컬레이터 상행선에 오름. 왼쪽으로 돌아 1-8번 플랫폼으로 감. 2번 플랫폼과 가까운 스타벅스에 가면 바리스타가 묻지도 않고 스키니 디카페인 라테를 벤티 사이즈로 준비해줌. 3번 플랫폼에서 애쉬포드 인터내셔널 기차를 탐. 가는 동안 노트북을 열어 일함. 메이드스톤 동부역에서 하차. 위크 스트리트로 걸어올라가다가 왼쪽으로 돌아 유니언 스트리트로 감. 메이드스톤 리크루트먼트에서 근무.

월요일부터 금요일까지 만남 가능.

통근 시간 80분.

접근 용이성 평이.

분명 같은 여성이었다. 켈리는 충동적으로 메이드스톤 리크루먼트를 찾아보았다. 캐서린의 이름과 직위가 적힌 짧은 약력과 함께 사진이 나타났다. '수석 리쿠르팅 컨설턴트.' 웹사이트 사진 속 캐서린은 머리를 귀 뒤로 넘겼다. 스트레스받은 것이 아니라면 딴생각하고 있는 것처럼 보였다. 흰 배경에 왼쪽 어깨를 앞으로 하고 앉은 자세에 빛나는 금발이 어깨에 단정하게 내려왔다. 그녀는 환한 미소로 카메라를 응시하고 있었다. 전문적이고 미더우며 자신감 넘치는 모습이었다.

켈리는 지금 캐서린 위트워스가 어떤 모습일지 궁금했다. 메이드스톤 형사와 열 장짜리 진술서를 작성할 때는 어땠을까? 경찰이 빌려준 옷으로 몸을 가리고 감식반이 그녀의 온몸을 살피는 치욕을 기다렸을까?

그 모습이 어떨지 눈에 선했다.

켈리는 프로필을 출력해 루신다에게 건넸다.

"일치해요."

켈리의 휴대전화에 '발신번호 표시제한'이 나타났다. 그녀는 전화를 받았다.

"여보세요? 톰슨 경장이신가요?"

켈리는 잘못 걸었다고 말하려다가 무언가 떠올랐다.

"네, 맞습니다."

루신다는 자신의 컴퓨터를 보고 있었다.

"더럼 범죄 수사과 경장 앵거스 그린입니다. 당신이 추적하고 있는 강간 사건을 담당하고 있어요."

"잠시만요, 나가서 받을게요."

켈리는 가슴이 쿵쾅거리는 소리를 사무실 안에 있는 누구도 듣지 않기를 바랐다. 대수롭지 않은 전화라는 듯 느긋하게 움직이려고 애썼다.

"연락해주셔서 감사해요."

켈리는 복도로 나와 말했다. 그녀는 계단을 올라오는 사람과 살인 사건 전담팀 문을 동시에 볼 수 있는 비상계단 맨 위에 자리를 잡았다.

"별말씀을. 잡힌 사람 있나요?"

"아뇨, 유사 범죄를 저지른 용의자들을 살펴보는데 한 명이 걸렸어요. 혹시 지난 몇 년간 달라진 점이 있는지 알고 싶어서 연락드렸어요."

켈리는 심장이 마구 뛰었다. 가슴이 아파서 손바닥으로 가슴을 두드렸다. 누가 이 일을 안다면 분명 파직당할 것이다. 기회는 두 번 주어지지 않을 테니까.

"안타깝지만 아무것도 못 찾았어요. DNA를 확보했으니 다른 범죄를 저지르면 대조해볼 수 있지만 그래도 기소될 확률은 희박합니다."

"어째서죠?"

켈리는 경찰이 된 이후로 줄곧 범인이 잡히기만을 바랐지만, 역사적으로 범죄는 수사에 공들여서가 아니라 순전히 우연하게 밝혀진 적도 아주 많다는 점을 깨달았다. 회사에 강도가 든 뒤 표본을 제출했는데 범인의 정보와 일치하거나 도로 음주 단속 이후 다른 범죄의 증거 샘플을 얻기도 한다. 잠깐 숨을 불어내는 단순한 행위가 20년 동안 미제였던 사건을 해결하는 중요한 요소가 되는 것이다. 켈리도 그런 일을 몇 번 겪었다. 그래서 지금 무엇보다도 그런 운을 바라고 있었다. 켈리는 렉시를 강간한 남성을 한 번도 본 적 없지만 그 얼굴에 드러난 오만함이 두려움으로 바뀌는 모습은 쉽게 그려졌다. 무고했던 사람이 요주의할 사람이 되고 거기에 DNA가 일치하면 용의자가 렉시를 스토킹하고 공격했다는 사실이 입증될 것이다.

"파일에 있는 피해자가 쓴 편지가 있어요." 그린 경장이 말했다.

"알렉시스 스위프트 양이 쓴 겁니다. 편지에는 자신의 진술이 여전히 증거로 효력이 있지만 기소하지 않을 것이고, 이 사건을 더는 수사하지 않기를 바란다고 적혀 있네요."

"하지만 그건 불가능해요!"

막을 사이도 없이 입 밖으로 큰 소리가 나와 텅 빈 복도를 울렸다. 켈리는 경위의 침묵 속에서 혼란스러움을 느끼고 이렇게 덧붙였다.

"제 말은, 어째서 피해자가 경찰 지원을 거절하죠? 그건 말이 안 되잖아요."

"설명은 없고 서명만 있네요. 처음 진술한 것만큼 단순하지 않았을지도 모르죠. 자신이 아는 사람일 수도 있고, 관계에 동의했는데 나중에 마음을 바꿨는지도 모르고요."

켈리는 화를 억누르려고 애썼다. 렉시의 모습이 떠올랐다. 브라이튼에서 더럼까지 속도 제한을 무시하고 달려 도착했을 때 경찰서 취조실 의자에 몸을 웅크리고 앉아 자신을 보고도 일어나지 못하는 처참한 모습이. 감식반에게 옷을 내어주고 누군가에게 빌린 맞지 않는 옷을 입고 있는 모습이. 검사관의 침대에 누워 눈을 감고 눈물을 흘리던 모습이. 그때 그녀는 자국이 날 정도로 켈리의 손을 꼭 잡았다. 렉시에게 일어난 일은 전혀 합의된 관계가 아니었다.

"네, 그럴 수도 있죠."

켈리가 가볍게 말했다.

"연락해주셔서 감사해요. 저희가 맡고 있는 연쇄 사건과 관련 있는 것 같지는 않지만 혹시나 해서요."

그녀는 통화를 마친 뒤 몸을 돌려 차가운 회반죽벽에 머리를 기댔다.

"켈리, 명상하고 싶으면 여가 시간에 해."

놀라서 몸을 돌려보니 운동복을 입은 닉이 발소리가 나지 않는 운동화를 신고 뒤쪽 계단에서 올라오고 있었다. 티셔츠 여기저기가 땀으로 젖어 있었다.

"죄송합니다, 경위님. 5분이면 돼요."

켈리는 가슴이 뛰었다. 렉시가 대체 무슨 짓을 한 거지? 왜 그랬지?

"계속해. 난 샤워할 거야. 10분 뒤에 브리핑실에서 만나자고."

켈리는 당장 중요한 일에 집중하려고 애썼다.

"메이드스톤 성폭행 건은 경위님 말씀이 맞았어요. 자세한 사항은 루신다에게 넘겼어요."

"좋아. 켄트 경찰에게 이제 그쪽 관할이 아니라고 알려줘. 지금부터 우리가 맡을 거야. 물론 급한 일부터 해야겠지. 난 사이버 범죄 수사대에 연락해서 지난 이틀간 무슨 일을 했는지 알려달라고 해야겠어. 요즘 디지털 족적을 남기지 않고 돌아다니는 건 불가능해. 이 웹사이트 주인 신변을 확보하기가 얼마나 어려운지 알아봐야지?"

285

"아주 어렵습니다."

앤드류 로빈슨이 말했다.

"그자가 자신의 족적을 아주 잘 지우고 있어요. 사이트 세부 정보는 케이맨 제도에서 등록됐어요."

"케이맨 제도라고요? 그곳에서 사이트를 운영한다는 말이에요?"

켈리가 물었다.

닉이 그녀를 쳐다보며 말했다.

"너무 기뻐하지 마. 자네를 카리브 해에 파견하지는 않을 테니까."

"용의자가 그곳에 있다고 단정하기는 어려워요."

앤드류가 말했다.

"연락처가 그곳으로 되어 있다는 뜻이죠. 영국 경찰과 케이맨 제도는 공조 수사할 수 없으니 그들에게서 정보는 하나도 얻을 수 없어요. 하지만 웹사이트로 IP 주소는 알아냈어요."

앤드류는 켈리와 닉의 멍한 얼굴을 쳐다보고는 다시 말했다.

"웹사이트에서 신호를 송출하는 도메인을 살폈어요. 웹사이트가 존재하지 않으면 응답받지 못하는데 존재하는 경우에는 답장으로 도메인 세부사항을 어디에서 보유하고 어떤 장치로 특정 네트워크에 들어가는지 알 수 있어요. 그래서 예를 들어보자면,"

앤드류가 테이블 앞에 놓인 닉의 휴대전화를 가리켰다.

"경위님이 지금 인터넷 뱅킹을 하려고 은행 웹사이트에 접속한다면 해당 웹사이트가 경위님 휴대전화의 IP 주소를 기록해서 우리가 추적할 수 있게 해주는 겁니다."

"무슨 말인지 알겠어."

닉이 말했다.

"그러면 관리자 로그인은 어디에서 이루어진 거지?"

앤드류는 가느다란 손가락을 한데 모으더니 관절을 차례로 하나씩 꺾었다.

"안타깝게도 그건 그렇게 간단하게 알 수 없어요."

그는 공책을 펼쳐서 닉과 켈리에게 숫자를 보여주었다. 5.43.159.255.

"이게 IP 주소예요. 컴퓨터의 우편번호 같은 거죠. 고정 IP기는 하지만 러시아 서버를 쓰고 있고 아쉽게도 러시아는,"

"내가 맞춰보지."

닉이 끼어들었다.

"러시아는 영국 경찰에 협조하지 않지, 제기랄!"

앤드류가 양손을 들어 보였다.

"엉뚱한 사람에게 화풀이하지 마세요."

"웹사이트를 추적할 방법이 전혀 없나요?"

켈리가 말했다.

"솔직히 대답할까요? 없어요. 지금 주어진 시간과 이 정도 위험 수준에서는 불가능해요. 실질적으로 감지할 수 없는 웹사이트죠."

"그 말은 우리가 특별히 수단이 뛰어난 용의자를 찾고 있다는 뜻인가요?"

켈리가 물었다.

"IT 쪽에 배경지식이 있는?"

"꼭 그런 건 아니에요. 이런 정보쯤은 원한다면 인터넷에서 찾아볼 수 있어요. 컴퓨터를 잘 모르는 경위님도 하실 수 있을 정도죠."

켈리는 웃음을 참았다. 닉은 체념한 듯했다.

"그래서 어떻게 하면 좋을까?"

"옛말에 이런 말이 있죠. 돈을 쫓아라."

"무슨 뜻이죠?"

켈리가 물었다.

"〈모두가 대통령의 사람들〉 안 봤어요?"

앤드류가 물었다.

"좋은 기회를 놓쳤군요. 용의자가 자신의 데이트 사이트에 등록한 사람들에게서 받는 돈을 추적하는 거예요. 각 거래는 이용자의 신용카드나 체크카드에서 사이트에 연계된 페이팔 계정으로 이동하고 또 거기서 용의자의 은행 계좌로 옮겨질 테니까요. 돈이 누구에게서 어떻게 인출되었는지 알면 조치를 취할 수 있어요."

켈리는 한 줄기 희망을 느꼈다.

"그러려면 어떤 정보가 필요한가요?"

"계정을 만들 때 신용카드 쓰셨죠?"

닉이 고개를 끄덕였다.

"거래 일시와 금액, 신용카드 정보만 알면 돼요. 그러면 제가 알아볼게요."

22

우리는 노우드 로드에서 30분째 옴짝달싹하지 못하고 앉아 몇 센티미터씩 앞으로 나아갔다. 그레이엄은 성질이 급해서 조금이라도 틈이 보이면 차 앞머리를 밀어넣었고 신호가 바뀌고 앞차가 바로 출발하지 않으면 사정없이 경적을 울려댔다. 그가 나를 집에 데려다준 지 이틀째, 서로 대화할 주제도 떨어졌다. 낡은 비디오 가게를 매도인 지정 가격에 맞출 것인지 어째서 아무리 층을 쪼개도 수요를 맞출 수 없는지 이야기하는 것도 이골이 나서 아무 말 없이 조용히 있었다.

때때로 그레이엄에게 여기까지 데려다주게 해서 미안하다고 사과하면 그는 그러지 말라고 답했다.

"변태가 당신을 쫓아다니는데 런던을 그냥 걸어다니게 할 수 없지."

문득 런던의 다른 여성들이 어떤 식으로 공격받았는지 구체적으로 알지 못한다는 생각이 들었다. 하지만 이내 여성을 스토킹하는 남자가 하는 행동이란 뻔하다고 생각했다.

매트에게 이런 상황을 이야기하면 그는 언제라도 나를 집과 직장으로 데려다줄 것이다. 매트와 아이들에 대해 이야기할 때면 그는 내 눈을 필요 이상으로 오래 쳐다보았다. 내가 매트의 이름을 입에 올리면 사이먼의 눈동자는 질투로 타올랐다.

사이먼은 나를 데려다줄 수 없다. 그는 몇 주 전 차를 팔았다. 당시에는 그가 미쳤다고 생각했다. 주중에는 차를 탈 일이 별로 없지만 주말이면 마트나 이케아에 가고 친구나 가족을 만나러 시외로도 나가야 하는데.

"기차를 타면 돼."

차가 없으면 불편할 거라고 말하니 그가 답했다. 사이먼이 차를 유지할 형편이 안 된다는 생각은 하지 못했다.

내게 운전면허가 있었으면 좋겠다고 생각했다. 런던에 살면 필요하지 않을 것 같았지만 지금 같은 상황에 면허가 있다면 직접 출퇴근할 수 있을 텐데. 광고에서 내 사진을 발견한 뒤로 경각심이 늘었다. 늘 신경이 곤두서 있었고 언제든 도망치거나 싸울 태세를 갖췄다. 사방을 살피고 모든 사람을 주의 깊게 쳐다보았다.

그레이엄의 자동차 안까지는 아무도 찾아오지 못할 테니 안심할 수 있었다. 부드러운 가죽 의자에 기대 눈을 감으면 감시당하고 있는지 걱정할 필요가 없었다.

강을 건너자 교통 흐름이 원활해지기 시작했다. 히터 바람에 며칠 만에 따뜻하고 편안한 기분을 느꼈다. 그레이엄이 라디오를 켰다. 캐피탈 FM에서 그렉 번과 아트 가펑클의 인터뷰가 이어졌고, 마지막으로 미시즈 로빈슨의 곡이 흘러나왔다. 아직도 모든 가사를 기억하고 있다니 우스웠다. 나는 속으로 노래를 따라 부르려다 이내 잠들었다.

집으로 가면서 자다 깨다를 반복했다. 라디오에서 새로운 노래가 들렸다. 아주 잠깐 눈을 감은 것 같았는데 깨어보니 완전히 다른 노래가 끝나가고 있었다.

잠 속으로 밀려드는 소리로 잠재의식이 혼란했다. 버스 소음, 음악, 라디오 광고까지. 자동차 엔진은 지하철이 움직이는 소리로 바뀌었고 라디오 진행자는 '승강장과 열차 사이의 공간이 넓으니 조심하시기 바랍니다'라고 말했다. 나는 어느새 통근자들로 발 디딜 틈 없는 지하철 안에 서 있었다. 객차 안에서 애프터셰이브 향과 땀 냄새가 풍겼다. 향기가 친숙했고 누구에게서 나는 냄새인지 확인하려고 했지만 그는 나를 교묘히 피해갔다.

11월 13일 금요일 등록

백인.
30대 후반.

사방에 눈들이 보였다. 나를 지켜보았다. 나를 쫓아왔다. 내가 가는 모든 길을 알고 있었다. 열차가 멈추고 내리려고 했지만 누군가 나를 떠밀고는 다시 객차 벽으로 밀쳤다.

접근 용이성 평이.

루크 프라이드랜드였다. 그가 내 가슴을 세게 누르며 말했다. '내가 당신을 구했어요.' 고개를 저으며 몸을 움직이려는데 애프터셰이브 향이 강하게 풍겼다. 그 냄새로 코끝이 마비되고 숨을 쉴 수 없었다.

'왜 눈이 감기지?'

눈을 떴지만 나를 누르는 남자는 루크 프라이드랜드가 아니었다.

나는 지하철 안에 있지도, 통근자들에게 둘러싸여 있지도 않았다.

그레이엄 할로의 차 안이었다.

그레이엄이 내 옆에 얼굴을 가까이 대고 팔로 몸을 감싸고는 나를 좌석 쪽으로 눌렀다. 내가 맡은 냄새는 그에게서 나는 것이었다. 나무와 계피 향에 암내와 그의 트위드 재킷에서 풍기는 퀴퀴한 냄새가 뒤섞였다.

"여긴 어디예요? 내 몸에서 떨어져요!"

가슴을 누르는 압박은 사라졌지만 여전히 숨을 쉬기 어려웠다. 목이 졸리는 것 같아 두려움으로 목이 막혔다. 주위를 에워싼 어둠이 차 안으로 스몄고 나는 문손잡이를 잡으려고 애썼다.

그때 빛이 들어와 눈앞이 보이지 않았다.

"안전벨트를 풀어주려고 했어."

그레이엄이 말했다. 화나고 방어적인 목소리였다.

그를 몰아붙여서일까?

아니면 그를 저지해서일까?

"잠들었잖아."

아래쪽을 보니 안전벨트가 풀려서 왼팔에 줄이 감겨 있었다. 차는 우리 집 도로에 들어와 있었다. 집 현관이 보였다.

부끄러워서 얼굴이 빨개졌다.

"제가, 죄송해요."

잠이 덜 깨서 정신이 몽롱했다.

"그런 줄 알았어요……"

말을 제대로 하려고 애썼다.

"그러니까 당신이⋯⋯"

말할 수 없었고 그럴 필요도 없었다. 그레이엄이 다시 시동을 켰고 엔진 소리가 우리의 대화를 잘랐다. 나는 차에서 내려 몸을 떨었다. 밖은 안보다 15도 더 낮았다.

"태워주셔서 감사해요. 그리고 정말 죄송해요. 전,"

그는 나를 인도에 세워둔 채 떠났다.

findtheone.com이 있으면 불편하게 맞선을 볼 필요도, 저녁을 먹으면서 어색한 대화를 나눌 필요도 없어. 포토샵으로 보정한 사진에 거짓으로 가득 찬 프로필로 넘치는 대다수 온라인 데이트 사이트보다 진실하지. 연봉, 취미, 좋아하는 음식, 모두 상관없어. 타파스를 좋아한다는 공통점이 있다고 해서 연인이 되는 사람이 있을까? 서류로 보면 잘 맞을 듯해도 서로 타오르게 할 불꽃은 부족해.

findtheone.com은 그런 쓸데없는 것들은 모두 생략하지. 오페라 관람을 좋아하는지 공원 산책을 좋아하는지 아는 것이 중요하다는 척하지 않는 거야. 그래서 남자는 시간을 아낄 수 있어. 그저 당신을 따라다니면서 대화를 시도하고 저녁을 사줄 만큼 당신이 흥미로운 여성인지 확인할 수 있으니 수다스러운 멍청이에게 시간을 낭비할 필요가 없어. 다시 말해 남자가 더욱 사적으로 다가갈 수 있다는 거지. 당신의 향수, 숨결, 살 냄새를 맡을 수 있어. 마음속 열정을 느끼고 행동으로 옮길 수 있어.

내 손님들이 누군지 궁금해? 이런 웹사이트를 누가 이용할 것 같아? 시장이 클 리 없다고 생각해? 엄청나다는 것만은 확실해.

내 손님들은 아주 다양해. 연애할 시간이 없는 사람, 돈 걱정할 필요가 없는 사람, 특별한 누군가를 만나지 못한 사람, 상대에게 집착하다가 차인 사람. 모두 자신만의 이유로 findtheone.com에 가입해. 가입 이유가 뭐든 내 알 바 아니야.

그럼 이 남자들은 누굴까?

당신의 친구, 아버지, 형제, 친한 친구, 이웃, 상사들이지. 당신이 일상에서 늘 마주하는 사람들이야. 직장과 집에서 만날 수 있는 사람들.

당신은 충격받을 거야. 그들을 더 잘 안다고 생각했을 테니.

하지만 당신이 틀렸어.

23

"당신 차인가요?"

켈리가 검은 렉서스 사진을 테이블 위에 놓았다. 고든 틸먼이 고개를 끄덕였다.

"CCTV 덕분에 용의자가 인정하는군."

켈리는 틸먼을 쳐다보았다. 화려한 양복이 회색 죄수복으로 바뀌어 자신감이 좀 떨어졌지만 여전히 질문하는 사람을 노려볼 정도로 그는 충분히 오만했다. 생년월일상 마흔일곱 살이지만 10년은 더 늙어 보였고 세월의 흔적인지 피부가 얼룩덜룩했다. 마약은 아니었다. 술과 여자 때문이었다. 그는 늦은 밤 자신을 거들떠보지도 않는 여자들을 꾀려고 돈을 썼다. 켈리는 혐오하는 기색을 내비치지 않으려고 노력했다.

"어제 아침 8시 45분경 운전했나요?"

"알면서 왜 물어요?"

틸먼이 켈리의 질문에 대답하면서 팔짱을 끼고 의자에 느긋하게 기댔다. 그가 사무 변호사를 선임하지 않았기에 어떻게 취조해나갈지 확신할 수 없었다. 아주 제대로 해볼까? 그래야 할 것 같은데 그래도……
틸먼의 눈동자를 보니 일이 수월하게 진행되지 않을 것 같았다. 켈리는 갑자기 다른 용의자를 취조했던 일이 떠올랐다. 같은 범죄였다. 그녀는 테이블 아래로 주먹을 꼭 쥐었다. 딱 한 번이었다. 당시 그는 켈리의 신경을 건드렸고 그녀는 어렸으며 경험이 적었다. 그런 일은 다시 없을 것이다.

등 뒤로 식은땀이 흘러내렸고 켈리는 집중하려고 애썼다. 귓가에 다시는 그런 일이 벌어져서는 안 된다는 목소리가 들렸다. 그 말이 그녀를 극한으로 몰아 결국 자제력을 잃었다.

"그러니까 어제 오전 8시 30분부터 10시 사이에 어디 있었는지 당신 입으로 말해주겠어요?"

"전날 참석한 회의를 끝내고 귀가했어요. 저녁을 먹고 메이드스톤에서 밤을 보낸 뒤에 옥스퍼드셔로 돌아가던 길이었죠. 그리고 출근해서 종일 일했어요."

"직장이 어디죠?"

틸먼이 눈을 깜박거리며 켈리를 쳐다보더니 그녀의 가슴을 훑었다. 켈리는 시선을 목격했다기보다는 느꼈다. 닉이 의자를 앞으로 당겼다. 켈리는 닉에게 아무 말도 하지 말라는 눈빛을 보냈다. 그녀는 틸먼에게 자신이 눈길을 느꼈다는 점을 알려 그를 만족시키고 싶지 않았다.

"시내예요. 전 NCJ 인베스터스 자산관리사예요."

경위가 취조에 참석하겠다고 했을 때 켈리는 놀라지 않았다. 그녀는 경위에게 자신이 취조하게 해달라고 부탁했다. 이 사건에 얼마나 열심히 참여했고 얼마나 해결하고 싶은지 다시금 알렸다. 그는 고심한 뒤에 대답했다.

"좋아. 하지만 나도 참석하겠어."

켈리는 고개를 끄덕였다.

"자네는 이 사건을 이끌기엔 너무 미숙해. 사무실에서도 무시하는 사람이 있을 거야."

두 사람 사이에는 말하지 않은 이유가 있었다. 닉은 켈리가 이성을 지키리라고 믿지 않았다. 어떻게 닉을 원망할 수 있을까? 그녀조차도 자신을 못 믿는데.

켈리는 범죄 용의자를 위협한 일로 내부 규정에 따라 정직을 당했다.

"대체 무슨 생각으로 그랬어?"

용의자와 싸우며 셔츠가 찢어지고 얼굴 양쪽이 멍든 켈리를 보고 딕비가 물었다. 그녀는 아드레날린이 빠르게 온몸으로 퍼지는 탓에 부들부들 떨었다.

"아무 생각이 없었어요."

그건 사실이었다. 그녀는 렉시를 생각했다. 사건이 들어왔을 때 바로 어쩔 수 없다는 것을 알았다. 소녀가 학교에서 집으로 돌아가는 길에 강간당한 사건이었다.

"제가 맡을게요."

켈리는 곧바로 반장에게 말했다. 그녀는 동생을 떠올리며 마음을 다해 피해자를 대했고 자신이 다른 경찰과는 다르다고 느꼈다.

며칠 뒤 용의자가 잡혔다. DNA 검사 결과 성범죄 전과가 있었다. 용의자는 변호를 거부했고 황색 죄수복 차림으로 취조실에 앉아 이죽거렸다. '노코멘트하겠어요. 노코멘트, 노코멘트.' 그러고는 자신이 처한 상황이 따분하다는 듯 하품했다. 켈리는 분노가 쌓여 끓어넘칠 지경에 이르렀다.

"그러니까 퇴근하는 길에…….”

켈리가 아무 말도 하지 않자 닉이 곧바로 끼어들었다. 그녀는 틸먼에게 집중하려고 애썼다.

"지하철역을 지나는데 전날 밤 일로 피곤이 풀리지 않았다는 걸 깨달았어요.”

틸먼의 입꼬리가 올라갔다. 그는 자신이 시인해도 결코 법적으로 처벌받지 않는다는 점을 알고 있었다. 고든 틸먼은 습관성 음주 운전자가 분명했다. 켈리는 그 사실에 연금 전부를 걸 만큼 자신 있었다. 그는 맥주 한두 잔을 마시면 운전이 더 잘된다고 떠벌리는 부류의 남자였다.

"잠시 쉬면서 커피를 마시려고 차를 멈추고 지나가는 여성에게 근처 커피숍 위치를 물었어요.”

"그 여성에 대해 설명해주시겠어요?”

"30대 중반쯤, 금발에 단정해 보였어요.”

틸먼이 다시 미소를 지었다.

"꽤 가까운 거리에 있는 카페를 알려주기에 그녀에게 같이 커피를 마시지 않겠냐고 물었어요.”

"처음 보는 사람에게 커피를 마시자고 했다고요?”

켈리는 미덥지 않다는 표정을 숨기지 않았다.

"그런 말도 있잖아요.”

틸먼이 여전히 이죽거리며 말을 이었다.

"처음 보는 사람은 아직 만나지 못한 친구다. 제가 차를 세웠을 때 그녀가 곧장 눈길을 줬다고요.”

"한 번도 만난 적 없는 여성에게 차 한잔하자고 물어보는 게 습관인
가요?"

켈리가 애써 화를 참으며 물었다.

틸먼은 시간을 끌었다. 그는 켈리를 위아래로 훑더니 대답하기 전에
고개를 아주 약간 흔들었다.

"걱정 말아요, 자기. 난 예쁜 애들한테만 그러니까."

"계속해보실까요,"

닉이 끼어들었다.

"당신 '입장'에서 사건에 관해 말하는 것 말입니다."

틸먼은 닉의 비꼬는 말투를 알아듣고도 진술을 이어나갔다.

"그녀가 차에 탔고 우리는 카페로 향했어요. 그런데 그녀가 거절할
수 없는 제안을 하더군요."

틸먼의 능글거리는 웃음 때문에 켈리는 목구멍으로 위산이 역류하
는 듯했다.

"평생 한 번도 해본 적 없지만 항상 모르는 사람과 잠자리하고 싶은
환상이 있었다고 하더라고요. 제가 어떻게 생각했겠어요? 그러니까,"

틸먼이 웃음을 터뜨렸다.

"어떻게 생각하세요? 그녀는 제게 이름을 알려주지 않을 거고 제 이
름도 알고 싶지 않다고 했어요. 그러고는 곧장 메이드스톤 외곽에 있
는 산업 단지로 가자고 하더군요."

"그곳에서 무슨 일이 있었죠?"

"자세하게 다 알고 싶어요?"

틸먼이 몸을 앞으로 숙이더니 도전적인 눈빛으로 켈리를 쳐다보았다.

"그런 행위를 지칭하는 말이 있잖아요."

켈리는 조금도 물러서지 않았다.

"그런 행위를 지칭하는 말이 있죠."

분노가 치밀었다. 켈리는 감정이 사라지지 않도록 집중했다.

잠시 정적이 흘렀다. 틸먼이 능글맞게 웃었다.

"그녀가 제게 오럴 섹스를 해준 다음 섹스를 했어요. 제가 태워다주겠다고 했는데 그곳에 있고 싶다고 하더군요. 일종의 환상 때문에 그런 것 같아요."

틸먼은 켈리의 분노를 감지하기라도 한 듯 그녀의 눈동자를 빤히 바라보았다. 그것이 켈리가 용케 누르고 있던 무언가를 해제시키고 말았다.

"그녀는 거친 걸 좋아했어요. 많은 여성이 그렇지 않나요?"

틸먼이 또다시 웃었다.

"소리가 요란했던 걸 보면 엄청 좋았나봐요."

'엄청 좋았나봐요.'

용의자는 인터뷰하는 내내 켈리의 시선을 피하지 않았다. 그녀는 남성 동료와 함께였다. 용의자는 어떤 도발적인 말도, 사적인 행동도 보이지 않았다. 진술을 녹음하고 켈리가 그를 수감실로 데려다줄 때 용의자가 그녀를 향해 몸을 굽혔다. 그의 입김이 켈리 몸에 닿았고 비릿한 체취와 담배 냄새가 풍겼다.

"엄청 좋았나봐요."

용의자가 속삭였다.

나중에 생각해보니 그때는 유체이탈을 한 것 같았다. 다른 누군가 그녀의 몸으로 주먹을 쥐고 그에게 달려들어 코를 박살내고 손톱으로 얼굴을 긁었다. 그녀가 아닌 다른 누군가가 분노로 정신을 잃었다. 켈리의 동료가 그녀를 끌어냈을 때 상황은 이미 돌이킬 수 없었다.

켈리는 렉시가 언제 더럼 경찰서로 편지를 보냈을지 궁금했다. 그때쯤 렉시는 자신보다 그 일에 신경을 덜 쓰게 되었을지, 자신이 이유 없이 직장을 잃을 뻔한 게 아니었는지도 알고 싶었다.

"그게 다죠?"

켈리가 사진을 옆으로 치우면서 말했다.

"그날 있었던 일이에요."

틸먼은 다시 팔짱을 끼고 의자에 기댔다. 플라스틱이 삐걱거리는 소리가 났다.

"제가 한번 알아맞혀볼까요? 그녀는 지금 죄책감을 느끼거나 남자친구한테 들켜서 강간당했다고 주장하는 거예요. 맞죠?"

켈리는 지난 몇 년간 많은 것을 배웠다. 화내는 것 외에 범죄자를 상대하는 더 좋은 방법이 있었다. 그녀는 틸먼을 따라 의자에 몸을 기댔고 패배를 인정한다는 듯 양 손바닥을 들어 보였다. 틸먼이 의기양양한 미소를 지을 것이 뻔해 가만히 기다렸다.

그러고는 이렇게 말했다.

"findtheone.com에 대해 말해주세요."

틸먼의 표정이 바뀌었다.

그의 눈동자에 공포가 드리우더니 몸이 굳었다.

"무슨 말이죠?"

"언제부터 가입해서 활동했나요?"

"무슨 말을 하는지 도무지 모르겠네요."

이제 켈리가 웃을 차례였다.

"아, 그래요? 그렇다면 당신이 구금되어 있는 동안 우리가 가택을 수사할 텐데 그때 당신 컴퓨터를 살펴봐도 그 웹사이트를 방문한 기록 같은 건 찾을 수 없겠네요?"

틸먼의 이마에 땀이 맺혔다.

"피해자의 통근길 정보도, 당신이 돈을 지불한 증거도, 자료를 다운로드한 사실도 못 찾겠죠?"

틸먼이 손바닥으로 얼굴을 닦아 운동복 하의에 쓱쓱 문지르자 오른쪽 허벅지 위로 진한 땀자국이 생겼다.

"회원 등급이 어떻게 되죠? 플래티넘? 당신 같은 남자는 가장 높은 등급만 추구할 테니까."

"진술을 중단하겠어요."

틸먼이 말했다.

"마음이 바뀌었어요. 사무 변호사를 선임하겠어요."

켈리는 고든 틸먼이 국선 변호사가 아닌 사설 사무 변호사를 요청했다는 사실이 놀랍지 않았다. 그러려면 틸먼이 세 시간을 더 기다려야 한다는 점도 전혀 신경 쓰이지 않았다. 그 사이 옥스퍼드서 경찰은 틸먼의 노트북을 압수했다. 강간할 때 입었던 속옷이 그의 집 욕실 빨래통에 반쯤 걸쳐진 것을 보고 그것도 함께 가져왔다. 런던 경찰청에서 틸먼의 사무실을 찾아가 작업용 컴퓨터를 압수했고 책상 서랍에 들어 있던 모든 물품을 증거로 가져왔기에 켈리는 틸먼이 유죄를 선고받든 말든 그의 인생이 끝났다는 사실에 마음이 편안해졌다.

"노트북을 최대한 빨리 살펴보는 데 얼마나 걸리지?"

닉이 앤드류에게 물었다. 틸먼이 사무 변호사와 상담하는 동안 닉과 켈리는 살인 사건 전담팀 사무실로 돌아왔다.

"빠르면 사흘에서 닷새 정도예요. 예산만 확보된다면 24시간에도 가능합니다."

"알아볼게. 지난 6개월간 검색한 내역과 방문한 웹사이트를 모두 문서로 뽑아줘. 어떤 프로필을 봤고 어떤 자료를 다운로드했고 구글 어스에서 장소를 검색했는지도 알아봐. 그리고 하드 드라이브에 포르노 동영상이 없는지 샅샅이 훑어봐. 분명 있을 거고 조금이라도 불법인 파일이 보이면 그걸 증거로 쓸 거야. 잘난 척하는 재수 없는 놈."

"그럼 틸먼을 잡아넣지 않는 건가요?"

앤드류가 자신의 작은 사무실로 사라지자 켈리가 물었다.

"그는 아주 매력적이잖아."

그 말에 켈리가 인상을 찌푸렸다.

"그자가 얼마나 알고 있다고 생각하세요?"

"단정할 수 없어. 우리가 웹사이트에 대해 알고 있다는 사실을 깨달았을 때 입을 다무는 정도겠지. 누가 웹사이트 배후에 있는지 아는지는 확실하지 않아. 그놈의 변호사가 뭔가 알게 되면 묵비권을 행사하라고 할 테고 그러면 감식하는 수밖에 없어. 검사 보고서는 왔어?"

"진술받으러 가기 전에 켄트 성폭행 담당 형사와 통화했는데 보고서를 팩스로 보내준답니다. 성행위가 있었다는 확실한 증거가 있고 논쟁할 여지도 없고요."

켈리가 팩스를 건네자 닉이 꼼꼼히 살폈다.

"방어하다 다친 부위도 없고 강제성도 보이지 않는다?"

"그건 아무 의미도 없어요."

렉시는 다치지 않았다. 너무 무서워서 꼼짝도 못 했다고 말했다. 그것이 렉시가 무엇보다 스스로에게 힘들어한 점이었다. 맞서 싸우지 않은 것.

"그래, 하지만 우리가 동의 없이 관계를 가졌다고 주장하기 어렵게 만드는 점이라는 건 확실해. 고든 틸먼과 웹사이트에 게시된 피해자 프로필 사이의 연관성을 입증하는 일이 필수야. 그렇게 할 수 있으면 그놈이 길거리에서 우연히 만났다고 한 진술은 완전히 쓸모없어지니까."

"우리가 증명하지 못하면요?"

켈리가 물었다.

"할 수 있어. 루신다는 어디 있어?"

"회의하러 갔어요."

"웹사이트에 올라온 다른 피해자들을 알아보라고 해. 이름은 몰라도 사진이 있고 직장과 집에 가는 길도 정확히 알고 있으니까. 그들을 식별하고 데려와서 위험을 알려야 해."

"맡겨만 주세요."

닉은 잠시 아무 말도 하지 않았다.

"힘든 진술이었는데 아주 잘했어. 자네를 다시 봤어."

"감사합니다."

"이제 그놈을 잡아들이자고. 시간이 많이 걸릴 거야."

경위의 예상은 정확했다. 고든 틸먼은 비쩍 마르고 초조한 얼굴에 금테 안경을 쓴 사무 변호사의 조언대로 모든 질문에 묵비권으로 일관했다.

"제 의뢰인을 보석으로 풀려나게 해줄 겁니다."

틸먼이 유치장으로 돌아갈 때 사무 변호사가 이렇게 말했다.

"안타깝지만 저희는 그럴 생각이 없습니다."

켈리가 말했다.

"이건 중요한 사건이고 법의학적으로 질문할 것이 아주 많습니다. 당신 의뢰인은 한동안 안정을 취해두는 게 좋을 거예요."

닉의 긍정적인 모습에 켈리는 자신감이 생겼다. 진술 조사 후반부에 그녀는 과거의 자신을 더 많이 느낄 수 있었다. 실수하지 않았더라면 지금쯤 경장일 것이었다.

그들은 틸먼을 스물네 시간 동안만 잡아둘 수 있었지만 닉이 당직 경정에게 연락해 연장을 요청했다. 추가로 열두 시간을 연장한다고 해도 앤드류가 필요하다는 시간보다 부족했다. 틸먼을 더 오래 잡아두려면 치안 판사의 허가가 있어야 했다.

켈리는 구류 경사의 업데이트를 기다리는 동안 사건 서류를 넘겨보았다. 피해자 진술서 내용은 참으로 암담했다. 검은 렉서스가 피해자 옆에 섰고 그 안에 탄 남성이 길을 물으며 '창문이 열리지 않는다'면서 조수석 문을 열었다.

"별일이라고 생각했어요."

피해자가 이렇게 말했다.

"새 차 같았는데 수상하다고는 생각 못 했어요."

운전자가 M20 고속도로를 찾는다고 해서 캐서린은 차에 몸을 기댄 채 방향을 가리켰고, 남자는 위협적이지 않고 친절했다고 설명했다.

"시간을 빼앗아서 미안하다고 사과했어요."

그녀가 말했다.

"도와줘서 고맙다고도 했고요."

남자가 기억력이 좋지 않다고 해서 캐서린이 다시 한 번 길을 알려주는데 그때 고든 틸먼의 본래 의도가 드러났다.

"그가 갑자기 팔을 뻗어 절 붙잡았어요. 제가 입고 있던 회색 코트를 잡더니 절 오른쪽 어깨 뒤로 넘기며 차 안으로 밀어넣었어요. 너무 순식간에 일어난 일이라 비명을 지를 틈도 없었어요. 제 발이 차 밖에 나와 있는 채로 그는 차를 몰았고 제 얼굴을 그의 무릎으로 밀쳤어요. 그

305

러더니 한 손으로 제 머리를 그의 가랑이 위에 놓았고 머리 뒤쪽이 운전대에 닿았어요."

틸먼이 피해자를 잡고 조수석 문을 닫을 때까지 차는 잠시 멈춰 있었지만 그동안에도 용의자는 그녀의 머리를 사타구니에 누른 상태였다. 자동차는 기어를 낮춘 채 계속 달렸다.

"고개를 들려고 했지만 그가 놓아주지 않았어요."

그녀는 켄트 경찰서에서 이렇게 진술했다.

"제 얼굴이 그의 페니스에 닿았고 그게 점차 부풀어오르는 것이 느껴졌어요. 그때 그가 절 강간할 거라는 사실을 알았어요."

진술에 참여한 경찰이 남긴 메모로 켈리는 피해자에게 자녀가 둘 있으며 작은아이는 고작 18개월밖에 되지 않았다는 점을 알았다. 피해자는 리크루팅 컨설턴트로 결혼 11년차였다.

'저는 경찰의 수사에 적극 협조할 것이며 필요하다면 법정에 출두할 것입니다.'

그녀는 선서 내용에 따를 것이다. 그러지 않을 이유가 있을까?

렉시는 왜 그러지 못했을까?

"바람 좀 쐬고 올게요."

켈리는 책상에 붙어서 좀처럼 고개를 들지 않는 닉에게 말했다. 그러고는 살인 사건 전담팀 사무실 계단을 내려가 지하철역 뒤쪽으로 이어지는 문으로 갔다. 자신도 모르게 주먹을 꼭 쥐고 있었다. 그녀는 손가락을 펴고 천천히 호흡을 가다듬었다.

음성 사서함으로 넘어갈 때쯤 렉시가 전화를 받았다.

"왜 더럼 경찰에게 재판하지 않겠다고 말했어?"

켈리는 동생의 가쁜 숨소리를 들었다.

"잠깐만."

낮은 목소리로 대화가 들렸다. 제부와 퍼거스인 것 같았다. 그리고 문이 닫히는 소리가 났다. 렉시가 다시 수화기를 들었을 때 동생의 목소리는 조용하지만 단호했다.

"그걸 어떻게 알았어?"

"왜 기소하지 않을 거라고 말했어?"

"안 할 거니까."

"이해가 안 가. 네 인생에서 일어난 가장 큰 사건인데 어떻게 그냥 피해버릴 수 있어?"

"내 인생에서 일어난 가장 큰 사건이 아니니까! 내게 가장 중요한 건 남편이야, 퍼거스와 알피고. 언니와 엄마, 아빠…… 그 모두가 까마득한 옛날에 더럼에서 일어난 일보다 더 중요해."

"다른 사람들은 어떡하라고? 그놈이 널 공격하고도 죄책감을 못 느껴서 다른 사람을 성폭행한다면 기분이 어떨 것 같아?"

렉시가 한숨을 내쉬었다.

"그 점에 대해서는 자책하고 있어. 정말이야. 하지만 이건 자기 보호 문제야, 언니. 그렇게 하지 않았다면 난 완전히 무너져버렸을 거야. 그랬다면 어땠을까? 우리 애들은 어떻게 됐고?"

"왜 그렇게 흑백 논리로 생각하는지 이해가 안 돼. 그놈이 잡히려면 몇 년은 걸렸을 거고 그때쯤이면 너도 완전히 다르게 생각했을 거야."

"그게 정말 힘들 거라는 생각은 안 해?"

켈리는 동생의 갈라지는 목소리를 듣고 마음이 편치 않았다.

"언제 그렇게 될지 모르잖아. 어느 날 갑자기 경찰서에서 누군가 붙잡혔다는 전화가 오거나 누군가 정보를 물으러 찾아오겠지. 그날이 면접 보기 전날이면 어떡해? 아이들 생일이라면? 난 지금 행복해, 언니. 잘 지내고 사랑하는 가족이 있어. 더럼에서 있었던 일은 이미 오래전에 끝났어. 그걸 다시 끄집어내고 싶지 않아."

켈리는 아무 말도 하지 않았다.

"그 점을 이해해야 해. 내가 왜 그랬는지 모르겠어?"

"응, 전혀 이해가 안 돼. 왜 내게 그 이야기를 안 했는지도 모르겠고."

"바로 이럴 것 같아서야! 내가 아무리 원해도 훌훌 털고 일어나게 놔주지 않잖아. 언닌 경찰이니까. 평생 과거를 파헤치며 답을 찾는 일을 하는 사람이잖아. 하지만 가끔은 답이 없을 때도 있어. 그냥 안 좋은 일이 일어났고 최선을 다해서 그 일을 이겨내면 되는 거야."

"부정은 가장 좋은 방법이 아니야,"

"언닌 언니 인생을 살아. 난 내 인생을 살 테니까."

전화가 끊어졌다. 켈리는 반쯤 어둠에 갇힌 채 자리에 가만히 서 있었다.

24

"떨리니, 케이티?"

"조금요."

토요일 오후 1시, 우리는 주방에서 먹고 남은 수프를 치웠다. 케이티가 리허설을 하러 가기 전에 속이 좀 든든하기를 바랐는데 딸은 빵 하나를 집어들었을 뿐 수프에는 거의 손을 대지 않았다.

"나도 떨려."

말로 공감을 얻으려고 했지만 케이티는 실망한 표정이었다.

"제가 못할 것 같아요?"

"아니, 그런 뜻이 아니야."

또 말을 잘못한 내가 원망스러웠다.

"너 때문에 떨리는 게 아니야. 신나서 그래. 가슴이 두근거린다고."

딸을 안아주려는데 초인종이 울렸다. 케이티가 자리에서 일어났다.

"아이작일 거예요."

케이티를 따라 복도로 나서며 젖은 손을 티타월에 닦았다. 기술 리허설을 먼저 진행한 다음 드레스 리허설을 할 때 우리 모두 보러 가기로 했다. 그래서 긍정적으로 생각하려고 했다. 케이티의 안녕을 위해서. 나는 케이티가 아이작에게서 떨어질 때까지 미소를 띠고 서 있었다. 그가 내게 인사했다.

"우리 애를 데리러 와줘서 고마워요."

진심이었다. 느물거리고 나이가 많은 아이작 건과 딸이 데이트하지 않았으면 했지만 그가 딸을 보살펴주고 있다는 사실은 부정할 수 없었다. 케이티는 리허설이 끝난 뒤는 물론 레스토랑 일을 마치고도 항상 그의 차로 집에 왔다.

스위프트 순경이 루크 프라이드랜드를 추적하면 알려준다고 약속했지만 연락이 통 없었다. 초조했다. 오늘만 해도 벌써 웹사이트에 두 번이나 들어가서 목록에 올라온 다른 여성들을 살펴보고 '주말 만남 가능'란에서 자료를 다운로드했다. 그들이 지금 누군가에게 미행을 당하고 있을지 궁금했다.

저스틴이 아래층으로 내려와 아이작을 보고 가볍게 고갯짓했다.

"잘 지내죠? 엄마, 저 나가요. 늦을 거예요."

"안 돼. 다 같이 케이티 연극을 보러 갈 거야."

"전 안 가요."

저스틴이 케이티와 아이작을 쳐다보았다.

"기분 나빠하지 마. 난 그런 쪽이 정말 취향에 안 맞거든."

케이티가 웃었다.

"괜찮아."

"안 괜찮아."

내가 단호하게 말했다.

"우리는 가족이니 케이티가 처음 정식으로 무대에 서는 모습을 지켜봐야지. 더는 왈가왈부하지 마."

"저기, 이런 일로 다투실 필요 없어요. 저스틴이 오고 싶지 않다 해도 저희는 괜찮아요. 안 그래, 케이트?"

아이작이 한 손으로 케이티의 허리를 감쌌고 케이티는 그를 쳐다보더니 고개를 끄덕였다.

'케이트?'

딸과 불과 몇 발자국 떨어져 서 있지만 우리 사이에 엄청난 간극이 존재하는 듯했다. 몇 주 전까지만 해도 케이티는 나와 하나였다. 그런데 지금은 케이티와 아이작이다. 아니 '케이트'와 아이작.

"그냥 드레스 리허설인 걸요."

케이티가 말했다.

"우리가 널 응원할수록 오프닝 때 힘이 더 날 거야."

저스틴은 내가 꿈쩍도 하지 않을 것을 알았다.

"좋아요."

아이작이 헛기침했다.

"이제 그만 출발하는 편이,"

"극장에서 봐요, 엄마. 찾아올 수 있겠어요?"

"그럼, 당연하지. 열심히 해!"

나는 뺨이 아플 만큼 활짝 웃어주었다. 현관 앞에서 둘이 나가는 모습을 지켜보면서 돌아보는 케이티에게 손을 흔들었다. 문을 닫고 들어오니 복도에 차가운 바깥 공기가 가득 스며 있었다.

"제가 가든 안 가든 케이티는 신경 쓰지 않을 거예요."

"나는 신경 써."

저스틴은 난간에 기대서 나를 뚫어지게 쳐다보았다.

"그래요? 엄마가 케이티의 연기 활동을 진지하게 생각한다고 알려주고 싶은 거예요?"

나는 얼굴이 붉어졌다.

"진지하게 생각하고 있어."

저스틴은 대화가 지겹다는 듯 맨 아래 계단에 한 발을 올렸다.

"그러니까 엄마 생각을 증명하려고 우리가 거기에 가서 셰익스피어 따위를 보고 있어야 하는군요. 참 좋네요, 엄마."

매트에게 3시까지 우리를 데리러 오라고 말해두었다. 벨이 울려 문을 열어보니 그는 옆집에 서서 멜리사의 집 초인종을 누르고 있었다.

"택시 안에서 기다릴게."

그가 말했다.

저스틴과 사이먼에게 서두르라고 다그치고 코트를 입고 나오니 멜리사와 닐이 벌써 택시 안에 타고 있었다. 닐이 조수석에 앉고 멜리사는 뒷좌석에 탔다. 나는 그녀 옆에 앉아 저스틴이 앉을 자리를 만들어주었다. 사이먼은 매트 뒤쪽의 접이식 의자에 앉았다.

"정말 좋지 않아?"

멜리사가 말했다.

"마지막으로 극장에 간 게 언제인지 모르겠어."

"정말 좋지."

그녀에게 고마워 미소 지었다. 사이먼은 창밖을 내다보았다. 사이먼과 다리가 닿도록 발을 움직였지만 그는 내 행동을 무시하고 다리를 치웠다.

그는 매트가 우리를 데리러 오지 않기를 바랐다.

"지하철을 타면 돼."

매트가 태워준다고 말했을 때 그가 말했다.

"말이 되는 소리를 해요. 정말로 배려한 거라고요. 이 문제를 극복해야 해요, 사이먼."

"당신이 내 입장이라면 어떻겠어? 내 전 부인이 우리를 태워다준다면……."

"난 신경 쓰지 않을 거예요."

"그럼 당신은 그 택시를 타. 그리고 극장에서 만나."

"그렇게 해서 모두에게 당신이 얼마나 터무니없는지 알리려고요? 우리가 말다툼한 일도 알리고요?"

사이먼이 싫어하는 한 가지가 있다면 바로 사람들이 자신에 대해 말하는 것이다.

매트가 어깨너머로 나를 불렀다.

"루퍼트 스트리트 맞지?"

"맞아. 술집 바로 옆이야."

사이먼이 자리에서 몸을 들썩거리더니 휴대전화를 들여다보고는 얼굴이 밝아졌다.

"서머셋 하우스를 지나 워털루 다리를 타고 좌회전해서 드루어리 레인 극장으로 갑시다."

사이먼이 말했다.

그 말에 매트가 웃었다.

"토요일에요? 안 돼요. 복스 홀 다리를 타고 밀 뱅크를 따라 화이트 홀로 간 다음 채링 크로스로 진입할 수 있을지 봐야 해요."

"내비게이션에 따르면 워털루로 가는 게 10분 더 빨라요."

"난 내비게이션 필요 없어요. 여기 다 들어 있거든."

매트가 손가락으로 머리를 툭툭 두드렸다. 사이먼의 어깨에 힘이 들어갔다. 매트는 자전거를 타고 도시를 누비며 모든 골목과 일방통행로를 익혔다. 내 전남편만큼 안정적으로 도시를 누빌 수 있게 해주는 내비게이션은 아직 시장에 없다.

하지만 지금 중요한 것은 그게 아니다. 창밖을 쳐다보는 사이먼을 얼른 살폈다. 그의 손가락이 허벅지를 두드리고 있는 것으로 보아 신경질이 난 것 같았다.

"워털루 다리를 타면 더 빨리 도착할 것 같아, 매트."

내가 말했다. 매트가 룸미러로 나를 쳐다보았다. 나는 그에게 눈으로 나를 위해 그렇게 해달라고 사정했다. 사이먼에게 이기고 싶어 해도 나를 속상하게 하는 일은 하지 않을 것을 알기 때문이었다.

"그럼 워털루로 갈게요. 그런 다음 드루어리 레인 극장으로 가면 된다고 했나요?"

사이먼이 다시 휴대전화를 확인했다.

"맞아요. 가다가 잘 모르겠으면 말해요."

사이먼은 승리에 도취하거나 안도한 표정을 짓지는 않았지만 손가락을 멈추고 좌석에 편안하게 앉았다.

매트가 다시금 나를 쳐다보자 나는 입을 최대한 작게 벌려 고맙다고 말했다. 그가 고개를 저었다. 감사를 거절하는 것인지 인사치레하는 모습에 절망한 것인지 알 수 없었다. 사이먼이 뒷좌석 쪽으로 고개를 돌리자 발에 무언가 닿는 느낌이 들었다. 고개를 숙여보니 사이먼의 다리가 내 다리를 누르고 있었다.

15분 뒤 우리는 워털루의 끔찍한 교통 체증에 갇혀 아무 말도 하지 않았다. 무슨 말이라도 하려고 고심하는데 멜리사가 먼저 나섰다.

"경찰한테 연락 온 건 없었어?"

"아직."

조용히 지나가기를 바랐지만 사이먼이 몸을 앞으로 당겼다.

"무슨 연락? 〈런던 가제트〉에 난 사진 건을 말하는 거야?"

나는 어색하게 어깨를 움츠리는 멜리사에게 눈치를 주었다.

"말한 줄 알았어."

소매를 빼서 창문에 서린 김을 닦았다. 차량 행렬은 끝이 없었고 비가 내리는 도로 위로 빨간 불과 흰 불이 번갈아 깜박였다.

"뭘 말했다는 거야?"

매트가 몸을 틀었다. 그는 룸미러로 나를 쳐다보았다. 닐도 몸을 돌려 내 대답을 기다렸다.

"아, 이런. 아무 일도 아니에요."

"아무 일 아니긴."

멜리사가 말했다.

나는 한숨을 쉬었다.

"맞아. 아무 일도 아닌 건 아니지. 〈런던 가제트〉에 실린 사진은 findtheone.com이라는 웹사이트 광고야. 일종의 데이트 사이트지."

"네가 거기에 가입했다고?"

매트가 경악하며 웃음을 터뜨렸다.

나는 최대한 나와 다른 사람의 안전을 위해 말하려고 노력했다. 그리고 그 일에 대해 이야기하며 점차 강해졌다. 숨기고 있는 것이 더 위험하다. 누군가 자신을 감시하고 미행한다는 사실을 모두가 안다면 아무도 다치지 않을 수 있지 않을까?

"그 사이트는 여성의 출퇴근길에 관한 정보를 팔아. 어떤 지하철역을 이용하고 몇 번 객차 어느 자리에 앉는지 등을 말야. 경찰은 그 사이트와 관련된 범죄가 최소 두 건이라고 보고 있고 여성을 대상으로 한 다른 범죄도 있어."

루크 프라이드랜드에 관해서는 말하지 않았다. 사이먼이 지금보다 나를 더 걱정하기를 원치 않아서였다.

"왜 말 안 했어?"

"세상에, 조!"

"엄마, 괜찮아요?"

"경찰은 누가 그 웹사이트를 운영하는지 알아?"

나는 얼굴 앞으로 두 손을 모아 질문을 막았다.

"난 괜찮아. 그리고 경찰은 아직 몰라."

나는 사이먼을 쳐다보았다.

"당신한테 말하지 않은 건 이미 충분히 겪고 있어서예요."

나는 사람들 앞에서 명예퇴직에 관해 말을 꺼내지 않았지만 그는 내 말을 이해하고 고개를 끄덕였다.

"그래도 나한테 말했어야지."

그가 조용히 말했다.

"경찰은 뭘 하고 있대?"

멜리사가 다시 물었다.

"웹사이트를 추적하기 어려운가봐. 프록시 뭐가 어째서 또……."

"프록시 서버요."

닐이 말했다.

"말이 되는 소리네요. 그 사람이 추적을 피하려고 다른 사람의 서버로 접속한 거예요. 경찰이 그런 것까지 다 파헤치지는 않을 겁니다. 안타깝지만 당신이 원하는 답을 해주지 못할 거예요."

내가 원하는 답은 아니지만 나는 그 답에 익숙해지고 있었다. 워틸

루 다리를 건너는 동안 창밖을 쳐다보면서 다른 사람들이 내가 없는 듯 웹사이트에 대해 이야기하도록 내버려두었다. 그들은 내가 이미 경찰에 질문한 것들을 물었다. 내가 지나간 길을 똑같이 걸었다. 내 두려움이 드러나 하나하나 파헤쳐지고 있었다. 마치 〈이스트엔더스〉 줄거리처럼 재미 삼아 입에 오르내렸다.

"사람들이 출퇴근하는 길을 어떻게 그렇게 자세히 알아낼 수 있다고 생각해요?"

"미행했겠죠."

"모든 사람을 따라다닐 수는 없잖아요?"

"다른 이야기 하면 안 될까요?"

내가 이렇게 말하자 모두 입을 다물었다. 사이먼은 내가 괜찮은지 확인하려고 나를 쳐다보았고 나는 가볍게 고개를 끄덕였다. 저스틴은 앞만 본 채 무릎 위로 주먹을 꼭 쥐고 있었다. 나는 경솔하게 웹사이트에 대해 말한 스스로를 탓했다. 아이들을 따로 불러서 어떤 일이 일어났는지 설명해야 했다. 이 사건을 어떻게 느끼는지 내게 말할 기회를 주어야 했다. 저스틴에게 손을 뻗자 아들은 쭈뼛거리며 어깨를 돌렸다. 연극이 끝난 뒤 따로 조용히 불러서 이야기해야겠다. 창밖으로 짝을 이루어 걷는 사람들과 손에 우산을 들거나 바람에 헝클어진 머리 위로 후드를 당겨 쓴 사람이 보였다. 아무도 뒤를 돌아보지 않았다. 누구도 자신을 지켜보고 있는지 살피지 않아서 내가 대신 그렇게 했다.

'당신들 중 미행당하는 사람이 얼마나 될까?'

'그 사실을 알기나 할까?'

루퍼트 스트리트 극장은 밖에서 보기에 전혀 극장 같지 않았다. 길가로 난 창문이 없었으며 바로 옆에 있는 술집은 시끄럽고 젊은이들로 넘쳐났다. 검은 페인트가 칠해진 벽돌 건물 문 앞에 〈십이야〉 공연 날짜가 적힌 포스터 한 장이 덩그러니 붙어 있었다.

"캐서린 워커!"

멜리사가 포스터 하단에 조그맣게 적힌 이름을 가리키며 환호성을 질렀다.

"우리 케이티가 진짜 배우가 되었네."

매트가 자랑스럽게 미소 지었다. 그가 내 어깨를 팔로 두드릴 것 같아서 한 걸음 옆으로 물러섰다. 하지만 그는 동료 기사들에게 하듯 어색하게 내 어깨를 주먹으로 살짝 쳤다.

"케이티는 괜찮겠지?"

내가 말했다. 돈을 받는 것도 아니고 플라스틱 의자에 벽돌로 된 창고 같은 건물 안에서지만 그 애가 정말로 하고 싶어 했던 일을 하는 거니까. 나는 케이티가 부러웠다. 엄마들이 딸에게서 부러워하고는 하는 젊음이나 외모가 아니라 열정이 부러웠다. 나라면 어떤 삶을 살았을지, 내가 품었을 원대한 포부는 무엇이었을지 생각해보았다.

"케이티 또래였을 때 나도 열정이 있었을까?"

다른 사람에게는 들리지 않을 정도로 작게 매트에게 물었다.

"뭐라고?"

계단을 내려가는 길이었지만 알고 싶었다. 내 정체성은 사라지고 웹사이트에서 누군가 사주기를 기다리는 통근자 정보로만 남은 것 같았다. 다른 사람들이 먼저 가게 하고는 매트의 팔을 잡아 계단 모퉁이 어두운 곳에 서서 설명하려고 했다.

"케이티의 연기 같은 거 말야. 그 애는 연기에 대해 이야기할 때 아주 생기 넘치고 주도적이야. 내게도 그런 게 있었냐고."

그는 내 말이 무슨 뜻인지 모르겠다는 듯 어깨를 으쓱거렸다. 왜 갑자기 그런 것이 중요한지 이해하지 못하는 듯했다.

"극장에 가는 걸 좋아했잖아. 저스틴을 임신했을 때 같이 영화를 많이 봤지."

"그런 뜻이 아냐. 그건 취미 축에도 못 낀다고."

단지 잊고 있다는 확신이 들었다. 마음속 어딘가에 나를 정의하는 열정이 자리하고 있을 것이다.

"모터크로스에 빠졌던 거 생각나? 주말마다 트랙에 가거나 오토바이를 고쳤지. 그 일을 아주 좋아했잖아. 나한테도 그런 게 있었냐고. 다른 것보다 특히 더 좋아했던 것 말야."

매트가 가까이 다가오자 담배와 진한 민트 향이 풍겼다. 친숙했다.

"나지."

그가 조용히 말했다.

"넌 날 좋아했어."

"두 사람 안 오고 뭐해요?"

멜리사가 계단을 올라가다가 멈추고 한 손으로 난간을 잡았다. 그녀는 호기심 어린 눈길로 우리를 쳐다보았다.

"미안해요."

매트가 말했다.

"우리가 추억에 좀 젖었나봐요. 케이티는 항상 주목받는 걸 좋아했거든요."

멜리사와 함께 계단을 내려가면서 매트는 우리의 안식년 휴가 때 다섯 살이었던 케이티가 무대에 올라 '오버 더 레인보우'를 불렀던 이야기를 들려주었다. 나는 두 사람 뒤를 따라가며 두근거리는 심장을 천천히 진정시켰다.

아래로 내려가니 아이작이 소란을 떨며 우리에게 좌석을 내주었다. 우리는 손때가 묻고 쪽마다 포스트잇이 붙어 있는, 17년은 되어 보이는 연극 대본에 둘러싸였다.

"저희는 드레스 리허설 때 관객이 필요하면 항상 지역 학교에 초청장을 보내요."

주위를 둘러보는 내 모습을 보고 아이작이 말했다.

"〈십이야〉는 어느 교과서에나 실려 있고 관객이 있으면 배우에게 도움이 되거든요."

"어디 갔었어?"

옆자리에 앉자 사이먼이 물었다.

"화장실을 찾느라고요."

사이먼이 강당 옆쪽에 화장실 표지가 선명하게 붙은 문을 가리켰다.

"나중에 갈게요. 이제 곧 시작할 것 같아요."

옆에서 온기가 느껴졌다. 보지 않고도 매트가 내 옆에 앉았다는 사실을 알았다. 나는 사이먼에게 몸을 기대고 그의 손을 잡았다.

"내가 이해하지 못하면 어쩌죠?"

그에게 작은 목소리로 속삭였다.

"학교 다닐 때 셰익스피어를 못 읽었어요. 당신이 케이티와 주고받는 말들을 난 하나도 못 알아듣는다고요."

사이먼이 내 손을 꼭 잡았다.

"그냥 즐겨봐. 케이티는 당신에게 연극 주제가 뭐냐고 묻지 않을 거야. 그저 자신이 연기를 잘한다는 사실을 알아주길 바라지."

그건 간단하다. 그 애가 잘할 것을 알고 있으니까. 사이먼에게 그렇게 말하려는데 조명이 어두워지며 관객들이 조용해졌다. 막이 올랐다.

"음악이 사랑을 살찌우는 양식이라면 계속 연주해다오."

무대 위에 한 남자가 서 있었다. 엘리자베스 시대의 러플과 프릴이 달린 의상을 예상했는데 남자는 검은 스키니진과 회색 티셔츠에 빨간

컨버스 운동화 차림이었다. 남자의 대사는 음악 같았다. 모든 대사를 이해하지는 못했지만 소리만으로도 즐거웠다. 케이티가 항해사 두 명과 함께 등장하자 너무 신나서 환호성을 내지를 뻔했다. 케이티는 양 갈래로 땋은 머리를 어깨 위로 늘어뜨리고 몸에 붙는 은색 상의를 입어서 선정적이었다. 등장하기 전 깜박이는 조명과 부딪히는 소리로 난파당한 상황을 전달했듯 찢어진 치마도 걸쳤다.

"오빠는 엘리시움에 있어요. 어쩌면 물에 빠져 죽은 것이 아닐지도 몰라요. 어떻게 생각하나요, 선원 여러분?"

나는 케이티가 무대 위에 있다는 사실을 잊지 않으려고 노력했다. 그 애는 아주 잘했다. 대사를 하지 않을 때도 무대 위에서 존재감이 엄청났다. 나는 케이티만을 보려고 했지만 곧 서로 말다툼하며 대사를 주고받는 다른 배우들과 이야기에 빠져들었다. 항상 마지막에 말하는 쪽이 이겼다. 나는 극을 보며 웃고 감동해 눈물을 흘리는 내게 놀랐다.

"당신 문 앞에 버드나무 집을 만들어줘요."

케이티의 목소리가 조용한 객석으로 울려퍼졌다. 나는 숨을 참고 지켜보았다. 케이티가 학교 연극에 출연하고 오디션을 준비하고 주말 캠프 장기 자랑에서 노래 부르는 모습도 보았지만 이번에는 달랐다. 압도적이었다.

"아, 잠들면 안 돼요. 공기와 대지 사이에서. 하지만 날 가엽게 생각하는 건 허락할게요."

나는 사이먼의 손을 꼭 잡았다. 왼쪽을 보니 매트의 미소가 눈물로 바뀌어 있었다. 그도 나처럼 느끼는지 알고 싶었다. 사람들에게 케이티에 대해 이야기할 때 종종 어른이나 마찬가지라고 말했는데 지금 보니 그 애는 분명한 어른이었다. 성숙한 여성이었다. 인생에서 내린 결정이 옳고 그름에 상관없이 스스로 인생의 결정을 내릴 수 있는 나이가 되었다.

아이작이 휴식 시간을 알리자 우리는 우레와 같은 박수를 보냈다. 여기저기서 웃음소리가 들렸다. 조명 담당자들이 아이작의 지시를 따르지 못해 올리비아와 세바스찬의 불을 꺼뜨려 엉망이 되자 잠시 정적이 감돌았다. 마지막 커튼콜 때 나는 자리에서 일어나 열심히 케이티를 찾았다. 아이작이 우리를 무대 뒤로 안내해줄지 궁금해하고 있는데 케이티가 무대 위에 나타나 객석에 있는 우리를 찾았다. 우리는 그 애를 에워쌌고 저스틴까지 칭찬을 보냈다.

"넌 정말 근사했어……"

나도 모르게 눈물이 흘러 얼른 눈을 크게 깜박이며 울고 웃었다. 그리고 케이티의 두 손을 꼭 잡았다.

"정말 멋졌어!"

나는 다시 말했다. 케이티가 나를 안으니 페인트와 파우더 냄새가 진하게 풍겼다.

"이제 비서 학교는 등록 안 해도 되죠?"

케이티가 장난스레 물었다. 나는 손을 놓고 딸의 얼굴을 감쌌다. 케이티는 눈동자가 빛나고 어느 때보다 아름다워 보였다. 나는 케이티 얼굴에 번진 화장을 엄지손가락으로 닦아주었다.

"이게 네가 원하는 일이 아니라면 모를까."

그 소리에 케이티는 놀란 표정을 지었지만 지금은 이야기할 때가 아니었다. 나는 한걸음 물러나 다른 사람들이 그 애가 얼마나 잘했고 반짝반짝 빛났는지 말할 기회를 주었다. 흘끗 살펴보니 아이작이 케이티를 쳐다보고 있었다. 그는 내 눈길을 알아차리고 걸음을 옮겼다.

"정말 훌륭하지 않았나요?"

내가 물었다.

아이작이 천천히 고개를 끄덕였다. 그의 눈길을 느낀 케이티가 고개를 돌려 미소 지었다.

"이 쇼의 스타예요."

그가 말했다.

25

런던 지하철 CCTV 허브에는 아직 새 카펫과 페인트 냄새가 남아 있었다. 벽에 걸린 모니터 스무 대 맞은편에 책상이 일렬로 놓여 있고 교환원 세 명이 그 앞에서 조이 스틱과 키보드로 카메라를 능숙하게 움직였다. 한 모퉁이에 달린 문을 열면 편집실로 이어지는데 그곳에서는 특정 사건을 담은 장면을 포착하고 파일로 만들어 수사팀에 넘긴다. 켈리는 서명하고 크레이그 옆에서 멀리 떨어진 쪽으로 들어가 다른 교환원이 살피고 있는 킹크로스 역을 훑었다.

"남자가 지금 부츠를 지났고…… 시계탑 뒤쪽 쓰레기통에 뭔가를 버렸어요. 초록 후드 티셔츠에 검은 아디다스 운동복, 흰 운동화 차림입니다."

정복을 입은 경찰이 화면에 등장해 클레어 액세서리 상점 앞에 있는 용의자를 만났다. 주변에는 여행 가방, 서류 가방, 쇼핑백을 든 사람들이 서 있었다. 그들은 머리 위 커다란 화면을 쳐다보며 플랫폼 정보와 열차 시간, 지연 여부를 확인했다. 자신들 주위에서 날마다 일어나는 범죄를 의식하지 못하고서.

"안녕, 켈리. 런던 경찰청에서는 잘해줘요?"

켈리는 크레이그를 좋아했다. 그는 이 일을 무척 하고 싶어 해서 20 대 초반에 자원했다. 경찰이 하는 말을 모두 자기 것으로 소화하고 켈리가 일했던 동료들보다 본능적인 감각이 배는 뛰어났지만 체력 테스트를 통과하지 못했다.

"아주 좋아. 마음에 들어. 훈련은 어떻게 되어가고 있어?"

크레이그가 자랑스러운 표정을 지었다. 그는 평평한 배를 쓰다듬으며 말했다.

"이번 주에 1.8킬로그램 정도 감량했어요. 점점 날씬해지고 있어요."

"잘됐네. 내가 누굴 좀 찾아야 하는데 도와줄래?"

CCTV로 루크 프라이드랜드를 찾는 일은 쉬웠다. 조 워커가 나타나는 타이밍만 살피면 되었다. 화이트 채플 플랫폼은 매우 붐벼 조를 분명하게 볼 수 없었지만 열차가 멈추고 승객들이 올라가고 나니 카메라가 조의 맞은편에 서 있는 키 큰 남자를 비췄다.

루크 프라이드랜드였다.

이름과 어울리는 모습을 보니 본명인 듯했다.

사건 맥락을 몰랐다면 켈리는 두 사람을 연인이라고 생각했을 것이었다. 둘은 편안하게 어울렸고 작별 인사를 할 때 프라이드랜드가 가볍게 조의 팔을 만졌다.

"한 번만 더 보여줘."

켈리가 크레이그에게 말했다.

조용히 파도가 밀려오듯 사람이 불어났고 열차가 들어올 때 약간 소동이 있었지만 이내 엄청난 통근자들이 평범하게 열차에 올랐다. 카메라가 너무 멀리 있어서 조가 무엇 때문에 넘어졌는지 정확히 보이지 않았다.

책상 위에 올려둔 켈리의 휴대전화에서 진동이 울렸다. 렉시에게서 온 문자메시지였다. 그녀는 휴대전화를 뒤집어놓았다. 렉시는 또 음성 메시지를 남길 테고 켈리는 동생과 통화하고 싶지 않았다.

언닌 이해 못 해.

렉시가 보낸 마지막 문자메시지였다.

켈리는 이해할 수 없었다. 모든 피해자가 렉시 같다면 그녀와 동료들이 하는 일에 무슨 필요가 있을까? CPS 파일, 법정, 감옥은 또 어떤가? 피해자가 수사에 협조하지 않는다면 정의를 위해 싸우는 일이 무슨 소용일까?

그녀는 크레이그에게 두 번째 날짜와 시간을 건넸다. 11월 24일 화요일 저녁 6시 30분경. 조가 프라이드랜드와 두 번째 마주친 시각이다. 그는 크리스털 팰리스 역에서 조와 함께 출구까지 가서는 술을 사겠다고 했다. 그가 웹사이트에서 다른 여성의 프로필도 다운로드했을까? 그들에게도 똑같은 수법으로 접근했을까? 앤드류 로빈슨은 자신의 사이버 범죄 수사팀이 웹사이트 운영자를 잡아낼 것이라 자신했지만 시간이 얼마나 걸릴지 몰랐다. 켈리는 마약 조직을 추적할 때와 마찬가지로 밑부터 파헤쳐나갔다. 고든 틸먼은 질문에 답하기를 거부했지만 루크 프라이드랜드는 그보다 입이 가벼울 수도 있었다.

"이 사람인가요?"

크레이그가 정지 버튼을 눌러 보여주자 켈리가 고개를 끄덕였다.

두 사람은 지하철 개찰구 쪽으로 걸어가고 있었다. 켈리는 조가 입은 붉은 방수 재킷을 알아보았고 프라이드랜드가 전날보다 정장에 가까운 오버코트를 입었다는 사실도 알아차렸다. 조가 진술한 바대로 두 사람이 개찰구에 가까이 왔을 때 프라이드랜드는 그녀가 먼저 통과할 수 있도록 배려했다.

켈리는 프라이랜드가 오이스터 카드를 대는 모습을 보고 미소 지었다.

"잡았어."

그녀는 화면에 찍힌 정확한 시간을 기록하고는 전화기를 들어 번호를 눌렀다.

"여보세요? 브라이언, 어떻게 지내요?"

"만날 똑같지 뭐. 어떻게 돌아가는지 잘 알면서 뭘 물어."

브라이언이 활기차게 대답했다.

"파견 일은 어때?"

"좋아요."

"다행이네. 그런데, 무슨 일이야?"

"11월 24일 화요일, 크리스털 팰리스 역, 왼쪽에서 두 번째 개찰구, 오후 6시 37분. 도움이 될지 모르겠지만 바로 앞에 나간 사람은 조 워커 부인이에요."

"잠깐만 기다려."

켈리는 브라이언이 키보드를 두드리는 소리를 들었다. 그는 숨 쉬며 콧노래를 흥얼거렸다. 켈리는 그를 알고 난 뒤부터 언제나 들어온 콧노래를 곧바로 알아들었다. 브라이언은 이 분야에서 30년 이상 일했고 퇴직해서 연금을 수령한 바로 다음 날 런던 지하철에 새 일을 구했다.

"집에만 있으면 심심할 거야."

퇴직하고 여유를 즐기지 않는 이유를 켈리가 물었을 때 그가 말했다. 30년 동안 런던에서 일했기에 브라이언은 모르는 것이 없었다. 그를 대체할 인물을 찾기 어려웠다.

"자네가 쫓는 사람이 누구야, 켈리?"

"당연히 남자죠."

켈리가 말했다.

"루크 프라이드랜드예요."

잠시 정적이 흐른 뒤 브라이언이 웃음을 터뜨렸다. 커피와 벤슨 앤드 헤지스 담배를 많이 피워 목이 쉬고 가래가 끓는 듯한 소리가 났다.

"자네가 쫓는 용의자는 그리 창의적이지 않은 것 같아. 남자의 오이스터 카드는 루크 해리스로 등록되어 있어. 그가 어디에 사는지 알아맞혀볼래?"

"프라이드랜드 스트리트?"

"맞아."

그들은 해리스가 퇴근해 승용차에서 내려 현관문 비밀번호를 누를 때까지 기다렸다.

"잠시 이야기 좀 하실까요?"

켈리가 신분증을 보여주며 해리스를 유심히 살폈다. 그의 눈동자에 약간 당황한 기색이 비친 것은 진짜일까 켈리의 착각일까?

"무슨 일이시죠?"

"들어가서 이야기할까요?"

"그건 좀 곤란합니다. 오늘 밤 해야 할 일이 많아서요. 전화번호를 알려주시면……"

"괜찮다면 경찰서까지 같이 가실까요?"

닉이 켈리 뒤에서 나와 그녀 옆에 서며 말했다. 해리스가 두 사람을 번갈아 쳐다보았다.

"안으로 들어오세요."

루크 해리스는 현대적인 6층짜리 건물 W1 꼭대기 층에 살았다. 두 사람이 엘리베이터에서 내려 너른 거실로 들어가자 왼쪽으로 요리한 흔적이 거의 없이 번쩍이는 흰색 대리석 주방이 보였다.

"정말 근사하네요."

닉이 거실을 가로질러 창밖을 내다보며 말했다. 오른쪽으로는 BT 타워가 높이 솟아 있고 멀리 샤드 앤드 혜론 타워가 보였다. 거실 한가운데에는 푹신한 소파가 마주보게 배치되어 있었고 그 옆에 유리로 된 커다란 커피 테이블이 각각 자리했다. 테이블 위에는 멋진 여행 서적이 쌓여 있었다.

"이걸 다 읽으셨어요?"

해리스는 불안한 얼굴로 넥타이를 풀더니 켈리와 닉을 차례로 쳐다보았다.

"도대체 무슨 일인가요?"

"조 워커라는 이름을 들어보셨나요?"

"아뇨."

"지난주에 크리스털 팰리스 역 바깥에서 술을 사주겠다고 한 여성 말입니다."

"아! 네, 물론 알죠. 조. 그녀가 거절했어요."

켈리는 해리스가 무심하게 어깨를 으쓱거리는 행동과는 반대로 약간 불쾌해한다는 사실을 알아챘다.

"당신의 매력을 거부한 여성은 흔치 않죠?"

켈리가 비아냥거리는 말투로 물었다. 해리스는 얼굴을 약간 붉혔다.

"전혀요. 아주 잠시였지만 함께해보니 어울리기 좋을 듯해서 그랬어요. 그녀는 매력적이지만 마흔이 가까워 보여서……."

켈리의 날카로운 눈빛에 해리스가 말끝을 흐렸다.

"그래서 당신의 호의를 더 감사히 받아들일 거라고 생각했나요?"

해리스는 아무 말도 하지 않았다.

"조 워커를 어떻게 만났습니까?"

닉이 통유리 창문에서 몸을 돌려 거실로 걸어오며 물었다. 해리스는 닉과 켈리에게 앉으라고 권하지 않은 채 서 있었다. 켈리도 똑같이 했으나 경위는 그렇게 예의를 차리지 않았다. 그는 소파에 몸이 파묻힐 정도로 깊게 앉았다. 그러자 켈리도 경위를 따라 앉았다. 이야기가 금방 끝날 것 같지 않았는지 해리스는 마지못해 맞은편 소파에 앉았다.

"월요일에 지하철에서 이야기를 나눴어요. 그리고 다시 마주쳤는데 인연인 것 같았어요."

그가 다시 어깨를 으쓱거렸다. 어딘가 부자연스러웠다.

"데이트를 신청한 게 범죄는 아니잖아요?"

"지하철에서 만났다고요?"

켈리가 물었다.

"네."

"우연히?"

해리스가 잠시 말을 멈췄다.

"네, 저기 좀 당황스럽네요. 할 일이 있으니 이만 가주시겠어요?"

해리스가 자리에서 일어났다.

"findtheone.com에서 그녀의 정보를 산 게 아니라?"

켈리는 아무렇지 않게 물으며 충격과 공포가 깃든 해리스의 얼굴을 감상했다. 그가 자리에 앉았고 켈리는 입을 열 때까지 기다렸다.

정적이 영원처럼 길게 느껴졌다.

"절 체포하실 건가요?"

"제가 그래야 하나요?"

켈리는 잠시 생각에 잠겼다. 그가 범죄 행위에 연루되었나? 조 워커에게 술을 사겠다고 한 건 범죄가 아니지만 그녀를 미행해왔다면…….

고든 틸먼은 강간죄로 붙잡혀 토요일 아침에 치안 법원으로 송치되기 전 집으로 보내졌다. 사무 변호사의 조언대로 틸먼은 모든 질문에 묵비권을 행사했다. 켈리가 상황을 악화시킬 뿐이라고 말해도 소용없었다.

"그 웹사이트의 배후는 누구죠, 고든?"

켈리가 다시 그에게 물었다.

"당신이 도와준다면 법정에서 한층 호의적일 텐데."

틸먼이 사무 변호사를 쳐다보자 대리인이 곧장 대답했다.

"대담한 제안이군요, 스위프트 순경. 그건 당신의 권한이 아닙니다. 제 의뢰인은 더 이상 발언하지 않을 겁니다."

그는 틸먼의 선량한 성품과 지역 사회 기여도, 업무 공백이 직업에 미칠 영향을 바탕으로 보석을 신청하려고 시도했다. 하지만 법원은 그가 좀더 일찍 마음을 바꿔야 했다고 밝히며 그 제안을 기각했다.

경찰은 틸먼에게서 어떤 정보도 얻지 못했지만 루크 해리스라면 무언가를 알려줄지도 몰랐다. 위험 부담이 적었다. 성폭행한 것도 아니니 구치소나 감옥에 가지도 않을 것이다. 잘 구슬리면 승산이 있었다.

"웹사이트 말이에요."

켈리가 말을 꺼냈다.

루크는 무릎 위에 팔꿈치를 괴고 손으로 머리를 받쳤다.

"몇 주 전에 가입했어요."

그가 커피 테이블 아래 놓인 두툼한 러그를 쳐다보며 웅얼거렸다.

"동료가 알려줬어요. 조의 프로필을 제일 먼저 다운로드했습니다."

내키지 않았지만 켈리는 놓아주기로 했다, 우선은.

"그런데 왜 처음 물었을 때 대답하지 않으셨어요?"

해리스가 고개를 들었다.

"제가 알기로 QT가 운영하는 곳이니까요. 회원들은 비밀을 지켜야 해요."

"누구라고요?"

닉이 물었다.

"누가 사이트를 운영한다고요, 루크?"

"전 몰라요."

해리스가 다시 고개를 들었다.

"몰라요! 위키피디아나 구글 어스 운영자가 누구냐고 묻는 것과 같잖아요. 그냥 제가 가입한 사이트예요. 누가 운영하는지는 몰라요."

"그 사이트는 어떻게 알게 되었나요?"

"말했잖아요, 동료가 알려줬다고."

"동료 누구요?"

"기억나지 않아요."

루크는 닉의 질문에 점차 화내기 시작했다.

"기억해보세요."

루크가 이마를 문질렀다.

"퇴근하고 동료 여럿이서 술집에 갔어요. 약간 강한 곳이에요. 직원 일부는 주말에 스트립 클럽에 가서 야한 농담을 주고받곤 하니까요. 남자들이 모이면 어떤지 알잖아요."

닉을 향해 말했지만 그는 전혀 동조하지 않았다.

"그때 누가 웹사이트를 알려줬어요. 계정을 만들려면 비밀번호가 있어야 한다고 했어요. 그건 〈런던 가제트〉 뒷면에 실린 광고 전화번호 속에 숨겨져 있다고 했고요. 알아보는 사람만을 위한 일종의 비밀 코드처럼. 가입할 생각은 아니었는데 호기심이 생겼고……"

해리스가 말끝을 흐리며 닉과 켈리를 번갈아 쳐다보았다.

"전 나쁜 짓을 전혀 하지 않았어요."

"그건 저희가 판단할 문젭니다."

닉이 말했다.

"그러니까 조 워커의 개인정보를 다운로드한 다음 그녀를 뒤따라갔군요."

"뒤따라간 게 아니에요! 전 스토커도 아니고요! 그냥 알아뒀는데 우연히 마주친 거예요. 이봐요, 이 집은."

그가 팔을 벌려 집 안을 쭉 가리켰다.

"이렇게 근사한 집을 가지려고 정말 열심히 일했어요. 주말도 없이 출근하고 매일 밤 미국에 있는 직원과 화상 회의를 하고…… 여자를 만날 시간이 별로 없는데 웹사이트가 도움이 됐어요. 그뿐이에요."

도움이라. 켈리는 닉의 눈빛을 알아차리고는 생각에 잠겼다.

"화이트 채플 역에서 처음 조 워커와 이야기했을 때에 대해 말씀해 주세요."

해리스는 다시금 무언가 마음에 걸리는 표정을 지었다. 그의 눈동자가 재빨리 왼쪽으로 향했다.

"무슨 뜻이죠?"

"우린 조의 진술서를 가지고 있어요."

켈리가 과감하게 수를 던졌다.

"그녀가 우리에게 다 털어놨어요."

해리스는 눈을 감았다 뜨더니 시선을 피한 채 커피 테이블 앞에 놓인 이탈리아 여행 서적만 쳐다보았다.

"그날 아침에 그녀와 이야기를 나누려고 했어요. 지상철에서 프로필에 적힌 것과 같은 장소에 서 있는 그녀를 봤어요. 말을 걸려고 했지만 그녀가 무시했어요. 그래서 내가 그녀를 돕는 일이 생긴다면 그게 기회가 될 거라고 생각했어요. 그녀에게 좌석을 양보하거나 쇼핑백을 들어주거나요. 하지만 그런 일은 전혀 일어나지 않았어요. 그리고 화이트 채플 역에서 그녀 뒤에 서 있는데 그녀가 플랫폼 끝에 아주 가까이 서 있었어요. 그래서……"

해리스는 책에 시선을 고정한 상태로 말을 멈췄다.

"계속하세요."

"제가 그녀를 밀었어요."

켈리는 자기도 모르게 숨을 턱 내쉬었다. 그녀 옆으로 닉이 허리를 곧게 세우는 것이 느껴졌다. 부드럽게 조금씩 접근한 덕분에 큰 성과를 얻었다.

"그리고 곧바로 안전하게 잡아줬어요. 절대 위험하지 않았어요. 여자들은 구출받는 걸 좋아하잖아요?"

켈리는 본능적으로 반응하려다가 참았다. 그녀가 닉을 쳐다보자 그가 고개를 끄덕였다. 켈리가 자리에서 일어섰다.

"루크 해리스, 당신을 조 워커 살인 미수 혐의로 체포합니다. 묵비권을 행사할 수 있으나 차후 법정에서 불리하게 작용할 수 있습니다."

26

월요일 저녁에 스위프트 순경이 연락해왔다.

"화이트 채플 역에서 이야기 나눈 남성을 체포했어요."

"루크 프라이드랜드요?"

"본명은 루크 해리스입니다."

순경은 그가 왜 가명을 썼는지 내가 궁금해할 정도로만 기다려주었다. 그리고 다음 말에서 해답을 얻었다.

"그가 당신을 밀었다고 자백했어요. 그래서 살인 미수로 체포했습니다."

머리로 피가 쏠리는 것 같았다. 마침 앉아 있어서 다행이었다. 리모컨을 집어 음소거 버튼을 눌렀다. 저스틴이 불평하려다가 내 얼굴을 보고 멈췄다. 그리고 사이먼을 쳐다보더니 나를 향해 고개를 끄덕였다.

"살인 미수요?"

애써 침착하게 물었다. 저스틴의 눈이 휘둥그레졌다. 사이먼은 손을 뻗어 나를 잡았다. 우리는 마주보는 소파에 나란히 누워 있었다. 텔레비전에서는 대퇴부가 골절된 열아홉 소년이 황급히 옮겨지는 모습이 방영되고 있었다.

"그 죄명을 계속 유지할 수 있을지는 모르겠어요."

스위프트 순경이 말했다.

"살인 미수로 처벌하려면 죽이려는 의도를 입증해야 해요."

내 숨소리가 점차 거칠어졌고 순경은 서둘러 말을 맺었다.

"그런데 그쪽에서는 그럴 의도가 없었다고 주장하고 있어요."

"그 사람 말을 믿나요?"

살인 미수라는 말이 계속해서 머릿속을 울렸다. 만약 술 마시러 가자는 제안을 받아들였다면 그가 나를 죽였을까?

"전 믿어요, 조. 그가 이런 방식으로 여성에게 접근한 게 처음이 아니에요. 그는…… 그러니까…… 당신이 그 덕분에 살았다고 믿는다면 당신과 데이트하기 더 쉬울 거라고 생각했어요."

누군가 그런 식으로 생각했다는 것이 얼마나 화가 나는지 말로 다 표현할 수 없었다. 사이먼의 손에서 발목을 빼고 다리를 아래로 내렸다. 누구의 손길도 싫었다. 그 누구도.

"그는 어떻게 될까요?"

스위프트 순경이 한숨을 쉬었다.

"이런 말씀 드리기 정말 싫지만 아마 아무런 조치가 없을 겁니다. 사건 파일을 CPS로 넘겼으니 그쪽에서 확인한 다음 당신에게 연락하지 않는다는 조건으로 그를 보석할 겁니다. 하지만 제가 생각하기에 그는 벌금형을 거부할 것 같아요."

순경이 잠시 말을 멈췄다.

"이런 말씀은 드리면 안 되지만 우리가 그를 조금 흔들어놨어요. 이 사태의 배후에 있는 인물을 찾는 데 도움이 되는 정보를 얻을까 해서요."

"그래서 얻은 게 있나요?"

나는 대답이 나오기도 전에 이미 알고 있었다.

"아뇨. 죄송해요."

순경이 전화를 끊고 나서도 나는 전화기를 귀에 댄 채 열차로 나를 밀친 남자가 지금 노스 런던에 수감되어 있다고 남자 친구와 아들에게 설명할 시간을 지연시켰다.

내가 말하자 저스틴은 곧장 반응했고 사이먼은 내가 한 말을 알아들을 수 없다는 듯 얼이 빠져 앉아 있었다.

"그러니까 그놈이 엄마를 밀치면 엄마가 데이트해줄 거라고 생각했단 말이에요?"

"그런 걸 백기사 신드롬이라고 부른다고 스위프트 순경이 알려줬어."

내가 작게 웅얼거렸다. 마치 다른 사람 일처럼 무감각했다.

"길거리에서 노는 애들은 죄다 잡아가면서 누군가를 죽이려고 했다고 시인한 사람에게는 죄를 묻지 않는다고요? 멍청한 것들."

"저스틴, 진정해. 경찰도 바쁘잖니."

"당연히 바빠야죠. 템스 강 바닥까지 훑으려면."

저스틴은 거실을 나서서 쿵쾅거리며 계단을 올라갔다. 사이먼은 여전히 멍했다.

"그런데 당신, 그 남자와 데이트한 거 아니지?"

"아니에요!"

나는 사이먼의 손을 잡았다.

"그는 머저리였어요."

"그 남자가 그런 짓을 반복하면 어떡해?"

"그러지 않을 거예요. 경찰이 그렇게 놔두지 않을 거예요."

나는 믿는 것보다 더 확실하게 말했다. 경찰이 어떻게 그를 막을 수 있을까? 루크 프라이드랜드 아니 루크 해리스를 저지한다고 해도 내 출퇴근길 정보를 다운로드한 사람이 몇 명이나 더 있을지 모른다. 얼마나 많은 남자가 지하철 플랫폼에서 나를 기다리고 있을까?

"내일 같이 출근해."

"당신은 내일 오전 9시 30분까지 올림피아에 가야 해요."

사이먼은 다음 날 무역 잡지사와 면접이 잡혀 있었다. 수습 수준의 직무에 그는 너무 과분했지만 그래도 일자리였기에 응했다.

"취소하면 돼."

"취소하면 안 돼요! 난 괜찮아요. 내일 지하철 타기 전에 화이트 채플 역에서 전화할게요. 열차에서 내려서도 연락하고요. 그러니 취소하지 말아요."

사이먼이 확신하지 못하는 얼굴을 보이자 나는 원치 않았지만 조금 모질게 굴었다.

"당신은 이 일자리가 필요해요. 우린 돈이 궁하고요."

다음 날 아침 우리는 지하철역까지 함께 걸어갔다. 나는 메건의 기타 케이스에 동전을 던져준 다음 사이먼의 손을 잡았다. 그는 클래펌으로 가는 열차를 타기 전에 내가 지상철을 타는 곳까지 데려다준다면서 플랫폼에서 계속 주위를 두리번거렸다.

"뭘 찾는 거예요?"

"그 사람들."

사이먼이 진지하게 말했다.

"남자들."

주위로 어두운 정장을 입은 남성들이 잘못 배열한 도미노처럼 서 있었다. 그중 어느 누구도 나를 쳐다보지 않았다. 사이먼이 있어서 그런지도 몰랐다.

사이먼이 떠나고 지하철에 홀로 앉아 있는데 맞은편에 양복을 입고 앉아 있는 남성들 중 한 명이 눈에 띄었다. 나를 쳐다보고 있었다. 나와 시선이 마주치자 고개를 돌렸지만 이내 다시 쳐다보았다.

"왜 그러시죠?"

내가 큰소리로 말했다. 그러자 내 옆자리에 앉아 있던 여성이 몸을 움직이며 내 몸에 옷이 닿지 않게 치맛단을 모았다. 남자는 얼굴이 빨개지더니 발 아래로 시선을 내렸다. 열차 끝에 서 있던 소녀 두 명이 서로 쳐다보며 킥킥거렸다. 나는 지하철에서 볼 수 있는 미친 여자 중 하나가 되어버렸다. 마주치고 싶지 않은 부류 말이다. 남자는 다음 정거장에서 내렸고 다시는 나를 쳐다보지 않았다.

출근했지만 일에 집중하기 힘들었다. 할로 앤드 리드 웹사이트를 업데이트하면서 같은 매물을 세 번이나 올렸다. 오후 5시가 되자 그레이엄이 사무실에서 나왔다. 그는 고객들이 매물에 대해 구체적으로 알고 싶어 할 때 대기하는 내 책상 맞은편 의자에 앉아서 아무 말 없이 내가 아침에 올린 세부 정보를 출력해 보여주었다.

특급 서비스를 제공하는 사무실

회의실, 초고속 인터넷, 리셉션 전문 직원 상주

뚫어지게 살폈지만 문제를 찾을 수 없었다.

"이런 곳이 월 900파운드라고?"

"0을 하나 빠뜨렸어요. 죄송합니다."

다시 웹사이트에 접속해 실수를 바로잡으려는데 그레이엄이 막았다.

"이게 오늘 자네가 저지른 유일한 실수가 아니야, 조. 그리고 어제도 엉망이었지."

"이번 달이 좀 힘들었어요. 전,"

"그날 저녁에도 당신은 차 안에서 상당히 비이성적으로 반응했어. 모욕당한 것 같았지만 아무 말도 하지 않았어."

나는 얼굴을 붉혔다.

"제가 오해했어요, 그게 다예요. 자다 일어나보니 밖이 어둡고 그래서,"

"그 이야기를 다시 꺼낼 필요는 없어."

그레이엄도 나처럼 창피한 듯했다.

"미안하지만 당신이 정신이 딴 데 팔려 있는데 계속 여기에 둘 수는 없어."

놀라서 그를 쳐다보았다. 이렇게 해고당해서는 안 된다. 지금은 안 된다. 사이먼이 실직한 지금은.

그레이엄은 내 눈을 보지 않았다.

"휴가를 좀 다녀오는 게 좋을 것 같아."

"전 괜찮아요, 정말이에요. 단지,"

"스트레스로 인한 휴가라고 기록해두지."

그가 말했다. 내가 잘못 들은 것이 아닐까 생각했다.

"절 해고하시는 게 아니에요?"

그레이엄이 자리에서 일어났다.

"그래야 해?"

"아니요, 그게, 고맙습니다. 정말로 감사해요."

그는 얼굴이 약간 붉어졌지만 내 감사에 답하지는 않았다. 그것은 내가 그레이엄 할로에게서 한 번도 보지 못한 모습이었고 그도 나처럼 낯설게 느끼고 있다고 생각했다. 잠시 뒤 그는 사업가 마인드가 돌아왔는지 사무실에서 영수증과 송장 파일을 가져와 캐리어에 채워넣었다.

"집에서 이 작업을 해. 부가세는 별도 목록으로 작성하고. 맞지 않는 내용이 있으면 전화해."

나는 그에게 다시금 고맙다고 말한 뒤 짐을 챙겨 지하철역을 향해 걸었다. 적어도 걱정거리가 하나는 줄었다는 생각에 마음이 한결 가벼웠다.

월브룩 스트리트에서 캐넌 스트리트 쪽으로 좌회전하자 느낌이 심상치 않았다.

등골이 서늘해지면서 누군가 나를 쳐다보는 기분이 들었다.

뒤돌아보았지만 인도는 사람들로 붐볐다. 주위가 인파로 가득했으나 특별히 의심스러운 사람은 없었다. 횡단보도에 서 있으니 상상 속 눈동자가 너무 뜨겁게 쳐다봐서 등이 타들어가는 것 같았다. 뒤돌아보고 싶은 마음을 억지로 눌렀다. 양 떼처럼 한데 뭉쳐 길을 건넌 사람들이 반대쪽에 도착할 때쯤 그들 사이에 숨은 늑대가 없는지 살폈다.

눈에 띄는 사람은 없었다.

오늘 아침 지상철에서 본 남자처럼 내 착각일 수도 있었다. 운동화를 신은 소년이 나를 뒤쫓는다고 생각했을 때처럼. 사실 나는 그 소년의 안중에도 없었는데. 웹사이트 때문에 내가 점점 이상해지고 있었다.

정신을 차려야 했다.

가볍게 철제 난간을 잡고 계단을 오르며 양복을 입은 사람들과 속도를 맞췄다. 주변에서 통화를 마무리하는 목소리가 들렸다.

'이제 막 역에 들어왔어.'

'1분 안에 신호가 끊길 거야.'

'10분 뒤에 다시 걸게.'

휴대전화를 꺼내 사이먼에게 문자를 보냈다. 집으로 가는 중이에요. 난 괜찮아요. 계단을 오른 뒤 기다란 역사로 들어섰다. 이곳부터는 콘크리트 바닥이라 발소리가 달라졌다. 신경이 제대로 작동했다. 내 뒤를 따라오는 소리를 들을 수 있었다. 나를 지나치며 하이힐이 더 크게 또각거리는 소리, 발레 펌프스가 내는 부드러운 소리, 콘크리트에 닿는 낡은 쇠굽 소리, 남성용 구두에 맞게 만들어진 블레이키의 징 소리. 구두 주인은 나보다 나이가 많을 거라고 생각하며 잠시 그 모습이 어떨지 상상했다. 맞춤 양복과 구두를 신었겠지. 백발에 비싼 커프스를 달았겠지. 나를 쫓아오는 것이 아니라 아내와 개가 기다리는 코츠월드의 전원주택으로 퇴근하는 길이겠지.

목덜미가 따끔거렸다. 오이스터 카드를 꺼내고는 개찰구 앞에서 한 걸음 옆으로 물러나 지하철 노선도가 붙은 벽 앞에 섰다. 퇴근하는 사람들은 잠시도 가만히 서 있지 못하겠다는 듯 개찰구로 돌진했다. 규칙을 모르는 사람들. 손에 표를 가지고 있지 않은 사람들이 주머니나 가방을 뒤지느라 이따금 흐름을 끊어놓았다. 표를 찾아 움직임이 계속될 때까지 기다리던 사람들이 혀를 차는 소리가 들렸다. 아무도 내게 관심을 두지 않았다. '네 머릿속 상상일 뿐이야.' 스스로에게 이야기하며 머리가 말하는 것을 몸이 믿게 하려고 했다.

"실례지만 노선도 좀 볼 수 있을까요?"

어린아이를 데리고 서 있는 여성에게 자리를 비켜주었다. 집에 가야 했다. 오이스터 카드를 대고 개찰구로 들어가 디스트릭트 라인 플랫폼을 향해 걸었다. 가장 끝으로 가서 첫 번째 객차에 타려다가 스위프트 순경이 해준 말이 떠올랐다. '앉는 자리를 바꾸세요. 항상 행동하던 대로 움직이지 마세요.' 급히 발걸음을 돌려 왔던 길로 되돌아갔다. 그렇게 하니 저 멀리서 무언가 빠르게 움직이는 것이 보였다. 무언가가 아니라 누군가였다. 숨어 있던 사람일까? 들키지 않으려는 사람일까? 나는 주위 사람들의 얼굴을 샅샅이 살폈다. 아는 사람은 없었지만 어딘가 익숙했다. 루크 프라이드랜드일까? 루크 해리스지 참. 보석되어 내 주위에 얼씬거리지 않겠다는 규칙을 어긴 것일까.

숨이 가빠져 입을 둥글게 말고 천천히 호흡을 가다듬었다. 설령 루크 해리스라고 해도 사람들로 붐비는 플랫폼에서 뭘 어쩌겠는가? 그래도 혹시 모르는 일에 대비해 열차가 들어올 때 플랫폼 가장자리에서 한 걸음 물러났다.

5번 객차에 빈자리가 있었지만 가고 싶은 마음을 억눌렀다. 대신 객차 전체가 보이는 뒤쪽으로 자리를 옮겼다. 군데군데 빈자리가 보였지만 열두어 명이 나처럼 서 있었다. 나를 등지고 선 남자가 보였다. 오버코트와 모자 차림이었지만 시야가 가려져 제대로 보이지 않았다. 다시 익숙한 느낌이 밀려왔다. 낯익지만 편안하지 않은 소름 같은 것을 느꼈다. 가방에서 집 열쇠를 꺼냈다. 저스틴이 학교에서 나무로 만든 알파벳 Z 모양 열쇠고리가 달려 있다. 주머니 속에서 열쇠고리를 꼭 쥐고 손가락 사이로 이리저리 돌리면서 관절 씌우개처럼 움직였다.

화이트 채플 역에 다다르자 민첩하게 움직였다. 열차가 멈출 때까지 문 옆에서 기다리다가 불이 들어오기도 전에 계속해서 열림 버튼을 눌렀다. 그러고는 갈아탈 기차를 놓칠 것처럼 사람들 틈을 비집고 들어갔다. 누군가 달려오는 소리를 들었지만 그건 가쁜 숨을 몰아쉬며 땅을 밟는 내 발소리였다.

지상철이 들어왔을 때 플랫폼에 도착해 아슬아슬하게 환승 열차에 올랐다. 천천히 숨을 몰아쉬었다. 객차는 한산했고 이상해 보이는 사람도 없었다. 쇼핑백을 한가득 든 소녀 두 명, 낡은 이케아 가방에 텔레비전을 넣어 가는 남자, 아이폰으로 음악을 듣는 20대로 보이는 여성이 있었다. 크리스털 팰리스 역에 도착할 무렵에야 주머니 속에서 꼭 쥐고 있던 열쇠를 놓았고 가슴에 가득 찼던 긴장감이 풀리기 시작했다.

하지만 역에 내리자마자 다시 긴장되었고 이번에는 틀림없었다. 누군가 나를 지켜보면서 뒤를 밟고 있었다. 출구를 향해 걸어가는데 어떤 사람이 옆 객차에서 내려 내 뒤를 따라 걸었다. 그냥 알 수 있었다. 돌아보지 않았다. 그럴 수 없었다. 다시 주머니에서 열쇠를 찾아 손가락 사이에 꼭 쥐었다. 속도를 높여 걷다가 아무렇지 않은 척은 그만두고 죽을힘을 다해 뛰었다. 지금은 그래야 한다고 생각했기 때문이다. 숨이 가빠져서 들이쉴 때마다 가슴이 따끔거렸다. 뒤따라오는 발소리가 들렸다. 그도 뛰었다. 콘크리트에 닿는 구두 소리는 빠르고 강했다.

작별 인사를 나누려는 연인 사이를 밀쳤고 그들이 화내며 소리친 덕분에 정신이 들었다. 밖이 어떤지 보였다. 지하철 사각형 출구 너머로 어두운 하늘이 보였다. 더 빨리 달리면서 왜 아무도 고함을 치거나 도와주지 않는지 궁금했지만 이내 그들은 무엇이 잘못되었는지 모른다는 사실을 깨달았다.

눈앞에 메건이 보였다. 그 애는 내 얼굴을 보더니 미소를 짓다 멈췄다. 나는 계속 달렸다. 고개가 숙여지고 팔이 옆으로 아무렇게나 흔들렸다. 메건이 연주를 멈추고 나에게 뭐라고 말했지만 들리지 않았다. 멈출 수 없었다. 계속 뛰면서 핸드백을 열어 경찰이 준 알람을 절박하게 찾았다. 켈리 스위프트 순경이 알려준 대로 그걸 주머니에 넣어두거나 옷에 달아두지 않은 내게 화가 났다. 알람을 찾아 양옆 단추를 눌렀다. 제대로 작동했다면 경보가 내 휴대전화로 연결되어 긴급 신고

999번에 연락되었을 것이다.

뒤로 고함 소리가 들렸다. 부딪히는 소리와 비명이 들려 달리며 뒤를 돌아보았다. 희망 사항이었지만 경찰이 듣고 있을 거라고 생각하니 용기가 생겼다. 알람에 GPS가 달렸으니 경찰이 이미 출동했을 것이다.

눈앞 광경을 보고 그 자리에 멈췄다.

메건이 오버코트에 모자를 쓴 남자 위에 서 있었다. 항상 난간에 받쳐두던 그녀의 기타 케이스가 남자 아래 깔려 있었고 그 위로 동전이 흩어졌다.

"일부러 날 넘어뜨렸잖아!"

남자가 이렇게 말했다. 나는 다시 역 쪽으로 걸음을 옮겼다.

"괜찮아요?"

메건이 나를 불렀지만 나는 바닥에 앉아 옷에 묻은 먼지를 터는 남자에게서 눈을 뗄 수 없었다.

"당신,"

내가 말했다.

"대체 여기서 뭘 하는 거예요?"

나이 든 여성의 수요가 많은 것 같아. 그들은 젊은 여성보다 페이지 조회 수가 높고 프로필이 자주 다운로드되거든. 어떤 사업에서든 트렌드를 반영하는 것이 중요해. 내가 고객에게 제대로 된 제품을 제공하고 있다는 확신을 주려면.

그래서 곧바로 분석했어. 모니터 화면으로 수치를 살피며 얼마나 많은 사람이 웹사이트를 보았고 링크를 클릭했으며 프로필을 다운로드했는지 살폈어. 그리고 개별 여성들의 선호도를 따져본 다음 인기가 없는 사람은 가차 없이 삭제했어. 결국 모두 비용이니까. 그들의 프로필을 업데이트하고 설명이 정확한지 확인하고 출퇴근길이 달라지지 않았는지 파악하려면 시간이 드니까. 사람들은 시간이 곧 돈이라고 말해. 내 웹사이트에 올라와 있는 여성들은 온라인에서 자신들의 자리를 얻는 거야.

대부분이 그래. 취향을 설명할 수는 없어. 그러니까 결국은 판매자가 시장을 장악하는 거야. 이런 특별한 즐거움을 다른 곳에서는 찾아볼 수 없으니 고객은 까다로워지지 못해.

당신에게는 잘된 일이야, 안 그래? 혼자 버려진 기분을 느낄 필요가 없으니까. 늙었거나 젊거나 뚱뚱하거나 말랐거나 금발이거나 갈색 머리거나…… 당신을 원하는 사람이 있을 테니까.

혹시 알아? 지금 이 순간에도 누군가 당신의 프로필을 다운로드하고 있을지.

27

"자, 여러분, 주목하세요. 12월 1일 화요일 지구대 연합 기동대 브리핑을 시작합니다."

켈리는 마치 성촉절 같다고 생각했다. 매일 아침과 저녁 같은 집단에 속한 사람들이 같은 장소에 모였다. 다들 지쳐 보였지만 닉만은 항상 에너지가 넘쳤다. 타냐 베켓의 시신이 발견된 지 정확히 2주가 지났고 그동안 닉은 매일 아침 가장 먼저 사무실에 출근해 가장 늦게 퇴근했다. 2주 동안 지구대 연합 기동대는 findtheone.com과 관련된 살인 사건 세 건, 성폭행 여섯 건, 스토킹 열두 건, 성폭행 미수와 의심스러운 사건 등을 파악했다.

"메이드스톤 성폭행 사건을 담당한 분들 수고하셨습니다. 틸먼의 더러운 짓거리와 여러분의 노력 덕분에 그자를 길거리에 몰아낼 수 있었습니다."

닉이 켈리를 쳐다보았다.

"틸먼의 컴퓨터 기록에 관한 새로운 소식이 있나요?"

"사이버 범죄 수사팀에 따르면 그자가 검색 기록을 삭제하려고 시도한 흔적은 없답니다."

켈리가 앤드류 로빈슨과 대화한 내용을 기록한 메모를 보면서 말했다.

"그자가 피해자의 신상 정보를 다운로드해서 자신의 이메일로 보냈습니다. 그렇게 해서 휴대전화로 정보를 볼 수 있었고 기록도 발견됐어요."

"다른 사람의 프로필은 구매하지 않았나요?"

"네, 하지만 꽤 많은 여성의 프로필을 봤어요. 쿠키 파일을 보니 열다섯 명 가량의 프로필을 열람했지만 캐서린 위트워스 건 말고는 구매한 내역이 없습니다."

"다운로드 비용이 너무 비싸서인가?"

"그런 문제 같지는 않아요. 9월에 실버 등급으로 가입했고 회사 법인 신용카드로 결제했습니다."

"얼씨구."

"그가 삭제한 파일에서 가입 환영 이메일을 발견했습니다. 저희가 익명 계정으로 가입했을 때 받은 메일과 같은데 비밀번호가 달랐어요. 웹사이트 보안 설정에서 주기적으로 암호를 바꾸는 것 같습니다. 해리스가 제게 말해준 것처럼 광고에 등장하는 전화번호가 최신 코드예요."

"자네가 그걸 알아낼 정도로 똑똑한 거지."

닉이 말했다.

"틸먼이 게으른 탓이에요."

켈리는 머릿속으로 생각하는 것을 그대로 다 말했다.

"그는 자가용으로 출근합니다. 웹사이트에 등록된 여성 대부분을 찾으려면 불편해서 한동안 지켜본 것 같습니다. 어쩌면 성적인 충동을 느꼈을 수도 있고요. 아무튼 캐서린 위트워스가 메이드스톤에 산다는 정보를 보고 자신이 컨퍼런스에 가는 길이니 시도해보려고 한 것 같습니다."

"검지 지문을 떠서 차량 등록증 지문과 일치하는지 알아봐. 사건이 일어나기 전 그의 차가 메이드스톤 근처에 있었는지 살피고."

켈리는 아이패드에 '차량 번호판 인식'이라고 메모한 다음 밑줄을 그었고 닉은 브리핑을 이어나갔다.

"틸먼의 컴퓨터를 조사하는 동안 사이버 범죄 수사팀이 하드 드라이브에 암호화된 부분을 발견해 열어보니 외설적인 사진 167장이 저장돼 있었는데 대다수가 정보통신보호법 제63조에 위배되는 포르노에 해당했습니다. 그는 이제 빠져나가지 못할 겁니다."

켈리는 캐서린 위트워스에게 전화해 틸먼에게 강간죄와 음란물 소지 혐의가 적용된다는 사실을 알려주고 싶은 마음이 굴뚝같았다. 하지만 루신다가 말렸다.

"켄트 성범죄 전담팀이 하도록 내버려두세요. 그쪽에서 그녀 연락을 맡고 있으니까요."

"그들은 이 사건에 대해 아무것도 모르잖아요."

켈리가 억울해했다.

"제가 전화하면 그녀가 묻는 말에 대답해주고 안심시킬 수 있어요."

루신다는 단호했다.

"켈리, 모든 사람의 일을 다 하려고 하지 마세요. 켄트 수사팀이 피해자에게 연락할 거예요. 당신은 여기서 해야 하는 일을 하면 돼요."

살인 사건 전담팀 형사들은 사무직원에게 들어가는 인건비를 두고 이러쿵저러쿵 말이 많았지만 루신다의 능력과 경험은 함께 일하는 경찰들에게 보편적으로 인정받고 있었다. 켈리도 예외는 아니었다. 그녀는 누가 캐서린에게 소식을 전하든 열정과 이해심을 가지고 해낼 거라고 믿어야 했다. 그녀 앞에는 지루한 법정 공방이 기다리고 있었고 그것은 쉬운 일이 아닐 터였다.

닉이 브리핑을 이어갔다.

"또 다른 웹사이트 이용자인 루크 해리스를 어제 켈리와 제가 연행해온 사실을 아는 분도 있을 겁니다. 해리스는 처음에 조 워커의 프로필이 자신이 유일하게 다운로드한 자료라고 주장했지만 유치장에 있는 동안 진술을 번복했습니다."

자신이 살인 미수로 붙잡힌 데 충격받은 루크 해리스는 모든 것을 털어놓았다. 자신의 계정 비밀번호를 알려주었고 findtheone.com에서 여성 네 명의 프로필을 더 다운로드했다고 시인했다. 그는 매번 복잡한 인파 속에서 여성을 밀친 다음 앞으로 나서서 괜찮은지 묻는 백기사 방식으로 상대와 안면을 텄다. 하지만 그 기법으로 성공하지는 못했다. 한 여성과 커피를 마시고 저녁 식사를 하며 데이트한 적이 있지만 흐지부지 끝났다.

"해리스는 여전히 자신은 아무 잘못이 없다고 주장하고 있습니다."

닉이 팀원들에게 말했다.

"그는 자신이 쫓아다닌 여성들에게 어떤 해를 가할 의도가 없었으며 그저 애인을 만들고 싶었다고 주장하고 있습니다."

"우리처럼 경찰복을 입고 꼬드겨보는 건 어때요?"

누군가 소리쳤다. 닉은 웃음이 잦아들 때까지 기다렸다.

"분명 데이트 사이트는 '절박함'을 풍깁니다."

닉이 해리스가 했던 말을 그대로 사용해 말했다.

"루크 해리스는 소위 '남을 쫓을 때 느끼는 전율'을 좋아했습니다. 지금은 그 방법으로 전율을 느끼지 못하게 됐겠죠."

켈리의 휴대전화가 울렸다. 렉시일 거라고 예상했으나 캐시 태닝에게서 걸려온 전화였다.

"목격자예요."

켈리는 닉에게 전화기를 들어 보여주며 말했다.

"잠시 실례하겠습니다."

그녀는 회의실을 나와 자신의 자리를 향해 걸어가며 전화를 받았다.

"안녕하세요, 캐시. 잘 지내죠?"

"네, 좋아요. 이제 에핑에 살지 않는다는 걸 알려주려고 연락했어요."

"이사하나요? 좀 갑작스럽네요."

"오래 살았던 런던을 떠날까 생각하던 가운데 좋은 장소가 나타났어요. 롬퍼드예요. 런던에서 아주 멀지는 않아요. 집 열쇠를 바꿨지만 불안해서 안 되겠더라고요."

"언제 가나요?"

"이미 옮겼어요. 한 달 전에 집주인에게 알려야 하는데 주인이 손을 좀 보고 다시 임대한다고 해서 빨리 빼줬어요. 정말 잘됐죠."

"저도 기쁘네요."

"사실, 꼭 그것 때문에 전화한 건 아니에요."

캐시가 망설이며 말했다.

"제 진술을 빼주셨으면 해서요."

"누가 뭐라고 하던가요? 〈메트로〉에 실린 기사 때문에 문제가 있나요? 협박당하고 있다면,"

"아뇨, 그런 게 아니에요. 그냥 떨쳐버리고 싶어서 그래요."

캐시가 한숨을 쉬었다.

"기분이 좋지 않아서요. 제 열쇠를 훔쳐간 범인을 찾으려고 무던히 노력해주신 점도 알고 저희 집에 누가 왔다 갔다고 했을 때 신경 써주신 일도 고마워요."

"웹사이트 운영자를 거의 파악해가고 있어요."

켈리가 끼어들었다.

"그들을 기소하려면 당신 증언이 필요해요."

"하지만 다른 증인들도 있지 않나요? 다른 범죄에 연루된 분들은요? 목숨을 잃은 소녀 사건이 제 일보다 더 중요하잖아요."

"모든 사건이 다 중요해요, 캐시. 그렇게 믿지 않았다면 수사하지 않았을 거예요."

"말씀 감사해요. 제가 확실히 도움이 된다면 기꺼이 증언하겠어요. 약속해요. 하지만 그렇지 않을 테죠?"

켈리는 대답하지 않았다.

"작년에 친구가 한 사건에 증언을 했어요."

캐시가 말했다.

"그 친구는 가해자 가족들에게 몇 달 동안 고통을 당했어요. 전 상황이 그렇게 악화되는 걸 원치 않아요. 아무도 제 집 열쇠를 가지고 있지 않은 새로운 집에서 새롭게 시작하고 싶어요. 끔찍한 일이었지만 다치지 않았으니 그냥 다 잊고 싶어요."

"저희가 범인을 검거하면 알려드려도 괜찮을까요? 혹시나 마음이 바뀔 때에 대비해서."

캐시는 한동안 말이 없었다.

"그렇게 하세요. 하지만 제 마음은 변하지 않을 거예요, 켈리. 누군가를 잡아넣는 일도 중요하지만 그 과정에서 제가 느끼는 감정 역시 중요하지 않나요?"

항상 제안 같지 않은 제안을 하는 쪽은 늘 피해자라는 생각에 켈리는 속이 상했다. 캐시가 이 사건에서 누구보다 책임감 있는 증인이 되어줄 거라고 생각했는데 그렇지 못하다는 사실에 실망했다. 캐시가 증인이 되기를 거부하면 적의를 가진 증인으로 여겨 법정 모욕죄가 성립할 수 있다고 경고하려고 입을 열었다.

하지만 이내 멈췄다. 피해자를 억지로 붙잡아둔다고 해서 정의가 실현될까? 렉시가 예상 밖의 생각을 하고 있었던 것처럼 말이다. 켈리는 길게 한숨을 쉰 뒤 말을 이었다.

"피해자가 어떻게 느끼는지가 가장 중요하죠. 저희에게 알려줘서 고마워요, 캐시."

켈리는 벽에 기대 눈을 감고 감정을 다스린 뒤 회의실로 돌아갔다. 브리핑은 끝났고 살인 사건 전담팀 사무소는 다시금 활기를 띠었다. 그녀는 닉과 앤드류 로빈슨 옆으로 가서 그들에게 합류했다.

"여전히 자금을 추적하고 있어요?"

지난 회의에서 사이버 범죄 수사팀 경장이 했던 말을 기억하고 켈리가 물었다.

"맞아요. 경위님과 고든 틸먼, 루크 해리스의 신용카드 지불 내역을 추적하고 있는데 모두 페이팔 계정에서 지불되었어요. 이런 식이죠."

앤드류가 프린터에서 빈 종이를 가져와 세 사람의 이름을 적었다. 렘펠로, 틸먼, 해리스.

"이 세 사람에게서 돈이 나와서,"

앤드류는 각 이름에 화살표를 그렸다.

"여기로 갔어요."

앤드류가 사각형을 그리고 '페이팔'이라고 적었다.

"그런 다음 다시 여기로 넘어가죠."

화살표는 '은행 계좌'라고 적힌 사각형으로 옮겨갔다.

"그리고 이게 용의자 계좌지?"

닉이 물었다.

"맞습니다."

"세부 정보를 알 수 있을까?"

"이미 확보했어요."

앤드류가 켈리의 희망에 찬 얼굴을 보며 말했다.

"메이 수오 리라는 이름의 학생 계좌예요. 계좌를 열 때 사용한 신분증 사본을 확보했는데 모두 진본이었어요. 출입국 관리 사무소에 알아보니 메이 수오 리는 올해 7월 10일 중국으로 출국했는데 아직 돌아오지 않고 있답니다."

"그가 중국에서 사이트를 운영하는 걸까?"

"그럴지도 모르죠. 하지만 중국 쪽 협조는 얻을 수 없을 겁니다."

그 말에 켈리는 골치가 아파왔다.

"그 와중에 용의자가 삼성 기기를 사용해 페이팔에서 은행 계좌로 돈을 옮겼어요. 휴대전화인지 태블릿인지 노트북인지 모르지만 휴대기기임은 분명해요."

"그걸 어떻게 알아요?"

켈리가 물었다.

"전화기를 켤 때 와이파이나 블루투스를 찾으려고 신호를 보내요. 가정용 컴퓨터라면 고정 IP가 있을 거라고 생각했는데 알아보니 추적을 피하려고 아주 많이 노력했더라고요."

앤드류가 닉에게 서류를 보여주었고 그가 살짝 의자를 움직여 켈리도 볼 수 있었다.

"항상 와이파이가 켜져 있다면 장소 수백 개가 뜨겠지만 보시는 것처럼 몇 개 되지 않고 거리도 멀어요. 그러니 특별한 용도가 있을 때만 그 기기를 켜는 걸로 보여요. 페이팔에서 계좌로 돈을 옮길 때 그렇게 하겠죠. 평소에 쓰는 전화기가 아니라 대포폰이 아닌가 해요."

서류에는 장소 목록이 적혀 있었다. 제일 위에 밑줄이 쳐 있었다.

'에스프레소, 오!'

"이건 뭐죠?"

"레스터 스퀘어 근처의 커피숍으로 용의자가 전화기를 쓸 때 즐겨 찾는 장소예요. 지난달에는 이곳 와이파이를 세 차례 사용해 페이팔에서 은행 계좌로 돈을 이체했어요. 아래에 날짜와 시간이 적혀 있어요."

"수고 많았어."

닉이 말했다.

"이제는 고전적인 방식을 써야 할 것 같아요."

앤드류는 정말로 즐거워 보였다. 켈리와 경위는 이제 뚜렷한 장소를 확보했다. 레스터 스퀘어처럼 복잡한 곳에 자리한 커피숍은 CCTV가 있으니 특별한 날에 온 특정한 손님을 기억하는 직원이 있을지도 몰랐다. 괜찮은 장면을 확보한다면 이 심각한 사건을 전국으로 확대해서 수사할 수 있었다.

"경위님!"

사무실 반대쪽에서 누군가 외쳤다.

"크리스털 팰리스 역으로 출동했다는 전갈이 왔습니다. 조 워커의 알람이 울렸답니다."

닉은 이미 재킷을 집어들었다. 그는 켈리를 쳐다보았다.

"어서 가보자고!"

28

"당신이 날 쓰러뜨렸어!"

아이작이 메건을 쳐다보며 말했다. 그는 바닥에 손을 짚으며 몸을 일으켜세웠다. 신나서 모여들어 지켜보던 사람들의 무리가 흩어지기 시작했다.

"맞아요."

메건이 말했다. 그녀는 몸을 굽혀 바닥에 흩어진 동전을 주웠다. 나는 모욕을 당해서 분하고 어이없어하는 아이작을 쳐다보기가 머쓱해 메건을 도왔다.

"당신이 그녀를 뒤따라갔잖아요."

메건이 자신으로서는 당연하다는 듯 어깨를 들먹이며 말했다.

"뒤따라간 게 아니라 같이 가려고 한 거야."

아이작이 말했다.

"그건 달라."

그가 자리에서 일어났다.

"메건, 이쪽은 내 딸아이의……"

나는 아이작을 어떻게 불러야 할지 몰라서 말끝을 흐리고는 이렇게 말을 맺었다.

"우리는 서로 아는 사이야."

"그렇군요."

메건은 부끄러워하지 않았다. 어쩌면 그녀의 관점에서 아이작과 내가 아는 사이라는 사실은 아무 의미도 없을 수 있었다. 관계야 어찌됐든 그는 나를 쫓아올 수 있다.

'그는 날 쫓아올 수 있다.'

터무니없는 생각이었다. 당연히 그는 나를 쫓지 않았다.

나는 그를 향해 돌아서서 물었다.

"여긴 무슨 일이에요?"

"저번에 확인해보니,"

그가 말했다.

"이 나라는 자유 국가더군요."

그는 농담하며 미소를 지어 보였지만 나는 심기가 불편했다. 감정이 얼굴에 드러났는지 그가 태도를 바꾸어 진지하게 말했다.

"케이티를 보러 가는 길이었어요."

"그런데 왜 뛰었어요?"

기타를 한쪽 어깨에 걸치고 한 걸음 물러서서 여전히 내 질문에 관심을 가지고 지켜보는 메건이 있어서 든든했다.

"부인이 뛰어서요."

그가 답했다. 너무 논리적이라서 더 이상 내 기분을 확인할 수 없었다. 멀리서 경찰 사이렌 소리가 들렸다.

"〈런던 가제트〉에 광고가 실린 걸 알고 있고 케이티가 웹사이트에 대해서도 말해줬어요. 부인이 뛰어가는 걸 보고 누군가 부인을 위협한다고 생각했어요."

"맞아, 바로 그쪽이지!"

여전히 가슴이 두근거렸고 아드레날린이 솟구쳐 머리가 욱신거렸다. 사이렌 소리가 한층 더 크게 들렸다. 아이작이 자신은 모르겠다는 듯 하늘로 손을 들어 올려 나를 더 화나게 했다. 대체 이자는 어떤 사람일까? 사이렌 소리에 귀가 먹먹해졌다. 애널리 로드 쪽에서 경찰차가 불을 깜박이며 우리를 향해 다가오고 있었다. 차는 10미터쯤 앞에서 멈췄고 사이렌이 흐느끼는 소리를 내며 꺼졌다.

아이작이 도망갈지 궁금했지만 그것은 내 희망 사항이라는 것을 깨달았다. 이것으로 모두 끝나기를 바랐다. 광고와 웹사이트, 내 두려움까지 전부 다. 하지만 그는 주머니에 손을 찔러넣은 채 나를 쳐다보며 내가 상식적으로 이해할 수 없는 행동을 했다는 듯 고개를 저었다. 그리고 경찰을 향해 다가갔다.

"여기 계신 부인이 조금 겁먹은 것 같습니다."

그가 설명했다. 나는 너무 화가 나서 말할 수 없었다. 무슨 권한으로 이렇게 나서서 행동한다는 말인가? 방금 일어난 일이 '조금 겁먹어서'라고?

"성함이 어떻게 되시죠?"

경찰이 수첩을 꺼내는 동안 여경이 나를 향해 걸어왔다.

"저 사람이 절 쫓아왔어요."

그렇게 말하니 그것이 사실인 것 같았다. 여경에게 광고 이야기를 꺼내자 그녀는 이미 그 사실을 알고 있었다.

"저 사람이 캐넌 스트리트 역부터 쫓아왔고, 크리스털 팰리스 역에 내리자 저를 뒤따라 뛰기 시작했어요."

그가 먼저 뛰었나 아니면 내가 먼저였나? 그것이 중요한가? 여경은 내가 말하는 내용을 메모했지만 세세한 부분에는 관심이 없는 듯했다.

경찰차 뒤로 차 한 대가 섰고 운전석에 램펠로 경위가 보였다. 그 옆자리에 스위프트 순경이 있는 것을 보고 방금 일어난 일을 여경에게 확신시킬 필요가 없다는 사실에 안도했다.

여경은 램펠로 경위와 이야기를 나눈 뒤 수첩을 집어넣고는 동료에게로 갔다.

"괜찮으세요?"

켈리가 물었다.

"전 괜찮아요. 아이작이 겁도 없이 절 놀라게 한 것만 빼고요."

"저 사람을 아세요?"

"아이작 건이에요. 제 딸아이 남자 친구죠. 딸은 연극배우고 저 사람은 감독이에요. 저자가 웹사이트에서 제 프로필을 다운로드한 것이 분명해요."

경찰들 사이를 오가는 눈빛을 보며 그들이 뭐라고 말할지 알 수 있었다.

"그 웹사이트는 이용자들이 낯선 사람을 쫓아가도록 만들어요."

스위프트 순경이 말했다.

"당신을 아는 사람이 그럴 필요가 있을까요?"

램펠로 경위가 손목시계를 쳐다보았다.

"아직 정오도 되지 않았어요. 당신 프로필에는 5시 반에 퇴근한다고 되어 있잖아요."

"제 상사가 일찍 들어가라고 했어요. 그게 범죄는 아니잖아요?"

내가 격앙했는데도 경위는 인내했다.

"물론 아닙니다. 하지만 아이작 건이 당신의 프로필을 다운로드하고 그걸 이용해 쫓아올 생각이었다면 오늘은 실패하지 않았을까요? 당신이 거기 적힌 대로 움직이지 않았으니까요."

아무 말도 하지 않았다. 캐넌 스트리트 역에서 들었던 발소리를 떠올렸다. 디스트릭트 라인에서 보았던 오버코트도. 그때 본 것이 아이작일까 아니면 다른 사람일까? 내가 미행당했다고 착각하는 것일까?

"그에게 무슨 질문이라도 해야 하는 것 아닌가요? 왜 절 쫓아왔는지, 절 봤을 때 어째서 아는 척하지 않았는지."

"저, 부인."

렘펠로 경위가 친절하게 말했다.

"우리는 아이작 건에게 자발적으로 경찰서로 동행해달라고 할 겁니다. 웹사이트와 어떤 연관이 있는지 알아보려고요."

"그럼 제게 알려주실 건가요?"

"밝혀지는 대로 말씀드릴게요."

길 건너편에서 아이작이 경찰차에 오르는 모습이 보였다.

"댁까지 모셔다드릴까요?"

스위프트 순경이 물었다.

"고맙지만 걸어가겠어요."

렘펠로 경위와 스위프트 순경이 사라지고 나자 메건이 다시 내 옆으로 왔다. 그 애는 경찰이 와 있는 동안 잠시 물러나 있었다.

"이제 괜찮은 거죠?"

"응, 괜찮아. 오늘 날 돌봐줘서 고마워."

"절 날마다 돌봐주시는 게 더 감사하죠."

메건이 미소 짓더니 밥 말리의 곡을 연주하기 시작했다. 나는 그 애의 기타 케이스에 동전을 던져주었다.

밤하늘이 맑고 쌀쌀했다. 며칠 동안 눈이 온다는 예보가 있어 오늘 밤에는 눈이 내릴 거라고 생각했다. 머리 위로 두툼하고 흰 구름이 보였고 길바닥은 이른 서리로 반짝였다. 나는 머릿속으로 집에 오는 길을 되짚어보면서 누군가 나를 쫓아온다는 사실을 언제 알게 되었는지 떠올리려고 애썼다. 내가 뛰기 시작한 정확한 순간도. 그러면서 정말 곤란한 질문을 잠시 잊어버리려고 했다. 케이티에게 뭐라고 말해야 할까? 그 애의 남자 친구가 나를 스토킹했다고? 집이 가까워질수록 스스로에게 더욱 의구심이 들었다.

문을 열자 주방에서 라디오 소리와 사이먼이 중간중간 음정을 무시하며 노래를 따라 부르는 소리가 들렸다. 그가 노래를 부르는 것은 무척 오랜만이었다.

뒤로 현관문 닫히는 소리가 나자 노랫소리가 멈췄다.

"나 여기 있어!"

사이먼이 지나치게 크게 말했다. 가보니 주방 테이블에 점심식사가 차려져 있었다.

"따뜻한 음식을 먹고 싶어 할 것 같아서 준비했어."

그가 말했다. 가스레인지에 올려진 냄비가 보였다. 아스파라거스와 레몬을 넣은 새우 리소토였다. 맛있는 냄새가 풍겼다.

"내가 일찍 올 걸 어떻게 알았어요?"

"당신 회사로 전화했는데 당신 상사가 당신을 집에 보냈다고 하더라고."

누군가에게 내 일거수일투족을 감시당하지 않고 산다면 얼마나 좋을지 생각하다가 곧 배은망덕하다고 느꼈다. 경찰, 그레이엄, 사이먼 모두 나를 안전하게 지켜주려는 것뿐이다.

"그레이엄이 날 해고하는 줄 알았어요."

"그러라고 해. 당신이 허락하기도 전에 우리가 그를 부당 해고로 노동부에 고발할 테니까."

사이먼은 자신의 농담이 자랑스러운 듯 웃었다.

"오늘따라 기분이 좋네요. 면접 잘 봤어요?"

"면접을 마치고 지하철역으로 가는 길에 전화를 받았어. 내일 2차 면접에 와달라고 말이야."

"정말 잘됐네요! 그곳은 어땠어요? 업무는 괜찮고요?"

내가 테이블 앞에 앉자 사이먼이 김이 모락모락 나는 리소토 두 그릇을 내왔다. 아드레날린을 분출해 허기가 밀려왔지만 한입 가득 넣고 나니 속이 쓰렸다. 케이티에게 말해야 한다. 그 아이는 아이작이 어디 있을지 궁금해하며 기다릴 것이다. 어쩌면 걱정하고 있을지도 모른다.

"직원들이 다 열두 살로 보였어."

사이먼이 말했다.

"고작 8000부를 발행하니 눈 감고도 할 수 있어."

나는 케이티에 대해 물으려고 입을 열었지만 그가 내 의도를 오해하고 말을 잘랐다.

"하지만 어제 당신이 말했듯이 그것도 엄연한 일이고 근무 시간은 〈텔레그래프〉보다 더 좋을 거야. 주말 근무도 없고 뉴스 데스크를 지키려고 저녁 늦게 교대 근무를 하지 않아도 돼. 거기서 일하면 내 소설에 몰두할 수 있을 거야."

"정말 좋은 소식이네요. 그렇게 좋은 자리가 날 줄 알았어요."

우리는 한동안 조용히 식사했다.

"케이티는 어디 있어요?"

나는 막 생각난 듯 물었다.

"자기 방에 있겠지."

사이먼이 나를 쳐다보았다.

"무슨 일 있어?"

순간 나는 그에게 말하지 않기로 했다. 사이먼이 나를 보살핀다는 이유로 집에 있겠다고 하지 않고 내일 있을 면접에 집중할 수 있도록. 케이티가 이 잠재적인 스토커와 연루된 것을 그가 걱정하지 않도록. 머릿속에서 들려오는 목소리를 무시했다. 그 목소리는 내가 확신하지 못해 그에게 말하지 않으려는 거라고 비아냥댔다.

계단을 내려오는 소리가 나더니 케이티가 분명한 구두 굽소리가 주방으로 향했다. 케이티가 휴대전화를 들여다보면서 주방으로 들어왔다.

"엄마, 오늘 일찍 오셨네요."

나는 케이티와 사이먼을 번갈아 쳐다보았다. 도로에서 자신에게 다가오는 자동차를 보고 어느 쪽으로 도망칠지 생각하는 토끼처럼. 케이티는 가스레인지에 주전자를 올리고는 찡그린 얼굴로 휴대전화를 쳐다보았다.

"괜찮니?"

사이먼이 호기심 어린 표정으로 나를 쳐다보았지만 아무 말도 하지 않았다. 내 목소리에 담긴 불안함을 눈치챘다면 그는 말을 꺼냈을 것이다. 그레이엄이 내게 휴가를 준 이유인 '스트레스' 때문이라고 생각하면서.

"아이작이 오기로 했는데 일이 생겼다고 문자메시지를 보냈어요."

케이티가 말했다. 그 애는 화가 났다기보다는 놀란 듯했다. 원래 좀처럼 실망하지 않는 성격이었다. 내가 이 사태의 장본인이라는 사실이 싫었다.

경찰은 아이작의 전화기를 곧장 압수했을 것이다. 그리고 경찰차나 유치장에서 이렇게 대화를 나누었을 것이다.

'여자 친구에게 문자메시지를 보내야 해요. 한 통이면 돼요. 그러고 전화기를 드릴게요.'

어쩌면 전혀 그렇지 않았을 수도 있다. 아주 능란하게 움직였다면 여경을 꼬드겨 남성 동료에게 다정하게 부탁하도록 만들었을 수도 있다.

'여자 친구에게 상황을 알려줘야 해요. 걱정할 테니까요. 그 애 어머니를 봤잖아요. 안정적인 상태가 아니에요…….'

"무슨 일로 못 온다고 말하던?"

케이티에게 물었다.

"별다른 말이 없었지만 쇼와 관련한 일일 거예요. 그는 항상 일하거든요. 자영업자들은 늘 그렇잖아요. 모든 게 잘 풀리길 바라야죠. 일곱 시간만 있으면 막이 올라요!"

그 애는 컵라면 하나를 들고 위층으로 올라갔고 나는 리소토 그릇 옆으로 포크를 내려놓았다. 오늘 밤이 초연이라는 사실을 까맣게 잊고 있었다. 아이작이 여전히 경찰서에 있으면 어쩌지?

"배 안 고파?"

사이먼이 물었다.

"미안해요."

빠져나올 수 없는 구덩이 속에 스스로를 밀어넣은 뒤 남은 시간 내내 집안을 이리저리 돌아다니며 케이티가 원하지도 않은 차를 타주고, 그 애에게 내가 아이작을 경찰차에 태워 보낸 장본인이라고 말하는 순간이 오기만을 기다렸다.

'자발적인 동행이야.' 스스로에게 말했다. 그는 체포된 것이 아니다. 하지만 아이작에게는 별 차이가 없을 것이다. 케이티에게도. 5시가 되자 매트가 케이티를 극장에 데려다주러 왔다.

"지금 짐 챙기고 있어."

내가 말했다. 매트는 계단 앞에서 기다렸고 열린 문틈으로 차가운 바람이 느껴졌다.

"들어오라고 말하고 싶지만 그게…… 알잖아, 좀 어색해서."

"택시 안에서 기다릴게."

케이티가 코트를 걸치며 계단을 내려와서 내게 입을 맞췄다.

"대박일 거야! 이게 요즘 애들이 하는 말이지?"

"고마워요, 엄마."

매트의 차가 출발하자 휴대전화가 울렸다. 스위프트 순경의 번호가 화면에 표시되었다. 나는 계단 위에 있던 저스틴에게 급하게 비켜달라고 말하며 휴대전화를 들고 위층으로 올라갔다. 그리고 사이먼의 사무실로 들어가 문을 닫았다.

켈리 스위프트는 자세히 말해주지 않았다.

"그 사람을 풀어줬어요."

"뭐라고 하던가요?"

"부인에게 했던 말 그대로요. 지하철에서 부인을 봤는데 불안해 보였대요. 부인이 계속 주위를 살폈다고 하더군요. 조마조마해 보였답니다."

"절 쫓아왔다고 시인하던가요?"

"부인의 따님을 만나러 가는 길이라서 자연스럽게 같은 길로 갔다고 했어요. 부인이 뛰어가는 것을 보고 걱정돼서 같이 뛰었대요."

"그런데 왜 제게 다가와서 아는 척하지 않았을까요?"

내가 물었다.

"지하철에서 저를 봤을 때요. 제게 와서 인사할 수도 있었잖아요."

스위프트 순경이 망설였다.

"그는 부인이 자신을 좋아하지 않는다고 생각하는 것 같아요."

사이먼이 컴퓨터 화면 옆에 붙여둔 포스트잇이 떨어지려고 했다. 나는 엄지로 모서리 부분을 눌렀다.

"우리는 그의 휴대전화와 노트북을 가지고 있어요, 조. 그는 그것들을 우리에게 순순히 내줬고 한눈에 봐도 findtheone.com과 아무 관련이 없어 보였어요. 사이버 범죄 수사팀이 향후 몇 시간 동안 자세히 살펴볼 테니 뭐라도 발견되면 알려드릴게요."

스위프트 순경은 잠시 멈추더니 한층 부드러운 목소리로 말했다.

"조, 그 사람은 웹사이트와 관련이 있는 것 같지 않아요."

"아, 세상에. 제가 무슨 짓을 한 걸까요?"

내가 벌인 모든 일이 마무리되었으면 좋겠다는 바람으로 눈을 꼭 감았다.

"딸은 절대 날 용서하지 않을 거예요."

"아이작은 이 일을 제대로 이해하고 있어요."

스위프트 순경이 말했다.

"부인이 스트레스를 많이 받고 있다는 것도 알고요. 당신과 있었던 일을 비밀로 하겠다고 말하는 것을 보고 아주 감탄했어요."

"그가 케이티에게 말하지 않겠대요? 그렇게까지 하는 이유가 뭐죠?"

스위프트 순경이 한숨을 쉬었고 나는 그녀의 목소리에서 분노를 감지했다.

"그가 착한 사람이라서 그렇죠."

다음 날 아침에 일어나보니 집이 조용했다. 침실이 이상하리만치 밝아서 커튼을 열자 일기 예보대로 눈이 하얗게 내려 있었다. 지난밤부터 도로에 내린 눈 위에 모래를 뿌려 차량이 다니는 데는 무리가 없었지만 인도와 정원, 지붕, 서 있는 차들 위에는 눈이 5센티미터가량 쌓여 있었다. 눈발이 바닥에 난 발자국을 덮었다.

나는 사이먼에게 키스했다.

"눈이 와요!"

밖에서 눈싸움하고 싶어 하는 아이처럼 그에게 속삭였다. 그는 눈을 감은 채 미소 짓더니 나를 침대로 끌어당겼다.

다시 일어나보니 눈이 완전히 그쳤다. 저스틴은 카페로 교대 근무를 하러 갔고 케이티는 초연을 끝내고 자고 있었다. 주전자 아래 그 애가 남긴 메모가 있었다.

'객석이 꽉 찼어요! 최고의 관객이었고 아이작의 연출도 근사했어요! 사랑해요.'

아이작은 케이티에게 말하지 않았다. 나는 천천히 숨을 골랐다.

그와 이야기해야 했다. 사과해야 했다. 하지만 오늘은 아니었다.

"면접이 몇 시죠?"

사이먼에게 물었다.

"2신데 그 전에 나가서 과월 호 잡지를 몇 권 사서 점심을 먹으며 봐야겠어. 혼자 있어도 괜찮겠어?"

"괜찮아요. 케이티도 집에 있잖아요. 청소나 하고 있을게요."

집이 엉망이었다. 불과 2주 전에 앉았던 식탁은 평소처럼 잡동사니를 쌓는 용도로 전락했다. 지난밤 그레이엄이 준 영수증과 송장을 그 위에 올려두었지만 청소를 말끔히 하기 전까지는 회계 일을 시작할 수 없었다.

사이먼이 내게 다녀오겠다고 인사했다. 그의 행운을 빌었다. 그가 현관문을 열면서 휘파람 부는 소리가 들리자 미소가 지어졌다.

케이티는 11시쯤 아래층으로 내려왔다. 눈 밑에 다크서클이 내려오고 아이라인이 남아 있었지만 눈부셨다.

"정말 근사했어요, 엄마."

딸이 차를 건네고는 나를 따라 주방으로 들어와 의자를 꺼내 앉더니 무릎을 가슴으로 바짝 당겼다. 아이는 커다란 솜털 부츠를 신고 있었다.

"프롬프터 없이 연기했고 마지막에는 누군가 기립박수를 보냈어요! 아이작이 아는 사람일지도 모르지만 그게 어디예요?"

"그럼 이제 돈도 들어오겠네?"

"그럴 거예요. 우선 극장 대여비와 박스 오피스 비용 같은 걸 내야 해요."

나는 아무 말도 하지 않았다. 아이작이 이미 자신의 몫을 챙겼는지 궁금했다. 케이티가 갑자기 나를 쳐다보았다.

"왜 출근 안 했어요?"

"병가를 냈어."

"왜 말 안 했어요? 이러고 있으면 안 돼요. 자, 제가 할게요."

딸이 자리에서 일어나 내 앞에 쌓인 파일을 가져가며 치울 곳을 찾다가 결국 제자리에 놓았다. 영수증이 테이블에서 바닥으로 떨어졌다.

"아프진 않아. 그레이엄이 내게 휴가를 줬어. 경찰이 이 터무니없는 웹사이트 문제를 해결할 동안."

이 사건을 시덥지 않은 일로 치부해버리니 기분이 좋았다. 멜리사 처럼 힘이 생긴 것 같았다. 나는 떨어진 영수증을 주우려고 몸을 숙였다.

'다이어트 콜라 2.95파운드'

어떤 파일에서 나온 영수증인지, 테이블 위에 놓여 있었는지도 알 수 없었다.

'에스프레소 오!'라는 가게에서 발행한 영수증이었다. 카페 이름치고 참 별로였다. 너무 과한 듯했다. '깎고 볶고' 미용실이나 고속도로 휴게소에 있는 '상추' 샐러드 바처럼 노력이 지나쳐 오히려 민망한 이름이다. 영수증 뒷면을 넘겨보니 알아보기 어려운 필체로 '0364'라고 적혀 있었다. PIN 번호겠지?

나는 영수증을 한쪽으로 치웠다.

"그대로 놔두렴."

나를 위해 서류를 이리저리 치워보지만 별로 도움이 되지 못하는 케이티에게 말했다.

"엄마가 하는 게 더 편해. 그래야 섞일 염려도 없고."

테이블 위에서 서류를 분류하고 정리하는 동안 딸에게 초연에 관해 이야기해달라고 했다. 아이는 〈타임아웃〉으로부터 별 네 개를 받았고 두 번째 커튼콜 때 무대에 오르려고 서둘렀다고 말했다. 그동안 마음이 차분해졌고 그저 집안을 청소하는 것만으로도 인생을 제어할 수 있게 된 것 같았다.

한 번도 그레이엄에게 휴가를 요청한 적 없었지만 그가 그렇게 해줘서 고마웠다. 적어도 지금 나는 집에 있고 경찰이 문제를 해결하려고 노력하고 있으니까. 내가 할 수 있는 일은 다 했다. 이제 힘든 일은 그들이 알아서 할 것이다. 나는 안전한 이곳에 있을 것이다.

29

'에스프레소 오!'는 창문에 적힌 '런던 최고의 커피'라는 문구에 걸맞지 않게 외관이 그리 매력적이지 않았다. 켈리는 약간 내려앉은 문을 안으로 밀다가 반동으로 넘어질 뻔했다.

"CCTV가 있어요."

켈리는 의기양양하게 '웃으세요. 카메라에 나오고 있어요!'라고 적힌 스티커를 가리켰다. 카페는 밖에서 본 것보다 훨씬 넓었다. 위층에 좌석이 더 있다는 표지가 보였고 아래로 이어지는 나선형 계단을 사람들이 끊임없이 오르락내리락하는 것으로 보아 그쪽에 화장실이 있는 듯했다. 내부는 상당히 시끄러웠다. 계산대 뒤쪽에 놓인 커다란 은색 커피 머신이 내는 기계음에 대적하듯 사람들이 크게 이야기했다.

"점장님을 좀 만나고 싶은데요."

"그럴 수 있을까요?"

계산대 앞에 서 있는 젊은 여성은 호주인이었고 억양 때문에 모든 말이 의문형으로 들렸다.

"컴플레인하고 싶으면 양식이 있으니 그걸 쓰시겠어요?"

"오늘 책임자는 누구죠?"

켈리가 배지와 신분증을 보여주었다.

여성은 당황한 것 같지 않았다. 그녀는 천천히 카페를 둘러보았다. 바리스타가 두 명 더 있었는데 한 명은 테이블을 닦고 다른 한 명은 업소용 식기세척기에 커피 컵을 쌓고 있었다. 빠르고 거친 손놀림에 컵이 깨지지 않는 것이 신기할 따름이었다.

"아마 저일걸요? 전 다나예요."

그녀가 앞치마에 손을 닦으며 말했다.

"제이스, 잠시 계산대 좀 봐줄래? 위층으로 올라가요."

에스프레소 오!의 2층은 편안해 보이는 가죽 소파로 가득 차 있었지만 실제로는 너무 딱딱하고 반짝거려 오래 앉아 있을 수 없었다. 다나는 기대에 찬 눈길로 켈리와 닉을 번갈아 쳐다보았다.

"무슨 일이신가요?"

"여기 와이파이 연결되나요?"

닉이 물었다.

"물론이죠. 비밀번호를 알려드릴까요?"

"지금 말고요. 손님들에게 무료로 제공하나요?"

다나가 고개를 끄덕였다.

"주기적으로 비밀번호를 바꿔야 하는데 제가 이곳에 온 뒤로 줄곧 같은 번호를 사용하고 있어요. 단골들도 그걸 더 편하게 생각하고요. 계속 비밀번호를 알려주는 것도 직원들 일이니까요."

"이곳 네트워크에 여러 차례 로그인한 누군가를 추적해야 합니다."

켈리가 말했다.

"아주 심각한 범죄와 관련되어 있어요."

그 소리에 다나의 눈이 휘둥그레졌다.

"저희가 걱정해야 하는 문제인가요?"

"이곳이 위험에 처한다는 이야기는 아니에요. 최대한 빨리 그자를 추적해야 합니다. 여기에 CCTV가 있다는 표시를 봤는데 저희가 좀 볼 수 있을까요?"

"그럼요. 여길 지나서 점장 사무실에 있어요."

두 사람은 다나를 따라 반대쪽 문으로 갔다. 그녀는 빠르게 비밀번호를 눌렀다. 청소 도구실보다 조금 더 큰 공간에는 책상과 컴퓨터, 먼지 쌓인 프린터, 송장과 배달 전표가 가득 놓인 서류 서랍이 보였다. 컴퓨터 위 선반에서 흑백 화면이 깜박이며 CCTV 이미지를 보여주었다. 켈리는 자신들이 본 계산대와 빛나는 커피 머신을 알아보았다.

"카메라가 몇 대나 있나요?"

켈리가 물었다.

"다른 각도에서도 볼 수 있나요?"

"이것 한 대밖에 없어요."

다나가 말했다.

그녀가 일을 맡긴 제이스가 검은 쟁반 위에 김이 모락모락 나는 카페라테를 만드는 모습이 보였다. 이 CCTV는 손님이 몸을 돌리기 전 옆모습만 볼 수 있었다.

"유일한 카메라가 계산대를 향하고 있나요?"

켈리가 확실히 하려고 한 번 더 물었다.

다나는 창피해하는 듯했다.

"점장님은 우리가 호시탐탐 기회를 엿보고 있다고 생각해요. 모든 체인점이 다 그래요. 작년에 반사회적인 행동으로 문제가 생겨서 카메라를 정문 쪽으로 옮겼더니 점장님이 화를 냈어요. 그래서 지금은 그냥 시키는 대로 하고 있어요. 괜히 심기를 건드릴 필요가 없어서요."

닉과 켈리는 암울한 눈빛을 주고받았다.

"지난달에 찍힌 자료를 모두 가져갔으면 합니다."

켈리가 말했다. 그녀는 경위에게 몸을 돌렸다.

"감시 카메라요?"

그가 고개를 끄덕였다.

"우리는 중대한 사건을 수사하고 있습니다."

닉이 다나에게 말했다.

"그리고 몇 주 동안 추가로 카메라를 설치할 수도 있습니다. 그렇게 되는 경우 손님들이 절대 알아서는 안 됩니다. 다시 말해서,"

렘펠로 경위가 심각한 표정으로 다나를 쳐다보았다.

"그 사실을 아는 직원이 적을수록 좋다는 뜻입니다."

다나는 겁먹은 얼굴이었다.

"아무에게도 말하지 않을게요."

"고맙습니다. 도움이 많이 됐습니다."

켈리는 마음이 무거웠지만 이렇게 말했다. 매번 웹사이트 운영자를 찾아낼 좋은 실마리가 있다고 생각했지만 언제나 아무것도 건질 수 없었다. 그들은 용의자가 고객의 돈을 이체하려고 와이파이를 사용했을 당시 CCTV 자료를 찾아보았지만 카메라 스크린의 90퍼센트가 직원과 계산대 앞만 비춰서 신분을 제대로 알아낼 가능성은 희박했다.

카페를 나설 때 켈리의 휴대전화에서 진동이 울렸다.

"조 워커에게서 문자메시지가 왔어요."

켈리가 말했다.

"당분간 집에서 일한다고 하네요. 사무실 전화로 걸면 받을 수 없다고 알려주려고 연락했대요."

닉이 경고하는 듯한 표정으로 켈리를 쳐다보았다.

"조 워커가 물어봐도 아무런 진전이 없다고 말해야 해, 알겠지?"

켈리는 길게 숨을 내쉬고는 차분하게 말했다.

"제가 조에게 웹사이트에 접속하는 법을 알려줬어요. 그녀가 자신의 출퇴근길 자료를 볼 권리가 있다고 생각해서요."

닉이 차로 걸어가면서 어깨너머로 켈리를 쏘아보았다.

"자넨 생각이 너무 많아, 스위프트 순경."

켈리는 발포어 스트리트로 돌아가서 에스프레소 오!의 CCTV 자료를 감정 담당자에게 넘겨주었다. 토니 브로드스테어스는 영국 경찰청 범죄 수사과와 살인 사건 전담팀 형사로 25년 넘게 근무했고 켈리가 원하지도 않고 필요해 하지도 않은 조언을 해주는 걸 즐겼다. 오늘 그는 일련의 증거가 얼마나 중요한지 일장 연설을 했다.

"그러니까 이 자료를 나에게 넘긴다고 서명해야 한다는 거야."

토니가 관련 서류를 찾으며 머리 위로 펜을 움직였다.

"그리고 나는 자네에게 받았다고 서명해야 하지."

"알겠습니다."

켈리는 19년 동안 자료를 압수하고 서명해온 인물에게 고개를 끄덕였다.

"고맙습니다."

"서명이 하나라도 빠지면 사건을 법정에 올릴 수 없어. 세상에서 가장 극악무도한 놈을 잡아도 절차상 문제가 발견되면 사건은 오븐에서 너무 일찍 꺼낸 수플레보다 더 빨리 무너지고 마니까."

"켈리."

몸을 돌려보니 딕비 반장이 외투를 입은 채 그들을 향해 걸어왔다.

"아직 계신 줄 몰랐습니다, 반장님."

토니가 말했다.

"아직 남은 휴가를 보내고 계신 줄 알았는데요. 오늘 골프는 어떠셨나요?"

"잘 들어, 토니. 난 어쩔 수 없이 여기에 온 게 아냐."

그는 켈리를 진지하게 쳐다보았다.

"당장 내 사무실로 와."

반장은 반대편에 있는 경위도 불렀다.

"닉, 자네도."

토니에게 증거 자료를 다루는 일에 대해 설교를 들을 필요가 없다는 안도감은 반장의 표정을 보자 순식간에 사라졌다. 켈리는 널찍한 사무실을 종종걸음으로 가로질러 반장을 따랐고 반장은 그녀에게 사무실 문을 열어주고는 앉으라고 했다. 소름이 돋았다. 반장이 왜 쉬는 날에 자신을 이렇게 불편하게 사무실로 불러들였는지 다른 이유가 있을지도 모른다고 생각했지만 오로지 한 생각만 들었다.

더럼.

이번에는 정말로 큰일이었다.

"난 자네를 위해 위험을 감수했어, 켈리."

반장이 자리에 선 채로 말하더니 이내 작은 사무실을 이리저리 서성거렸다. 켈리는 그를 계속 쳐다볼지 피고처럼 한곳을 볼지 마음을 정하지 못했다.

"자네를 믿어서 파견에 동의했고 자네도 내게 믿어달라며 확신시켰지. 난 자네를 위해 최선을 다했어, 켈리!"

켈리는 두렵고 부끄러워 가슴이 저렸다. 어쩌면 이렇게 어리석을까? 그녀는 지난 일로 가까스로 파직을 면했다. 그녀에게 공격당한 용의자가 기소하지 않기로 했고 그것은 필요 이상으로 스포트라이트를 받고 싶어 하지 않는 용의자를 반장이 설득한 덕분이었다. 징계 위원회가 열렸지만 반장 덕분에 경장과 조용히 이야기를 나눌 수 있었다. '가족사로 인한 정상 참작.' 보고서에는 이렇게 적혀 있었다. 그녀는 그것이 다시는 쓸 수 없는 카드라는 사실을 잘 알았다.

"어젯밤에 전화를 한 통 받았어."

반장이 마침내 자리에 앉아 커다란 오크 책상에 몸을 기댔다.

"더럼 경찰 지구대 형사가 우리 쪽에서 역대 강간범에 관한 일로 문의해왔다고 알려주더군. 더 도와줄 일이 없는지 말이야."

켈리는 반장의 시선을 마주할 수 없었다. 왼쪽으로 닉의 시선이 느껴졌다.

"물론 나는 꽤 놀랐어. 은퇴 날짜만 세고 있지만 여전히 우리 사무실이 어떤 일을 하고 있는지는 알고 있으니까. 그리고 어느 사건도,"

그가 천천히 말 한 마디 한 마디에 힘을 주었다.

"더럼 대학교와 관련이 있는 건 없어. 자네가 무슨 짓을 하고 돌아다니는지 이제 설명해주겠나?"

켈리는 천천히 고개를 들었다. 반장을 감쌌던 엄청난 분노는 가라앉은 듯했고 그는 처음 켈리를 응시했을 때보다 덜 무서워 보였다. 하지만 켈리는 침을 삼키고 스스로를 다잡으며 떨리는 목소리로 말했다.

"제 여동생 사건에 진전이 있는지 알아보려고 했어요."

반장이 고개를 저었다.

"이런 말까지 해줄 필요는 없지만 자네가 한 행동은 심각한 규칙 위반이야. 범죄자 개인정보 보호 조치를 위반한 것뿐만 아니라 경찰관으로서 직권 남용은 중대한 위법 행위야.”

“저도 알고 있어요, 반장님.”

“그런데 대체 왜……?”

반장이 양손을 넓게 벌리며 도저히 이해할 수 없다는 표정을 지었다. 그리고 다시 말을 이을 때 그의 목소리는 한결 누그러져 있었다.

“동생 사건은 좀 진척됐어?”

“조금은요. 제가 기대한 만큼은 아니었습니다만.”

켈리는 목구멍에 걸린 딱딱한 덩어리 같은 것이 사라지길 빌며 다시 침을 삼켰다.

“제 여동생이…… 기소 중지를 신청했더군요. 사건에 대한 어떤 추가 사항이나 용의자 체포 여부도 알고 싶지 않다고 했어요.”

“자네는 그 사실을 몰랐다는 거지?”

켈리가 고개를 끄덕였다.

긴 침묵 끝에 반장이 다시 말을 이었다.

“이번 일의 해답을 이미 알고 있지만 한 가지 물어볼 것이 있어. 다른 부서에 그렇게 요청할 만한 업무상 이유가 있나?”

“제가 시켰습니다.”

닉이 말했다. 켈리는 충격을 감추려고 애쓰면서 닉을 돌아보았다.

“자네가 켈리에게 더럼 경찰서에 연락해서 여동생과 관련한 성폭행범 이력을 조회해달라고 요청했다고?”

“맞습니다.”

반장이 닉을 뚫어지게 쳐다보았다. 켈리는 그의 눈동자에 깃든 즐거움을 보았지만 반장이 입을 꼭 다물고 있어서 자신이 착각했다고 여겼다.

“그 이유를 말해보겠어?”

"지구대 연합 기동대는 처음 예상한 것보다 수사가 더 광범위해졌다고 깨달았습니다. 메이드스톤 성폭행 건으로 피해가 M25 지역 안에서만 이루어지지 않은 점을 확인했고, 9월에 광고가 시작되었지만 전체 피해 규모는 지금까지 분명하게 파악되지 않고 있습니다. 주요 용의자를 찾아내려고 지금까지 노력해왔고 스토킹 전적이 있는 성폭행 건으로 확대해서 살피는 것이 좋겠다고 판단했습니다. 다른 도시에서도 같은 수법으로 범죄가 진행돼온 가능성이 있다고 생각했습니다."

"10년 전까지 말인가?"

"그렇습니다."

반장이 안경을 벗었다. 그는 닉을 찬찬히 살피고는 켈리를 쳐다보았다.

"왜 처음부터 내게 보고하지 않았어?"

"저는, 저는 확신이 없었습니다."

"지구대 연합 기동대와 더럼 사건에서 아무 연관도 찾지 못했다고 이해하면 되겠나?"

켈리에게 한 질문이었지만 닉이 대답했다.

"제가 배제시켰습니다."

그는 켈리에게 물어보지 않고 곧바로 대답했다.

"나도 그렇게 생각해."

반장이 켈리와 닉을 번갈아가며 쳐다보았다. 켈리는 숨을 꼭 참았다.

"우리가 유사 사건에 관한 자료 조사를 완료했다고 보면 되겠나?"

"네, 반장님."

"둘 다 그만 나가봐."

두 사람이 문 쪽으로 나서는데 반장이 켈리를 불렀다.

"한 가지 더……"

"네?"

"용의자, 경찰관, 목격자, 피해자…… 이들을 연결하는 공통점이 있어, 켈리. 그리고 같은 사람은 아무도 없어. 모든 피해자는 같은 상황에 각기 다르게 반응하지. 어떤 사람은 이를 갈며 복수를 꿈꾸고 어떤 사람은 정의를 구현하고 싶어 하고 어떤 사람은 사건이 빨리 마무리되기를 원하고 또 어떤 사람은,"

반장이 켈리의 눈을 똑바로 쳐다보았다.

"그냥 잊고 살아가고 싶어 해."

켈리는 렉시를 생각했다. 자신만 열쇠를 지닌 집에서 새롭게 시작하고 싶어 하는 캐시 태닝도 떠올랐다.

"잘 알겠습니다, 반장님."

"우리가 원하는 방식대로 행동하지 않는다고 해서 피해자들과 연락을 끊어서는 안 돼. 그건 그들 잘못이 아니니까. 사건에 관한 자네 생각에 집중해. 자네의 타고난 능력 말고. 지금도 어딘가에서 수많은 여성을 상대로 성폭행, 살인, 스토킹을 일삼는 연쇄 범죄자가 있어. 어서 그놈을 찾아."

사람들은 방심했을 때 붙잡히지.

findtheone.com으로 인터넷에서 족적을 추적해봐야 내 이름을 찾을 수 없을 거야. 난 한 번도 사용한 적 없는 사람들 이름만 쓰거든. 그들의 지갑과 코트 주머니에서 신분증을 빌려서 말이야.

제임스 스탠퍼드는 올드 글로스터 로드에 자기 사서함이 있는지도, 신용카드로 〈런던 가제트〉의 광고비가 빠져나가는지도 몰라. 중국 학생인 메이 수오 리는 본국으로 돌아가면서 현찰을 받고 자신의 영국 계좌를 내게 기꺼이 넘겨주었어.

다른 사람의 이름도 많지만 신경 쓰지 마.

아, 영수증은 내가 조심스럽지 못했어.

손에 잡히는 종이 위에 출입구 비밀번호를 적다보니 그걸로 모든 게 끝날 수 있다고 생각 못 했어. 이제 와서 내가 부주의했다는 사실에 화가 나. 너무 멍청했지. 영수증만 아니었으면 완벽했을 텐데. 절대로 추적할 수 없었을 텐데.

하지만 끝난 게 아니야. 걱정된다면 할 일은 하나뿐이지.

직접 나서는 거야.

30

점심시간쯤 식탁은 깨끗히 정리되었고 집은 원래대로 정돈된 분위기를 조금이나마 되찾았다. 나는 테이블 앞에 앉아서 그레이엄이 준 영수증을 살피며 택시비와 점심값을 입력했다. 이유 모르게 마음이 편해졌다. 그때 스위프트 순경에게 보낸 문자메시지에 답신이 왔다.

늦게 연락드려서 죄송해요. 일단 간단히 말씀드리고 나중에 전화할게요. 용의자가 레스터 스퀘어 근처에 있는 에스프레소 오!라는 카페에서 웹사이트를 관리한 걸로 보여요. 지금 확인하고 있어요. 루크 해리스는 여전히 보석 상태고요. CPS 쪽에서 들리는 이야기가 있으면 알려드릴게요. 재택근무 하신다니 다행이에요. 몸 잘 챙기세요.

메시지를 두 번 읽었다. 테이블에 놓인 기타 파일을 들어 에스프레소 오! 영수증 뒷면에 적힌 숫자를 보고 날짜를 찾아보았다. 아래쪽 잉크가 번져서 날짜가 제대로 보이지 않았다. 이 영수증이 얼마나 오랫동안 여기 있었을까? 집 안은 춥지 않았지만 몸이 떨렸고 영수증이 손에서 떨어졌다. 나는 주방으로 걸어들어갔다.

"케이티?"

"왜요, 엄마?"

케이티는 접시도 없이 조리대 위에 식빵을 올려두고 버터를 발랐다. 그리고 빵 부스러기를 손으로 모아 싱크대 안에 털어넣었다.

"죄송해요."

딸이 내 얼굴을 쳐다보았다.

"별로 안 흘렸어요, 엄마."

나는 딸에게 영수증을 건넸다.

"여기 가본 적 있니?"

숨이 가빠서 머리가 빙글빙글 돌았다. 맥박이 너무 빨라서 속도를 늦추려고 하나씩 세어보았다.

케이티가 고개를 저었다.

"아뇨, 어디예요?"

"레스터 스퀘어 근처야."

사람이 위험에 처하면 몸은 두 가지 상태 중 하나로 바뀐다. 싸울 준비를 하거나 도망갈 준비를 하거나. 하지만 나는 어느 쪽도 아니었다. 도망치고 싶었지만 움직일 수가 없었다.

"아, 알아요! 아니, 아는 것 같아요. 들어가본 적은 없지만 그 앞을 지나간 적은 있어요. 왜 그러는 거예요?"

나는 케이티가 겁먹는 것이 싫었다. 그래서 침착하게 전혀 중요하지 않다는 듯 스위프트 순경이 보내준 메시지에 대해 말해주었다. 귓속에서 쿵쾅거리는 소리가 점점 더 커졌다. 이건 우연이 아니었다. 분명했다.

"그냥 영수증이잖아요. 그 웹사이트를 운영하는 사람 것이라고는 할 수 없잖아요, 안 그래요?"

케이티가 눈을 깜박이면서 내 표정을 읽으려고 했다. 내가 얼마나 걱정하는지 알려는 듯했다.

'맞아. 그 사람 거야.'

"당연히 아니지. 누구 것이든 될 수 있어. 코트 주머니나 장 봐온 비닐봉투에 들어 있었을 수도 있고."

우리는 둘 다 대수롭지 않은 척했다. 해가 되지 않는 짝 잃은 양말이나 길고양이처럼. 그런데 다른 것도 아닌 영수증이 미치광이와 연관이 있다니.

"전 항상 모든 영수증을 비닐봉투에 넣어둬요."

하지만 싱크대 하부장 속 장바구니에 구겨져 있거나 쇼핑백 안에 버려진 영수증을 늘 봐왔다.

케이티의 말이 맞기를 바랐으나 목에 돋는 소름이 그 말이 틀렸다고 알렸다. 그 영수증이 이 집에 있는 이유는 누군가 가져왔기 때문이다.

"우연이 아닐까요?"

웃으려고 했지만 그와는 전혀 다른 기분이 들었다.

바로 두려움이었다.

듣고 싶지 않은 목소리가 머릿속에서 울려퍼졌다. 지독한 소름이 내 얼굴에 답이 있다고 말해주었다.

"이 일을 이성적으로 생각할 필요가 있어요."

케이티가 말했다.

"최근에 누가 집에 있었죠?"

"너와 나, 저스틴, 사이먼이지."

내가 말했다.

"아, 멜리사와 닐도 왔었어. 내가 어젯밤에 테이블에 올려놓은 파일은 그레이엄 할로 거야."

"그럼 그 사람 것일 수도 있나요?"

"그럴 수도 있어."

그레이엄의 책상 위에 쌓여 있던 〈런던 가제트〉를 떠올렸다. 그가 신문을 왜 그렇게 많이 가지고 있는지 완벽하게 설명했던 일이 기억났다.

"하지만 그는 요즘 내게 정말 잘해줘. 휴가도 줬고. 그가 그런 짓을 했다고 생각하지 않아."

그때 문득 이런 생각이 들었다. 경찰이 아이작에게서 어떤 미심쩍은 정황도 발견하지 못했지만 그렇다고 찾을 것이 전혀 없다는 뜻은 아니다.

"지난 선데이 로스트 전에 테이블을 치웠어. 그때 아이작이 왔었지."

케이티가 입을 열었다.

"무슨 말을 하고 싶은 거예요?"

나는 확신이 서지 않아서 어깨를 으쓱했다.

"아무것도 아냐. 그저 최근에 집에서 본 사람들을 꼽아본 거야."

"아이작이 이 일과 어떤 관계가 있다고 생각하는 건 아니죠? 엄마, 이 일이 있고 나서 그를 만난 적이 없어요. 9월부터 시작된 광고에 엄마가 나왔다고 한 뒤부터요."

"그는 너도 모르게 네 사진을 찍었어. 소름끼치지 않니?"

"다른 캐스팅 담당자에게 보내려고 그런 거잖아요! 웹사이트에 올리려는 게 아니라."

아이는 방어적이고 화난 표정으로 내게 고함을 질렀다.

"그걸 네가 어떻게 알아?"

나도 고함으로 받아쳤다.

우리는 스스로를 돌아보느라 잠시 침묵했다.

"누구나 그 영수증의 주인일 수 있어요."

케이티가 단호하게 말했다.

"그러니 우선 집을 뒤져봐야 해."

내 말에 딸이 고개를 끄덕였다.

"오빠 방을 먼저 봐요."

"저스틴? 혹시라도 그렇게 생각하는 거……"

나는 케이티의 얼굴을 보았다.

"알았어."

어릴 때 저스틴은 책보다 컴퓨터를 더 좋아했다. 아이에게 텔레비전을 너무 많이 보여준 것이 아닌지 걱정했지만 케이티가 태어나고 책에 몰두하는 것을 보면서 단지 성향이 다를 뿐이라고 깨달았다. 아이들이 어릴 때 집에는 컴퓨터가 없었다. 하지만 저스틴이 학교에서 유일하게 듣는 수업은 정보통신기술 과목이었다. 저스틴은 매트와 내게 컴퓨터를 사달라고 졸랐지만 그럴 형편이 되지 않았다. 그러자 아들은 용돈을 아껴 부품을 하나씩 사서 충전재가 든 봉투에 담아 와서는 메카노 조립 세트와 레고 피규어와 함께 침대 밑에 넣어두었다. 아이는 도서관에서 출력한 설명서를 보고 직접 컴퓨터를 조립했고 시간이 흐르면서 메모리, 더 큰 하드 디스크, 더 좋은 그래픽 카드로 업그레이드했다. 저스틴은 이미 열두 살 때 내가 서른 살에 알았던 것보다 컴퓨터와 인터넷에 대해 더 많이 알았다.

하루는 학교를 마치고 돌아온 아들이 방에 컴퓨터 게임을 하러 올라가려는 것을 앉혀두고 인터넷을 너무 많이 하면 얼마나 위험한지 말해주었다. 오랫동안 채팅하는 상대가 10대가 아니라 키보드 너머에서 침흘리는 쉰 살 먹은 변태일 수도 있다고 주의를 주었다.

"전 소아성애자에게 걸릴 만큼 어수룩하지 않아요."

저스틴이 웃으며 말했다.

"그들은 절대 절 못 찾아요."

인상적인 말이었다. 아들이 상식을 갖추고 나보다 기술에 대해 더 많이 알고 있어 뿌듯했다.

인터넷에서 범죄 대상을 찾는 자들의 희생양이 될까봐 늘 걱정했지 아들이 그런 일을 할 것이라고 생각한 적은 한 번도 없었다. 그럴 리 없었다. 지금 바로 확인할 수 있을 것이다.

저스틴 방에서는 빨지 않은 양말과 담배에 찌든 냄새가 났다. 침대 위에는 내가 어제 가져다준 세탁물이 그대로 놓여 있었다. 가지런히 쌓아둔 옷가지가 한쪽으로 넘어진 것으로 봐서 그것을 치우지도 않고 그대로 잔 모양이었다. 커튼을 열어 빛이 들어오게 하고는 머그컵 열두 개를 치웠다. 그중 세 개는 재떨이로 쓰이고 있었다. 나는 그것들을 쌓아 라이터 옆에 두었다.

"서랍을 살펴봐."

문 앞에 서 있는 케이티에게 말했다. 딸은 움직이지 않았다.

"어서! 시간이 얼마나 걸릴지 모르잖아."

나는 침대에 앉아 저스틴의 노트북을 켰다.

"엄마, 뭔가 잘못하고 있는 것 같아요."

"웹사이트를 운영하면서 강간이나 살인을 저지르려는 사람에게 여성들 출퇴근 정보를 팔아넘기는 게?"

"오빠가 그럴 리 없어요!"

"나도 그렇게 생각해. 하지만 확실히 해둬야 해. 어서 찾아봐."

"뭘 찾아야 하는지 모르겠어요."

케이티는 그렇게 말하면서 옷장을 열어 선반을 이리저리 살폈다.

"에스프레소 오! 영수증,"

나는 범법 행위가 될 만한 것들을 생각해보았다.

"여성들 사진, 통근길 정보……."

노트북은 암호로 잠겨 있었다. 모니터 화면에 아들의 사용자 이름인 Game8oy_94가 나타나더니 저스틴의 손바닥 모양을 한 작은 아바타가 등장해 카메라를 가리켰다.

"돈?"

케이티가 말했다.

"그래, 뭐든 특이한 걸 찾아봐. 저스틴의 암호가 뭘까?"

생년월일을 입력하자 '비밀번호가 맞지 않습니다. 재시도 2회 남음'이라는 메시지가 나타났다.

"돈이에요."

그것은 질문이 아니었다. 고개를 들어보니 케이티가 손에 봉투를 들고 있었다. 저스틴이 내게 생활비로 쓰라고 건네준 것과 같은 봉투였다. 20파운드와 10파운드 지폐가 가득 들어 있어서 봉투 입구가 접히지 않았다.

"카페에서 받은 급여일까요?"

케이티는 멜리사가 세금을 피하려고 저스틴에게 현찰을 지급한다는 사실을 몰랐고 의도치 않더라도 알게 되면 신경 쓸 것이었다. 아는 사람이 많을수록 국세청에서 알아차리기 쉬울 것이고 그러면 나나 멜리사는 필요 이상으로 곤경에 처하게 된다.

"그런 것 같아."

나는 애매하게 대답했다.

"도로 넣어둬."

다시 새로운 암호를 입력하면서 이번에는 우리 집 주소와 저스틴의 첫 반려동물 이름을 혼합해보았다. 제라드라고 부르는 게르빌루스 쥐는 어디에선가 탈출해 욕실 하부장 아래에서 몇 달 동안 살았다.

비밀번호가 맞지 않습니다. 재시도 1회 남음.

다시 시도할 엄두가 나지 않았다.

"옷장에 다른 건 없니?"

"다른 건 안 보여요."

케이티는 커다란 서랍장을 하나씩 열어보며 능숙하게 손을 바닥으로 집어넣어 숨겨둔 것이 없는지 찾았다. 딸이 옷장을 살피는 동안 나는 노트북을 덮어 침대 위 원래 있던 자리에 두었다.

"컴퓨터에는 뭐가 없어요?"

"들어갈 수가 없어."

케이티는 나를 쳐다보지 않은 채 말했다.

"그 영수증이 사이먼 아저씨 것일 수도 있잖아요."

나는 곧바로 대답했다.

"사이먼은 아니야."

"그건 모르죠."

"아니, 알아."

무언가를 그렇게 확신하기는 태어나서 처음이었다.

"사이먼은 날 사랑해. 그는 내게 절대 상처를 주지 않아."

케이티가 서랍을 세게 닫는 바람에 나는 화들짝 놀랐다.

"엄마는 아이작을 의심하면서 사이먼 아저씨가 연루되었을 가능성은 이야기하는 것도 싫어요?"

"넌 아이작을 안 지 얼마 안 됐잖아."

"공평하게 해야죠. 우리가 저스틴 오빠 물건을 뒤지고 아이작을 의심한다면 사이먼 아저씨도 당연히 생각해봐야 해요. 아저씨 방도 살펴봐야 한다고요."

"난 사이먼 방을 뒤지지 않을 거야, 케이티! 그렇게 깨진 신뢰를 어떻게 회복하라고?"

"아니, 아저씨가 이 일에 연루되었다는 말도 아니고 에스프레소 오! 영수증이 아저씨 거라는 뜻도 아니에요. 다만 그럴 수도 있다는 말이 잖아요."

내가 고개를 돌리자 케이티가 손짓했다.

"엄마, 그럴 수도 있어요! 적어도 그렇게 생각은 해봐야죠."

"사이먼이 집에 올 때까지 기다렸다가 같이 올라가보자."

케이티는 꿈쩍도 하지 않았다.

"아니, 엄마. 지금 해야 해요."

다락으로 올라가는 계단은 좁았고 1층 문 뒤에는 찬장 말고 아무것도 없어 보였다. 아니면 욕실이나 작은 침실이 있거나. 사이먼이 들어오기 전 나는 이곳을 일종의 탈출구로 사용했다. 가구가 제대로 갖춰지지 않아 쿠션을 가져다두고는 문을 닫고 30분 정도 누워 홀로 아이를 키우며 생기는 혼란을 잊고 잠시 쉬었다. 이 장소에 숨어 있는 느낌이 좋았다. 하지만 지금은 한 걸음 한 걸음 내딛을 때마다 안전한 집에서 멀어져 위험하다는 느낌이 들었다.

"사이먼이 집에 오면 어떡해?"

사이먼과 나는 숨기는 것이 없었지만 우리는 둘 다 성인이었다. 항상 자신만의 공간을 갖는 것이 중요하다는 데 동의했다. 각자의 삶 말이다. 사이먼이 자신의 사무실을 염탐하는 케이티와 나를 본다면 뭐라고 할지 상상하기 어려웠다.

"우린 잘못한 게 없어요. 아저씨는 우리가 영수증을 찾았는지도 모르잖아요. 그냥 가만히 있으면 돼요."

가만히 있는 것이 내게는 가장 어려운 일일 듯했다.

"우리는 크리스마스 장식품을 가지러 온 거야."

내가 갑자기 말했다.

"뭐라고요?"

"사이먼이 집에 와서 우리더러 뭘 하냐고 물으면 말이야. 우리는 트리에 달 장식을 가지러 올라온 거라고."

"알았어요."

케이티는 별 감흥이 없었지만 나는 변명거리가 준비되어 한결 마음이 편해졌다.

계단 맨 아래에서 문이 쾅 하고 닫혔다. 그것은 유일한 문이었다. 소방 규정에 맞추려고 만든 문이기도 했다. 사이먼은 그 문을 떼어내고 싶어 했다. 그는 문을 열어두고 집 안에서 나는 소리를 듣는 것이 좋다고 말했다. 나는 혹여 화재가 생길 때에 대비해 그대로 두어야 한다고 주장했다.

그러는 동안 진짜 위협이 우리 눈앞에 와 있었던 걸까?

내 집 안에서 함께 살면서?

올라오는 신물을 억누르며 열아홉 살 난 딸이 보이는 강인한 모습의 10분의 1이라도 닮아보려고 애썼다. 케이티는 방 한가운데 서서 조심스럽게 주위를 둘러보았다. 머리 높이로 점차 좁아지며 천장에서 방 중앙까지 내려오는 경사진 벽에는 아무것도 걸려 있지 않았다. 빛이라고는 하나뿐인 지붕창으로 조금 새어드는 겨울 햇살이 전부라 불을 켰다.

"저기 있어요."

케이티가 사이먼의 삼성 태블릿이 놓인 파일 캐비닛을 가리켰다. 아이가 그걸 내게 건네주었다. 케이티는 똑 부러지고 결단력 있게 행동했다. 그 애가 무슨 생각을 하고 있는지 알고 싶었다.

"케이티,"

내가 말했다.

"넌 정말로 사이먼이 그럴 수 있다는 생각을……"

나는 말을 잇지 못했다.

"모르겠어요. 검색 기록을 좀 살펴봐요."

컴퓨터를 열고 사이먼의 비밀번호를 입력한 다음 브라우저를 켰다.

"그가 어떤 사이트를 열람했는지 보려면 어떻게 해야 해?"

케이티가 내 어깨너머로 쳐다보았다.

"저길 열어보세요."

딸이 가르쳐주었다.

"그러면 방문한 사이트 목록과 검색 기록이 나올 거예요."

나는 안도하며 한숨을 내쉬었다. 특별한 것은 없었다. 뉴스 사이트와 여행사 페이지 몇 개가 전부였다. 밸런타인데이가 낀 주말 휴가. 빚에 시달리면서도 휴가를 갈 계획을 세웠다는 사실이 놀라웠다. 인터넷으로 쇼핑만 했을 테지. 내 형편에 꿈도 못 꾸는 백만 파운드짜리 집을 밤마다 라이트무브에서 둘러본 것처럼.

케이티가 파일 캐비닛 서랍을 다시 살펴보더니 서류 하나를 꺼냈다.

"엄마."

케이티가 천천히 말을 이었다.

"아저씨가 우리에게 숨기고 있는 게 있었어요."

그 소리에 나는 다시 메슥거렸다.

"손턴 씨 귀하."

케이티가 서류 내용을 읽었다.

"인사팀과의 최근 면담 결과에 따라 이 서안을 공식 퇴직 통보로 받아주시길 바랍니다."

케이티는 나를 쳐다보았다.

"날짜가 8월 1일로 되어 있어요."

나는 안도했다.

"정리 해고에 대해서는 나도 알고 있어. 네게 말해주지 못한 건 미안해. 나도 몇 주 전에 알았거든."

"알고 있었어요? 그래서 아저씨가 집에서 일을 시작한 거예요?"

나는 고개를 끄덕였다.

"그럼 그 전에는요? 제 말은 8월부터 말이에요. 매일 양복을 입고 출근했는데……."

사이먼이 몇 주 동안 직장에 나가는 척하며 우리를 속였다고 여기기에는 그를 너무 많이 믿었다. 하지만 아무 말 할 필요가 없었다. 케이티는 이미 알아채고 있었다.

"엄마도 확신하지 못하는 거죠?"

딸이 물었다.

"아저씨가 뭘 하고 있는지, 실제로 어떤 일을 하는지 말이에요. 아저씨가 하는 말을 들어서 아는 거잖아요. 아저씨는 그동안 지하철에서 여자를 쫓아다녔어요. 그리고 사진을 찍어서 인터넷에 올렸다고요. 엄마도 알잖아요."

"나는 사이먼을 믿어."

내 말은 내 귀에도 얄팍하게 들렸다.

케이티는 캐비닛을 샅샅이 뒤지며 파일을 바닥으로 던졌다. 맨 위 서랍에는 사이먼의 서류가 가득 들어 있었다. 근로 계약서, 생명 보험…… 나는 지금껏 그곳에 무엇이 있는지 몰랐다. 중간 서랍만 사용했기 때문이다. 그 서랍에는 우리 집과 관련된 모든 서류가 들어 있다. 건물과 내용물 보험, 주택담보대출 서류, 현재 진행 중인 옥상 용도 변경과 관련한 건축 규정 확인서. 다른 파일에는 아이들의 출생증명서와 내 이혼 증명서 그리고 가족의 여권이 들어 있다. 또 다른 파일에는 오래된 은행 거래 내역서를 모아두었다.

"책상을 살펴보세요."

내가 저스틴 방에서 딸에게 지시한 것처럼 딸이 내게 말했다. 케이티는 서랍을 빼내 파일을 바닥에 펼쳐놓고 한 손으로 수많은 서류를 모두 넘겨 보았다.

"뭔가 있을 거예요. 확실해요."

딸은 강인했다. 거침이 없었다.

"당신을 닮아서 그래."

내가 숟가락에 먹을 것을 올리고 흔들어도 먹지 않겠다고 고집을 부리고 제대로 걷지 못하면서도 상점까지 걸어가겠다고 하는 딸을 볼 때마다 매트가 말했다. 그 기억이 떠오르자 가슴이 아파 정신적으로 흔들렸다. 나는 성인이다. 강한 사람이다. 이것은 내 책임이다. 사이먼을 집으로 끌어들인 사람이 나고, 그의 호의와 관심을 좋아한 것도 나다.

지금 당장 해답을 찾아야 했다. 나는 책상 첫 번째 서랍을 열어 내용물을 바닥으로 쏟고는 평범하게 보이는 서류 가운데 특이할 만한 것이 있는지 찾아보았다. 케이티는 나와 눈이 마주치자 굳건하게 고개를 끄덕여 보였다.

"이 서랍은 잠겨 있어."

내가 손잡이를 흔들었다.

"열쇠를 어디에 뒀는지 모르겠네."

"강제로 열 수 없겠어요?"

"노력하고 있어."

한 손으로 책상 윗부분을 잡고 다른 손으로 서랍 손잡이를 세게 당겼다. 서랍은 열리지 않았다. 사이먼이 열쇠를 둘 만한 곳을 둘러보고 연필꽂이도 들여다보았지만 클립과 연필깎이 말고는 보이지 않았다. 케이티가 저스틴의 서랍장을 뒤지던 것이 떠올라 책상 밑과 서랍 바닥을 살폈다. 아무것도 없었다.

"자물쇠를 열어야 해."

자신 있게 말했지만 나는 한 번도 열쇠 없이 자물쇠를 열어본 적이 없었다. 우선 날이 잘 선 가위 두 개를 집어 자물쇠 안으로 밀어넣었다. 힘으로 날을 눌러 옆과 위아래로 움직이며 서랍 손잡이를 잡아당겼다. 무언가 으스러지는 소리가 나더니 놀랍게도 서랍이 열렸다.

그 서랍이 비어 있기를 바랐다. 녹슨 클립과 부서진 연필 말고는 별것이 없기를 바랐다. 케이티와 나 자신에게 사이먼이 그 웹사이트와 아무런 관계도 없다고 분명히 하고 싶었다.

하지만 서랍은 비어 있지 않았다.

연습장에서 찢어낸 종이에 갈겨쓴 메모가 서랍 한쪽에 가득했다. 주요 항목 여러 개 위에 '그레이스 사우스어드'라고 쓰어 있었다.

36
기혼?
런던 브릿지

알렉스 그랜트
52
백발, 단발, 날씬함, 청바지 차림이 아름다움

쓰러질 것 같았다. 우리가 외식하던 날 내가 광고에 대해 걱정할 때 사이먼이 얼마나 나를 얼마나 안심시켰는지 떠올랐다.

'그냥 신분 도용일 뿐이야.'

"엄마, 뭘 좀 찾았어요?"

케이티가 나를 향해 걸어왔다. 종이를 숨기려고 했지만 너무 늦어 딸이 보고 말았다.

"세상에……."

서랍에는 다른 것도 있었다. 우리가 처음으로 함께한 크리스마스 때 내가 선물한 몰스킨 공책이었다. 나는 부드러운 가죽의 감촉을 손끝으로 느끼며 공책을 집어들었다.

첫 몇 장은 조금이나마 이해할 수 있었다. 반쯤 적힌 문장, 밑줄 친 단어, 한 이름에서 다른 이름을 잇는 화살표. 공책을 빠르게 넘겨 보다가 도식을 발견했다. 가운데에 '어떻게?'라고 적혀 있고 주변에 말풍선이 그려져 있었다. 그 안에 많은 단어가 적혀 있었다.

난도질
성폭행
질식

손에서 공책을 놓쳤다. 공책은 푹 하는 소리를 내며 열린 서랍안으로 떨어졌다. 케이티가 숨죽여 울고 있었다. 딸을 달래려고 몸을 돌리는데 말을 건네기도 전에 어떤 소리가 들렸다. 나는 그대로 얼어붙어 케이티를 쳐다보았다. 딸도 그 소리를 알아챈 얼굴이었다. 계단 맨 아래 문이 닫히는 소리였다.

31

"커피?"

"아니, 괜찮아요."

켈리는 종일 아무것도 먹지 못했지만 배고프지 않았다. 그녀를 보내준 뒤로도 반장은 30분 더 사무실을 누빈 뒤 남은 대체휴일을 쓰려고 자리를 나섰다. 그는 켈리를 다시 부르지 않았다. 나가면서 닉과 잠시 이야기를 나누었는데 켈리는 그들이 자신에 대해 이야기한다고 확신했다.

"의향을 묻는 게 아니야."

닉이 말했다.

"외투 입어. 길 건너편으로 갈 거야."

발포어 스트리트에 있는 스타벅스는 카페라기보다는 테이크어웨이 전문점에 가까웠다. 닉이 음료를 주문하는 동안 켈리는 창가에 놓인 스툴에 앉았다. 갑자기 단것이 당겨 핫 초콜릿을 시켰다. 흰 거품이 깔 끔한 닉의 커피와 다르게 켈리의 음료는 휘핑크림에 초콜릿까지 올려 져 보기 민망할 정도로 요란했다.

"고맙습니다."

켈리가 말했다.

"한 잔 더 마셔도 돼."

"절 구해주신 걸 말하는 거예요."

"무슨 뜻인지 알아."

그가 켈리를 진지하게 바라보았다.

"앞으로는 일을 망치건 바보 같은 일을 저지르건 어떤 이유로든 도 움이 필요하면 내게 이야기해. 반장 사무실에 불려갈 때까지 기다리지 말고."

"정말 죄송해요. 꼭 그럴게요. 그리고 정말 감사합니다. 절 도와주 실 줄은 몰랐어요."

닉이 커피를 한 모금 마시고는 웃어 보였다.

"나도 그럴 줄 몰랐어. 하지만 나와 같이 일하는 최고의 형사가 그런 일을 겪는데 가만히 보고만 있을 수 없었어."

켈리는 흐뭇함을 감추려고 핫 초콜릿 잔을 내려다보았다.

"자기 직위를 이용해서 개인적인 사건을 알아보는 바보 같은 짓으 로 쫓겨나는 꼴 말이야. 정확히 무슨 짓을 한 거야?"

닉의 칭찬으로 느꼈던 기쁨이 곧 사라졌다.

"적어도 설명을 들을 권리는 있다고 생각해."

켈리는 따뜻한 크림이 입안에서 사라지는 감촉을 느끼며 생각을 정 리했다.

"제 동생이 더럼 대학교 1학년 때 성폭행을 당했어요."

"그건 나도 알아. 용의자는 안 잡혔지?"

"네, 성폭행을 당하기 전에 몇몇 의심스러운 정황이 있었어요. 옷장에 있는 특정한 옷을 입어달라고 요청하는 카드가 우편함에 들어 있었고 죽은 오색방울새가 기숙사 문 앞에 놓여 있기도 했어요."

"동생이 경찰에 신고는 했어?"

켈리가 고개를 끄덕였다.

"경찰은 관심이 없었어요. 미행당했다고 알렸을 때도 기록해두겠다고만 했어요. 목요일 저녁 늦게 강의가 있었는데 기숙사로 같이 돌아올 사람이 없어서 혼자였어요. 그 일이 있던 날 동생은 저와 통화하고 있었어요. 너무 불안해서 전화한 거였죠. 뒤따라오는 발소리가 또다시 들린다고 했어요."

"그래서 자네는 어떻게 했지?"

켈리는 눈물이 날 것 같아서 힘겹게 침을 삼켰다.

"동생에게 착각일 거라고 말했어요."

지금도 렉시의 목소리가 들리는 것 같았다. 기숙사로 돌아오면서 숨을 가쁘게 내쉬던 목소리가.

"누가 날 쫓아오고 있어, 언니. 정말이야. 지난주와 똑같아."

"렉시, 더럼 대학교 재학생이 1700명이야. 항상 뒤에서 누군가 걷고 있겠지."

"아니, 이건 달라. 내게 들키지 않으려고 하고 있어."

렉시가 급박하게 속삭였고 켈리는 모든 말을 들으려고 집중했다.

"내가 돌아보면 아무도 없는데 분명 거기에 있어."

"네가 너무 긴장해서 그래. 기숙사에 도착하면 전화해."

켈리는 외출하려고 준비하고 있었다. 음악을 크게 켜놓은 채 머리를 손질하고 입지 않을 옷을 침대 위로 던졌다. 모르는 번호로 전화가 올 때까지 그녀는 렉시가 자신에게 연락하지 않았다는 사실을 인지하지 못했다.

"켈리 스위프트 씨인가요? 더럼 경찰서 경장 배로 그린트입니다. 지금 동생분과 함께 있습니다."

"자네 잘못이 아니야."

닉이 다정하게 말했다. 켈리는 고개를 저었다.

"제가 계속 통화했다면 그놈이 공격하지 못했을 거예요."

"그건 모르는 일이야."

"그랬다면 제가 들었겠죠. 곧바로 경찰에 연락할 수 있었을 거예요. 렉시가 발견되기까지 두 시간이나 걸렸어요. 너무 많이 맞아서 눈이 보이지 않을 정도였어요. 용의자는 이미 도망간 뒤였고요."

닉은 켈리의 말을 반박하지 않았다. 그는 손잡이가 앞으로 오도록 커피 잔을 돌리더니 두 손으로 꼭 감쌌다.

"렉시가 그 일로 자네를 탓해?"

"모르겠어요. 그래야 하는데."

"물어본 적 없어?"

"그 이야기를 하고 싶어 하지 않아요. 제가 말을 꺼내면 싫어해요. 몇 달 동안 힘들었던 것 같아요. 아니면 지금까지 그렇거나. 하지만 이미 다 끝난 일이라고 선을 그었어요. 렉시는 지금의 제부를 만났을 때 그에게 알아야 할 것이 있다면서 사건에 대해 이야기하고 다시는 그 이야기를 입에 올리지 않도록 약속받았어요."

"강인한 사람이야."

"그렇게 생각하세요? 전 렉시가 건강하지 않은 것 같은데. 아무 일도 일어나지 않은 것처럼 행동하는 게 트라우마를 극복하는 법은 아니잖아요."

"자네 말은 그게 트라우마를 극복하는 자네 방식이 아니라는 뜻이지."

닉이 말했다.

켈리가 그를 날카롭게 쳐다보았다.

"여기서 중요한 건 제가 아니잖아요."

닉이 커피를 마시고 잔을 내려놓더니 켈리를 쳐다보았다.

"내 말이 바로 그거야."

두 사람이 사무실에 돌아왔을 때 켈리의 휴대전화가 울렸다. 그녀는 부산한 살인 사건 전담팀의 소음을 피해 계단에서 전화를 받았다. CCTV 허브에 있는 크레이그의 전화였다.

"켈리, 오늘 영국 교통경찰 내부 브리핑 자료 봤어요?"

그녀는 보지 못했다. 자기 부서에서 날마다 처리해야 하는 이메일도 다 못 읽는데 관련 부서의 수많은 이메일까지 전부 살피기는 무리였다.

"CCTV실에서 타협해줬어요. 전에 런던 경찰청에서 했던 일에 대해 말씀해주셔서 저도 연락을 드려야 할 것 같아서요."

"누군가 침입했어?"

"더 심해요. 해킹당했어요."

"그건 불가능한 줄 알았는데?"

"불가능한 건 없어요, 켈리. 잘 아시면서. 몇 주 동안 시스템이 이상해서 기술자를 불렀는데 그가 살펴보더니 악성 소프트웨어가 있다고 했어요. 웹에 가까이 침투하지 못하도록 방화벽을 설치해뒀지만 시스템에 직접 바이러스를 퍼뜨린다면 어쩔 도리가 없어요."

"그럼 내부 소행이란 말이야?"

"오늘 아침 경정님이 모든 직원과 면담했는데 한 청소부가 실토했어요. 메인 컴퓨터에 USB를 꽂아주는 대가로 돈을 받았다고요. 물론 그녀는 자신이 무슨 짓을 했는지 모른다고 말했어요."

"그녀에게 돈을 준 사람이 누군데?"

"이름을 모르고 어떻게 생겼는지도 기억나지 않는다고 해요. 참 편리하죠. 어느 날 아침 출근길에 접근해서는 몇 분만 일해주면 한 달 치 급여가 넘는 돈을 주겠다고 했대요."

"해킹 규모가 어느 정도야?"

"악성 바이러스 프로그램이 해커 컴퓨터와 연결해서 우리 시스템을 통째로 복제해갔어요. 카메라 방향을 조절할 수 없게 됐고요. 한 가지 확실한 점은 우리가 보는 걸 해커도 볼 수 있다는 거예요."

"세상에나."

"지금 하고 있는 수사와 관련 있는 거죠?"

"분명 그럴 가능성이 있어."

크레이그와 동료로서 좋은 관계를 유지하고 있지만 켈리는 자신이 필요 이상으로 정보를 알려주면 반장이 나서게 될까봐 염려했다. 두 일에 관련이 있다는 확신이 들었지만 마지막까지 입을 조심해야 했다.

"우리가 찾는 용의자가 여성들을 스토킹하는 데 런던 지하철 CCTV를 사용하고 있었어요."

켈리는 사무실로 걸어가면서 닉과 루신다의 대화에 끼어들었다. 그러고 크레이그에게 들은 이야기를 해주었다.

"영국 교통경찰 사이버 범죄 수사팀이 그곳에 가 있는데 악성 프로그램을 식별한다고 해도 즉시 삭제하기는 어려울 것 같아요."

"시스템 전원을 끄면 안 되나요?"

루신다가 물었다.

"그렇게 할 수는 있지만 그러면 도시 전체가 잠재적인 위험에 노출될 거예요. 단순히,"

"위험의 범위가 여성 소수에만 국한되지 않겠지."

닉이 말을 마무리했다.

"우리는 이도 저도 못 할 처지야."

닉은 온몸에 힘이 들어간 채 자리에서 일어났다. 켈리는 수사가 급물살을 탈 때면 그가 얼마나 아드레날린을 분출하는지 잘 알았다.

"좋아. CCTV 관련해서 연락해준 직원에게 동의서를 받고, 그 청소부는 의도적인 범죄에 연루돼서 컴퓨터 시스템에 무단 접근한 것으로 기소해."

닉은 수사용 슈퍼컴퓨터 접속자가 어디 있는지 둘러보았다. 그는 이미 노트북 앞에 앉아 조치를 취하고 있었다.

"그리고 앤드류 로빈슨을 데려와. CCTV가 어디로 복사됐는지 지금 당장 알아야겠어."

32

시간이 너무 촉박해 사이먼이 계단을 올라올 때까지 기다리는 것 말고는 방법이 없었다.

케이티의 손을 잡으려고 팔을 뻗었다가 아이의 손이 이미 내게 다가와 있는 것을 알았다. 내가 손을 꼭 잡으니 딸도 내 손을 잡았다. 케이티가 어릴 때 학교에 데려다주면서 하던 행동이다. 내가 손을 꼭 잡으면 케이티도 따라 했다. 그 애가 손을 두 번 꼭 잡으면 내가 처다보았다. 엄마와 아이만의 모스 부호 같은 것이었다.

"세 번 꼭 잡으면 사랑한다는 뜻이에요."

케이티가 그렇게 말해준 적이 있다.

나는 나무 계단을 올라오는 발소리를 들으며 케이티의 손을 세 번 꼭 잡았다. 케이티가 내 메시지를 알아들었고 나는 눈시울이 붉어졌다.

그가 올라오기까지 열세 계단이 남았다.

가까이 다가오는 발소리를 들으며 남은 계단 수를 셌다. 열하나, 열, 아홉.

케이티의 손을 꼭 잡았다. 심장이 너무 세게 뛰어 박동을 제대로 구분할 수 없었다. 딸이 내 손을 아플 정도로 꼭 쥐었지만 상관없었다. 나도 그렇게 꼭 붙잡고 있었으므로.

다섯, 넷, 셋…….

"열쇠로 열고 들어왔어. 언짢아하지 않았으면 해."

"멜리사!"

"세상에, 너 때문에 심장이 멈추는 줄 알았어."

안도감이 밀려오면서 케이티와 나는 미친 듯이 웃었다.

멜리사가 우리를 이상한 눈초리로 쳐다보았다.

"여기서 둘이 뭐해? 회사로 전화했더니 네 상사가 병가를 냈다고 하더라고. 괜찮은지 보려고 들렀는데 초인종을 눌러도 대답이 없어서 걱정했어."

"못 들었어요. 우리는,"

케이티는 어디까지 말해야 할지 확신하지 못하고 나를 쳐다보았다.

"우리는 증거를 찾고 있었어."

내가 멜리사에게 말했다. 갑자기 눈물이 쏟아져 사이먼의 책상 의자에 풀썩 앉았다.

"이상하게 들리겠지만 인터넷에 여성들의 출퇴근 정보를 올린 사람이 사이먼인 것 같아. 내 출퇴근 정보까지 말이야."

"사이먼이?"

멜리사가 믿지 못하겠다는 듯 혼란스러운 표정을 짓는 것을 보니 나역시 여전히 그 사실을 의심하고 있었다.

"확실해?"

나는 에스프레소 오! 영수증과 켈리 스위프트 순경이 보낸 이메일에 대해 이야기했다.

"사이먼은 8월에 퇴직했어. 사진이 광고에 실리기 직전에 말이야. 그리고 내게 거짓말했어."

"그런데 왜 여기서 이러고 있어? 사이먼은 지금 어디에 있는데?"

"〈올림피아〉에 면접 보러 갔어. 정확한 시간은 모르겠는데 이른 오후라고 한 것 같아."

멜리사가 손목시계를 쳐다보았다.

"그럼 언제든 들이닥칠 시간이잖아. 우리 집으로 가자. 그리고 경찰에 전화해. 다른 생각 있어? 그러니까, 세상에 사이먼!"

다시 심장박동이 빨라지기 시작했다. 가슴이 쿵쾅거리며 귀에서 맥박 소리가 크게 울렸다. 갑자기 우리가 성공하지 못할 것이라는 확신이 들었다. 우리가 다락에 있는 동안 사이먼이 집에 올 것이다. 우리가 무엇을 찾았는지 알면 그는 어떻게 할까? 그의 인터넷 왕국 때문에 피해를 입은 타냐 베켓과 로라 킨을 떠올렸다. 그가 우리 셋에게 그런 짓을 저지르지 않으리라고 장담할 수 있을까? 자리에서 일어나 케이티의 팔을 잡았다.

"멜리사 말이 맞아. 당장 여기를 떠나야 해."

"저스틴은 어디 있어?"

두려움에 사로잡혀 가족이 다 함께 있었으면 했다. 두 아이 모두 무사한지 알아야 했다. 우리가 사이먼의 행동을 알아차렸다는 사실을 알면 그는 못 할 짓이 없을 테니까.

"걱정 마. 그 애는 카페에 있어."

멜리사가 말했다.

"방금 거기서 오는 길이야."

하지만 안심할 수 없었다.

"그곳에 둘 수 없어. 사이먼이 곧 알아차릴 거야. 누가 가서 데려와 야 해."

멜리사가 곧장 사업가 모드로 변신했다. 그녀는 내게 큰일이 벌어지면 구급대원처럼 실질적인 조언과 안심되는 말을 해주었다.

"저스틴에게 전화해서 카페를 닫으라고 할 거야."

"정말? 그 애가 어쩌면,"

멜리사가 양손으로 내 얼굴을 감싸고는 자신의 얼굴 가까이 당기며 그녀 말에 집중하게 했다.

"우린 여길 나가야 해, 조. 내 말 알아듣겠어? 시간이 별로 없어."

우리 세 사람은 카펫이 깔린 1층으로 서둘러 내려간 뒤 멈추지 않고 곧장 아래로 달렸다. 케이티와 나는 복도 난간에 걸쳐둔 코트를 집었다. 가방을 찾는데 멜리사가 저지했다.

"이럴 시간이 없어. 케이티와 네가 안전하게 우리 집에 가 있으면 나중에 내가 가지러 올게."

우리는 현관문을 세게 닫고 잠그지도 않은 채 진입로로 나가 멜리사의 정원으로 이어지는 길로 방향을 틀었다. 그녀가 문을 열고 우리를 주방으로 안내했다.

"문을 잠그고 있어야 해요."

케이티가 말했다. 딸은 두려움이 가득한 얼굴로 나와 멜리사를 번갈아 쳐다보았다. 케이티의 아랫입술이 파르르 떨렸다.

"사이먼은 우리 집 안으로 들어오려고 하지 않을 거야. 우리가 여기에 있는지도 모를 테니까."

"우리가 집에 없다는 걸 알면 여기로 찾으러 올 거예요. 문을 잠가주세요!"

케이티가 당장이라도 울 것 같은 표정으로 외쳤다.

"케이티 말이 옳아."

멜리사가 말했다. 그녀는 현관문을 이중으로 잠그며 케이티에게 괜찮다고 말했지만 문이 잠기는 소리를 듣고서야 안심이 되었다.

"뒷문은요?"

케이티가 물었다. 딸은 떨고 있었고 나는 점점 화가 차올랐다. 사이먼이 감히 내 딸을 넘봤을까?

"항상 잠겨 있어. 도둑이 들까봐 닐이 많이 걱정하거든. 열쇠도 정원에서 보이는 곳에 두지 않아."

멜리사가 케이티를 안아주었다.

"내가 약속할게. 넌 이제 안전해. 닐은 이번 주 내내 출장이니 계속 여기에 있어도 괜찮아. 주전자에 물을 올려줄래? 난 스위프트 순경에게 전화해서 네가 찾은 영수증에 대해 말할 테니. 전화번호는 가지고 있지?"

나는 주머니에서 휴대전화를 꺼내 암호를 풀고 켈리 스위프트 순경의 전화번호를 찾았다. 멜리사에게 휴대전화를 건네주니 그녀가 전화기를 뚫어지게 쳐다보았다.

"위층에서 전화하고 올게. 잠깐만 기다려. 부탁이 있는데 나 커피 한 잔만 줄래? 캡슐은 커피 머신 옆에 있어."

커피 머신을 켜자 최신식 크롬 기계가 우유 거품을 내고 네스프레소 카푸치노와 다른 제품을 섞었다. 케이티는 주방 맞은편으로 가더니 정원으로 나가는 접이식 문의 손잡이를 잡아당겼다.

"잠겼어?"

"잠겼어요. 무서워요, 엄마."

나는 침착하게 말하려고 했지만 오히려 목소리에서 혼란스러움이 묻어났다.

"사이먼은 우리를 잡으러 여기에 오지 않아. 스위프트 순경이 와서 우리와 이야기할 거고 경찰이 사이먼을 체포할 거야. 그러니 우리를 다치게 할 수 없어."

커피 머신 앞에 서서 조리대 위에 두 손을 올려놓았다. 대리석 상판은 차갑고 매끄러웠다. 집을 나와 안전한 곳에 있으니 두려움이 분노로 바뀌었지만 이미 히스테리를 보이는 케이티에게 그 감정을 드러내고 싶지 않았다. 사이먼이 여전히 회사에 다닌다고 생각할 때 그가 내게 했던 거짓말을 생각했다. 내가 〈런던 가제트〉를 들고 집에 왔을 때 그는 사진 속 여성이 내가 아니라고 말했다. 나는 어쩌면 그렇게 멍청할 수 있을까.

빚이 많이 늘었다는 말도 떠올랐다. 그는 웹사이트를 운영하면서 〈텔레그래프〉에서 받았던 급여보다 훨씬 더 많은 돈을 벌어들였을 것이다. 다른 직장을 구하지 않는 것이 당연했다. 굳이 그럴 이유가 없지 않은가? 오늘 면접 역시 진실인지 의심이 들었다. 사이먼이 카페에 앉아 자신의 휴대전화에 찍힌 여성들 사진을 살펴보고 공책에 적어둔 그들의 출퇴근 정보를 웹사이트에 올리는 모습을 상상했다.

케이티는 잠시도 가만히 있지 못하고 창문과 멜리사의 책상 사이를 서성이더니 선반에 놓인 아름다운 장식품을 집어들었다.

"조심하렴."

내가 말했다.

"아주 비싼 물건일 거야."

위층에서 멜리사가 스위프트 순경과 통화하는 목소리가 들렸다. 그녀가 '그들이 위험에 처했나요?'라고 묻는 소리에 나는 케이티가 지금

보다 더 겁먹지 않기를 바라서 큰 소리로 기침했다. 케이티는 꽃병을 내려놓고 유리로 된 문진을 집어들더니 엄지로 부드러운 표면을 어루만졌다.

"부탁이야, 케이티. 너 때문에 불안하잖니."

케이티는 장식품을 내려놓고 멜리사의 책상이 있는 주방 맞은편으로 걸어갔다.

커피 머신에 물이 데워졌다고 알리는 초록색 불이 켜졌다. 시작 버튼을 누르고 컵으로 검은 액체가 떨어지는 모습을 지켜보았다. 커피 냄새가 아주 강했다. 평소에는 커피를 마시지 않지만 오늘은 한 잔 마셔야 할 것 같았다. 캡슐을 하나 더 꺼냈다.

"너도 한 잔 줄까?"

케이티에게 물었다. 딸은 대답하지 않았다. 그 애는 책상 위에 놓인 무언가를 보고 있었다.

"케이티, 멜리사 물건에 손대면 안 돼."

경찰이 오기까지 얼마나 걸릴지, 그들이 나가서 사이먼을 찾을지, 그가 집에 들어올 때까지 기다릴지 알고 싶었다.

"엄마, 이것 좀 봐요."

"뭔데?"

멜리사 발소리가 들려 그녀의 커피를 뒤쪽 아일랜드 식탁에 내려놓았다. 내 커피에 설탕을 넣고 저은 뒤 한 모금 마시다 혀를 데었다.

"엄마!"

케이티가 재촉했다. 책상으로 가서 그 애가 무엇을 보고 있는지 살폈다. 런던 지하철 노선도였다. 멜리사의 회계를 할 때 본 것이었다. 케이티는 그것을 책상에 크게 펼쳤다. 익숙한 색깔의 노선도 위에 화살표와 선, 갈겨쓴 메모가 거미줄처럼 엉켜 있었다.

그것을 뚫어지게 쳐다보았다. 눈물 흘리는 케이티를 달래줄 수 없었다. 본능이 이끄는 대로 경로를 찾았다. 그것은 타냐 베켓의 출퇴근길이었다.

노던 라인에서 하이게이트로, 하이게이트에서 43번 버스로, 43번 버스에서 크랜리 가든으로.

노란 형광펜으로 표시된 경로와 손으로 쓴 메모가 보였다.

활동 종료.

커피숍에 있으면 많은 이야기를 듣게 돼.

바쁜 카페에서 일하는 건 바텐더나 미용사로 일하는 것과 상당히 비슷하다고 생각해. 손님 얼굴에서 일상의 굴곡을 엿볼 수 있고 친구들의 솔직한 대화를 들을 수 있으니까. 우리는 당신이 준 보너스로 먹고 살아. 점심값으로 낸 빳빳한 20파운드 지폐, 테이블에 부주의하게 떨어진 1파운드 동전. 당신이 좀 궁핍해서 평소보다 작은 커피를 마시고 잔돈을 챙기면서 계산대 앞에 놓인 팁 상자를 못 본 척하면 우리도 힘들어. 카페는 큰돈을 세탁해주는 가장 완벽한 장소야. 손님 수 따위를 누가 신경 쓰겠어? 보이지 않는 손님이 여전히 돈을 내주는데. 더러운 곳에서 나온 돈은 깨끗하게 탈바꿈하지.

시간이 흐르면 단골들의 입은 가벼워져. 우리는 당신의 비밀, 야망, 은행 정보를 알고 있어. 편안해진 손님들은 자신을 공유해. 내열 플라스틱으로 된 계산대는 마치 심리치료실 소파 같아. 당신이 말하면 우리는 들어주지.

카페는 여성들에 대한 정보를 얻기에 가장 완벽한 장소에 가끔은 이용자를 늘리기에도 좋아. 서류 가방이 잘 어울리는 남성의 재킷 주머니에 명함을 넣어두지. 이미 등록해놓은 여성에 대해 지저분한 농담을 하며 자신의 용맹함을 입증한 사람에게 말이야. 핀스트라이프 정장과 팔찌로 자신의 부를 드러낸 사람에게, 주머니에 든 초대장을 나중에 발견하고 즐거워할 사람에게.

엄격한 회원제 클럽이지. 제일 괜찮은 여성들만 모았어.

도시 어디서도 서비스를 이용하는 방법은 찾을 수 없어.

당신을 이용하는 방법 말이야.

33

멜리사는 복도와 주방 사이 문 앞에 섰다. 그녀는 케이티의 얼굴에 드리운 끔찍한 표정을 알아차렸다. 내 손에 지하철 노선도가 들린 것을 보자 그녀 얼굴에서 천천히 미소가 사라졌다. 나는 멜리사가 부정해주기를 바랐다. 내가 들고 있는 증거에 납득할 만한 설명을 해주기를.

하지만 그녀는 시도조차 하지 않았다. 대신 우리의 행동이 아주 따분하다는 듯 길게 한숨을 내쉬었다.

"다른 사람 소지품을 살피는 건 무례한 일이야."

멜리사가 말했다. 반사적으로 사과하려는 마음을 억누르려고 침을 삼켰다. 그녀는 주방 타일 바닥을 또각또각 걸어와 내 손에 들린 지하철 노선도를 가져갔다. 숨을 내쉬었지만 편해지지 않았다. 누군가에게 꼭 붙들린 듯 가슴이 죄였다. 멜리사는 지도를 접다가 잘못된 방향에 주름이 생기자 혀를 찼다. 전혀 서두르지도 당황하지도 않았다. 그녀의 차갑고 낯선 모습에 증거를 반박할 여지가 없다는 사실을 깨달았다. 멜리사가 바로 웹사이트 운영자였다. 〈런던 가제트〉에 광고를 낸 인물이었다. 런던 전역을 다니며 여성을 물색하고 그들의 출퇴근 정보를 팔아 남자들이 사냥할 수 있게 만들었다.

"왜 그랬어?"

내가 묻자 그녀는 대답하지 않았다.

"자리에 앉아."

멜리사가 길고 흰 테이블을 가리켰다.

"싫어."

그러자 멜리사는 화를 참는 듯 한숨을 내쉬었다.

"조, 일을 더 어렵게 만들지 마. 어서 앉아."

"우리를 여기에 잡아둘 수 없어."

그녀가 웃었다. 그러더니 다시 진지한 목소리로 자신은 원하는 것이라면 무엇이든 할 수 있다고 말했다. 그녀는 싱크대 앞으로 몇 걸음을 옮겼다. 값비싼 검은 대리석 상판 위에는 커피 머신과 가스레인지 옆 칼꽂이가 있었다. 그녀는 칼이 꽂힌 곳으로 손을 움직이더니 15센티미터가량의 검은 손잡이 칼을 뽑아들었다.

"과연 그럴까?"

그녀가 말했다.

나는 가장 가까이에 있는 의자에 천천히 앉았다. 케이티의 팔을 잡아당겨 아이도 똑같이 하게 했다.

"멜리사, 넌 도망칠 수 없어. 곧 경찰이 들이닥칠 거야."

"글쎄. 지난 몇 주 동안 네가 내게 알려준 정보로 보면 경찰은 이미 그들 스스로 무능하다고 입증한 것 같은데?"

"하지만 네가 스위프트 순경에게 우리가 어디에 있는지 말했잖아.

그녀가 곧,"

측은해하는 멜리사의 얼굴을 보기도 전에 말을 멈췄다. 이렇게 어리석을 수가. 멜리사는 켈리 스위프트에게 전화하지 않았을 것이다. 그 사실이 가슴을 세게 내리치면서 갑자기 너무 지쳐서 의자에 몸을 기댔다. 경찰은 오지 않는다. 호신용 알람은 집에 두고 온 핸드백 속에 있다. 아무도 우리가 이곳에 있는지 모른다.

"아주머니는 제정신이 아니에요."

케이티가 말했다.

"미친 것 같아요."

딸의 목소리에서 분노를 뛰어넘는 감정이 느껴졌다. 수년간 케이티가 이 집 주방에서 보낸 시간을 떠올렸다. 케이크를 굽고 숙제를 하고 아무리 가까워도 엄마와 딸 사이에 할 수 없는 이야기를 멜리사와 나누기도 하면서. 케이티가 어떤 기분일지 생각하고는 나도 이미 그 단계에 와 있다는 사실을 깨달았다. 속이고 이용하다니, 배신감이 들었다.

"난 좋은 사업 아이템을 찾고 그 기회를 잡았을 뿐이야."

멜리사는 저녁 식사를 준비하다 나온 듯 자연스럽게 한 손에 칼을 들고 우리를 향해 걸어왔다.

"이건 사업이 아니야!"

나는 너무 화가 나서 말을 더듬었다.

"사업이야. 아주 성공적인 사업이지. 웹사이트를 구축한 지 2주 만에 이용자 50명이 모였고 날마다 더 늘어나고 있어."

멜리사가 프랜차이즈를 홍보하듯 말했다. 자신의 카페 체인점이 늘어난다고 자랑하듯 말이다.

그녀는 우리 맞은편에 앉았다.

"다들 너무 멍청해. 통근자들 말이야. 너도 날마다 그들을 보잖아.

주위를 의식하지 않고 아이팟에 이어폰을 꽂고 전화기를 들여다보거나 신문을 읽지. 날마다 같은 자리 같은 길을 고집하고 서 있는 플랫폼도 늘 똑같아."

"그들은 출근하는 것뿐이야."

"너도 같은 사람을 매일 보잖아. 한번은 센트럴 라인에서 화장을 고치는 어떤 여자를 봤는데 매번 같은 길로 가더군. 홀랜드 파크 역을 지나면 메이크업 파우치를 꺼내서 화장을 해. 파우더와 아이섀도, 마스카라, 립스틱을 차례로 바르고 마블 아치 역에 다다르면 파우치를 넣어. 그 모습을 지켜보다 고개를 돌리니 어떤 남자가 그녀를 쳐다보고 있었어. 화장 그 이상을 보고 싶다는 눈빛이었지. 그때 처음 사업 아이디어를 얻었어."

"왜 하필 나야?"

어째서 왜 이제야 이렇게 묻는지 알 수 없었다.

"왜 나를 웹사이트에 올렸어?"

"나이가 좀 있는 여성이 필요했거든."

멜리사가 대수롭지 않다는 듯 어깨를 들썩였다.

"사람들 취향은 제각각이야."

"하지만 난 네 친구잖아!"

내 입으로 말하고도 학교 운동장에서 누가 누구와 노는지를 두고 싸우는 소녀들처럼 유치하게 들린다는 사실이 너무 싫었다.

멜리사가 입을 굳게 다물었다. 그녀는 퉁명스레 자리에서 일어나더니 접이식 문 쪽으로 걸어가 정원을 살폈다. 몇 초 뒤 그녀가 다시 입을 열었다.

"난 너처럼 인생에 불만이 많은 사람은 처음 봤어."

나는 좀더 다른 대답을 기대했다. 몇 년 전 보인 무분별한 행동 같은 것을 예상했지 이건 아니었다.

"너무 어린 나이에 아이를 가졌어."

멜리사가 나를 흉내 냈다.

"그렇게 말한 적 없어."

나는 케이티를 쳐다보며 말했다.

"널 가진 걸 후회한 적 없어, 오빠와 너 모두."

"넌 교과서에 나올 법한 남편을 버리고 나왔지. 돈을 벌고 유머러스하고 아이들도 잘 돌봐주는 남자. 그러고는 그렇게 모범적인 남자를 다시 만났어."

"넌 매트와 내 결혼 생활이 어땠는지 모르잖아. 사이먼과 내 관계가 어떤지도 모르고."

사이먼을 생각하니 죄책감이 밀려왔다. 어떻게 그를 웹사이트 운영자라고 의심했을까? 사이먼 책상 서랍에서 발견된 이름들과 갈겨쓴 공책을 생각해보니 그건 자료를 수집한 것이었다. 그는 몰스킨 공책을 정확히 의도대로 사용하고 있었다. 소설 플롯을 짜는 용도로. 안도하며 잠시 미소 짓자 멜리사가 나를 독기 어린 눈으로 쳐다보았다.

"네게는 다 너무 쉽지. 안 그래, 조? 그런데 늘 불평만 하잖아."

"쉽다고?"

멜리사의 손에 칼이 들려 있지 않았다면 나는 웃음을 터뜨렸을 것이다. 칼이 하늘빛을 반사해 거실에 무지개를 만들었다.

"내 옆집으로 이사하면서 불쌍한 척은 다 했지. 싱글맘에 생활비가 쪼들린다고 5분에 한 번씩 징징댔잖아."

"그때는 힘들었으니까."

멜리사가 아니라 케이티가 들어주기를 바라며 나를 변호했다. 케이티가 내 손을 잡았다. 내게 꼭 필요한 위로였다.

"네가 바라는 건 뭐든 다 줬어. 돈, 일자리, 아이들까지 봐줬어."

멜리사가 몸을 돌렸다. 그녀의 구두 굽이 타일에 긁히는 소리가 났다. 그러더니 내 쪽으로 몸을 숙여 내 얼굴 앞에 멜리사의 머리카락이 흔들렸고 귓가에 씩씩거리는 소리가 들렸다.

"그러는 넌 내게 뭘 베풀었는데?"

"나는,"

머리가 멍해졌다. 나도 분명 무언가 해준 것이 있을 텐데 아무것도 떠오르지 않았다. 멜리사와 닐에게는 자녀는 물론 돌볼 반려동물도, 휴가로 집을 비울 때 물을 주어야 할 화초도 없었다. 우리는 우정을 뛰어넘는 관계가 아니었나? 친구가 되려면 받은 만큼 주어야 하는 것일까?

"넌 질투하는 거야."

멜리사가 불편한 심기를 드러내며 나를 쳐다보았다.

"질투한다고? 너를?"

"네가 나보다 엄마 역할을 잘해왔다고 생각하는 거야."

"내가 너보다 엄마 역할을 감사히 여기는 건 사실이지."

멜리사가 지지 않고 말했다.

"난 내 아이들을 사랑해."

"넌 아이들을 제대로 돌보지 않았잖아! 아이들에게 진저리가 날 때면 내게 무작정 떠넘겼지. 케이티에게 요리하는 법을 알려준 사람이 누구지? 저스틴이 학교에서 도둑질하는 무리와 어울리지 못하게 한 건? 내가 돌보지 않았다면 그 애는 결국 감옥에 갔을 거야!"

"아이들 보는 게 좋다고 했잖아."

"아이들에게 내가 필요했으니까! 그들에게 누가 있었지? 일만 하고 끊임없이 징징대는 엄마 말고는 없었잖아."

"난 억울해, 멜리사."

"네가 동의하든 말든 그게 사실이야."

옆에 앉아 있는 케이티는 아무 말이 없었다. 얼굴이 백짓장처럼 하얘져서 오들오들 떨 뿐이었다. 멜리사는 몸을 일으켜 책상 앞 회전의자에 앉아 컴퓨터를 켰다.

"우릴 놔줘, 멜리사."

그녀가 웃음을 터뜨렸다.

"세상에, 조. 그 정도로 멍청하지는 않잖아? 이제 웹사이트에 대해 알고 내가 무슨 짓을 했는지도 아는데 너를 그냥 보내줄 순 없어."

"그럼 우리를 여기 있게 해줘! 여기 가둬두고 넌 도망가. 네가 어디로 갔는지 알려고 하지 않고 경찰에게 네가 한 일에 대해서 입도 뻥긋하지 않을게. 컴퓨터에서 자료를 모두 삭제하면 되잖아!"

히스테리처럼 들렸지만 어쩔 수 없었다. 계획대로 될지 확신하지 못한 채 자리에서 일어났다.

"앉아."

다리에 감각이 없었지만 멜리사를 향해 걸음을 옮겼다.

"앉으라고!"

"엄마!"

멜리사가 의자에서 일어나 나를 덮쳤다. 내 몸 위로 올라와 나를 바닥으로 눌렀다. 그녀는 왼손으로 내 머리카락을 끌어당겨 턱을 치켜세우더니 오른손에 든 칼을 내 목에 가져다 댔다.

"이제 이골이 나려고 해, 조."

"엄마에게서 떨어져!"

케이티가 비명을 지르며 멜리사의 재킷을 잡아당기고 발로 배를 찼다. 멜리사는 꿈쩍도 하지 않았다. 칼날이 내 피부를 파고들었다.

"케이티."

나는 속삭임에 가깝게 말했다.

"그만둬."

케이티는 주저하다 뒤로 물러났고 이가 부딪힐 정도로 떨었다. 나는 목이 따가웠다.

"엄마, 피가 나요!"

목 옆으로 끈끈한 액체가 흘렀다.

"시키는 대로 할 거야?"

고개를 끄덕이자 피가 배어났다.

"좋아."

멜리사가 자리에서 일어나 무릎을 털고는 주머니에서 휴지를 꺼내 조심스럽게 칼날을 닦았다.

"자, 이제 자리에 앉아."

시키는 대로 했다. 멜리사가 키보드를 치니 익숙한 홈페이지가 나타났다. findtheone.com. 그녀는 관리자 모드로 접속해 창을 최소화하고는 새 창을 열어 무언가를 빠르게 입력했다. 그러자 한산한 지하철 플랫폼 이미지가 보였다. 사람이 열두 명가량 서 있고 손수레를 옆에 둔 여성이 벤치에 앉아 있었다. 사진이라고 생각했는데 벤치에 앉아 있던 여성이 손수레를 끌고 플랫폼으로 향하기 시작했다.

"CCTV야?"

"맞아. 비추는 방향만 바꾸는 카메라를 믿을 수 없어서 지하철 노선 몇 군데에 직접 카메라를 설치했어. 이렇게 하면 한눈에 볼 수 있지. 여기는 주빌레 라인이야."

키를 누르니 다른 플랫폼이 나타났다. 열차를 기다리는 사람 한 무리가 보였다.

"지하철 네트워크를 모두 확보할 수 없고 카메라 방향도 바꿀 수 없어. 그저 관리자들이 보는 화면을 볼 수 있을 뿐이지. 하지만 전체 운영 상황을 더 쉽게 파악할 수 있어서 흥미로워."

"그게 무슨 말이에요?"

케이티가 물었다.

"이 네트워크를 확보하기 전에는 여성들에게 무슨 일이 일어나는지 몰랐어. 프로필이 팔리면 웹사이트에서 내리고 그들이 직장을 바꾸지 않았는지 출퇴근 경로를 변경하지는 않았는지 확인해야 했지. 한 여성이 새로운 코트를 입었는지 확인하는 데 며칠이 걸리기도 해서 사업상 효율이 떨어졌어. 이제는 CCTV가 있으니 언제든 그들을 확인할 수 있어. 그들에게 무슨 일이 일어났는지도 볼 수 있고."

멜리사는 키보드를 두드리다가 들뜬 표정으로 엔터키를 눌렀다. 그녀가 우리를 쳐다보는 얼굴에 천천히 미소가 드리웠다.

"이제, 게임을 하나 해볼까?"

34

켈리는 책상 위에 놓인 전화기를 쳐다보며 번호를 누를지 말지 고민했다. 여러 차례 시도했지만 수신음이 들리거나 상대방이 전화를 받으면 끊어버렸다. 그녀는 마음이 다시 바뀌기 전에 수화기를 들어 번호를 누르고는 가만히 수신음을 들었다. 반은 음성메시지로 넘어갔으면 좋겠다고, 반은 그냥 어서 끝내고 싶다고 생각했다. 닉이 10분 안에 모두 회의실로 모이라고 했으니 한참 뒤에나 다시 전화할 수 있을 것이었다.

"여보세요."

렉시의 목소리가 들리자 켈리는 갑자기 말문이 막혔다. 주위 사람들 모두 공책을 정리하고 최신 이메일을 확인하면서 브리핑에 참여하려고 준비하고 있었다. 켈리는 전화를 끊을까 생각했다.

"여보세요?"

이번에는 짜증이 약간 섞인 목소리가 들렸다.

"나야."

"언니, 왜 아무 말도 안 했어?"

"미안, 혼선됐었나봐. 잘 지내?"

메일 수신함에 숫자가 나타나 켈리는 새 메일을 열어보았다. 경위가 보낸 것이었다. '물 끓는 소리가 여기까지 들리는데?' 열린 문틈으로 닉이 블랙베리를 들여다보는 모습이 보였다. 그는 고개를 들어 씩 웃더니 한 손으로 차 마시는 흉내를 냈다.

"응, 언니는?"

"나도 잘 있어."

켈리는 경위에게 고개를 끄덕였다. 검지를 들어 1분만 달라고 하려는데 그는 이미 고개를 돌린 뒤였다.

어색한 대화가 이어졌고 켈리는 더 이상 참을 수 없었다.

"사실 내일 재미있게 보내라고 말해주려고 연락했어."

렉시는 잠시 말이 없었다.

"내일이라니?"

"내일이 동창회 아니야? 더럼에서."

진심으로 들렸을까? 켈리는 그러기를 바랐다. 렉시가 그 캠퍼스에 다시 간다고 생각하면 너무 싫어 가지 못하도록 말리고 싶었지만 그녀가 수년째 하고 있는 말을 이제는 들어주어야 했다. 그녀의 인생이지 자기 인생이 아니므로.

"맞아."

렉시의 목소리에서 의심이 묻어났다. 켈리는 그녀를 탓할 수 없었다.

"내일 재미있게 보내면 좋겠어. 전혀 바뀌지 않은 사람도 있을 거야. 2학년 때 같이 살던 아이가 누구지? 소시지만 주구장창 먹던 애 말이야."

켈리는 가볍게 들리도록 애쓰면서 렉시가 더럼에 간다고 말했을 때

지지하지 못한 일을 만회하려고 했다. 조급해서 말이 빨라지고 발음이 자꾸 샜지만 어쩔 수 없었다.

"젬마?"

"맞아. 참 특이한 애였지?"

"언니, 왜 그래? 전화한 진짜 이유가 뭐야?"

"미안하다고 말하고 싶어서. 네 인생을 방해하고 네 선택에 이러쿵저러쿵해서 미안해."

켈리는 숨을 길게 내쉬었다.

"그리고 무엇보다 그날 밤 계속 통화하지 못해서 미안해."

렉시는 작게 신음했다.

"그러지 마, 언니. 부탁이야. 내가 원하는 건 그런 게,"

켈리는 렉시에게 상처를 주고 싶지 않아 그만두려고 했으나 이미 너무 오랫동안 기다렸다.

"내 말 좀 들어봐. 그리고 다시는 이 말을 입에 올리지 않을게."

렉시는 침묵했고 켈리는 그것을 승낙으로 받아들였다.

"그날 전화를 끊어서 미안해. 겁먹었는데 내가 같이 있어주지 못해서. 그날 이후 하루도 마음 편할 날이 없었어."

아무 소리도 들리지 않아 켈리는 전화가 끊어졌다고 생각했다. 렉시가 긴 침묵 끝에 입을 열었다.

"언니 잘못이 아니야."

"하지만 내가 전화를 들고 있었다면,"

"전화를 끊은 언니 잘못도, 혼자 숲길을 걸은 내 잘못도 아니야. 난 언니도, 경찰도 원망하지 않아."

"경찰은 네가 처음 신고했을 때 더 심각하게 대응했어야 해."

"언니, 내가 그날 밤 그런 일을 당한 건 그놈이 그렇게 하려고 계획했기 때문이야. 그놈이 전과가 있는지 그 이후로 계속해서 범죄를 저지르는지 누구 탓인지는 이제 아무 상관 없어. 내 인생에서 그 일은 그날 밤 그 한 시간뿐이고 무수히 더 많은 날이 밝고 행복하고 즐거움으로 가득해."

때맞춰 조카들이 마당에서 뛰놀며 웃는 소리가 들렸다. 순수하고 자유로운 소리가 켈리의 마음을 녹였다.

"다른 사람들 잘못이 아니야, 언니."

"알았어."

켈리는 눈물이 쏟아질 것 같아 말을 더 잇지 못했다. 모두가 보는 책상에서 전화할 것이 아니라 휴대전화로 연락했으면 더 좋았을 것이라고 뒤늦게 후회가 밀려왔다. 켈리는 눈을 감고 손으로 이마를 짚었다. 퍼거스와 알피는 이제 장난감 하나를 두고 서로 가지고 놀겠다며 고함을 치고 있었다. 켈리는 학교와 유치원에 다녀온 아이들이 부엌일을 하는 렉시의 발아래로 레고 블록을 흩뜨려놓는 모습을 떠올렸다. 렉시는 과거를 안고 살지 않았다. 현재를 즐기고 있었다. 이제 켈리도 그렇게 해야 할 때가 왔다. 그녀는 정신을 추슬렀다.

"오늘 뭐 입지?" "동창회에 뭘 입고 갈 거야?"

둘은 동시에 말했다. 켈리는 학교에서 서로의 말을 대신해주던 때를 떠올리며 웃었다. 렉시는 켈리와 자기 사이에 쌍둥이만의 특별한 능력이 있다고 주장했지만 사실 둘이 함께 보낸 시간이 많아 서로를 잘 아는 것뿐이었다. 가장 가까운 친구였기에 가능한 일이었다.

"이제 그만 끊어야 할 것 같아."

켈리는 닉이 차 마시는 몸짓을 계속하는 것을 보고 말했다.

"지금 회의하러 가봐야 해. 동창회가 어땠는지 나중에 말해줘. 젬마가 소시지 말고 다른 걸 먹는지도."

렉시가 웃음을 터뜨렸다.

"전화해줘서 고마워. 사랑하는 거 알지?"

"나도."

켈리는 손에 든 쟁반을 떨어뜨리지 않으려고 조심하며 발로 회의실 문을 밀었다. 그녀가 걸을 때마다 쟁반이 조금씩 흔들렸다.

"티백이 별로 없어서 당신 허브 차를 좀 썼는데 괜찮아요, 루신다?"

루신다를 비롯해 아무도 켈리에게 반응을 보이지 않았다.

"무슨 일이 벌어진 거죠?"

켈리가 물었다.

"사이버 범죄 수사팀이 새로운 프로필이 올라왔다고 알려왔어."

닉이 말했다. 그는 의자를 움직여 켈리에게 자리를 만들어주었다. 앤드류 로빈슨이 앞에 놓인 노트북을 가리켰다.

"경위님의 회원권이 폐지돼서 우리가 계정을 새로 열었어요."

앤드류가 말했다.

"그리고 15분 전에 이걸 받았죠."

이메일 내용은 간단했다. 맨 위의 한 문장 아래 금발 여성의 섬네일 사진이 나타났다.

새 프로필! 오늘만 무료

"무료로 다운로드한 적이 있나요?"

켈리가 물었다.

"플래티넘 회원에 한해서죠. 가격이 200파운드 아래인 프로필은 하나도 없어요. 우리가 새 프로필을 공지받은 이래 처음이고요. 제가 알기로는 늘 〈런던 가제트〉 광고로 새 공지를 게시하거든요."

켈리는 프로필을 읽었다.

백인.

18세, 긴 금발, 푸른 눈.

청바지, 회색 앵클부츠, 검은 브이넥 티셔츠에 벨트가 달린 오버 사이즈 회색 카디건, 벨트가 달린 무릎 길이 흰색 푸파 재킷, 금장 체인 검은 핸드백.

8~10 사이즈.

오후 3시 30분 크리스털 팰리스 역에 들어옴. 지상철을 타고 캐나다 워터 역으로 이동. 첫 번째 객차 문 옆자리에 앉음. 주빌레 라인으로 갈아타면서 지하철 노선도 옆을 따라 플랫폼으로 걷다가 문이 열리면 6번 객차에 탐. 자리에 앉아 잡지를 봄. 워털루 역에서 환승해 오른쪽으로 돌아 쭉 내려가서 노던 라인 1번 플랫폼으로 감. 플랫폼을 따라 걷다가 중간쯤 노란 칠이 벗겨진 선 근처에 서서 바로 앞에서 열리는 중앙 객차를 탐. 문 옆에 서서 레스터 스퀘어까지 감. 에스컬레이터를 탄 다음 3번 출구로 나가서 채링 크로스 로드로 감.

오늘만 만남 가능.

통근 시간 40분.

접근 상당히 어려움.

"모든 회원에게 뿌려졌어요."

앤드류가 커서로 수신함 주소록을 보여주며 말했다. 모두 findthe-one.com의 전체 회원 목록이 얼마나 중요한지 생각하느라 뭐라고 말하지 못했다. 그 수가 얼마나 되든 누구나 이 여성의 프로필을 클릭해 이동 경로를 다운로드할 것이다. 얼마나 많은 남성이 컴퓨터나 휴대전화로 이 자료를 읽었을까? 켈리는 자신도 언제든 이처럼 감시당하는 줄 모른 채 런던 시내를 돌아다니는 피해자가 될 수 있을 것이라 깨닫고 생각을 행동으로 옮기는 사람이 얼마나 될지 궁금했다.

"사진을 더 확대할 수 없나요?"

켈리가 묻자 앤드류가 섬네일을 전체 화면으로 보여주었다. 10대 소녀가 새침한 표정으로 찍은 셀카로 눈 옆에 금발이 흐트러진 모습이었다. 연초점 필터를 쓴 것으로 보아 인스타그램이나 다른 소셜 미디어 사이트에 등록된 이미지로 보였다.

처음 보는 사진이었지만 소녀는 낯이 익었다. 켈리가 받은 다른 사진은 작은 샘플 이미지로 얼굴 부분만 잘라낸 것이었다. 켈리는 지구대 연합 기동대가 가진 파일을 모두 살펴보았다. 이 소녀를 본 적 있다. 금발에 뾰로통한 얼굴.

그녀는 고개를 들어 닉을 처다보았다.

"이 아이가 누군지 알아요. 조 워커의 딸이에요."

35

"무슨 게임?"

내가 묻자 멜리사가 미소 지었다. 그녀는 책상 앞에 앉은 채 우리가 보이는 쪽으로 의자를 틀더니 다시 모니터를 들여다보았다.

"벌써 조회 수가 100을 넘었어."

멜리사가 케이티를 쳐다보았다.

"넌 인기가 많아."

가슴이 저렸다.

"내 딸을 웹사이트에 올리지 마."

"이미 올렸는걸?"

멜리사가 클릭하니 모니터 화면에 케이티 사진이 나타났다. 지금과는 정반대로 자신있고 샐쭉하게 카메라를 보는 사진이었다. 케이티가 비명을 질렀다. 나는 딸에게 팔을 둘러 내 쪽으로 세게 당겼다. 바닥에 의자 자국이 났다.

"자, 그럼 어떻게 되는지 볼까?"

멜리사가 사업가처럼 말했다. 업체와 통화하거나 은행 대출 담당자에게 기간을 연장해달라고 말할 때 내는 목소리였다. 나와 함께할 때는 한 번도 그런 목소리로 말한 적이 없다. 피가 얼어붙는 듯했다.

"케이티의 프로필을 정해진 시간 동안 무료로 다운로드할 수 있게 해두고 그 정보를 모든 회원에게 알렸지."

모니터 화면에 작은 팝업이 나타났다 사라지기를 반복했다.

다운로드
다운로드
다운로드

"반응들이 아주 빠른데? 놀랄 일도 아니지. 프로필을 다운로드하려면 보통 500파운드는 지불해야 하거든. 그러니까…… 매력이 좀 떨어지는 여자도 말이야."

"케이티를 어디에도 보내지 않을 거야."

"왜 이래, 정말. 모험심은 다 어디로 사라진 거야? 이용자 모두가 범죄를 목적으로 하지는 않아. 일부는 정말 낭만파라고."

"케이티를 보내지 않아."

"그럼 아쉽지만 둘 다 나쁘게 끝내는 수밖에."

"무슨 말이야?"

멜리사는 내 질문을 무시했다.

"규칙은 이래. 케이티가 평소처럼 아무 일 없이 레스토랑에 출근하면…… 그러니까 어떤 방해도 없으면…… 네가 이긴 것이니 널 놓아줄게. 하지만 그렇지 못하면…… 너희 둘 다 진 거야."

"정말 역겹군요."

케이티가 말했다.

멜리사는 딸을 비웃으며 쳐다보았다.

"왜 이래, 케이티? 스포트라이트를 받을 수 있는 기회를 놓치다니 너답지 않잖아."

"그게 무슨 말이에요?"

"쇼의 주인공이 될 기회란 말이야. 네가 남의 이목을 끌지 못하면 불행한다는 걸 우린 다 알고 있어. 저스틴이나 네 친구가 기회를 얻고 싶어 하는지는 신경도 안 쓰지. 넌 항상 너밖에 모르잖아, 안 그래? 그 엄마에 그 딸이야."

멜리사 목소리에는 증오가 서려 있었다. 케이티는 충격받아 눈물을 흘렸다.

"그러니까,"

멜리사가 말을 이었다.

"이건 게임이야. 준비됐어? 아니면 그 과정은 건너뛰고 너희 둘 다 진 걸로 할까?"

멜리사가 칼끝을 자신의 손끝에 댔다. 날카로운 칼날이 붉은 매니큐어를 바른 손톱 위로 미끄러져 내려갔다.

"내 딸을 미친놈들의 미끼로 쓰지 마. 차라리 날 죽여."

그녀는 어깨를 으쓱했다.

"그러지 뭐."

멜리사가 자리에서 일어나 칼을 들고 내게 다가왔다.

"안 돼!"

케이티가 소리쳤다. 딸은 내게 꼭 붙어서 오열했다.

"제가 할게요. 제가 가겠어요. 엄마를 다치게 하지 마세요."

"케이티, 널 보낼 순 없어. 다칠 거야."

"제가 안 가면 우리 둘 다 다칠 거예요. 모르겠어요? 아주머니는 미쳤어요!"

멜리사는 케이티의 말에 전혀 동요하지 않았다. 안달하거나 화내지 않아서 더 섬뜩했다. 그녀는 표정 하나 바뀌지 않고 저 칼을 내게 쑤셔 넣을 수 있다. 잘 안다고, 친구라고 여겼는데 내가 믿어온 것과 완전히 다른 사람이라는 사실을 받아들이기 괴로웠다. 그녀가 나를 싫어하고 있었다니. 엄마인 나를 증오해서 나는 물론 내 딸까지 해하려고 한다니.

케이티가 내 어깨를 꼭 잡았다.

"괜찮을 거예요, 엄마. 지하철 어디에나 사람이 있으니까 아무도 절 해치지 못할 거예요."

"하지만 케이티, 다른 여성들도 해를 입었어! 성폭행이나 살해를 당했다고! 가면 안 돼."

다른 방법이 없는지 생각했다. 케이티가 여기에 있는다면 어떤 일이 벌어질까? 멜리사가 나를 죽일 것은 틀림없었지만 케이티까지 그렇게 만들 수는 없었다.

"다른 사람들은 자기가 감시당하는지 몰랐잖아요. 전 알아요. 그러니까 그들보다 유리해요. 출근길도 잘 알아서 누가 쫓아오면 금방 눈치챌 수 있어요, 엄마."

"안 돼, 케이티."

"할 수 있어요. 하고 싶어요!"

케이티는 더 이상 울지 않았다. 딸의 얼굴에서 결심이 보였다. 숨을 쉴 수 없었다. 케이티는 나를 구할 수 있다고 믿고 있었다. 이 게임을 해낼 수 있으며 붙잡히지 않고 런던을 오가면 멜리사가 나를 살려줄 것이라고 진심으로 믿고 있었다.

잘못된 생각이었다. 멜리사는 나를 놓아주지 않을 것이다. 하지만 케이티가 나를 살리려고 노력하는 동안 내가 케이티를 살릴 수는 있다. 밖에서는 싸울 기회가 있지만 여기서 우리는 이미 죽은 목숨이었다.

"좋아."

딸에게 말했다. 배신한 듯한 기분이었다.

케이티가 자리에서 일어나 멜리사를 쳐다보았다. 고개를 똑바로 든 모습에 딸이 무대에서 남성복을 입고 여성이라는 사실을 재치 있게 속이는 인물을 연기했던 일이 떠올랐다. 케이티는 겁에 질려도 내색하지 않을 것이다.

"제가 어떻게 해야 하죠?"

"평소처럼 출근하면 돼. 간단하지? 곧 출발해."

멜리사가 모니터를 살피더니 이어서 말했다.

"5분 안에 출발해서 평소와 같은 경로로 레스토랑에 가는 거야. 네 휴대전화는 내게 줘. 길을 가면서 멈추거나 방향을 바꾸면 안 돼. 도움을 청하거나 경찰에게 연락하는 바보 같은 짓도 물론."

케이티가 멜리사에게 휴대전화를 넘겼다. 멜리사가 컴퓨터에 암호 몇 개를 입력하자 모니터 화면에 CCTV 이미지가 나타나며 크리스털 팰리스 역 외부가 보였다. 왼쪽에 택시가 일렬로 서 있고 벽에는 그라피티가 얼룩져 있었다. 그 사이로 한 여성이 손목시계를 확인하며 서둘러 역에 들어섰다.

"선 밖으로 서면,"

멜리사가 말을 이었다.

"내가 금방 알아차릴 거야. 그러면 바보가 아닌 이상 너희 엄마가 어떻게 될지는 알겠지?"

케이티는 아랫입술을 깨물었다.

"이럴 필요까지는 없잖아."

내가 조용히 말했다.

"괜찮아요. 제게 무슨 일이 일어나도록 당하고 있지만은 않을 거예요. 그건 엄마도 마찬가지고요."

케이티가 머리카락을 옆으로 넘기며 단호하게 말했다. 나는 딸이 겉모습처럼 자신에 넘친다는 사실을 잘 알았다. 이것은 연기가 아니었다. 멜리사가 말하는 게임도 아니었다. 무슨 일이 벌어지든 누군가는 다칠 것이었다.

"이제 출발해."

멜리사가 말했다.

나는 숨이 막힐 정도로 케이티를 꼭 끌어안았다.

"조심하렴."

엄마가 된 뒤로 수천 번 이상 이렇게 말했지만 그 의미는 매번 달랐다.

'조심하렴.'

딸이 10개월령에 가구에 부딪혔을 때도 이렇게 말했다. 꽃병을 비롯해 아무것도 깨지 않도록 주의하라는 뜻이었다.

'조심하렴.'

케이티가 자전거를 처음 배울 때도 이렇게 말했다. 차를 잘 살펴야 한다는 뜻이었다.

'조심하렴.'

딸이 처음으로 진지하게 남자 친구를 사귈 때도 이렇게 말했다. 상처받지 말고 임신해서는 안 된다는 뜻이었다.

'조심하렴.'

지금도 이렇게 말하고 있다. 사방을 경계하고 그들보다 더 빨리 움직이고 도망치라고.

"그럴게요. 사랑해요, 엄마."

평소와 다르지 않은 척했지만 눈물이 고였다. 딸이 일을 마치고 집에 오면 같이 피자를 먹으며 넷플릭스에서 〈위기의 주부들〉을 볼 것이라 생각하면서, 지금이 케이티를 보는 마지막 순간이 아니라고 생각하면서. 나는 울고 있었다. 케이티 역시 이런 감정의 소용돌이에 휘말리지 않을 만큼 마음이 강하지는 않았다. 내가 죽으면 저스틴을 잘 돌봐주고 매트가 아이들에게 너무 무르게 굴지 않도록 해달라고 케이티에게 당부하고 싶었지만 그 아이가 상상하게 만들고 싶지 않았다. 만에하나 성공해서 돌아온다고 해도 내가 여기에 없을 것이라는 사실을.

"나도 사랑해."

마지막으로 케이티의 모든 모습을 눈에 담았다. 머리카락에서 풍기는 향기와 입가에 번진 립스틱 자국을 마음속에 단단히 심어두었다. 앞으로 무슨 일이 생기든 죽어가는 순간 눈을 감아도 그 애의 모습을 볼 수 있도록.

내 귀여운 딸.

"이제 그만 가봐."

멜리사가 주방 문을 열자 케이티는 좁은 복도를 지나 현관으로 향했다. 이번이 내게 주어진 기회라고 생각했다. 현관문이 열릴 때 케이티의 뒤를 쫓아가 함께 도망칠까도 생각했다. 하지만 멜리사는 칼을 지녔다. 아주 단단하게 쥐고 있어 언제든 재빠르게 쓸 수 있을 것이었다.

칼이라.

곧장 그것을 떠올려야 했다. 칼집에는 여전히 육류용 칼 하나와 채소용 칼 세 개가 크기별로 꽂혀 있었다. 문 여는 소리가 들리고 지하철역으로 걸어가는 케이티의 모습이 보였다. 위험을 향해 돌진하는 모

습. '도망쳐.' 나는 속으로 이렇게 말했다. '반대쪽으로 가. 공중전화를 찾아서 경찰에게 연락해.'

딸이 그렇게 하지 않을 것을 잘 알았다. 정확히 8분 안에 자신이 CCTV에 잡히지 않으면 멜리사가 나를 죽일 거라고 생각할 것이므로.

하지만 그렇더라도 멜리사는 나를 죽일 것이다.

멜리사가 돌아왔을 때 나는 테이블과 개수대 사이에 서 있었다. 멜리사는 복도에서 무언가를 가져왔다. 덕트 테이프였다.

"어딜 가는 거야? 이리 와."

멜리사가 나를 향해 칼끝을 까닥까닥 움직였다. 설명할 수 없는 감정이었다. 멜리사는 내가 앉던 의자를 컴퓨터 앞에 놓고 나를 거기에 앉게 했다.

"손을 등 뒤로 넘겨."

그녀 말에 순순히 따르며 덕트 테이프가 뜯어지고 찢기는 소리를 들었다. 멜리사는 테이프로 내 손목을 감고는 의자 다리에 고정시켜 팔을 움직이지 못하게 했다. 그러고는 테이프를 두 차례 더 찢어 의자 다리에 내 발목을 고정시켰다.

나는 화면 오른쪽 모서리에 보이는 시간을 확인했다.

남은 시간은 6분이었다.

케이티가 사람으로 붐비고 환한 길로 간다는 생각에 조금 안심했다. 딸이 갈힐 만한 어두운 곳은 없으니 기지를 발휘한다면 무사할 수 있었다. 타냐 베켓, 로라 킨, 캐시 태닝처럼 피해를 입은 여성들은 자신이 표적이 되었다는 사실을 알지 못했다. 하지만 케이티는 알고 있었다. 그러니 한층 유리했다.

"쇼를 감상할 준비됐어?"

멜리사가 말했다.

"난 안 볼 거야."

하지만 그럴 수 없었다. 케이티가 어릴 때 해충에게 쏘인 뒤 탈수 상태에 빠져 병원에서 수액을 맞던 일이 떠올랐다. 딸의 고통이 사라지기를 바랐지만 그럴 수 없다면 고통을 함께해야 한다고 생각했다. 같이 이겨내야 한다고.

목에 난 상처에서 피가 응고되자 피부가 당기며 가려웠다. 그 느낌을 없애려고 목을 길게 빼자 다시 무릎으로 피가 뚝뚝 떨어졌다.

4분.

우리는 아무 말 없이 화면을 들여다보았다. 알고 싶은 것이 많았지만 멜리사의 목소리를 듣고 싶지 않았다. 지금쯤 경찰이 전속력으로 애널리 로드에 들어서고 있을 것이라고 상상해보았다. 얼마 지나지 않아 그들이 문을 부수고 들이닥치겠지. 사이렌 소리를 간절히 기다렸지만 아무 소리도 들리지 않았다.

2분.

케이티가 CCTV에 나타났다. 6분이 평생처럼 길었다. 케이티는 멈추지 않고 걸으면서 카메라를 향해 고개를 들었다. 그 앞을 지나 카메라가 시야에서 사라질 때까지 똑바로 쳐다보았다. '엄마가 널 보고 있어.' 난 입 모양으로 말했다. '너와 함께 있어.' 눈물이 멈추지 않고 흘렀다.

"안타깝지만 케이티가 개찰구 안으로 들어가는 모습은 볼 수 없어."

멜리사는 우리가 공모자라도 되는 듯 다정하고 친근하게 말했다. 내게 위협을 가하고 소리치던 모습보다 더 불안했다.

"하지만 플랫폼에 도착하면 다시 볼 수 있을 거야."

멜리사가 마우스를 움직이는 사이 나는 카메라가 설치된 장소로 보이는 목록을 흘끗 살폈다. 올드게이트 이스트 입구, 앤젤 입구, 앤젤 남부행 플랫폼, 앤젤 북부행 플랫폼, 베이커루 매표소…… 목록이 끊임없이 이어졌다.

"초기에 올린 프로필 몇몇은 내가 볼 수 있는 카메라 밖에 있었어."

멜리사가 설명했다.

"하지만 케이티가 통근하는 길은 거의 다 볼 수 있을 거야. 봐, 저기 오네."

케이티가 주머니에 손을 넣은 채 플랫폼 앞에 서 있었다. 주변을 두리번거리는 모습을 보며 나는 케이티가 카메라나 위협이 될지 모르는 승객이 있는지 살피기를 바랐다. 양복에 오버코트를 걸친 남자가 케이티에게 접근했다. 그러자 케이티가 한 걸음 물러났다. 나는 남자가 무심히 아이를 지나칠 때까지 묶인 손으로 주먹을 꼭 쥐었다. 가슴이 요동쳤다.

"연기를 꽤 잘하는데?"

멜리사의 말 따위는 들리지 않았다. 열차가 도착하고 케이티가 승차하자 문이 너무도 빨리 닫혔다. 멜리사가 다음 카메라를 열어보기를 기다렸지만 그녀는 움직이지 않았다. 대신 재킷에서 솜을 한 올한 올 빼서 인상을 쓰며 바닥으로 떨어뜨렸다. 또 헛된 상상을 했다. 사이먼이 면접을 마치고 돌아와 문이 열린 채 비어 있는 집을 발견하고 옆집에 있는 나를 구하는 상상을. 생각은 점점 구체화되어 줄어드는 희망과 달리 점점 터무니없는 방향으로 나아갔다.

아무도 찾아오지 않았다.

나는 멜리사의 집에서 죽을 것이었다. 그녀가 내 시신을 유기할지 아니면 닐이 출장에서 돌아와 알아채도록 방치할지 궁금했다.

"어디로 갈 거야?"

멜리사에게 물었다. 그녀가 나를 쳐다보았다.

"날 죽이고 어디로 갈 거냐고."

그녀의 눈에 존중 같은 감정이 잠시 스쳤다가 이내 사라졌다. 멜리사가 어깨를 들썩였다.

"코스타리카, 일본, 필리핀. 범죄자 인도 협정이 안 된 나라는 여전히 많아."

경찰이 나를 찾기까지 얼마나 걸릴지 알고 싶었다. 그때쯤 멜리사가 다른 나라에 있을지 가늠해볼 수 있도록.

"경찰이 세관에서 널 잡을 거야."

내가 확신에 차서 말하자 멜리사는 득의양양하게 나를 내려다보았다.

"내 여권을 쓴다면 그렇겠지."

"어떻게 그럴 수,"

말문이 막혔다. 나는 사람들이 칼을 휘두르고 친구를 죽이고 위조 여권을 사용하는 세상에 살고 있었다. 불현듯 이런 생각이 들었다. 멜리사는 똑똑하지만 그 정도로 똑똑하지는 않았다.

"이런 걸 다 어디에서 배웠어?"

"이런 거라니, 뭘 말이야?"

멜리사가 키보드를 치며 지루하다는 듯 물었다.

"CCTV나 위조 여권 말이야. 스위프트 순경은 광고를 낸 사람이 남자라고 했어. 그 사람이 자기 이름으로 사서함을 만들었고 웹사이트는 추적할 수 없다고. 넌 도움을 받았어, 분명히."

"날 모욕하는 거야, 조? 날 과소평가한 것 같은데."

멜리사는 나를 쳐다보지 않았다. 그녀가 거짓말한다는 것을 알았다. 그녀 혼자서 이 일을 벌였을 리 없다. 닐은 정말로 출장을 간 것일까 아니면 위층에 있을까? 이 상황을 가만히 두고 보면서 자신이 필요한

때를 기다리고 있는지도 몰랐다. 불안하게 천장을 쳐다보았다. 천장에서 발소리가 울리는 듯했다. 내 상상일까?

"15분이 지났어."

시계를 보더니 멜리사가 말했다.

"열차 안은 볼 수 없지만 다음 카메라가 캐나다 워터 역에서 케이티를 보여줄 거야."

멜리사가 다음 카메라를 클릭하자 또 다른 플랫폼이 나타났다. 화면 가장자리에 교사 세 명이 눈에 띄는 조끼를 입고 학생들을 통솔하는 모습이 보였다. 열차가 들어온 뒤 케이티를 찾아보았지만 보이지 않았다. 심장이 더 빨리 뛰었다. 케이티에게 벌써 무슨 일이 생긴 것일까? 크리스털 팰리스 역에서 캐나다 워터 역으로 가는 그 짧은 길에? 하지만 곧 흰색 푸파 코트가 보였다. 여전히 주머니에 손을 넣고 이리저리 고개를 돌리며 지나가는 사람들을 살피는 케이티가 보였다. 그제야 참고 있던 숨을 내쉬었다.

케이티는 이내 시야에서 사라졌고 주빌레 라인 플랫폼에서야 다시 보였다. 딸은 플랫폼 끝에 가까이 서 있었다. 누군가 열차를 향해 그 아이를 밀어버릴지 모르니 한 걸음 물러서라고 말하고 싶었다. 주인공에게 어떤 끔찍한 일이 일어날지 아는 채로 영화를 보는 것 같았다.

'밖으로 나가지 말고, 들리는 소리를 대수롭게 여기지 말고…… 대본 안 봤어? 다음에 무슨 일이 벌어질지 몰라?'

나는 케이티가 이미 대본을 읽었다고 되뇌었다. 그 애는 어떤 위험이 닥치는지 알고 있었다. 정확히 어디서 나타날지 모르는 것뿐이었다. 케이티 왼쪽 뒤에 한 남자가 서 있었다. 그는 케이티를 지켜보고 있었다. 얼굴은 보이지 않았지만 고개가 케이티를 향했고 위아래로 훑어보는지 약간 움직였다. 남자가 케이티에게 한 걸음 가까이 다가갔다. 나는 상황을 조금이라도 정확히 보려고 몸을 의자 앞쪽으로 부질없이 당겼다. 플랫폼에는 다른 사람도 있었다. 왜 그들은 아무것도 모르지? 남자가 어떤 짓을 해도 그들은 보지 못할 것이었다. 한때는 지하철역이라면 감시 카메라도 많고 주변에 사람도 많으니 아주 안전하다고 생각했다. 하지만 아무도 주변을 주의 깊게 보지 않았다. 모두 각자 생각에 사로잡혀서 다른 사람에게 무슨 일이 일어나는지 의식하지 못했다.

혹여 케이티가 내 목소리를 듣고 돌아보지 않을까 하고 숨을 내쉬며 딸의 이름을 불렀다. 저 남자를 좀 보라고. 그가 가까이 다가가자 케이티가 곧바로 뒤로 물러났다. 딸의 몸짓을 읽을 수 없다. 겁에 질린 걸까? 케이티는 플랫폼 반대쪽 끝으로 걸어갔다. 멜리사가 의자를 움직였다. 몸을 앞으로 굽히고 팔걸이에 팔을 올려놓은 채 손끝을 한데 모으고 모니터에 시선을 고정하고 있었다. 그녀의 입 주위로 작게 미소가 번졌다.

"근사한데?"

멜리사가 말했다.

"난 항상 여자들이 미행당할 때 아무것도 모른다는 점이 마음에 들었는데 이런 경우도 참 흥미로워. 지하철역에서 고양이가 쥐 잡는 놀이를 하는 것 같아. 회원들을 위한 추가 패키지로 활용하면 좋겠어."

그녀는 경솔하게 말하며 내 화를 돋웠다.

열차가 들어오고 수많은 여행자와 통근자가 몰리자 플랫폼에 서 있던 남자는 천천히 무리에 섞여들어 케이티를 향해 다가갔다. 그가 케이티와 같은 객차에 승차하지 않아서 그나마 다행이었다.

"열차 안 카메라에 접촉할 수는 없어? 내가 좀 봐야겠어. 열차 안에서 어떤 일이 벌어지는지 봐야겠다고!"

"중독성 있지? 나도 그러고 싶은데 보안이 너무 철저해서 안 돼. 이제,"

멜리사가 컴퓨터에서 다른 탭을 열었다.

"워털루 역까지 7분 남았어."

그녀는 손가락으로 책상 위를 두드렸다.

"객차 안은 복잡해. 그런 곳에서는 아무도 일을 벌이지 않을 거야."

나는 멜리사와 나 자신에게 이렇게 말했다.

케이티가 비명을 지른다면 누군가 조치를 취해줄까? 나는 항상 무슨 일이 생기면 소리를 지르라고 딸에게 가르쳤다.

"큰 소리로 반응해. 변태가 네게 달려들면 그가 아니라 모두에게 말해. 고함쳐. '내 몸에서 당장 떨어져!'라고. 그래서 주변에 있는 사람이 모두 알게 해. 사람들이 아무런 조치를 취하지 못해도 변태는 곧장 네게서 떨어질 거야, 분명히."

워털루 역에서 레스터 스퀘어까지는 4분밖에 걸리지 않는다. 멜리사가 말해주기도 했고 매 순간이 한 시간처럼 느껴져서 더 잘 기억하는 것일 수도 있었다. 케이티가 워털루 역으로 가는 노던 라인 열차를 타고 시야에서 사라지자 멜리사는 곧장 새로운 화면을 띄워 레스터 스퀘어로 향하는 에스컬레이터 아래쪽을 보여주었다.

우리는 케이티가 나타날 때까지 조용히 기다렸다.

"저기 오네."

멜리사가 케이티를 가리켰다. 나는 곧바로 플랫폼에서 케이티에게 접근하던 남자를 찾았고 딸과 얼마 떨어지지 않은 곳에 서 있는 그를 발견했다.

"저 남자는⋯⋯."

나는 말꼬리를 흐렸다.

"참 끈질겨, 안 그래?"

"저 사람이 누군지 알아? 어디 살아? 몇 살인데?"

그런 것들이 왜 중요한지 모르면서도 무작정 말이 흘러나왔다.

"케이티 프로필을 다운로드한 횟수가 200건도 넘어. 그중 한 사람일 수 있지."

남자는 손수레를 끌고 가는 여성을 밀치고 지나쳤다. 케이티가 에스컬레이터에 올랐다.

'계속 걸어.' 마음속으로 이렇게 말했지만 그 애는 가만히 서 있었고 남자는 왼쪽에서 걸어와 케이티 바로 뒤에 가서 섰다. 남자가 케이티의 팔에 손을 올리고 몸을 기울이더니 뭐라고 속삭였다. 케이티가 고개를 저었다. 두 사람은 에스컬레이터 맨 위에 도착하더니 시야에서 사라졌다.

"다음 카메라! 빨리 다음 카메라를 비춰!"

멜리사는 경악하는 내 모습을 즐기며 아주 천천히 반응했다. 레스터 스퀘어 역에는 사람이 너무 많아서 CCTV 화면이 나타났을 때 곧바로 케이티를 찾을 수 없었다. 하지만 이내 열차부터 따라온 남자와 같이 걷고 있는 딸을 보았다. 가슴이 미친 듯이 뛰었다. 무언가 잘못되었다. 케이티는 몸을 한쪽으로 굽히고 고개를 약간 숙인 채 어색하게 걸었다. 모든 몸짓이 그에게 붙들려 있음을 알렸다. 더 가까이 보니 남자가 오른손으로 딸의 왼팔 윗부분을 잡고 다른 손으로는 케이티의 허리를 감싸고 있었다. 팔에 힘을 줘 균형을 잡지 못하게 하고 있었다. 무기를 가지고 있는 것이 틀림없었다. 분명 케이티를 위협하고 있었다. 그렇지 않다면 왜 케이티가 비명을 지르지 않을까? 왜 도망가거나 맞서 싸우지 않을까?

케이티는 남자와 함께 개찰구로 가서 남자의 가슴 앞쪽으로 어색하게 팔을 뻗었다. 지하철 노선도 옆에 매표원 두 사람이 서서 이야기를 나누고 있었다. 그들이 무언가 알아차려주기를 바랐지만 그들은 아무 관심도 없었다. 이렇게 환한 대낮에 어떻게 이런 일이 생길 수 있을까? 왜 아무도 내가 보고 있는 광경을 보지 못할까?

나는 화면에서 눈을 뗄 수 없었다.

남자가 개찰구 앞에서는 케이티를 놓아줄까? 그러면 카드를 대는 척하면서 도망칠 기회가 생긴다. 케이티라면 미리 계획을 세웠을 것이다. 어디로 도망가고 어느 출구로 나갈지. 아드레날린이 솟구쳤다. 케이티는 할 수 있을 것이다. 남자에게서 벗어날 수 있을 것이다.

하지만 그들은 개찰구 앞으로 가지 않았다. 대신 남자가 케이티를 중앙 홀 왼쪽에 있는 텅 빈 안내 부스와 '진입 금지'라고 적힌 문 앞으로 데려갔다. 그는 누가 보기라도 하는지 흘끗 뒤를 살폈다.

남자가 문을 열고 케이티를 안으로 데려가자 피가 얼어붙는 것 같았다.

내가 너무 멀리 갔다고 생각하겠지. 한 번도 만난 적 없는 여성들의 목숨을 담보로 하다니 참 나쁘다고 생각하겠지. 하지만 이번 일은? 이것도 너무하지. 내가 보살펴야 하는 사람의 생명을 위험에 처하게 했으니까.

그런데 당신이 이해해줘야 하는 부분이 있어.

이건 케이티가 자초한 일이야.

그 애는 항상 똑같아. 언제나 주위의 이목을 끌고 싶어 하지. 자신이 하는 말을 남들이 들어주길 바라고 주목받고 사랑받기를 원해서 크게 떠벌리니까. 다른 사람 기분 따위는 생각도 하지 못해.

항상 말만 하고 들으려고 하지는 않아.

그래서 그 애의 소원을 들어줬어.

중앙에 놓인 무대 위에서.

제일 중요한 장면은 아직 나오지 않았어. 가장 힘든 부분이야. 그동안의 모든 공연을 끝내버릴 마지막 순간이지.

케이티의 마지막 커튼콜이 시작되었어.

36

"우리가 가진 조 워커의 연락처가 얼마나 되지?"

닉이 물었다.

루신다가 파일을 살폈다.

"휴대전화와 직장 그리고 집 전화번호가 있어요."

"전부 다 걸어봐."

켈리는 조의 휴대전화로 연락하고는 음성메시지로 넘어가자 고개를 저었다.

"조, 이 메시지 듣는 대로 살인 사건 전담팀으로 연락해주시겠어요?"

"우리가 그녀의 딸에 대해 아는 정보는?"

닉이 물었다.

"이름은 케이티예요."

켈리가 조 워커에 대해 아는 것을 모두 떠올리려고 애쓰며 말했다.

"영화배우가 되고 싶어 하는데 지금은 레스터 스퀘어 근처에 있는 레스토랑에서 교대로 근무해요. 정확히 어느 식당인지는 모릅니다."

켈리는 조가 자녀를 언급한 적이 있는지 떠올리려고 애썼다. 아들과 남자 친구가 있지만 사건 말고는 가족에 대해서 이야기를 나눈 적이 없다.

"경위님, 조 워커가 오늘 출근하지 않았답니다."

루신다가 전화기를 내려놓으며 말했다.

"어제 조의 상사가 그녀를 집으로 돌려보냈대요. 그 사람 말에 따르면 그녀가 '빌어먹을 사건'에만 빠져서 일에 집중할 수 있는 상태가 아니라고 해요. 혹시 조에게 연락이 오면 경찰에 알려달라고 전해됐어요."

"집으로 전화해봐."

"아무도 받지 않아요."

"시스템에 등록된 다른 연락처는 없어?"

빨리 생각하고 싶을 때면 늘 그렇듯 닉이 몰아붙였다.

"조나 케이티 연락처는 없고 아들 저스틴의 오래전 전화번호가 있어요. 2006년에 절도죄로 반사회적 행위 금지 명령을 받았고 2008년에는 경범죄로 경고 조치됐어요. 그 이후로는 아무것도 없고요."

"전화번호 추적팀에서는 뭐라고 해?"

"집 주소로 등록된 케이티 워커의 전화번호는 없답니다. 선불 전화기나 조의 계정에 단말기를 하나 더 등록해서 사용하고 있을 거예요. 그 점도 확인해달라고 요청했습니다."

"케이티 워커의 프로필 업로드를 알린 이메일 발신처가 어디지?"

닉이 질문을 공세해도 앤드류는 끄떡없었다.

"에스프레소 오!는 아닙니다. IP 주소가 달라요. 알아보라고 요청하겠습니다."

"얼마나 걸리지?"

닉은 손목시계를 흘끗 쳐다보고는 대답을 기다리지 않았다.

"얼마가 걸리든 너무 늦어. 영국 교통경찰이 레스터 스퀘어로 가고 있지만 케이티를 제때 만난다는 보장도 없고 그러는 동안 조가 위험해질 수도 있어."

"조는 여전히 집에 없습니다."

루신다가 전화기를 내려놓으며 말했다.

"휴대전화 전원도 꺼져 있고요."

"휴대전화 위치를 추적해봐. 언제 어디에서 마지막으로 사용했는지. 켈리, 루신다가 장소를 확보하면 경찰을 급파해."

"알겠습니다."

켈리는 추적하기 시작한 루신다 옆자리에 앉았다. 닉은 다시 숨도 쉬지 않고 맹렬히 지시했다. 순간 켈리는 어떤 생각이 들었다. 그때 누군가 뭐라고 말했다. 그 생각을 붙잡으려고 했지만 회의실의 혼란 속에서 연기처럼 빠져나갔다.

"조 워커의 휴대전화 요금 청구서에서 딸 번호를 알 수 없을까?"

닉이 물었다.

"가능해요."

루신다가 대답했다.

"시간이 좀 걸리고 정확하지 않지만요. 가장 자주 연락한 전화번호를 파악해서 가족들 번호가 어떤 건지 한번 알아보겠습니다."

"그렇게 해줘."

경위가 다시 생각하더니 덧붙였다. 켈리는 경위가 흥분한 모습을 처음 보았다. 느슨하게 풀었던 넥타이는 이제 테이블 위에 아무렇게나 놓고 셔츠 맨 위 단추를 푼 채 목을 이리저리 움직였다.

"앤드류, 웹사이트를 잘 살피고 뭔가 달라진 점이 있으면 내게 알려줘. 최신 이메일을 어디에서 보냈는지 알아보고. 에스프레소 오!가 아니라면 다른 카페일 거야. 켈리, 그렇다면 경찰을 보내서 전송된 시간대의 손님용 CCTV를 당장 확보하라고 지시해."

에스프레소 오!

바로 그것이었다. 켈리의 머릿속에 머물던 생각이 마침내 뚜렷해졌다. 조를 만났던 코벤트 가든에 있는 카페. 커피숍 체인을 운영한다는 그녀의 친구가 클러큰웰에 새 지점을 낸다고 말했다. 에스프레소 오!에서 일하는 호주 아가씨는 점장이 자리를 비웠다고 했다. 그녀는 CCTV가 손님용이 아니라고 말했다. 켈리는 누구를 찾아야 할지 알 것 같았다. 웹사이트 운영자이자 열아홉 살짜리 케이티를 위험에 빠뜨리고 조 워커를 인질로 잡고 있는지도 모르는 인물.

닉이 기대에 찬 눈길로 켈리를 쳐다보았다. 켈리는 아드레날린이 치솟는 것을 느꼈다.

"기업 등록 총괄 기관에 연락해야 합니다."

켈리가 말했다.

"에스프레소 오!에서 웹사이트에 프로필을 등록하면서 와이파이를 사용한 사람은 손님이 아니에요. 주인이죠."

37

"케이티!"

너무 크게 소리 질러 목소리가 갈라지고 입이 말라버렸다. 테이프로 결박된 손목을 잡아당기니 잔털이 당겼다. 나도 모르게 힘이 생겨나 테이프가 찢어지는 것이 느껴졌다. 그때 멜리사가 미소를 지었다.

"내가 이겼어."

그녀가 의자를 돌려 팔짱을 끼더니 생각에 잠긴 얼굴로 나를 쳐다보았다.

"하지만 난 항상 그래왔어."

"네가 어떻게 이럴 수 있어?"

"난 아무것도 하지 않았어. 네가 그랬지. 네가 그 애를 위험에 빠뜨렸어. 위험할 것을 뻔히 알면서도. 배 아파서 낳은 딸에게 어떻게 그럴 수 있어?"

"넌,"

입을 다물었다. 멜리사가 그런 것이 아니다. 그녀 말이 맞다. 내가 케이티를 보냈다. 내 잘못이다.

딸을 처다볼 수 없었다. 가슴이 아파서 숨을 쉴 수 없었다. 케이티, 내 사랑스러운 케이티. 그 남자는 누구일까? 그가 내 딸에게 무슨 짓을 했을까?

침착하고 이성적으로 말하려고 애썼다.

"너도 자식을 키울 수 있었어. 입양이나 시험관 시술을 해볼 수 있었 잖아."

모니터 화면을 다시 처다보았지만 청소 도구실이나 정비실로 보이 는 문은 굳게 닫혀 있었다. 왜 아무도 눈치채지 못할까? 사방에 사람이 있는데. 재귀반사 소재 재킷을 입은 지하철 작업자들이 보였다. 그들 이 케이티를 위해 문을 열어주기를 간절히 바랐다. 케이티의 비명 소 리가 들릴 수 있도록, 무엇보다 소중한 딸에게 생기는 일이 멈추도록 무슨 짓이든 해주기를 바랐다.

"닐이 싫어했어."

멜리사가 화면을 처다보며 말했다. 눈동자에 어떤 감정이 깃들어 있 는지 볼 수 없었다.

"닐은 자기 자녀를 원했어. 다른 사람 자식은 키우고 싶지 않다고 말 했어."

그녀가 공허하게 웃음을 터뜨렸다.

"참 아이러니하지. 네 아이들을 돌봐준 시간이 얼만데."

화면 속에서 일상은 평범하게 계속되었다. 사람들은 서로 갈 길을 가고 개찰구에서 오이스터 카드를 찾으며 열차를 놓치지 않으려고 분 주하게 움직였다. 하지만 나는 그렇지 않았다. 내 세상은 완전히 멈춰

버렸다.

"네가 졌어."

멜리사가 카드 게임을 하듯 무심하게 말했다.

"이제 대가를 치러야지."

그녀는 칼을 집어들고 손가락으로 칼날을 만졌다.

멜리사가 뭐라고 하든 케이티를 보내지 말았어야 한다. 딸에게 기회를 주었다고 생각했지만 오히려 위험으로 내몬 꼴이 되고 말았다. 우리 두 사람이 멜리사에게 맞섰다면 여기에서 탈출할 수 있었을까?

이제 그녀는 나를 죽일 것이다. 이미 마음으로는 죽었다. 멜리사가 나를 빨리 끝내주기를 바랐다. 케이티가 떠나고 난 뒤 내려앉은 어둠이 나를 집어삼키려 하고 있었다.

'어서 해, 멜리사. 어서 날 죽이란 말이야.'

그때 멜리사의 책상 위에 놓인 펜대가 보였다. 케이티가 목공 수업 때 만든 그것을 보자 분노가 극에 달했다. 케이티와 저스틴은 멜리사를 아주 잘 따랐다. 두 번째 엄마로 여길 만큼 믿었다. 어떻게 멜리사가 우리를 배신할 수 있을까?

정신을 차렸다. 케이티가 죽었다면 저스틴은 어떡하지? 다시 손목을 움직이며 손을 반대쪽으로 비틀었다. 고통과 함께 쾌락을 느끼며 정신을 돌렸다. 눈으로는 계속해서 모니터를 살피며 쳐다보는 것만으로 그 문이 활짝 열리기를 바랐다.

어쩌면 케이티는 죽지 않았을지도 모른다. 성폭행당하거나 두드려 맞았을 수도 있다. 그 애가 나를 가장 필요로 할 때 내가 그곳에 없다면 어떨까? 멜리사가 나를 죽이도록 내버려둘 수 없었다.

새로 드러난 피부 위로 시원한 공기가 느껴졌다.

테이프를 늘어뜨렸다. 결박을 풀 수 있었다.

머리를 가슴 아래로 숙여 멜리사에게 포기한 듯한 모습을 보였다. 문은 잠겨 있고 주방에 있는 유일한 창문은 너무 높았다. 멜리사가 나를 죽이지 못하게 하는 유일한 방법은 내가 먼저 그녀를 죽이는 것뿐이다. 어떻게 이런 생각까지 하게 됐지? 어쩌다 누군가를 죽일 수 있는 사람이 된 거야?

하지만 나는 멜리사를 죽일 수 있다. 그래야 한다. 다리가 너무 단단히 매여 풀 엄두가 나지 않았다. 빠르게 움직일 수 없었다. 팔 위쪽을 움직이지 않은 채 손목을 결박한 덕트 테이프를 한 손으로 잡아당겨 헐겁게 만들었다. 눈으로는 모니터를 바라보며 닫힌 문이 약간이라도 움직이는지 보려고 애썼다.

"그것 참 이상하네."

제대로 생각했는지 확인하지도 않고 말부터 내뱉었다.

멜리사가 모니터를 보았다.

"뭐가?"

마침내 양손이 자유로워졌다. 등 뒤로 손을 꼭 잡았다.

"저 표시."

나는 모니터 화면 왼쪽 상단을 턱으로 가리켰다.

"에스컬레이터 맨 위 말이야. 3분 전에는 저 표시가 없었어."

노란색 접이식 플라스틱 표지에 젖은 바닥을 주의하라는 문구가 적혀 있었다. 누가 무엇인가를 쏟은 모양이었다. 하지만 언제 그랬을까? 내가 모니터를 보고 있는 동안은 그런 일이 없었다.

멜리사가 모르겠다는 듯 어깨를 으쓱했다.

"누가 표지를 세웠겠지."

"아니야. 방금 나타났어."

케이티가 에스컬레이터에 올랐을 때는 표지가 없었다. 그런 것이 있었다면 잠깐이라도 케이티 앞에 놓였어야 했다. 그 표지가 나타났을 때는…… 확신할 수는 없지만 케이티가 사라진 뒤로 몇 초 이상 CCTV에서 눈을 뗀 적이 없다. 작업복을 입은 직원을 볼 때마다 그들이 케이티가 있는 곳으로 걸어들어가기를 간절히 바라며 지켜보았으므로.

멜리사의 눈에 근심이 드리웠다. 그녀는 모니터 가까이 얼굴을 가져갔다. 오른손에는 여전히 칼이 들려 있었다. 눈으로는 멜리사를 주시하면서 한 손을 천천히 움직였다. 그때 멜리사가 곁눈으로 내 움직임을 보았다.

눈썹에 땀이 맺혀 눈으로 떨어졌다.

무엇 때문에 멜리사가 싱크대 쪽을 보았는지 모르겠지만 내가 무슨 짓을 했는지 그녀가 파악했다는 점은 금세 알아차렸다. 멜리사는 칼집을 쳐다보고는 칼 개수를 세었다.

"넌 규칙을 어겼어."

그녀가 말했다.

"너도 마찬가지야."

몸을 굽혀 칼 손잡이를 잡았다. 칼날이 부츠 밖으로 나오며 발목을 스쳤다.

이게 마지막이었다. 내가 가질 수 있는 유일한 기회였다.

38

순찰차가 경고등을 켜고 말리본 스트리트를 빠르게 질주하면서 마담 투소 앞에 정차해둔 관광용 2층 버스를 간신히 지나쳤다. 켈리는 시끄러운 사이렌 소리와 함께 경찰들이 올드 트레퍼드에서 열린 축구 경기를 이야기하는 소리도 들었다.

"루니는 어떻게 그 공을 놓칠 수 있지? 난 이해가 안 돼. 내가 누군가에게 주당 30만 파운드를 준다면 공을 똑바로 차라고 가르칠 거야."

"억지로 시키면 실력을 발휘 못 해. 그게 문제지."

유스턴 스퀘어에서 신호등이 빨간색으로 바뀌었다. 운전자가 경적을 울리며 사이렌 음량을 높이자 앞에 있던 차들이 가장자리로 비키며 자리를 내주었다. 블룸스버리에서 좌회전한 뒤 켈리는 무전을 켜고 모두가 기대하는 소식이 들어오기를 기다렸다. 웨스트엔드에 다다랐을 때 연락이 왔다. 켈리는 눈을 꼭 감고 좌석에 머리를 살짝 기댔다.

끝났다, 적어도 케이티 워커에게는.

켈리는 앞좌석 사이로 몸을 굽혔다.

"이제 천천히 가서도 돼요."

운전자도 이미 소식을 듣고 사이렌을 끄고 속도를 줄였다. 급히 달려가보아야 얻을 것은 아무것도 없다. 구할 사람이 없으므로.

레스터 스퀘어에 도착해 켈리는 경기장 앞에서 내렸다. 그녀는 곧장 지하철역으로 뛰어들어가 매표소 옆에 서 있는 지루한 표정의 여성에게 경찰 신분증을 보여주었다. 켈리는 자신이 생각한 곳이 아닌 다른 입구로 들어온 바람에 주위를 둘러보며 장소를 찾으려고 애썼다.

저기였다.

청소 도구실 문은 사람들이 발로 열고 닫아 아랫부분이 벗겨졌고, 한 귀퉁이에는 의심스러운 물품을 발견하면 신고하라는 문구가 적힌 포스터가 붙어 있었다. 직원 외 출입 금지 표지도 보였다.

켈리는 문을 두 번 두드리고 안으로 들어갔다. 안에서 어떤 광경이 펼쳐질지 예상했는데도 가슴이 두근거렸다.

내부는 어둡고 한쪽에는 책상과 철제 의자가, 반대쪽에는 표지가 잔뜩 쌓여 있었다. 구석에 세워진 바퀴 달린 노란색 물통에는 기름이 뜬 더러운 물이 가득 담겨 있었다. 그 옆 플라스틱 상자 위에 한 소녀가 앉아 차를 마시고 있었다. 웹사이트에 올라온 사진이 아니더라도 케이티는 한눈에 알아볼 수 있었다. 헝클어진 머리가 어깨까지 내려왔고 어깨 패드가 들어간 흰색 코트를 입어 실제 몸집보다 커 보였다.

백인.

18세, 긴 금발, 푸른 눈.

청바지, 회색 앵클부츠, 검은 브이넥 티셔츠에 벨트가 달린 오버 사이즈 회색 카디건, 벨트가 달린 무릎 길이 흰색 푸파 재킷, 금장 체인 검은 핸드백. 8~10 사이즈.

케이티 뒤로 어깨가 다부진 흑발 남성이 벽에 기대서 있었다. 그는 앞으로 걸어와 켈리에게 손을 내밀었다.

"영국 교통경찰청 소속 사복 경장 존 챈들러예요."

"켈리 스위프트입니다."

켈리가 몸을 굽혔다.

"안녕, 케이티. 난 이 사건을 수사하는 경찰이야. 좀 괜찮니?"

"그런 것 같아요. 그런데 엄마가 너무 걱정돼요."

"지금 형사들이 그쪽으로 가고 있어."

켈리는 손을 뻗어 케이티의 팔을 잡았다.

"아주 잘해줬어."

챈들러 경장이 케이티가 안전하다고 연락한 직후 켈리가 의심하던 상황이 확실해졌다. 조는 에스프레소 오!를 비롯해 런던에 카페 여러 곳을 운영하는 멜리사 웨스트에게 잡혀 있었다.

"끔찍했어요."

케이티가 존을 쳐다보았다.

"경장님 말을 믿어야 할지 몰랐거든요. 이분이 제 귀에 속삭일 때 도망치고 싶었어요. 만일 사복 경찰이 아니라면, 그냥 저를 속이려고 하는 말이면 어떡할지 생각했어요. 하지만 경장님을 믿어야 했어요. 멜리사 아주머니가 이 상황을 알아차리면 엄마가 다칠까봐 두려웠거든요."

"넌 아주 잘해냈어."

존이 말했다.

"오스카 여우주연상감이었지."

케이티는 웃어 보이려고 했지만 여전히 떨고 있었다.

"연기할 건 별로 없었어요. 어떤 일이 벌어질 거라고 알려주셨지만 그 모든 말이 거짓이라고 생각했거든요. 그런 줄 알았어요. 이제 끝이라고."

"널 이런 곳으로 데려와서 미안하구나."

켈리가 말했다.

"CCTV가 해킹당한 걸 알고 있었지만 어느 정도인지는 몰랐어. 정확히 어디까지 볼 수 있는지 확신할 수 없었거든. 인터넷에서 네 프로필을 보고 널 다치게 할지 모르는 사람들과 지하철역에서 멜리사 모르게 안전히 데리고 나와야겠다는 걸 알았어."

"여기서 얼마나 더 기다려야 해요? 엄마를 보고 싶어요."

"미안하지만 상황실에서 CCTV 화면을 교체했다고 연락이 와야 가능해."

이들이 청소 도구실을 벗어나는 모습을 멜리사가 확인하고 위장이 탄로날까봐 걱정하는 켈리에게 크레이그가 재빨리 답했다. 그는 현재 CCTV 화면을 전날 같은 시간대 기록으로 교체하고 있었다. 레스터 스퀘어에 모인 사람 수가 비슷해서 멜리사가 알아챌 가능성이 적다고 했다. 켈리는 크레이그의 판단이 옳기를 바랐다.

"이제 여기서 나가도 멜리사는 우리를 볼 수 없어."

켈리가 문을 여는데 무전이 왔다.

"애널리 로드로 구급차 지원 바람."

알 수 없는 곳에서 들리는 목소리였다.

"긴급 상황."

켈리는 눈이 휘둥그레졌다.

"주소지에 도착할 때까지 사이렌을 켜지 말길 바람."

"그냥 예방책이야."

켈리가 서둘러 말했지만 이미 케이티의 눈에는 눈물이 가득 고여 있었다. 켈리는 무전이 거의 들리지 않을 정도로 음량을 줄였다.

"엄마는 무사하실 거야."

"어떻게 아세요?"

켈리는 뻔한 위로의 말을 건네려다가 그만두었다. 사실 그녀도 조가 살아 있는지 알 수 없었다.

39

사방이 피투성이였다. 멜리사의 목에서 피가 흘러나와 책상과 셔츠를 붉게 물들였다. 그녀가 오른손을 펴자 들고 있던 칼이 바닥에 떨어졌다.

몸이 떨렸다. 고개를 숙여보니 나 역시 피범벅이었다. 오른손에 칼을 꼭 쥐고 있었지만 멜리사를 찌를 때 느낀 아드레날린 때문에 머리가 어지럽고 정신이 몽롱했다. 만일 그녀가 지금 내게 덤빈다면 막을 수 없을 것이다. 아무것도 남지 않았다. 몸을 숙이고 한 손으로 발목을 감고 있던 덕트 테이프를 떼어내고는 의자를 세게 찼다.

걱정할 필요는 없었다. 멜리사는 양손으로 목을 잡으며 손을 붉게 물들이는 피를 막아보려고 애썼지만 부질없었다. 입을 벌렸지만 아무 말도 못 하고 붉은 거품을 토해내며 거친 소리를 낼 뿐이었다. 그녀는 자리에서 일어나 술에 취한 것처럼 비틀거렸다.

나는 손으로 얼굴을 감쌌다. 뒤늦게 손에 피가 묻어 뺨에 번졌다는 사실을 깨달았다. 피 때문에 눈 가장자리에 그늘이 생겼고 코로 알싸한 금속 냄새가 풍겨 속이 메슥거렸다.

나는 아무 말도 하지 않았다. 뭐라고 한단 말인가?

미안하다고?

미안하지 않았다. 나는 증오로 불타고 있었다.

친구라고 생각했던 사람을 칼로 찌를 정도로 증오가 끓어넘쳤다. 그녀가 숨을 제대로 쉬지 못하는 모습을 봐도 증오 외에는 아무것도 느낄 수 없었다. 입술이 파랗게 변하고 솟구치던 핏줄기가 약해질 때까지 담담하게 지켜볼 정도로 증오 외에는 아무것도 없었다. 피는 사방으로 튀다가 썰물처럼 빠져 이따금 흘렀다. 피부는 회색으로 변하고 유일하게 생동하던 눈동자는 생기를 잃어갔다. 후회나 분노가 서렸는지 살펴도 아무것도 보이지 않았다. 죽은 것이었다.

그녀는 넘어질 때 무릎부터 닿지 않았다. 영화에서처럼 비틀거리지도 책상이나 나를 붙잡지도 않았다. 나무가 쓰러지듯 쾅 하는 소리를 내며 뒤로 머리부터 떨어졌다. 그 순간 나는 바보같이 그녀가 아플까 봐 걱정했다.

이후 멜리사는 미동도 하지 않았다. 팔을 벌리고 잿빛 얼굴 위로 약간 튀어나온 눈을 치켜뜨고 있었다.

내가 그녀를 죽였다.

후회가 밀려왔다. 살인을 저질러서도 자기 피에 빠져죽은 사람을 봐서도 아니었다. 그녀가 법정에서 죗값을 받지 못하게 되어서 후회스러웠다. 마지막까지 그녀가 이겼다.

몸에서 피가 빠져나간 것처럼 바닥에 주저앉았다. 멜리사의 주머니에 열쇠가 들어 있었지만 그녀 시신에 손대고 싶지 않았다. 가슴이 움직이지도 않고 그녀가 살아 있다는 징후는 전혀 보이지 않았지만 그녀가 갑자기 일어나 피 묻은 손으로 내 손목을 움켜쥐지 않으리라는 보장도 없었다. 그녀는 나와 책상 사이에 누워 있었다. 몸이 떨리지 않을 때까지 기다렸다. 잠시 뒤 119에 전화를 걸어 내가 저지른 일을 설명해야 했다.

케이티. 경찰에게 케이티에 대해 알려 그들이 레스터 스퀘어로 가게 해야 했다. 딸이 무사한지 확인하고 딸에게 내가 괜찮다고 알려야 했다. 나는 아직 그 아이를 포기하지 않았으므로…… 성급하게 일어서다가 바닥 전체로 퍼진 피에 발이 미끄러져 비틀거렸다. 피 한 줄기가 튄 모니터 위로 CCTV 화면이 보였다. 청소 도구실 문은 여전히 굳게 닫혀 있었다.

가까스로 균형을 잡았을 때 멀리서 사이렌 소리가 들렸다. 그 소리가 사라지기를 기다렸지만 소리는 점차 커지며 고막을 자극했다. 누군가 뭐라고 외치는 소리가 나더니 쾅 하는 소리가 집 전체를 울렸다.

"경찰이다!"

"움직이지 마!"

그 자리에 가만히 서 있었다. 움직이고 싶어도 몸이 말을 듣지 않았다. 복도에 시끄러운 소리가 울리고 굉음과 함께 주방 문이 열리며 벽에 부딪혔다.

"양손 위로 들어!"

한 경찰이 내게 소리쳤다. 멜리사가 옴짝달싹 못 하는데 그렇게 말하다니 어처구니없다고 생각했다. 하지만 이내 그들이 내게 한 말이라는 사실을 깨달았다. 천천히 손을 들어올렸다. 손에 묻은 피가 팔을 타고 흘러 옷에 진하게 붉은 자국을 남겼다.

경찰은 어두운 색 작업복에 얼굴 가리개를 하고 한쪽 옆에 경찰이라고 쓰인 헬멧을 쓰고 있었다. 처음에는 두 명이 한 조를 이루어 들어오더니 첫 번째 조 지시에 따라 두 번째 조가 들어왔다.

"지원 바람!"

처음 진입한 두 사람이 내게 다가와 몇 발자국 앞에 섰다. 다른 조는 거실을 빠르게 살피고 서로 지시 사항을 전달했다. 집안 곳곳에서 더 많은 경찰의 소리가 들렸다. 뛰어오는 발소리와 "이상 무!"라는 말이 쉴 새 없이 몰려들었다.

"의료팀!"

누군가 외쳤다. 경찰 두 명이 앞으로 나와 멜리사가 누워 있는 쪽으로 갔다. 둘 중 한 사람이 멜리사의 목에 난 상처에 손을 대보았다. 그들이 왜 그녀의 목숨을 살리려고 하는지 이해할 수 없었다. 그녀가 어떤 짓을 저질렀는지 모르는 것일까? 어하튼 소용없는 시도였다. 그녀 목숨은 진작 끊어졌으니까.

"조 워커?"

앞에 선 경찰 둘 중 한 명이 내 이름을 불렀다. 헬멧 때문에 누가 말했는지 알 수 없었다. 나는 두 사람을 번갈아 쳐다보았다. 나와 2미터가량 거리를 두고 한 사람은 10시 방향, 다른 사람은 2시 방향에 서 있었다. 그들은 완전히 똑같아 보였다. 한 발을 앞으로 내밀고 손을 편 채 허리 위에 올린 모습이 위협적이지는 않았지만 만반으로 준비되어 보였다. 그들 뒤로 의료팀이 멜리사 옆에 쪼그려 앉고는 플라스틱 가드를 그녀 얼굴에 덮더니 인공호흡을 시도했다.

"네."

내가 답했다.

"무기를 버려."

그들은 잘못 생각하고 있었다. 칼을 가진 쪽은 멜리사였다. 피부가 찢어지도록 칼을 들이댄 쪽도 그녀였다. 나는 한 걸음 물러섰다.

"무기를 버려!"

경찰이 더 크게 외쳤다. 그의 시선을 따라 내 오른손에 들린 피 묻은 은색 칼날을 보았다. 반사적으로 손가락을 벌리자 칼이 바닥에 떨어졌다. 경찰 한 사람이 칼을 멀리 차버리고는 헬멧과 얼굴 가리개를 들어 올렸다. 내 아이들처럼 앳된 얼굴이었다.

나는 목소리를 찾았다.

"제 딸이 위험해요. 레스터 스퀘어로 가야 해요. 절 태워주시겠어요?"

이가 덜덜 떨렸다. 혀를 깨물어 피가 났다. 경찰이 얼굴 가리개를 들어올리는 다른 동료를 쳐다보았다. 그는 한층 나이가 들어 보였다. 나를 안심시키려는 듯 친절하게 눈웃음을 지었고 눈가 주름 옆으로 가지런히 다듬은 하얀 옆머리가 보였다.

"케이티는 무사해요. 저희 경장이 보호하고 있습니다."

그 말에 온몸이 후들후들 떨렸다.

"지금 구급차가 오고 있어요. 병원으로 모셔가 보살펴드리겠습니다. 괜찮으시죠?"

그는 어린 동료를 쳐다보았다.

"놀라서 그런 겁니다."

그의 설명에 나는 안도했다. 그리고 경찰 너머를 쳐다보았다. 구급 대원 한 사람이 멜리사 옆에 앉아서 무언가를 적고 있었다.

"멜리사가 죽었나요?"

확실히 알기 전까지는 이곳을 떠나고 싶지 않았다. 구급대원이 고개를 들었다.

"그렇습니다."

"하느님, 감사합니다."

40

"회식이라고 하기에는 좀 소박한데요?"

닉이 땅콩 봉투를 뜯어 테이블 위에 올려놓는 것을 보며 루신다가 말했다.

"자네 눈높이에 맞춰주지 못해서 미안하군."

닉이 말했다.

"도그 앤드 트럼펫에 캐비어와 메추리알이 있는지 모르겠지만 원한다면 특별 메뉴에 있는지 알아봐줄까?"

"하하. 그런 뜻이 아니었어요. 그냥 좀 평범한 것 같아서요. 아시잖아요."

"동감이에요."

켈리가 말했다. 정말 정신이 없었다. 경찰차 사이렌을 켜고 긴박하게 케이티 워커를 찾아갔고 뒤이어 조를 찾으러 멜리사의 집으로 들이

닥쳤다. 구급차는 애널리 로드 끝에서 정차해 상황이 정리될 때까지 기다렸다. 지난 몇 시간 동안 켈리는 심박수가 분당 100회 이하였지만 지금은 다시 치솟고 있었다.

"결말이 실망스러웠어."

닉이 말했다.

"내일부터 힘든 작업이 시작되면 다시 정신 차리게 될 거야."

할 일이 산더미였다. 사이버 범죄 수사팀이 멜리사 컴퓨터로 접속해 신속하게 findtheone.com을 폐쇄하고 회원 명단을 확보했다. 그들을 모두 추적해 범죄에 연루되었는지를 파악하려면 시간이 상당히 걸릴 것이었다.

중소기업청은 멜리사 웨스트가 런던에 있는 카페 네 곳의 소유주라고 알려왔다. 멜리사네, 멜리사네 2호점, 에스프레소 오! 그리고 클러큰웰 중심부에 이름이 정해지지 않은 곳이 있는데 개수대나 냉장고, 조리 시설 없이도 이윤을 엄청나게 올리고 있었다.

"돈을 세탁하는 거야."

닉이 설명했다.

"커피숍에서는 많은 사람이 현찰로 지불하니 돈을 세탁하기에 완벽한 장소지. 서류상으로는 하루에 몇백 파운드를 번다고 신고하면서 적자를 보고 있다고 알렸어."

"그녀 남편은 어디까지 알고 있을까요?"

"그를 소환하면 알게 되겠지."

닐 웨스트는 맨체스터에 있는 한 법률 회사가 수백만 파운드를 들여 만든 IT 시스템을 설치하러 갔다. 그는 부인과 일정을 공유하게 되어 있었고 멜리사의 컴퓨터에서 그에게 쉽게 접근할 수 있어서 다음 날 그가 런던 시티 공항으로 돌아올 때 경찰이 그곳에서 기다렸다가 체포할 예정이었다. 멜리사의 집 위층 서재에 있는 그의 컴퓨터에는 그가 근무했던 회사들과 관련된 파일이 저장되어 있었고 각 파일에는 엄청난 연락처 목록이 들어 있었다. 고든 틸먼과 루크 해리스가 다니던 회사 모두 과거에 닐과 접촉한 적이 있고, 닐의 연락처 목록과 멜리사의 컴퓨터에서 발견한 findtheone.com 회원 명단에 일치하는 인물이 더 많을 것으로 예상했다.

"멜리사가 남편이 정상적으로 살 수 있도록 떠나려 했다고 생각하세요?"

루신다가 물었다. 조는 멜리사가 영국을 떠날 계획이었다고 알렸고, 그녀가 컴퓨터로 리우데자네이루 비행편을 알아본 사실을 사이버 범죄 수사팀이 확인했다.

"글쎄,"

닉이 말했다.

"멜리사 웨스트는 본인 외에 다른 사람은 안중에도 없었던 것 같아."

켈리는 멜리사가 조의 아이들을 봐주는 일에 대해 케이티가 한 말을 떠올렸다.

"저는 생각하고 있었다고 봐요. 그게 일부 문제가 된 거예요. 웹사이트를 만든 건 순전히 사업을 위해서였지만 조와 케이티를 끌어들인 건 다분히 개인적인 감정 때문이었어요."

"멜리사가 그렇게 가버린 게 원망스럽네요."

루신다가 땅콩을 집으려고 손을 뻗으며 말했다.

"그녀는 경동맥을 찔러 과다출혈로 사망했어."

닉이 말했다.

"그건 그냥 가버린 게 아니야."

켈리가 가볍게 웃었다.

"그런 뜻이 아닌 거 아시잖아요. 멜리사는 조와 케이티 워커에게 끔찍한 일을 겪게 하고 자신에게 무슨 일이 일어나고 있는지 아무것도 모르는 여성들을 위험에 노출시켰어요. 그녀가 법정에 서는 모습을 봤다면 더 좋았을 거예요."

켈리의 휴대전화가 반짝였다. 그녀는 천천히 스크롤을 내리며 답장할 의사 없이 문자메시지를 살폈다.

"이게 뭐야? 회식이야?"

반장이 테이블 앞에 나타나자 켈리는 곧바로 자세를 고쳤다. 반장이 편안한 차림으로 사무실에 나온 것은 처음 보았기에 그녀는 그와 눈을 마주치지 않으려고 했다.

"의자 가져다 드릴까요?"

루신다가 반장에게 물었다.

"금방 갈 거야. 술이나 한잔 사주려고 들렀어. 다들 아주 잘했어. 국장님이 전화로 축하 인사도 전하셨어. 정말 잘했어."

"감사합니다, 반장님."

닉이 말했다.

"저도 같은 말을 해주고 있었어요."

"그리고 자네에게는……"

반장이 당혹해하는 켈리를 쳐다보았다.

"더 많이 고마워하고 있어."

"다 같이 열심히 한 덕분이에요."

켈리는 어색하게 반장을 쳐다보고는 이내 그의 따뜻한 표정을 보고 안심했다.

"용의자가 명백해지는 과정에서 운 좋게 합류했을 뿐입니다."

"뭐 그럴 수도 있고. 하지만 팀에 아주 크게 공헌한 건 틀림없어. 자,

다들 뭘 마실 건가?"

반장이 술 여러 잔과 땅콩 봉지를 쟁반에 담아서 돌아왔다. 자신이 마실 술은 가져오지 않았다. 켈리는 지금이 아니면 물어볼 수 없는 질문을 감행해야겠다고 마음먹었다.

"반장님, 전 영국 교통경찰로 돌아가야 하나요?"

그렇게 물으며 켈리는 자신이 얼마나 돌아가고 싶지 않은지 깨달았다. 가십거리로 전락해 친정 팀 동료들에게 못마땅한 눈초리를 받는 것이 싫어서가 아니라 순수하게 팀 일원으로 일하는 것이 얼마나 즐거운지 알기 때문이었다.

"우리가 합의한 기간이 석 달이지?"

"네, 하지만 생각해보니 멜리사가 죽었고 웹사이트도 폐쇄돼서,"

켈리는 아직 할 일이 많았다. 로라 킨을 살인한 자는 여전히 거리를 활보하고 있고 캐시 태닝을 살해한 용의자 역시 아직 붙잡히지 않았다. 하지만 한편으로는 반장의 사무실에 있을 만큼 있었다는 생각도 들었다. 이번이 반장이 켈리의 임시 파견직을 마무리할 수 있는 기회일까?

"석 달이야."

반장이 쾌활하게 말했다.

"닐 웨스트를 심문한 뒤에 자네에게 적합한 보직에 대해 이야기해보도록 하지. 새로운 팀에서 다시 시작하는 것도 좋지 않겠어?"

반장이 켈리에게 윙크하고는 닉과 악수하고 자리를 떠났다.

켈리는 안도감에 눈물이 그렁그렁하게 맺혔다. 얼른 눈을 깜박이고는 휴대전화를 집어들어 주의를 돌리려고 했다. 페이스북 피드백 페이지를 넘기며 크리스마스트리를 장식한 사진과 지난밤 내린 눈을 억지로 긁어모아 만든 작은 눈사람도 보았다. 렉시가 올린 뉴스피드가 시선을 끌었다.

눈가에 주름은 좀 늘었지만 여전한 더럼 친구들!

그들은 학창 시절 사진과 똑같이 따라 찍었다. 비교할 수 있도록 두 사진을 나란히 올렸고 태그한 친구들과 가족들의 댓글이 줄줄이 이어졌다. 두 사진에서 렉시는 누구보다도 환하게 웃고 있었다. 켈리는 그 모습에 자기도 모르게 미소 지었다.
'멋진 사진이야.'
켈리가 댓글을 달았다.

넌 하나도 안 변했어.

41

매트는 마치 내 뼈가 부러지기라도 한 듯 조심스럽게 모퉁이를 돌고 과속방지턱을 천천히 넘었다. 멜리사가 내게 손을 대지 않았다고 말했지만 병원에서는 내 목에 난 상처를 제외하고 정밀검사를 해야 한다고 권했다.

나는 케이티 옆자리에서 정신적인 충격을 치료받았다. 병동 간호사가 우리 두 사람을 떼어놓는 데 실패해 결국 가로막힌 커튼을 치우고 서로를 볼 수 있게 해주었다. 병원에 온 지 30분도 채 되지 않았는데 아이작이 당황한 모습으로 병실 문을 벌컥 열고 뛰어들어왔다.

"케이트! 세상에, 괜찮아? 최대한 빨리 오려고 서둘렀는데."

그는 침대 옆에 앉아 케이티의 손을 잡고 다친 데가 없는지 이리저리 살폈다.

"어디 다쳤어?"

"전 괜찮아요. 오늘 밤 무대에 못 올라서 미안해요."

"세상에, 그런 건 걱정하지 마. 네가 이런 일을 겪다니 믿을 수 없어."

"하지만 이미 표를,"

"모두 환불해줬어. 공연은 잊어버려, 케이트. 그게 뭐가 중요해. 중요한 건 바로 너야."

아이작이 케이티의 이마에 입을 맞췄다. 처음으로 그의 행동이 가식적으로 보이지 않았다. 아이작이 정말로 딸을 좋아하고 있다고 느꼈다. 딸도 그를 좋아하고.

아이작이 고개를 들어 나와 시선이 마주쳤을 때 그가 커튼을 쳐버리지 않길 바랐다. 그의 표정을 읽을 수 없었고 내 표정에 하고 싶은 말이 드러나는지도 알 수 없었다.

"정말 힘든 일을 겪으셨어요."

그가 말했다.

"맞아요."

"이제 다 끝나서 정말 기쁩니다."

그는 다음에 올 말을 강조하려는 듯 잠시 말을 멈췄다.

"이제 모두 잊으셨으면 좋겠어요. 다 과거로 묻어버리고요."

케이티는 자신의 남자 친구가 왜 엄마에게 이토록 조심스럽게 말하는지 알 수 없을 것이었다. 아이작은 내가 이해했는지 확인하려는 듯 내 눈을 응시했다. 나는 고개를 끄덕였다.

"나도 그랬으면 좋겠어요. 고마워요."

"거의 다 왔어."

매트가 말했다. 사이먼은 나와 택시 뒷좌석에 앉아 팔로 내 어깨를 감쌌다. 나는 그에게 머리를 기댔다.

병원에서 나는 사이먼에게 그가 웹사이트 운영자라고 생각했다고 말했다. 죄책감이 들어 고백하지 않을 수 없었다.

"정말 미안해요."

"그럴 필요 없어. 당신이 얼마나 힘들었을지 내가 상상이나 할 수 있겠어? 아무도 믿을 수 없다고 생각했을 거야."

"그 공책……."

여성들의 이름과 옷에 대해 갈겨쓴 메모가 떠올랐다. 그걸 보고 결정적인 증거라고 얼마나 확신했던가.

"소설에 관한 아이디어야."

사이먼이 말했다.

"등장인물을 구상하고 있었거든."

사이먼이 침착하게 받아들여줘서 고마웠다. 그는 자신을 그토록 끔찍한 일을 저지른 인물이라고 생각한 데에 조금도 불쾌해하지 않는 듯했다. 크리스털 팰리스 근처를 지나며 케이티는 사이먼 반대쪽에 앉아 창밖을 내다보았다. 저스틴은 케이티 앞 조수석에 자리했다. 아이작은 케이티가 내일부터 무대에 오르겠다고 고집을 부리자 실망한 관객들을 달래고 다음 날 저녁에 다시 보러 오라고 말하려고 먼저 시내로 갔다.

어떻게 모든 것이 아무 일도 없었다는 듯 흘러갈까?

길 끝에서 녹은 눈이 흙탕물이 되어 인도를 덮었고 건물에서도 물이 떨어지고 있었다. 초등학교 입구 벽 앞에 서 있던 눈사람은 당근 코가 사라진 지 오래였다. 사람들은 저녁 시간을 보내러 가느라 분주했고 퇴근 중인 사람들은 주위를 아랑곳하지 않고 길을 걸으며 휴대전화를 들여다보았다.

멜리사의 카페를 지나치자 숨이 가빠오며 작게 비명이 새어나왔다.

항상 퇴근하고 차를 한잔 마시려고 들르거나 점심 손님 맞을 준비를 도와주었던 곳이다. 카페는 불이 켜진 채 테이블과 의자 위로 길게 그림자가 드리워져 있었다.

"가서 제대로 정리해야 하지 않겠니?"

저스틴에게 물었다. 아이가 나를 쳐다보았다.

"저기 가기 싫어요, 엄마."

이해할 수 있었다. 나도 가기 싫었으니까. 애널리 로드에 있는 것만으로도 맥박이 요동치고 내가 좋아했던 공간에 대한 기억을 더럽힌 멜리사에게 화가 났다. 한 번도 이사를 생각해보지 않았지만 이제는 고려해야 할 것 같았다. 사이먼과 새롭게 시작할 수 있는 곳으로. 저스틴과 케이티를 위한 공간이 있는, 우리 모두 다시 시작할 수 있는 곳으로.

지하철역을 지났다. 케이티가 역 입구를 지나며 카메라를 쳐다보던 장면이 떠올랐다. 겁먹었지만 마음을 단단히 잡은 모습이었다. 나를 살리겠다는 의지를 보였다.

딸이 무슨 생각을 하는지 궁금해 흘끗 쳐다보았으나 표정에는 아무것도 드러나지 않았다. 케이티는 내가 생각하는 것보다 훨씬 강한 아이였다.

"이제 어떻게 되는 거야?"

매트가 물었다. 모든 상황이 끝났고 나는 그에게 연락했다. 그는 사이먼이 집에서 대충 챙겨온 이상한 옷을 입고 있는 나와 케이티가 있는 병원으로 찾아왔다. 경찰은 멜리사의 집에서 우리가 입고 있던 옷을 가져갔다. 아직 살펴야 할 것이 많다고 설명했다. 나는 걱정하지 않았다. 어찌 됐든 괜찮을 것이었다.

"다음 주에 자진해서 진술하기로 했어."

내가 말했다.

"검찰이 사건을 살피고 며칠 뒤 결정을 내릴 거래."

"당신을 기소하지 않을 거예요."

스위프트 순경이 나를 안심시켰다. 어깨너머로 슬쩍 곁눈질하는 것으로 보아 알려줄 수 있는 범위를 넘은 것 같았다.

"당신이 한 행동은 분명 정당방위니까요."

렘펠로 경위가 나타나자 순경이 놀라 입을 다물었지만 경위도 동의한다는 듯 고개를 끄덕였다.

"공식적으로 그렇습니다."

경위가 말했다.

애널리 로드 끝에 다다랐을 때 나는 재귀반사 소재 재킷을 입고 길가에 서 있는 한 경찰을 보았다. 통제된 차선에 경찰차 두 대와 감식 차량 한 대가 정차되어 있었고 경찰은 차들이 차례로 지나가도록 지도했다. 매트는 집과 가장 가까운 곳에 차를 세웠다. 그러고는 케이티에게 뒷자석 문을 열어주고 팔로 감싼 채 집까지 걸었다. 그 뒤로 저스틴이 따라가며 멜리사의 집 밖에 쳐진 출입 금지 테이프가 바람에 흔들리는 모습을 쳐다보았다.

"믿기지 않지?"

내가 물었다. 나는 사이먼의 품에서 벗어나 저스틴의 손을 잡았다. 아들은 오늘 있었던 일을 미처 다 이해하지 못한 표정으로 나를 쳐다보았다.

"멜리사 아주머니가,"

아들은 말을 꺼내더니 그만두었다. 그 심정을 이해할 수 있었다. 이 일이 벌어진 뒤 뭐라고 해야 할지 알 수 없는 것은 나도 마찬가지였다.

"무슨 말을 하고 싶은지 알아."

우리는 문 앞에서 사이먼을 기다렸다가 안으로 들어갔다. 멜리사의 아름다운 주방에 흰 가운을 입은 감식반 사람이 많다는 사실은 보지 않아도 알 수 있었다.

닐은 계속 그 집에 살까? 지금쯤 피는 다 말라서 더 이상 빛나지 않을 것이다. 피가 튄 곳에는 자국이 남았겠지. 누군가는 그것을 없애려 긁어내고 표백할 것이다. 하지만 그곳에서 죽은 여성의 그림자는 영원히 지우지 못할 것이다.

현관문이 열렸다. 집 안은 따뜻하고 포근했다. 통로 난간에 걸쳐 둔 코트와 현관 매트 앞에 아무렇게나 어질러져 있는 구두의 익숙한 모습에 마음이 편해졌다. 케이티에 뒤이어 나와 사이먼이 안으로 들어갔다.

"그럼 난 그만 가볼게."

매트가 말했다. 그가 나가려는데 사이먼이 붙잡았다.

"술 한잔하고 가시죠?"

그가 권했다.

"그 정도는 괜찮은 것 같은데."

매트는 아주 잠시 망설이더니 이내 대답했다.

"그러죠. 고맙습니다."

나는 복도에 서서 코트와 신발을 벗었다. 저스틴과 케이티, 매트가 거실로 갔다. 매트는 아이들에게 크리스마스에 무엇을 하고 싶고 크리스마스트리를 언제 세울지 물었다. 사이먼은 주방에서 와인 한 병과 잔을 조심스럽게 손가락에 끼워 들고 나왔다.

"오고 있어?"

그가 나를 어떻게 도와야 할지 몰라 불안하게 쳐다보았다. 나는 걱정 말라는 듯 미소 지으며 금방 간다고 대답했다.

덜 닫힌 문을 조금 더 열어 차가운 공기를 마셨다. 그리고 경찰 테이프가 여기저기 붙어 있는 멜리사의 정원을 쳐다보았다. 무슨 일이 일어났는지 기억하기 위해서가 아니라 그 일을 이겨냈다는 것을 되새기기 위해서였다.

문을 닫고 가족에게로 갔다.

에필로그

멜리사는 사업을 확장할 수 있다고 생각하지 못했어. 안 했을 수도 있지. 확실하지 않아. 이 문제가 우리가 논쟁을 벌인 유일한 부분이야. 그녀는 여러 방면에서 아주 영리했어. 나와 함께 일했고 아무도 날 믿어주지 않을 때도 날 믿어줄 준비가 되어 있었어. 그렇지만 다른 면에서 보면 너무 눈앞의 일만 보았지.

사업은 순조로웠어. 그녀는 우리가 돈을 벌어들이는 중이라고 말했어. 그런데 왜 보트를 흔드냐고. 하지만 나는 우리가 더 많이 벌 수 있다고 생각했고 그 사실을 받아들이지 못하는 멜리사가 안타까웠어. 더 근사한 사업가가 될 수 있는데.

그녀는 자신을 내 스승이라고 여기며 좋아했지만 사실은 달라. 내가 그녀를 필요로 하는 것보다 그녀가 나를 더 필요로 했어. 내가 없었더라면 그토록 은밀하게 일을 진행할 수 없었을 거야.

내가 없으면 멜리사는 아무것도 아니었어.

케이티를 런던에 쥐처럼 풀어놓고 사냥하는 게임은 내 아이디어였어.
두 사람을 그대로 놓아줄 수 없었고 경찰은 언제든 포위망을 좁혀올
수 있었지. 마지막 축제예요. 내가 멜리사에게 말했어. 이 일이 끝나고
우리가 번 돈의 80퍼센트를 들고 리우데자네이루로 사라지면 아무도
당신을 찾지 못할 거예요. 훌륭한 파트너였지만 우리 둘 다 이제 그만
해야 할 때였지.

그래, 80퍼센트.

가장 냉철한 사업가였어. 광고를 내고, CCTV 시스템을 해킹하고, 닐
의 주소록을 빌려 손님에게 접근한 건 모두 내가 한 일이었지만. 그렇
게 해주고 내가 받은 몫이 얼마냐고? 고작 20퍼센트에 불과해.

이렇게 하세요. 내가 멜리사에게 말했어. 이 게임을 하고 이제 그만
둬요. 날 위해 그렇게 해주세요. 내가 당신을 도왔으니 이제 당신이 날
도울 차례예요.

그리고 그녀는 그렇게 했어.

케이티의 프로필이 퍼지는 것을 보고 게임이 시작된 것을 알았어. 맥
박이 요동쳤고 멜리사도 신이 나는지 궁금했어. 처음이지만 잘하고 있
다고 느꼈어. 기분이 좋았어.

케이티에게는…… 이것이 복수라고 생각했어. 자기만 바라봐주길 원
하고 항상 인기를 독차지하고 싶어 하는 것에 대한 복수라고. 집에 경
찰이 찾아온다거나 학교에서 쫓겨난다거나 하는 문제를 한 번도 일으
키지 않은 데 대한 앙갚음이라고.

그리고 그녀에 대한 복수이기도 했어.

조.

사랑하는 아들이 주는 선물이었어.

모든 것을 희생한 아버지를 떠난 것에 대한 복수, 나를 친구들에게서 멀어지게 한 것에 대한 복수, 이혼도 하기 전에 만난 지 얼마 안 된 남자와 잠자리하고 내 생각 따위는 아랑곳없이 그를 집으로 끌어들인 것에 대한 복수였어.

이제 멜리사가 죽었으니 이겼다고 생각하겠지.

다 끝났다고.

아니, 틀렸어.

이건 시작에 불과해.

멜리사도, 신문 광고도, 웹사이트도 필요 없어.

좋은 아이템과 기술은 물론 내가 제공할 서비스에 관심을 보이는 이용자 목록을 가지고 있으니.

그리고 당신도 있지.

날마다 똑같은 일상을 사는 수많은 당신.

나는 당신을 보지만 당신은 나를 볼 수 없어.

당신이 나를 보도록 만들지 않는 한.

옮긴이 공민희

부산외국어대학교에서 국어국문학을 전공하고 영국 노팅엄 트렌트 대학교 석사 과정에서 미술관과 박물관, 문화유산 관리를 공부했다. 현재 출판번역전문에이전시 베네트랜스 전속 번역가로 활동하고 있으며 《하루 1분 스마트한 발견》《행복해지기 위해 버려야 할 것들》《서른, 외국어를 다시 시작하다》《뉴욕 미스터리》《신성한 상징》《혼자의 힘으로 가라》《명작이란 무엇인가》외 많은 책을 우리말로 옮겼다.

나는 너를 본다

1판 7쇄 발행 2019년 3월 11일

지은이 클레어 맥킨토시
옮긴이 공민희
발행인 오영진 김진갑
발행처 나무의철학

기획편집 이다희 김율리 박은화
디자인총괄 안윤민
마케팅 박시현 신하은 박준서
경영지원 이혜선

출판등록 2006년 1월 11일 제313-2006-15호
주소 서울시 마포구 월드컵북로5가길 12 서교빌딩 2층
전화 02-332-3310 팩스 02-332-7741
블로그 blog.naver.com/midnightbookstore
페이스북 www.facebook.com/tornadobook

ISBN 979-11-5851-062-6 03840

나무의철학은 토네이도미디어그룹(주)의 자회사입니다.
이 책은 저작권법에 따라 보호를 받는 저작물이므로 무단전재와 무단복제를 금하며,
이 책 내용의 전부 또는 일부를 사용하려면 반드시 저작권자와 토네이도의 서면 동의를 받아야 합니다.

잘못되거나 파손된 책은 구입하신 서점에서 교환해드립니다.
책값은 뒤표지에 있습니다.

이 도서의 국립중앙도서관 출판예정도서목록(CIP)은 서지정보유통지원시스템 홈페이지(http://seoji.nl.go.kr)와 국가자료공동목록시스템(http://www.nl.go.kr/kolisnet)에서 이용하실 수 있습니다.
(CIP제어번호: CIP2017004732)